L'HOMME QUI A OUBLIÉ
SA FEMME

JOHN O'FARRELL

L'HOMME QUI A OUBLIÉ SA FEMME

*Traduit de l'anglais
par Santiago Artozqui*

PRESSES DE LA CITÉ

Titre original :
THE MAN WHO FORGOT HIS WIFE

Pocket, une marque d'Univers Poche,
est un éditeur qui s'engage pour
la préservation de son environnement
et qui utilise du papier fabriqué à partir
de bois provenant de forêts gérées
de manière responsable.

Le Code de la propriété intellectuelle n'autorisant, aux termes de l'article L. 122-5, 2ᵉ et 3ᵉ a), d'une part, que les « copies ou reproductions strictement réservées à l'usage privé du copiste et non destinées à une utilisation collective » et, d'autre part, que les analyses et les courtes citations dans un but d'exemple et d'illustration, « toute représentation ou reproduction intégrale ou partielle faite sans le consentement de l'auteur ou de ses ayants droit ou ayants cause est illicite » (art. L. 122-4).
Cette représentation ou reproduction, par quelque procédé que ce soit, constituerait donc une contrefaçon, sanctionnée par les articles L. 335-2 et suivants du Code de la propriété intellectuelle.

© John O'Farrell 2012
© Presses de la Cité, 2013 pour la traduction française
et 2014 pour la présente édition

Presses de la Cité | un département place des éditeurs
place des éditeurs

ISBN 978-2-266-25228-7

Pour Lily

1

Quand j'étais petit, je regardais *Les Z'Amours*. Je n'étais pas le seul, mais comme il n'y avait pas grand-chose d'autre à faire... on s'y était tous mis. Un peu comme les couples qui passaient dans ce jeu télévisé, maintenant que j'y pense. Certes, *Les Z'Amours* ne constituaient pas le temps fort de notre semaine culturelle. Le lendemain, à l'école, nous n'étions pas spécialement indignés parce que Geoff ne savait pas que le plat exotique préféré de Julie, c'étaient « les spaghettis ». Pourtant, on regardait sans se poser de questions ce défilé de couples médiocres, un peu gênés de confesser ce qu'ils ignoraient l'un sur l'autre, ou, pis, d'avouer qu'ils se connaissaient par cœur.

Si ITV avait voulu gonfler un poil ses audiences, elle aurait dû mener des enquêtes plus fouillées sur les trucs importants que les conjoints se dissimulaient. « Alors, Geoff, pour gagner le jackpot du jour, diriez-vous que, le samedi soir, l'occupation préférée de Julie est : a) regarder la télévision, b) aller au cinéma, ou c) retrouver en secret son amant Gerald, qui lui demande, du moins de temps à autre, si elle a passé une bonne journée ? »

Cependant, en lisant entre les lignes, on comprenait ce que *Les Z'Amours* révélaient : que le mariage, ça se résumait à se connaître très bien, à être très intimes. Les cartes de la Saint-Valentin qui arborent un cœur gigantesque devraient porter en légende : *J'ai vraiment réussi à m'habituer à toi*, ou *L'amour, c'est… savoir exactement ce que tu vas dire avant même que tu la ramènes…* C'est comme deux condamnés à perpétuité qui partagent une cellule : ils ont passé tellement de temps ensemble que plus rien ne peut les surprendre.

Mon mariage n'était pas comme ça.

Beaucoup de maris oublient des trucs. Ils oublient que leur femme avait un rendez-vous important ce jour-là. Ils oublient de récupérer les vêtements au pressing et ne pensent à acheter un cadeau pour l'anniversaire de leur mariage que la veille du jour J, en passant à la caisse de leur station-service. Ça rend dingues les compagnes. Que les hommes soient centrés sur eux-mêmes au point de négliger un événement majeur dans la vie de leur moitié ou une date clé dans l'historique de leur couple, ça les rend dingues.

Moi, je n'étais pas victime de cette forme d'étourderie négligente. J'avais juste totalement oublié qui était ma femme. Son nom, son visage, notre histoire, tout ce qu'elle m'avait dit, tout ce que moi, je lui avais dit – tout avait été balayé, jusqu'à l'idée même de son existence. Je n'aurais pas été très bon aux *Z'Amours*. Si une magnifique hôtesse avait accompagné ma femme sur le plateau, j'aurais déjà perdu des points en me demandant (avec optimisme) à laquelle des deux j'étais marié. Apparemment, les femmes détestent ça.

Pour ma défense, il n'y a pas que ma femme que j'ai oubliée, il y a aussi tout le reste. Lorsque je dis : « Je me souviens d'avoir regardé *Les Z'Amours* », il s'agit pour moi d'une affirmation très importante. La phrase « je me souviens » n'a pas toujours fait partie de mon vocabulaire. Il y a eu une période de ma vie pendant laquelle j'avais conscience de l'existence de cette émission, mais aucun souvenir de l'avoir regardée. D'ailleurs, je me suis montré plutôt équitable au cours des âges sombres de mon amnésie : je ne savais pas non plus qui j'étais. Amis, famille, expérience personnelle, identité : aucun souvenir. Je ne savais même plus comment je m'appelais. Quand ça m'est arrivé, j'ai regardé s'il y avait une étiquette sur le col de ma veste. On y lisait *New Man*.

Mon étrange renaissance s'est produite dans une rame de métro qui venait de surgir à l'air libre et s'arrêtait sans but, au milieu de nulle part, devant des lieux qui, doutant de leur nature, hésitaient entre grande banlieue de Londres et zone industrielle de l'aéroport de Heathrow.

C'était par un après-midi pluvieux et, vu le crachin, je comprenais vaguement qu'on était en automne. Pas d'éclair aveuglant, pas d'éruption euphorique d'énergie ; j'éprouvais juste un sentiment de confusion délétère quant à l'endroit où je me trouvais. Lorsque les wagons ont redémarré, je me suis aperçu que je ne savais pas ce que je faisais là. A la station suivante, j'ai distingué à travers la vitre sale un panneau, HOUNSLOW EAST, devant lequel la rame s'est arrêtée sans que quiconque entre ou sorte. Etais-je victime d'un black-out momentané, ou ce vide abyssal était-il le lot commun de tous ceux qui passent à Hounslow East ?

Puis je me suis rendu compte que si je ne savais pas où j'allais, je ne savais pas non plus d'où je venais. Etais-je en route vers mon travail ? C'était quoi, mon travail ? Aucune idée. Panique. Je ne me sentais pas bien, il fallait que je rentre chez moi me coucher. C'était où, chez moi ? Je n'en savais rien.

— Réfléchis ! Pense que ça va te revenir ! Allez… me suis-je exclamé à voix haute pour me remonter le moral.

Mais il me manquait la fin de la phrase, comme un dernier barreau manquerait à une échelle. J'ai fouillé mes poches en quête d'un portefeuille, d'un journal, d'un téléphone portable, de quoi que ce soit qui puisse m'aider à reconstituer le puzzle. Rien – juste un ticket et un peu de ferraille. Il y avait une petite tache de peinture rouge sur mon jean. Comment était-elle arrivée là ? Mon cerveau venait de redémarrer, mais tous les anciens fichiers avaient été effacés.

Des pages de journaux gratuits traînaient sur le sol du wagon. Le revêtement du siège en face de moi était déchiré. A présent, mon esprit enregistrait les données à toute vitesse ; il dévorait les slogans des pubs et les panneaux de mise en garde contre les paquets suspects. L'œil fixé sur le plan du métro, je me demandais si toutes ces nouvelles voies que mon esprit explorait n'étaient pas des voies de garage. Les synapses de mon cerveau semblaient déconnectées pour cause de rénovation, quant aux neurones, ils étaient restés coincés à King's Cross en raison d'un problème de signalisation.

La peur me donnait envie de prendre mes jambes à mon cou, mais cet étrange mal me suivait partout. Je me suis mis à arpenter le wagon désert, m'interrogeant sur la marche à suivre. Sortir à la prochaine gare et tenter de trouver de l'aide ? Tirer le signal d'alarme en espérant que l'arrêt brutal me servirait d'électrochoc ?

Ce n'est qu'une anomalie temporaire, me suis-je dit en me rasseyant, les yeux fermés, les doigts pressés sur les tempes comme si je voulais, de force, en faire sortir un peu de sens.

Puis, à mon grand soulagement, cette solitude totale a pris fin. Une très jolie femme est montée dans le wagon et s'est installée non loin de moi, sans croiser mon regard.

— Excusez-moi, lui ai-je aussitôt dit. Je ne sais pas, mais je crois que je suis en train de devenir fou !

Il est d'ailleurs possible que j'aie ponctué cette dernière remarque d'un rire un peu dément. Quoi qu'il en soit, avant même que les portes aient songé à se fermer, la femme s'était ruée dehors.

Sur le plan, je voyais que la ligne de métro faisait demi-tour à Heathrow. Si je repartais dans la direction par laquelle j'étais arrivé, une gare ou un stimulus visuel pourraient éventuellement m'aider à me réorienter. En outre, à l'aéroport, certains de ceux qui allaient monter dans le wagon accepteraient peut-être de me donner un coup de main. Hélas ! Au Terminal 2 de Heathrow, je suis passé de voyageur esseulé dans une rame déserte à prisonnier d'un wagon à bestiaux, dont les occupants chargés de valises s'agglutinaient les uns contre les autres en parlant une centaine de langues, mais apparemment pas la mienne. Je faisais attention au moindre détail. J'entendais toutes leurs voix en même temps ; tout semblait excessif, les couleurs trop vives, les odeurs trop fortes ! Je voyageais avec des milliers de personnes dans une rame où des plans indiquaient clairement le chemin, et pourtant, je me sentais aussi seul et perdu qu'on peut l'être.

Une demi-heure plus tard, seul individu immobile dans la fourmilière du terminus des trains, je me suis mis à scruter les panneaux d'affichage en quête d'une voie vers ma vie précédente. Des flèches pointaient vers des quais et des zones, tous numérotés, des dizaines de panneaux signalétiques indiquaient aux voyageurs pressés où ils pouvaient se rendre, des informations défilaient sans cesse sur les écrans dans le vacarme des annonces qui saturaient les haut-parleurs. Une queue plutôt courte s'était formée devant un guichet proposant des « Informations », mais je devinais qu'ils ne pourraient pas me renseigner sur mon identité. Je me suis aventuré dans des toilettes publiques, juste pour me regarder dans le miroir, et j'ai été choqué par l'âge de l'inconnu barbu qui me dévisageait, les sourcils froncés. La quarantaine, peut-être plus : tempes grisonnantes et crâne clairsemé. Impossible de savoir si c'était dû à l'âge ou au kilométrage. Sans y avoir réfléchi, je m'étais donné la petite vingtaine et, à présent, je me rendais compte que je n'avais pas loin du double. J'ai appris par la suite que ce symptôme n'avait rien à voir avec le trouble neurologique dont je souffrais, et que tout le monde ressent ça à l'approche de la quarantaine.

— Excusez-moi… Pourriez-vous m'aider ? Je suis perdu… ai-je dit à un jeune homme en costume élégant.
— Où voulez-vous aller ?
— Je ne sais pas. Je ne m'en souviens plus…

— Oh, oui ! Je vois où c'est. Prenez la Northern Line, et dès que vous verrez des pingouins, vous serez chez vous…

Les autres passants se contentaient d'ignorer mes appels au secours. Leurs yeux évitaient mes regards, leurs oreilles casquées restaient sourdes à mes suppliques.

— Excusez-moi… Je ne sais pas qui je suis ! ai-je ensuite déclaré à un homme qui traînait une valise à roulettes avec l'allure amène d'un pasteur.

— Euh, certes… Je pense qu'aucun d'entre nous ne sait qui il est vraiment, non ?

— Non ! Je veux dire que je ne sais vraiment pas qui je suis ! J'ai tout oublié.

Son langage corporel suggérait qu'il était pressé.

— Il y a toujours un moment où chacun se rend compte qu'il ignore si la vie a un sens, mais en fait chaque individu est unique… Et là, moi, si j'oublie que je suis en retard, je vais rater mon train !

A la vue de cet ecclésiastique, je me suis demandé si j'étais mort et en route vers le paradis. Il me semblait peu vraisemblable que Dieu pousse le sens de l'humour jusqu'à nous faire monter aux cieux *via* le métro londonien pendant les heures de pointe. « Paradis SARL tient à présenter ses excuses aux passagers vers l'au-delà. Les personnes à destination de l'Enfer sont priées de descendre à Boston Manor, où une navette de liaison les attend. » De fait, cette expérience ressemblait à une sorte de mort. J'étais pris dans un état de semi-rêve suspendu, il n'y avait personne pour se soucier de savoir si j'étais mort ou vif, personne pour témoigner que j'existais bien. C'est à cette occasion que j'ai appris que le besoin le plus essentiel de l'être humain, c'est l'assurance d'être vivant et visible des autres. « J'existe ! » affirment toutes ces peintures rupestres de l'âge de pierre. « J'existe ! » dit le graffiti sur les murs du métro. Internet ne sert qu'à ça – donner à chacun la possibilité de clamer au monde son existence. Copains d'Avant : « Je suis là ! Regardez-moi ! Oui, tu m'avais oublié, mais maintenant tu te souviens de moi ! » Facebook : « Ça, c'est moi : regardez, j'ai des photos, des amis, des centres d'intérêt, personne ne pourra dire que je ne suis jamais né, voici des preuves que tous pourront examiner. » Le socle de la philosophie occidentale du XXIe siècle ? « Je tweete, donc je suis. »

J'étais prisonnier de quelque chose de pire qu'un simple cachot. Même s'ils se trouvaient à des milliers de kilomètres de chez eux, les voyageurs qui m'entouraient trimballaient leur famille et leurs amis dans un petit compartiment soigneusement ancré à l'intérieur de leur tête.

Le vide mental dont j'étais la proie se traduisait par des symptômes : je tremblais, j'avais le souffle court. Quelque chose en moi me poussait à redescendre sur le quai pour me jeter devant la première rame. A la place, j'ai observé comment une banlieusarde pressée visait une poubelle avec son gobelet de café vide, manquait son panier et s'éloignait en laissant le bout de plastique par terre. Je l'ai ramassé et ajouté aux détritus qu'un vieux Pakistanais engoncé dans un uniforme fluo ramassait lentement.

— Merci.

— De rien. Hmm… excusez-moi, je crois que j'ai eu une sorte d'attaque, ou quelque chose de ce genre…

J'ai commencé à lui expliquer la situation délicate dans laquelle je me trouvais. Assez peu plausible, fus-je bien obligé d'admettre en m'entendant la lui décrire. Du coup, j'ai ressenti une énorme bouffée de gratitude envers cet homme qui paraissait sincèrement s'émouvoir de ma mésaventure.

— Un hôpital, c'est ce qu'il vous faut ! Le King Edward est à moins de deux kilomètres, a-t-il déclaré en m'indiquant la direction à prendre. Je vous y emmènerais bien, mais je perdrais mon boulot.

Il était le premier à montrer un peu de compassion envers moi. Subitement, j'ai eu envie de pleurer. Bien sûr ! Un soutien médical ! Exactement ce qu'il me fallait !

— Merci ! Merci ! ai-je alors lancé au brave homme, mon meilleur ami sur cette planète.

Sur l'Abribus, un plan confirmait la situation géographique de l'hôpital : tout droit, puis à gauche à partir du gros chewing-gum. Désormais, j'avais un objectif. Une mission simple, qui allumait chez moi une étincelle d'espoir. C'est pourquoi je me suis mis à remonter cette avenue grouillante d'activité comme un naufragé temporel ou un extraterrestre, en essayant de tout saisir – l'étrangement familier comme le franchement bizarre. J'ai connu un bref moment d'espérance en voyant, sur un lampadaire, une affichette dont le titre criait DISPARU… au-dessus de la photo d'un vieux matou obèse. Un peu plus loin, en arrivant devant le gros bloc de béton de l'hôpital, j'ai senti que mes pas s'accéléraient, comme si quelqu'un dans ce bâtiment était susceptible d'améliorer ma situation dans les meilleurs délais.

— Excusez-moi. Il faut vraiment que je voie un médecin, ai-je bredouillé à l'accueil des urgences. Je pense avoir été victime d'une sorte de congélation cérébrale. Je ne me rappelle pas qui je suis ni rien de ce qui me concerne. C'est comme si ma mémoire avait été complètement effacée.

— Très bien. Comment vous appelez-vous, s'il vous plaît ?

L'espace d'un instant, je me suis surpris à tenter de répondre à la question avec autant de naturel que la femme qui me la posait.

— C'est ce que j'essaie de vous dire : je ne me souviens même pas de mon nom ! C'est comme si l'on avait effacé de mon cerveau toutes les informations personnelles...

— Je vois. Je pourrais peut-être noter votre adresse, alors, s'il vous plaît ?

— Hmm... Je suis désolé, je crois que je ne me fais pas bien comprendre. Je souffre d'une amnésie extrême... Je ne me souviens de rien...

— Bien. Quel est le nom du médecin qui vous suit ? m'a demandé la réceptionniste, manifestement partagée entre un ennui profond et le sentiment d'être harcelée.

— Mais je n'en sais rien ! J'étais dans le métro, et subitement je me suis rendu compte que je ne savais pas pourquoi j'y étais ni où j'allais. Maintenant, je ne me rappelle ni mon nom, ni où je vis, ni où je travaille, ni rien d'autre, et je ne sais même pas si cela m'est déjà arrivé...

Elle m'a regardé comme si je me montrais particulièrement peu coopératif.

— Numéro de Sécurité sociale ?

La nuance d'exaspération dans sa voix trahissait son scepticisme. Profitant de ce que le téléphone sonnait, elle s'est engagée dans une conversation avec un interlocuteur plus réactif, me laissant dans le flou. Face à moi, une affiche m'incitait à procéder à l'examen de mes testicules. Sans vouloir paraître péremptoire, je trouvais le moment mal choisi.

— Je suis désolée, a-t-elle repris en reportant son attention sur moi, mais on ne peut pas vous enregistrer si on ne vous pose pas ces questions. En ce moment, prenez-vous des médicaments particuliers ou suivez-vous un traitement ?

— Je ne sais pas !

— Avez-vous des allergies, suivez-vous un régime particulier ?

— Pas la moindre idée.

— Pourriez-vous s'il vous plaît me fournir le nom et les coordonnées de votre épouse ou de votre parent le plus proche… ?

A ce moment-là, tout en constatant que les ongles de mes doigts étaient salement rongés et presque à vif sur le pourtour, j'ai remarqué pour la première fois un cercle de peau légèrement plus clair autour de mon annulaire. Le fantôme de mon alliance ?

— C'est ça ! Un proche parent ! J'ai peut-être même une femme ! me suis-je exclamé, tout excité.

On avait dû me voler mon alliance en même temps que mon portefeuille et mon portable. On avait dû me dépouiller, me frapper, et à l'heure qu'il était ma femme adorée me cherchait certainement. La trace de cette alliance me remplissait d'espoir.

— Ma femme est peut-être en train de téléphoner à tous les hôpitaux…

Une semaine plus tard, j'étais toujours à l'hôpital, à attendre son coup de fil.

2

Mes ongles avaient repoussé et la peau de mes doigts n'était plus rongée jusqu'au sang. Je portais un bracelet au poignet où l'on pouvait lire *Homme blanc inconnu*, mais les brancardiers de l'hôpital m'avaient surnommé Jason, comme le héros amnésique de *La Mort dans la peau*. Cependant, ne rien connaître de soi se révélait bien moins excitant et riche en rebondissements que dans les blockbusters hollywoodiens. Mon statut semblait avoir évolué de patient admis aux urgences à pensionnaire désœuvré du King Edward's Hospital, dans l'est de Londres. Je me sentais déjà suffisamment intégré pour appeler l'endroit « Teddy » : des affiches en faveur d'une collecte de fonds mettaient en scène un ours en peluche amical dont l'aspect évoquait les Teddy Boys des années 1950 autant que la lingerie féminine.

Je ne souffrais d'aucune maladie clairement identifiée. Le premier jour, on m'avait examiné la tête à la recherche d'un traumatisme crânien, sans rien trouver qui puisse fournir une explication rationnelle au fait que, le mardi 22 octobre, mon cerveau avait subitement décidé de se remettre à zéro. Depuis, chaque matin, je me réveillais avec l'espoir d'avoir récupéré mon identité. Cela faisait donc une semaine que j'éprouvais en permanence ce bref instant de désorientation qu'on ressent en émergeant de son sommeil dans un lit qu'on ne reconnaît pas. Je tentais vainement de retrouver mon passé, sans rien percevoir d'autre qu'un sentiment de surnaturel, comme quand votre téléphone vibre dans votre poche et qu'au moment de répondre vous constatez que personne n'a appelé.

Un flot régulier de médecins et de neurologues suivaient mon cas et parlaient de moi à leurs internes comme d'une nouveauté digne d'intérêt. Leur diagnostic était unanime : pas un n'avait la moindre idée de ce qui m'arrivait. Un des étudiants m'a interpellé d'un ton accusateur :

— Si vous avez tout oublié, comment se fait-il que vous sachiez encore parler ?

D'un autre côté, un des neurologues semblait particulièrement intéressé par le fait que je n'avais pas perdu la mémoire du monde contemporain et de son actualité.

— Vous souvenez-vous, par exemple, de la publication de l'article « L'ordinateur dans votre crâne », du Dr Kevin Hoddy ?

— Euh… Kevin, des tas de gens ont pu oublier ça… a remarqué un de ses confrères.

— Oui, peut-être… Et la série de la BBC, *Les Explorateurs du cerveau*, coprésentée par le Dr Kevin Hoddy ?

— Non. Je ne m'en souviens pas…

— Hmm… Fascinant… a observé le Dr Hoddy. Absolument fascinant.

La prise de conscience qu'à ce moment le meilleur ami que j'avais sur cette terre était Bernard le Pénible – mon voisin de chambre – ne faisait qu'aggraver mon état dépressif. D'une certaine façon, Bernard m'a été utile au cours de cette première semaine. En effet, intérieurement, j'étais tétanisé par l'angoisse : retrouverais-je un jour mon identité et le reste de ma vie ? Cependant, grâce à lui, je n'avais pas vraiment le temps de réfléchir à la question, étant donné l'état de légère irritation que j'éprouvais en permanence, chaque fois qu'il me félicitait parce que je me rappelais ce que j'avais mangé au petit déjeuner.

— Non, Bernard. Ce n'est pas un de mes symptômes. Souviens-toi ! Tu étais là quand l'interne nous a expliqué tout ça…

— Désolé, j'avais oublié ! Ça doit être contagieux !

Bernard n'était pas un mauvais bougre. En fait, il se montrait inexorablement jovial. Je trouvais juste un peu fatigant de passer mes journées avec un homme qui semblait persuadé que pour surmonter mon trouble neurologique un peu de bonne humeur et une approche positive suffiraient.

— Laisse-moi te dire que j'ai un ou deux trucs plutôt gênants que j'aimerais bien oublier ! s'exclamait-il en gloussant. La Saint-Sylvestre 1999 – tu vois de quoi je parle ? ajoutait-il en levant le coude et en roulant les yeux. Ça, ça me dérangerait pas de l'oublier ! C'est comme cette fille du Swindon Salsa Dance Club… Oh oui ! Ça ne me dérangerait pas qu'on efface cet épisode des archives officielles, Votre Honneur !

Finalement, un des médecins a paru prendre le pas sur les autres pour l'étude de mon cas. Le Dr Anne

Lewington, neurologue, la cinquantaine, l'air un peu timbrée, n'était censée passer que deux jours par semaine dans cet hôpital, mais ma condition l'avait tellement intéressée qu'elle mettait un point d'honneur à me rendre visite tous les jours. Elle m'a fait passer un scanner. On a attaché des fils électriques à mon crâne et procédé à des stimuli visuels et auditifs, avec chaque fois une réponse « tout à fait normale » de mon cerveau. Vraiment dommage que ce dernier n'ait pas été doté d'un bouton permettant de l'éteindre et de le rallumer.

Il m'a fallu un jour ou deux pour comprendre que l'enthousiasme affiché par le Dr Lewington à l'examen de mes résultats était sans rapport avec une quelconque progression dans la compréhension de ce qui m'arrivait.

— Oh ! Ça, c'est intéressant !
— Quoi ? Quoi ? ai-je demandé avec optimisme.
— Les deux hippocampes sont normaux, les deux cortex entorhinaux et les lobes temporaux présentent un volume normal...
— D'accord... Alors, ça permet d'expliquer quelque chose ?
— Absolument rien. C'est pour ça que c'est intéressant ! Aucun dommage bilatéral sur le gyrus temporal moyen ni sur la ligne de séparation entre les deux hémisphères... Il semble que vos souvenirs autres que personnels ont été stockés dans le néocortex, indépendamment du gyrus temporal moyen.
— Et ça, c'est bon signe ?
— Eh bien, il n'est pas possible de discerner une logique dans tout cela, mais c'est typique des scanners du cerveau en général – c'est un tel mystère ! s'est-elle

écriée en battant les mains de plaisir. C'est ce qui rend mon travail si captivant !

J'ai senti que je m'affaissais sur ma chaise.

— Quant à la façon dont les souvenirs sont stockés et traités, c'est le champ d'études le plus stupéfiant qui soit ! C'est tellement excitant de mener des recherches dans ce domaine !

— Hmm… super… ai-je mollement acquiescé.

Un peu comme si, au cours d'une opération à cœur ouvert, quelqu'un lâchait : « Waouh ! C'est quoi ce gros muscle qui palpite tout seul dans son coin ? »

Quelques jours ont passé avant que le Dr Lewington établisse son diagnostic et vienne s'asseoir à mon chevet pour m'expliquer ce dont, selon elle, je souffrais. Elle parlait d'une voix si douce que, derrière le rideau qui séparait nos lits, Bernard a été obligé d'éteindre sa radio.

— Des cas semblables au vôtre, aux Etats-Unis et ailleurs, permettent de conclure que vous avez été victime d'une « fugue dissociative », une véritable évasion hors de votre existence précédente, probablement déclenchée par un énorme stress ou une incapacité à assumer ce qui se passait.

— Une fugue ?

— Oui. Dans le monde entier, cela n'arrive qu'à une poignée de personnes par an, et il n'y a pas deux cas qui se ressemblent. La perte d'objets personnels, comme votre téléphone ou votre portefeuille, était probablement un acte délibéré de votre part, au moment où vous avez glissé dans l'« état de fugue ». Souvent, les patients ne se souviennent pas qu'ils ont effacé volontairement les traces de leur passé. Il semble évident que vous n'avez pas tout oublié, sinon vous seriez comme un nouveau-né. C'est typique de l'« amnésie rétrograde ». Par exemple, un patient peut très bien se remémorer la princesse Diana, sans se souvenir qu'elle est morte…

— Paris, 1998, ai-je dit en frimant un peu.

— 1997 ! s'est exclamé Bernie de l'autre côté du rideau.

— Le fait que vous ayez conservé cette mémoire extra-personnelle suggère que vous avez de grandes chances de récupérer l'autre, la personnelle, et de retourner à votre ancienne vie…

— Mais quand, exactement ?

— Le 31 août, a dit Bernard. Elle a été déclarée morte vers 4 heures du matin.

Le Dr Lewington ne voulait pas me faire de promesses et admettait que je n'avais aucune garantie de me remettre totalement. Je me suis donc retrouvé seul face à cette pensée terrifiante, les yeux fixés sur les rideaux verts qui entouraient mon lit, à me demander si je rétablirais un jour le contact avec mon ancienne vie.

— Tu es peut-être un tueur en série ? a dit Bernard d'un ton désinvolte.

— Excuse-moi, Bernard. Tu m'as parlé ?

— Comme elle a dit que c'était peut-être provoqué par un besoin de balancer ton passé aux orties, c'est possible que tu n'aies plus supporté d'être le mystérieux meurtrier de ces sans-abri dont les corps sont entreposés dans des congélateurs au fond de ta cave.

— Charmante idée. Merci.

— C'est possible. Ou alors, tu es peut-être un terroriste.

— Espérons que non, hein ?
— Un dealer. Poursuivi par les triades chinoises !

J'ai résolu de ne rien dire, dans l'espoir que les spéculations de Bernard finiraient par s'éteindre d'elles-mêmes.

— Un maquereau… Un pyromane compulsif…

Il y avait un casque audio quelque part. J'ai regardé sous ma table de nuit, en quête d'un moyen pour endiguer le flot des crimes sordides censés avoir précipité ma crise, dont, entre autres, la pédophilie, la vivisection et la banque.

Je ne faisais aucun cas des spéculations de Bernard, que je trouvais totalement ridicules, mais, un peu plus tard dans l'après-midi, un accès de peur et de culpabilité m'a saisi lorsqu'on est venu me dire que deux policiers m'attendaient dans le bureau de l'infirmière en chef. A mon grand soulagement, ils n'étaient pas venus m'arrêter pour crimes de guerre à l'encontre des peuples de Bosnie, comme Bernard l'avait suggéré. En fait, ils s'étaient munis d'un gros dossier répertoriant les « personnes disparues », dont ils consultaient à présent chaque photo avec la plus grande méticulosité avant de me dévisager studieusement.

— A l'évidence, ce n'est pas moi sur celle-là… me suis-je surpris à dire, pressé que j'étais de voir les autres.

— Monsieur, nous devons envisager posément chaque éventualité.

— Oui, mais je ne suis pas gros à ce point. Ni noir. Je ne suis pas non plus une femme, d'ailleurs.

Ils m'ont regardé comme s'ils me soupçonnaient de vouloir dissimuler mon africanité ou mes traits féminins, puis, non sans réticence, sont passés au cliché suivant.

— Hmm… Qu'en pensez-vous ? a demandé l'un des agents en comparant mon visage avec celui d'un retraité tout fripé.

— Il doit avoir dans les quatre-vingts ans…

— Souvent, ils font plus vieux que leur âge, vous savez ? Peut-être parce qu'ils ont consommé de la drogue, ou vécu dans la rue… Ça fait combien de temps que vous portez cette barbe ?

— Euh, eh bien… Du plus loin que je me souvienne…

— En gros… Un mois, un an, dix ans ?

— Je ne sais pas ! Comme vous l'a dit l'infirmière, je souffre d'amnésie rétrograde, et pour moi, avant mardi dernier, c'est le vide total…

Ils ont échangé un regard exaspéré en secouant la tête. Puis ils ont repris leur examen, à la recherche d'un quelconque point commun entre mes traits et ceux d'une adolescente, d'un Sikh et d'un jack russell terrier, dont ils ont toutefois admis que la photo avait dû être classée là par erreur.

Le fait que personne n'avait déclaré ma disparition était déjà une information en soi. Pas de flash urgent aux infos, pas d'appel à témoins d'une famille en pleurs, pas d'encadré pleine page dans la presse émanant d'une femme éplorée cherchant son mari, ou son père, ou un de ses collègues. Etais-je donc si seul, avant ma fugue ? Etait-ce donc là le stress qui avait secoué l'ardoise magique de mon esprit pour la rendre à nouveau vierge ? Quoi qu'il en soit, toutes mes pensées se tournaient désormais vers le moyen de fuir cette île déserte où je m'étais échoué, au milieu d'une ville de huit millions d'habitants. Je voulais allumer un grand feu sur la plage, jeter une bouteille à la mer, tracer sur le sol des lettres immenses pour qu'on puisse les voir d'avion.

— On pourrait peut-être passer quelque chose dans le journal ? ai-je suggéré pour la énième fois à l'infirmière en chef. Genre « Connaissez-vous cet homme ? », avec ma photo à côté…

Malgré l'air débordé qu'elle arborait en permanence, elle a fini par convenir que cela pouvait être une bonne idée, et je me suis donc retrouvé dans son bureau tandis qu'elle composait avec un peu d'angoisse le numéro de téléphone du *London Evening Standard*. Comme je n'entendais pas son interlocuteur, elle me relayait les questions qu'il lui posait.

— Ils voudraient savoir si vous êtes un pianiste d'exception, ou quelque chose de ce genre.

— Eh bien… Je ne sais pas… Je ne m'en souviens pas. Peut-être devrais-je leur parler directement ?

— Il ne sait pas…

Revenant à moi :

— Etes-vous un génie mathématique ? Ou un linguiste top niveau ?

— Je ne crois pas. J'arrive juste à faire les grilles de sudoku de niveau un dans le magazine de Bernard… Vous voulez que je leur parle ?

— Il arrive à faire les grilles de sudoku de niveau un… Ça vous aide ?

Apparemment, le journal ne disposait pas d'effectifs suffisants pour dépêcher quelqu'un, mais ils ont dit qu'ils pourraient peut-être parler de mon histoire si nous leur envoyions tous les détails et une photo récente. Le lendemain, le titre *QUI EST L'HOMME*

MYSTÈRE ? barrait la double page centrale de leur édition. En dessous, on voyait la photo d'un jeune homme bien mis à côté de Pippa Middleton, pendant un match de polo à visée caritative. J'ai parcouru le journal deux fois, sans rien trouver qui me concerne. Finalement, j'ai appris qu'ils avaient envisagé de publier mon histoire, mais, lorsque le scoop sur le mystérieux compagnon de la belle-sœur du prince William était tombé, le rédacteur en chef avait jugé qu'il ne pouvait pas présenter deux « hommes mystère » dans le même numéro. Le journaliste qu'on avait eu au bout du fil venait de partir en vacances, mais il avait transmis mon histoire à l'une de ses collègues.

— Dites-moi, m'a demandé celle-ci, vous êtes doué pour le piano, ou quelque chose dans le genre ?

La nuit, j'avais du mal à dormir, alors je me rendais dans la salle commune, sombre et déserte, d'où l'on avait une vue aussi splendide qu'hypnotique sur les gratte-ciel londoniens. Le quatrième soir, alors que je fixais les millions de petites lumières de la ville, j'ai pris conscience que désormais ma vie serait ainsi : ce syndrome n'avait rien de passager. Quelqu'un avait été appelé pour enquêter sur les raisons du boucan au dixième étage : c'est là qu'un aide-soignant m'a trouvé, à me taper assidûment la tête contre la baie vitrée.

— Hé, mon gars ! Faut pas faire ça ! Vous allez casser la vitre !

Il m'arrivait de passer quelques heures dans la salle télé. C'est à cette occasion que j'ai découvert *Les Z'Amours*, dont la nouvelle mouture faisait intervenir des célébrités et leurs superbes épouses. L'émission est devenue une obsession. J'adorais voir tous les souvenirs que ces couples partageaient, je m'esclaffais devant chaque faux pas marital, je me délectais de leur familiarité nonchalante.

— Ah, tu étais là ! s'est écrié Bernard juste avant le début de la deuxième partie du jeu, avec ce couinement nasal et haut perché qui n'appartenait qu'à lui. Regarde ! Je t'ai trouvé de la lecture au kiosque du hall : *Comment améliorer votre mémoire en 15 minutes par jour* ! Je n'arrive pas à comprendre comment on n'y a pas pensé plus tôt !

— C'est très gentil de ta part, Bernard, mais j'imagine que c'est destiné au grand public plutôt qu'aux personnes souffrant d'amnésie rétrograde…

— Ben, c'est juste la même chose en pire, non ?

— Euh… Non.

— Crois-moi, je sais ce que tu traverses ! Moi-même, je ne me rappelle jamais où j'ai posé mes clés…

— En fait, je ne souffre pas de ça. Je me souviens de tout ce que j'ai fait depuis mon arrivée à l'hôpital. En revanche, je n'ai pas un seul souvenir de ma vie avant ce jour-là.

— Oui, oui. Je vois ce que tu veux dire. Il faudra peut-être que tu fasses plus de quinze minutes par jour… a-t-il concédé en ouvrant le livre au hasard. « Lorsqu'on vous présente quelqu'un pour la première fois… Essayez de répéter son nom à voix haute pour le fixer dans votre mémoire. Au lieu de dire "Bonjour", dites "Bonjour, Simon". » Tu vois, tu pourrais essayer de faire ça, pour commencer !

— Oui, mais… Je ne pense pas que ça va débloquer le souvenir des quarante premières années de ma vie…

— J'ai du mal avec les ciseaux, aussi. Je ne me rappelle jamais où je les ai mis. Des fois, je crois même qu'ils m'évitent délibérément ! Oh, regarde, un autre bon conseil… « Si vous avez du mal à vous souvenir des numéros de téléphone, essayez de procéder par association d'idées. Par exemple, si le numéro d'un de vos amis est le 2012 1066, mémorisez-le en pensant aux jeux Olympiques de Londres et à la bataille de Hastings »…

— Super ! Si un jour un de mes amis a ce numéro, je ferai comme ça pour m'en souvenir…

— Tu vois ! s'est exclamé Bernard, visiblement ravi d'avoir pu m'aider. Et c'est juste quinze minutes par jour ! Oh, *Les Z'Amours Spécial Célébrités* ! J'aimerais bien participer à cette émission. Enfin… si j'étais célèbre, je veux dire… et si j'étais marié.

A la fin de l'émission, j'ai annoncé à Bernard que je retournais me coucher jusqu'à celle du lendemain. Il a aussitôt bondi pour me « tenir compagnie », en brandissant le second livre qu'il avait acheté à mon intention. Il s'était mis dans le crâne, pour m'aider à retrouver mon identité, de me lire à voix haute chacun des prénoms masculins répertoriés dans un volume à l'épaisseur inquiétante intitulé *Un prénom pour Bébé*. Quelque chose en moi avait envie de hurler sa frustration, bien que je sache qu'à sa manière Bernard essayait simplement de se rendre utile.

C'est au cours de ce long après-midi que me sont apparues clairement les raisons pour lesquelles *Un prénom pour Bébé* n'a jamais crevé le plafond des ventes dans sa version livre audio. Bien sûr, on y trouve de nombreux personnages, mais aucun n'est très développé. « Aaron », par exemple, apparaît au tout début de l'ouvrage, mais par la suite on n'en entend jamais plus parler. Il en va de même pour « Abdullah ». En outre, aucun indice ne me permettait de déterminer si mes parents auraient pu me donner un prénom de ce genre.

— Je ne suis pas sûr que ce soit bien que tu t'allonges comme ça, dit Bernard. Tu te concentres toujours ?

— Absolument. Je ferme juste les yeux pour m'assurer que rien ne viendra me distraire…

C'est sans doute l'indéniable poésie allitérative de « Francis ? Franck ? Frankie ? Franklin ? » qui a fini par me réveiller. Cela faisait déjà plusieurs heures qu'un Bernard enthousiaste égrenait chaque prénom, sans jamais se départir de son optimisme. Quant à moi, je venais de refaire le même rêve pour la deuxième ou la troisième fois : un bref instant de fou rire partagé avec une femme. Je ne me souvenais ni d'un visage ni d'un nom, mais elle semblait m'aimer autant que je l'aimais : un sentiment de joie pure, la seule tache de couleur dans un monde en noir et blanc. En me réveillant, l'énorme vacuité de ma vie présente m'a écrasé sous son poids. Sans l'intrigue palpitante du livre de Bernard, j'aurais pu me laisser aller à déprimer.

— Gabriel ? Gael ? Galvin ? Ganesh ?

Hmm… ai-je pensé. Je n'ai pas une tête de Ganesh. Je n'ai pas quatre bras, pas de trompe ni d'oreilles d'éléphant. Je pourrais peut-être lui demander d'arrêter, à présent. Je n'avais qu'à lui dire qu'après ce long moment de concentration intense je fatiguais un peu.

— Gareth ? Garfield ? Garrison ?

Le *bzzz* d'une tonalité électronique non identifiée montait du bureau de l'accueil.

— Garth ? Garvin ? Gary ?

Soudain, il s'est produit une chose extraordinaire. Lorsque Bernard a prononcé le mot « Gary », je me suis entendu murmurer « 07700... ».

— Quoi ? a demandé Bernard.

— Je ne sais pas, ai-je répondu en me redressant dans mon lit. C'est sorti tout seul quand tu as dit « Gary »...

— Alors, c'est ça ? C'est toi ? Tu t'appelles Gary ?

— Je ne crois pas. Redis-le pour voir...

— Gary !

— 07700... 900... 913...

C'était comme un spasme. Sans contexte, sans signification. Il semblait juste normal de faire suivre ce nom de ces chiffres.

— C'est un numéro de téléphone ! s'est écrié Bernard, tout excité, avant de s'empresser de l'écrire.

— Oui. Mais celui de qui ? Je sais bien que c'est probablement celui de quelqu'un qui s'appelle Gary, ai-je ajouté à l'intention de Bernard, qui me regardait comme si j'étais débile. Mais je ne sais vraiment pas qui ça peut être.

Nous venions de découvrir un fragment d'ADN de mon passé. Bernard était parvenu à ouvrir une voie vers l'arrière-pays de mon esprit. Je m'étais montré sceptique et négatif, mais il m'avait prouvé que j'avais tort. J'aurais pu le féliciter pour sa ténacité et son esprit d'initiative, si ces mêmes qualités ne le poussaient pas déjà à composer ce numéro sur son téléphone portable.

— Qu'est-ce que tu fais ?!

— J'appelle Gary. C'était 913, à la fin ?

— Ne fais pas ça ! Je ne suis pas prêt ! Nous devrions en parler au médecin... Tu n'as pas le droit de te servir de ton téléphone ici...

— Ça sonne ! s'est-il exclamé en me lançant l'appareil.

— Ça ne répond pas. C'est peut-être juste un numéro au hasard. Je n'arrive pas à croire que tu m'aies entraîné là-dedans…

J'ai entendu un bruit de friture long comme un récital de musique contemporaine, puis, soudain, quelqu'un a décroché.

— Allô, a dit une voix masculine, avec un son de mauvaise qualité.

— Euh… Allô ? ai-je bredouillé. Vous ne seriez pas… euh, Gary… par hasard ?

— Ouais… Vaughan ! C'est toi ? Tu étais où ? T'as subitement disparu de la surface de la terre, ou quoi ?

Pris de panique, j'ai raccroché, puis j'ai lancé son téléphone à Bernard.

— Tu as reconnu sa voix ?

— Euh, non… C'est probablement juste un mec…

Mais l'inconnu a aussitôt rappelé. Peu après, Bernard et lui parlaient de moi à bâtons rompus.

— Plus maintenant, a dit Bernard. Je crois que désormais c'est moi, son meilleur ami…

3

Gary me serrait dans ses bras et moi, j'endurais son étreinte comme un adolescent celle de sa vieille tante à Noël.

— Vaughan ! Je me suis fait tellement de souci ! Je t'aime, mec !

— Tu… tu m'aimes ? ai-je balbutié. Alors, je suis ton… On est, genre… des homosexuels ?

— Non, ce n'est pas comme ça que je t'aime, a dit Gary en mettant aussitôt fin à nos embrassades avec un coup d'œil à Bernard. Je t'aime comme un frère, tu comprends ?

— Tu es mon frère ?

— Pas littéralement. Mais on est comme des frères, toi et moi. Gazoody-baby !

— Quoi ?

— Gazoody-baby ! C'est ce qu'on disait tout le temps. Gazooooody-baby ! Tu te souviens ? a-t-il lancé en me donnant une bourrade qui m'a arraché une grimace.

Après la petite conversation qu'il venait d'avoir avec mon médecin, mon visiteur affichait une mine modeste et réservée. Au téléphone, le docteur l'avait prévenu que je ne le reconnaîtrais probablement pas et que je pourrais mal réagir s'il se montrait trop présomptueux ou familier. Heureusement qu'il en avait plutôt bien tenu compte. Malgré la solitude que je ressentais, l'amitié soudaine de cet étranger me semblait inappropriée. Un mécanisme de défense atavique s'est manifesté : de toute évidence, les chasseurs-cueilleurs avaient enregistré que lorsqu'un inconnu se montre hyper-amical, c'est qu'il cherche à vous vendre une assurance-vie.

— Ecoute, ça va te paraître un peu malpoli, mais j'ai bien peur de ne pas savoir qui tu es. En fait, jusqu'à ce que tu m'appelles « Vaughan », je ne connaissais même pas mon prénom...

— En fait, c'est ton nom de famille ! Mais tout le monde t'appelle comme ça.

— Tu vois ? Je n'étais même pas au courant ! Est-ce que j'ai une mère, par exemple ? Je n'en sais rien.

— Désolé, vieux frère, a-t-il dit en me posant la main sur l'épaule. Ta maman a passé l'arme à gauche, il y a environ cinq ans.

— Ah ? Bon... De toute façon, je ne me souviens pas d'elle.

Il s'est mis à rire comme si j'avais raconté une bonne blague.

— Ouais, l'infirmière m'a dit que tu avais perdu la mémoire, ou un truc dans le genre. Elle est super-bonne, hein ? Elle t'a vu tout nu ?

— Euh... non.

— En fait, c'est sûrement aussi bien... Tu veux qu'on aille se jeter une pinte ou deux ? Je me mangerais bien des cornichons au vinaigre...

Subitement, pour la première fois depuis la remise des compteurs à zéro, je me suis entendu lâcher un éclat de rire plutôt inattendu. Mon visiteur n'avait même pas essayé d'être drôle, mais le caractère aléatoire de ses associations d'idées m'avait paru aussi rafraîchissant qu'amusant. Lors de mon arrivée dans cet hôpital, ma propre personnalité était un mystère pour moi, et j'avais besoin d'un guide pour en explorer tous les sombres recoins. Bernard avait révélé mon côté irritable, voire légèrement intolérant, Gary m'avait montré ce qui me faisait rire.

— Allez, Vaughan ! Habille-toi ! Tu ne peux quand même pas aller boire un coup en pyjama !

— Il n'a pas le droit de sortir d'ici ! s'est écrié Bernard, apparemment énervé par l'apparition de cet intrus. En fait, le médecin a dit qu'elle voulait être présente la première fois que vous alliez vous rencontrer...

— Oui, mais j'en ai eu marre d'attendre ! J'ai passé vingt minutes assis dans le couloir. Je n'ai quand même pas besoin d'un rendez-vous pour voir mon meilleur ami !

J'ai essayé de ne pas arborer un air trop suffisant devant Bernard à l'évocation de ce statut. Après une semaine passée dans cet établissement, l'irrespect qu'affichait Gary envers les règlements se révélait contagieux et j'étais tenté par cette occasion d'aller faire un tour dans le vaste monde. J'aurais sans doute hésité plus longtemps si Bernard ne m'avait pas explicitement interdit de quitter les lieux.

Sortir de l'hôpital avec Gary m'a procuré un sentiment d'exaltation mêlée de terreur. J'avais presque oublié ce que c'était que l'air frais, et je me trouvais en compagnie de quelqu'un qui connaissait tous les secrets de mon passé. Le bruit d'une moto m'a fait sursauter ; la détermination des piétons qui se hâtaient tout autour de moi m'intimidait.

Gary était un individu filiforme, à peu près de mon âge, habillé comme quelqu'un qui aurait vingt ans de moins. Il portait un blouson de moto en cuir, même si – je l'apprendrais par la suite – il n'avait pas de moto. Ses rouflaquettes descendaient un peu trop bas sur ses joues pour quelqu'un dont le front était à ce point dégarni, mais il émanait de lui une confiance tranquille et un fort relent de tabac. Sa décontraction me déconcertait un peu, mais je trouvais agréable qu'on me parle comme si j'étais normal. Cela m'a fait l'apprécier – c'était mon ami « Gary ». J'avais donc un ami, et nous nous dirigions ensemble vers le pub.

— Autant parler tout de suite des choses qui fâchent… a-t-il lancé avec une moue bizarre lorsque nous avons atteint le coin de la rue. Tu te souviens que tu me dois deux mille livres ?

— Hein ? Ah bon ? Désolé, mais je n'ai pas d'argent… Si tu pouvais… euh… attendre un peu ? ai-je bafouillé avant de remarquer l'étincelle dans son regard.

— Ouaaais ! s'est-il exclamé en éclatant de rire. Je me fous de toi, là !

— Merci, j'avais compris ! ai-je répliqué en faisant de mon mieux pour en rire avec lui.

— J'aurais dû demander plus, non ? Tu ne te souviens vraiment de rien ?

— Non… Je n'ai pas la moindre idée de ce que j'ai pu faire au cours de ces quarante dernières années.

— Ouais… Je connais ça, moi aussi.

Quarante, c'était pas loin du compte. En fait, j'avais trente-neuf ans, et d'après Gary ma fugue dissociative n'était qu'« une putain de crise de la quarantaine ». J'avais l'impression qu'il n'accordait pas beaucoup d'importance à mon état mental, comme si, à force de prendre des drogues, il considérait que mon amnésie n'était qu'un moyen comme un autre d'altérer la réalité. Je trouvais un peu désarmant qu'il s'adresse à moi en me traitant de « branleur » ou de « crétin », en toute décontraction et à tout bout de champ. Je comprenais bien qu'il s'agissait de ces termes affectueux que les vieux potes emploient entre eux, mais, lorsque quelqu'un que vous venez de rencontrer vous dit : « C'est ce pub-là, tête de nœud ! », vous avez forcément tendance à le trouver grossier.

Le pub se remplissait de clients venus déjeuner. Je me suis glissé avec Gary dans le dernier box disponible, en me disant qu'à présent je pouvais lui poser toutes les questions que je voulais. Une sorte de *Vie privée Vie publique*, sauf que dans cette version c'était le présentateur qui raconterait à la star la vie qu'elle avait vécue. « Vous n'allez pas reconnaître cette voix », ou bien « Accueillons maintenant l'institutrice à l'origine de votre vocation, mais il va falloir nous croire sur parole, parce qu'il pourrait tout aussi bien s'agir de la vieille dame qui tient le salon de thé au coin de la rue… ».

J'ai commandé une pinte de Guinness – Gary m'a dit que c'était ce que je prenais d'habitude. Les possibilités infinies qui s'offraient à moi me semblaient écrasantes : je pouvais aimer la bière brune, la blonde ou le Perrier citron. Je pouvais être marié deux fois, père de sept enfants, champion olympique de voile ou criminel et fauché.

Je me suis résolu à poser mes questions plus ou moins dans l'ordre chronologique, pour éviter de tout embrouiller et de louper un détail important. En fait, peut-être voulais-je aussi apprendre les choses petit à petit : si j'étais un loser, il valait mieux que je comprenne comment j'en étais arrivé là.

— Est-ce que j'ai des frères et sœurs ?
— Non. Tu es fils unique. Oh, j'ai oublié de commander à manger…
— Et je viens d'où ?
— De nulle part, en fait. D'un peu partout. Ton père était dans l'armée, alors vous avez déménagé tout le temps quand tu étais petit. Tu as vécu en Allemagne de l'Ouest, à Chypre, en Malaisie, euh… dans le Yorkshire… et qu'est-ce que tu m'avais raconté encore… Hong Kong, je crois… Ou peut-être au Shangri-La ?
— Ce n'est pas un endroit, ça.
— Ah bon ? Eh bien, pas le Shangri-La, alors. Shanghai, peut-être ? En tout cas, tu m'as dit que tu n'avais jamais passé plus d'un an dans la même école…
— Mince alors ! Je suis donc quelqu'un qui s'adapte facilement ?
— Euh, si tu veux… J'aimerais bien des grattons, en fait…
— J'ai beaucoup voyagé…
— Beaucoup voyagé ; pas de racines, quoi.
— Le fils d'un soldat !
— Armée de l'air. Il était haut gradé, mais je pense qu'il s'occupait de comptabilité, ou un truc comme ça. Le pauvre homme a eu une crise cardiaque peu après la mort de ta mère.

— Oh…

— Mais je me souviens de tes parents quand ils étaient plus jeunes. Un couple adorable, que Dieu les bénisse… Waouh ! Cette piquette est plutôt chargée !

En l'absence de tout souvenir, mon père et ma mère restaient de simples concepts, des noms sur un arbre généalogique. Tout ce que Gary me racontait sur moi aurait aussi bien pu arriver à quelqu'un d'autre, ou bien n'être que pure invention. En fait, Gary ne savait pas grand-chose sur mes années d'enfance et se montrait très vague pour tout ce qui était antérieur à notre rencontre :

— Comment tu veux que je connaisse ta moyenne générale au brevet ?

— Désolé. C'est juste que l'attente de mes résultats m'angoisse un peu. Tout m'angoisse un peu, en fait… Et tu sais peut-être où je suis allé, à l'université ?

— Ah ! C'est là qu'on s'est connus, a-t-il répondu avec un peu plus d'enthousiasme. J'étudiais les civilisations anglaise et américaine : au début, j'avais choisi l'anglais, mais…

— Excuse-moi, mais c'était où ? Oxford ? Cambridge ?

— Bangor. Je l'avais choisie parce qu'une fille canon de mon lycée l'avait mise sur sa liste, mais finalement ça n'a servi à rien, elle est allée à East Anglia…

Au cours des dix minutes suivantes, j'ai appris que Gary et moi avions partagé une piaule d'étudiant au nord du pays de Galles, qu'on avait joué dans la même équipe de football universitaire, qu'on avait obtenu le même diplôme, bien que, contrairement à lui, je n'aie pas recopié intégralement le mémoire d'un étudiant d'Aberystwyth. C'était franchement fascinant d'en apprendre autant sur ma personne.

Je lui avais simplement demandé un demi, mais il est revenu du bar avec une deuxième pinte et un œuf au vinaigre grisâtre dont je pense qu'il ne l'avait choisi que pour son aspect repoussant. Pendant tout le temps qu'avait duré son absence, j'étais resté les yeux rivés sur la trace légèrement plus claire que mon alliance avait laissée sur mon doigt. Je tenais absolument à poser la question, mais j'étais angoissé à l'idée d'aborder le sujet. Si une épouse m'attendait dans la nature, je voulais comprendre le contexte dans lequel je l'avais rencontrée, je voulais savoir qui j'étais lorsque je m'étais marié.

— Alors, tu ne te souviens pas du tout de ce pub ? a-t-il dit en se rasseyant.

— Non. On y est déjà venus ?

— Ouais… Tu y vendais du crack avant le début de toute cette merde avec la mafia russe…

— Oui, bien sûr, la mafia russe. Les gars qui ont laissé une tête de betterave sanglante dans mon lit, non ? ai-je lancé avec une pointe de fierté en constatant que je réussissais à le faire pouffer. C'est bizarre, je ne sais pas qui je suis ni ce que j'ai fait, mais je sais que je n'étais pas dealer de crack…

— Non, les drogues dures, ça n'a jamais été ton truc. Tu hésites même à donner à tes mômes un putain de cachet d'aspirine !

C'est comme ça que j'ai découvert que j'étais papa. Gary avait dit « tes mômes », au pluriel. J'avais des enfants.

— Oui, bien sûr ! Tes enfants ! a répété Gary quand je l'ai pressé de m'en dire plus. Tu as deux gamins, une fille et un garçon : Jamie, qui doit avoir quinze ans, ou peut-être douze… quelque chose comme ça, et Dillie, qui est plus jeune, genre dix ans. En fait, elle doit en avoir onze, parce qu'ils sont tous les deux dans le secondaire. Mais pas dans ton collège…

— Mon collège ?!

— Ben oui, le collège où t'es prof.

— Je suis prof ?! Attends ! Ralentis un peu, s'il te plaît. Tu vois, c'est pour ça que je voulais prendre les choses dans l'ordre chronologique. Commence donc par me parler de mes enfants, ai-je dit avec dans la tête une image de moi en blouse blanche devant un tableau noir.

— Ben, ce sont des mômes, quoi ! Ils sont mignons. En fait, je suis le parrain de Jamie. Ou de Dillie – je ne m'en souviens jamais. En tout cas, je suis le parrain de l'un des deux. Ils sont super. Tu peux vraiment être fier d'eux.

Cependant, je ne pouvais pas vraiment être fier d'eux. J'aurais bien aimé, mais ils n'étaient pour moi qu'une donnée brute, sans émotion.

— Ça ne vous dérange pas qu'on s'installe ici ? a demandé une femme chargée de sacs de shopping en s'asseyant sans attendre notre réponse. Hé ! Meg ! J'ai trouvé deux places, là !

J'étais donc le père de deux étrangers… Pas comme un marin de passage qui aurait procréé dans un port lointain… Ces enfants devaient me connaître. Et m'aimer, du moins je l'espérais.

— Attrape un menu ! a dit la femme à celle qui l'accompagnait, sa fille peut-être. Je n'arrive pas à lire l'ardoise sans mes lunettes, et ils ne mettent jamais de menus sur les tables.

Le visage de cette femme était à présent stocké dans ma mémoire, alors que je n'avais pas la moindre idée de ce à quoi mes enfants ressemblaient.

— A quoi ils ressemblent ?
— De quoi tu parles ?
— Mes enfants ? A quoi ils ressemblent ?

La femme essayait d'avoir l'air de ne pas nous écouter, mais sans grand succès.

— Eh bien, Jamie est ton portrait craché, le pauvre. Il ne parle pas beaucoup. C'est de son âge, je suppose… Il a beaucoup grandi, il est plutôt branché musique. Je ne crois pas qu'il ait une petite copine, mais c'est peut-être parce qu'il préfère rester discret là-dessus…

J'ai acquiescé, mais au fond de moi j'étais résigné : père et prof, avec absolument aucune expérience des enfants.

— Et ma fille, Dillie ? C'est son vrai nom, ou un diminutif ?
— Je ne crois pas… Tu l'as toujours appelée Dillie.
— Ça pourrait être Dilys, a dit la femme à notre table.
— Pardon ?
— Le nom de votre fille, ça pourrait bien être un diminutif de Dilys. Ou alors Dillwyn : c'est un nom gallois, je crois. Vous n'êtes pas gallois, par hasard ?
— Je ne sais pas. Est-ce que je suis gallois ?
— Non, je ne crois pas… a répondu Gary.
— Merci, madame. Cela nous aide beaucoup.

Les détails de ma paternité éclairaient tout ce qui m'arrivait d'un nouveau jour. A présent, mon amnésie ne constituait plus un simple problème personnel, elle concernait toute une famille.

— Qu'est-ce que tu voudrais savoir d'autre à leur sujet ? m'a demandé Gary, même si la femme avait l'air de penser qu'il s'adressait aussi à elle.

— Euh, ça va... Ça peut attendre...

— Vous sortez de prison ? s'est-elle enquise avec désinvolture.

— Quelque chose dans ce genre...

— Pour meurtre ! a ajouté Gary, dans l'espoir de la faire fuir.

Ce détail n'a pas semblé la perturber, au contraire.

— Mon mari s'est barré quand Meg avait deux ans. On n'a plus jamais entendu parler de lui. Il ne la reconnaîtrait même pas s'il la croisait dans la rue...

— Bien...

— Euh, qu'est-ce que je pourrais te dire de plus ? a lancé Gary. Les Tories sont de retour aux manettes. Tout le monde a des téléphones portables, des ordinateurs personnels. Woolworths a fait faillite et euh... Elton John a fait son coming out : ça, évidemment, ça a été un grand choc...

— Oui, je suis au courant de tout ça. Ce sont les événements de ma vie personnelle que j'ai oubliés. Je pourrais te donner les vainqueurs de la Coupe de la Ligue depuis les années 1980 ou les numéros un au hit-parade de Noël, mais je ne me souviens pas du nom des gens ni de rien de ce qui les concerne...

— Ah ! Comme n'importe quel mec, en somme ! a remarqué la femme dans un soupir.

A partir de là, nous avons poursuivi à voix basse, comme si Gary me divulguait des informations classées top secret. L'idée de procéder par ordre chronologique semblait avoir été abandonnée, alors j'ai décidé de passer directement à la question qui me taraudait depuis que mon cerveau avait été remis à zéro :

— Alors… Je suis père de deux enfants… Parle-moi de leur mère.

Il y a eu une pause, ponctuée par la voix d'un client qui commandait quelque chose au comptoir.

— Euh, elle est cool… Mon Dieu, cet œuf est vraiment dégueulasse. Je crois que je vais prendre autre chose. Je me demande s'ils ont des saucisses…

— Non, attends ! Je voudrais juste comprendre. Commençons par le début. Comment s'appelle-t-elle ?

— Comment elle s'appelle ? Maddy.

— Maddy ?

— Madeleine, quoi !

— Ma femme s'appelle Madeleine ! C'est un joli nom, tu ne trouves pas ? Madeleine et Vaughan ! me suis-je écrié.

Je répétais ce prénom dans ma tête, pour voir comment il se combinait avec le mien. Vaughan et Maddy ! « Vous connaissez Vaughan, non ? C'est le mari de Madeleine ! »

Cette toute petite information me semblait extrêmement rassurante : il s'agissait probablement du socle sur lequel je pourrais rebâtir ma nouvelle vie.

— Je l'ai rencontrée où ? Et ne me réponds pas que je l'ai achetée par correspondance en Thaïlande…

— Vous vous êtes mis à la colle pendant votre premier semestre à l'université. Genre « Au revoir, maman, salut, bobonne ! », tu vois ce que je veux dire ?

— Non.

— Eh bien, vous étiez tellement branchés l'un sur l'autre que ça en devenait fatigant pour tout le monde !

— Merci.

— De rien. Après l'université, vous avez passé quelques années à ne rien faire de particulier. Et comme tu n'avais pas la moindre idée de ce que tu voulais devenir, tu as décidé de suivre une formation pour être prof.

— Oui. Donc je suis devenu prof ! Waouh ! Ce n'est pas juste un boulot : c'est une vocation ! Prof... ai-je répété en me caressant la barbe.

Je m'imaginais en Robin Williams dans *Le Cercle des poètes disparus*, ou en Sidney Poitier dans *Les Anges aux poings serrés*.

— Ouais, prof dans un genre d'établissement minable du côté de Wandsworth... Je crois que tu m'as dit que votre spécialité, c'est le business et le management. Vous ne formez pas des junkies, plutôt des dealers, en fait...

— Prof... J'aime bien. Je suis prof de quoi ? Pas de ferronnerie, j'espère !

— D'histoire, et aussi de « citoyenneté », mais je ne vois pas ce que ça peut vouloir dire, ça...

— Prof d'histoire ? D'accord ! Je suis donc l'historien qui ne connaît pas son passé !

— Oui, c'est assez ironique. Tu ne sais rien du passé, mais tes élèves non plus, alors pas de souci...

Quelqu'un avait passé commande d'un plat de *fish & chips*, que Gary a regardé s'éloigner avec tristesse.

— Mais revenons à Madeleine et les enfants. Il faut leur dire que je vais bien, non ? Cela fait une semaine que j'ai disparu, ils ont dû s'inquiéter...

— Je ne sais pas, mon vieux. Je ne lui ai pas parlé.

— Ça fait une semaine que j'ai disparu et elle ne t'a pas appelé ?!

— Eh bien, ce n'est pas vraiment ça… Tu n'aurais pas envie de partager une assiette de frites ou un truc de ce genre ?

— Ce n'est pas vraiment quoi ? Madeleine est-elle en voyage, ou malade, ou… ?

— Je vais peut-être juste avaler un sachet de ketchup, pour faire passer le goût de cet œuf. Au moins, ça, c'est gratuit ! a déclaré Gary, ce qui lui valut un regard outré de la femme assise à côté de nous.

— Mais qu'est-ce que ça veut dire : « Ce n'est pas vraiment ça » ? Qu'est-ce qui se passe ?

— Tu sais, Maddy et toi, vous avez traversé une période difficile, ces derniers temps, a-t-il répondu tout en s'escrimant à ouvrir le sachet de ketchup. Lorsque ta toubib m'a demandé si tu avais souffert de stress avant de perdre la mémoire, je lui ai dit que oui, que tu venais juste de te séparer de ta femme.

C'est à ce moment-là que le sachet s'est ouvert et qu'un jet de ketchup a arrosé la femme, sa fille et moi. Elles se sont levées d'un coup en faisant tout un foin, tandis que j'essayais de digérer la triste nouvelle. Ma femme, dont je venais tout juste d'apprendre l'existence, se séparait de moi quelques minutes après. Probablement le mariage le plus court de l'histoire.

— Oh, désolé, a lancé Gary à la femme sans avoir l'air de l'être vraiment. Tenez, prenez une serviette. Remarquez, vous pourriez aussi le lécher. Après tout, c'est du bon ketchup…

— Vous n'avez qu'à le faire vous-même !

— Je ne vais pas lécher du ketchup sur votre chemisier, chérie… Ça serait franchir la ligne jaune. Vaughan, mon vieux, tu as du ketchup plein ta chemise, tu sais ?

— Gary, je crois que je veux retourner à l'hôpital…

En sortant de ce pub miteux, un soleil éclatant m'a fait plisser les yeux. Gary a allumé une cigarette et m'en a proposé une.

— Non, merci…

— Non ? D'habitude, tu fumes comme un putain de pompier !

— Vraiment ?

— Ouais ! T'as tout essayé pour arrêter : les chewing-gums, les patchs, le livre du mec qui se la pète, là… Mais tu étais complètement accro !

— Eh bien… C'était jusqu'à ce que j'oublie que j'étais accro, ai-je dit en le regardant tirer sur sa clope sans ressentir la moindre envie de l'imiter.

Pour l'instant, Gary m'avait appris que j'étais un fumeur invétéré qui donnait des cours dans une école sans avenir et dont le mariage prenait l'eau de toute part. Normalement, il faut plusieurs dizaines d'années pour se rendre compte de ce genre de choses.

— Hé, mon vieux, ça va ? Tu as l'air un peu bizarre…

— S'il te plaît, est-ce qu'on pourrait retourner à l'hôpital ?

— Ecoute, tu ne peux pas rester là-bas éternellement. Si tu veux, viens crécher chez moi pendant quelque temps. Tu l'as déjà fait, quand les choses ont commencé à mal tourner dans ton couple.

— Quand les choses ont commencé à mal tourner ?

— Ouais, a-t-il confirmé en gloussant à l'évocation de l'événement. Tu es arrivé chez moi avec une main bandée qui pissait le sang, en disant : « Ça y est. Ce mariage est foutu… »

C'est alors que j'ai eu une illumination.

— J'ai compris ! me suis-je exclamé en riant. C'est encore une de tes blagues à la con, hein ? Maddy et moi, on est toujours ensemble, c'est ça ?

— C'est pas une blague, mon vieux, a dit Gary en tirant sur sa clope comme s'il s'agissait de la meilleure herbe qu'on pouvait trouver sur le marché. Maddy et toi, vous ne vous supportez plus. D'ailleurs, c'est l'autre raison pour laquelle tu ne peux pas retourner à l'hôpital. Vous divorcez jeudi prochain.

— On divorce jeudi prochain !?

— Non, excuse-moi, je me suis trompé…

— C'est quoi, ça ? Encore une blague ?

— Ce n'est pas jeudi. C'est vendredi, en fait. C'est quand, le 2 novembre ? C'est bien vendredi, non ? Ouais, tu divorces vendredi… Sinon, il y a bien un distributeur de snacks, dans cet hôpital ?

4

Google Images m'avait permis de constater qu'il y avait plusieurs « Madeleine Vaughan » sur terre, et je comprenais à présent pourquoi mon mariage n'avait pas fonctionné. L'une avait neuf ans, une autre était un chiot de labrador croisé caniche, et la troisième une actrice porno extrêmement bronzée.

Cette nuit-là, j'étais monté à l'étage pour passer un peu de temps devant l'ordinateur « gracieusement fourni par Les Amis de Teddy », dont j'ai cru un instant qu'il s'agissait d'une émission de télévision pour les tout-petits. Je n'y avais accès que tard le soir, mais cela augmentait d'autant la sensation un peu louche que j'éprouvais d'être un espion. Je me disais que ma femme avait peut-être conservé son nom de jeune fille, auquel cas il ne me restait plus qu'à regarder toutes les photos taguées du nom de « Madeleine » ou de « Maddy » pour voir si j'en trouvais une qui pourrait être celle que je cherchais.

Ce n'était pas facile non plus de trouver des informations sur moi. Facebook ne me laissait pas me connecter : le site semblait plutôt strict quant aux détails personnels qu'il fallait donner. Je n'arrivais pas à comprendre comment j'avais pu oublier de demander mon prénom à Gary. Cependant, avec le peu d'indices dont je disposais et un petit travail de détective, j'ai fini par débusquer un homme qui pouvait bien être moi. Il y avait effectivement un établissement d'enseignement secondaire là où Gary me l'avait indiqué – la Wandle Academy – et dans la liste des professeurs on trouvait *Jack Vaughan – Histoire*. S'agissait-il de la confirmation de ma sphère d'enseignement ou d'un nom composé plutôt rare ?

Sans m'arrêter à réfléchir sur ce que mon nom complet évoquait pour moi, j'ai poursuivi mes investigations, en précisant les termes de ma recherche. J'ai ajouté « professeur » et « UK », ce qui m'a permis de constater que, l'année précédente, « Jack Vaughan » avait pris la parole au cours d'une conférence sur l'éducation à Kettering. Sur le site Web de l'école, j'ai passé en revue les photos des étudiants et des autres membres de l'équipe pédagogique, des gens que j'avais probablement connus. Finalement, je me suis trouvé, sur un cliché de mauvaise qualité, souriant d'un air débile au milieu, ou plutôt sur le côté, d'un groupe de profs. Ainsi, j'avais eu une vie avant le 22 octobre ! Je me suis agité sur mon siège : j'avais l'impression qu'un usurpateur d'identité s'était baladé dans la nature, prétendant être moi, enseignant l'histoire, donnant des conférences et aliénant ma femme.

L'aube n'était plus très loin quand je me suis forcé à m'arrêter. J'ai passé le reste de la matinée à tenter de rattraper le manque de sommeil, en essayant d'ignorer Bernard, qui me disait discrètement : « Vaughan ? Vaughan ? Avec tous tes problèmes de mémoire, tu as certainement oublié qu'il est malpoli de garder tes rideaux tirés lorsqu'il fait jour… » En fait, c'étaient les dernières heures que je devais passer dans cet hôpital.

Soudain, quelqu'un a tiré ces fameux rideaux et j'ai vu devant moi Gary, en compagnie d'une blonde élégante, l'air plus jeune que nous.

— Youpi ! s'est exclamé Gary. Vaughan, je te présente la baronne !

— Hello, Vaughan, a dit la femme avec un sourire crispé et un petit geste de la main. Tu te souviens de moi ?

— Euh… non… Désolé. Tu es Maddy ? Madeleine ?

J'avais la voix qui tremblait de la voir surgir comme ça devant moi. Cela dit, si j'avais ressenti une quelconque colère envers elle avant le 22 octobre, la revoir à nouveau ne réveillait pas ce sentiment. Ma femme m'était totalement étrangère. Je n'éprouvais pour elle aucune hostilité particulière, et pas d'attirance non plus.

— Pas ta baronne, espèce de bâtard sénile ! Ma baronne à moi ! C'est Linda !

Je me suis affalé sur mon oreiller.

— Tu vois, je te l'avais dit ! a repris Gary en se tournant vers elle. Il a carrément tout oublié. Il ne se souvient même pas de cette histoire un peu gênante entre vous deux, à Lanzarote…

— Oh, Gary ! s'est-elle récriée en gloussant et en lui donnant un coup de coude. Tu vois comment t'es ? Ne t'inquiète pas, Vaughan, il ne s'est rien passé entre nous ! Je suis… Linda… La femme… de… Gary…

m'a-t-elle expliqué en parlant très lentement, comme si j'étais un étranger dans le coma.

Elle s'est approchée de moi comme pour me faire la bise, mais, quand elle a remarqué la surprise sur mon visage, elle m'a tendu la main.

— Gary m'a expliqué ce qui t'est arrivé. Nous allons te ramener à la maison et nous occuper de toi… hein, Gaz ?

Linda avait déjà téléphoné à l'hôpital dans la matinée pour leur proposer de m'héberger et, apparemment, l'équipe médicale avait adhéré à l'idée de me renvoyer à une vie normale. Cela avait été une décision importante. Les différents médecins qui s'étaient penchés sur mon cas avaient tous donné leur opinion d'expert sur la fragilité de mon état physique et psychologique, ainsi que sur les conséquences qu'un changement de résidence pouvait avoir sur ma guérison éventuelle. Puis ils avaient pesé le pour et le contre, considéré à quel point l'hôpital avait besoin du lit que j'occupais, et rappelé Linda pour lui demander si elle pouvait m'emmener tout de suite.

Une fois que Gary et sa femme eurent convaincu l'hôpital de leur légitimité en tant qu'amis et aides-soignants, le Dr Lewington m'a offert un cadeau d'adieu :

— Je crains de ne pas pouvoir vous garantir que votre mémoire ne s'effacera plus, et que vous ne vous retrouverez pas à nouveau perdu dans la nature. C'est pourquoi je veux que vous portiez en permanence cette plaque d'identification autour du cou. On y trouve tous les détails pour contacter cet hôpital.

— Et elle est en métal, a ajouté Gary. Alors même si on retrouvait ton corps complètement carbonisé, on saurait que c'est toi !

On m'a fixé toute une série de rendez-vous, en me précisant – avec un manque de tact total – de ne pas les oublier. Puis on m'a laissé un peu de temps pour rassembler mes affaires. Mis à part les vêtements que j'avais en arrivant, celles-ci consistaient en un paquet de Kleenex, des bonbons à la menthe et le livre pour exercer sa mémoire que Bernard m'avait donné.

— Viens me voir quand tu passeras faire tes check-up, a dit ce dernier un peu tristement.

— Ne t'inquiète pas ! Sauf si tu es déjà sorti !

— Vous avez la même chose que Mister Mémoire ? lui a demandé Gary.

— Non. Moi, j'ai une tumeur au cerveau ! a rétorqué Bernard avec enthousiasme.

— Oh... a soufflé Linda. Je suis vraiment désolée.

— Mais je ne vais pas laisser une stupide tumeur me miner le moral. Je dis toujours que tout ce qui rime avec « bonheur » ne peut pas être vraiment mauvais.

— C'est pas faux... a opiné Gary. Ça me semble même un très bon diagnostic. Du coup, je me sens beaucoup mieux rapport à la chtouille que j'ai chopée l'autre jour, vu que ça rime avec papouille.

Linda a éclaté de rire et lui a flanqué un autre coup de coude. Elle n'était pas le genre de femme que j'aurais imaginé pour Gary. S'il avait pris la peine de mentionner qu'il était marié, je crois que je me serais attendu à voir une punkette bardée de piercings à des endroits qui semblent douloureux, ou peut-être une vieille hippie avec les cheveux teints au henné et une grande jupe en velours mauve. Or, Linda n'était pas seulement conventionnelle, elle était aussi étonnamment jeune et chic. Elle irradiait la confiance et la bonne santé des gens qui mangent équilibré et partent en vacances au ski depuis plusieurs générations.

— En fait, nous avons une grande nouvelle à t'annoncer, a-t-elle déclaré avec un regard entendu, tandis que Gary fronçait les sourcils en se doutant de ce qu'elle allait me révéler. Tu sais que cela fait longtemps que nous essayons d'avoir un bébé…

— Non.

— Non !? Oh ! Oui, bien sûr ! Eh bien, la grande nouvelle, c'est que ça y est ! Nous allons devenir une véritable famille !

Elle s'était exprimée comme si elle s'attendait à ce que je me mette à crier de joie, et quand je me suis contenté de la féliciter poliment, elle a eu l'air un peu déçue. Nous sommes entrés dans l'ascenseur, et elle a commencé à m'abreuver d'anecdotes, comme pour me prouver que je les connaissais vraiment bien. Apparemment, j'avais été le témoin de Gary lors de leur tout récent mariage, je jouais au foot avec lui tous les mardis depuis des années et j'étais même parti en vacances avec eux. Gary est intervenu pour raconter avec moult détails comment j'étais tombé du bateau au moment où il venait de ramener un énorme thon à bord.

— En fait, ce n'est pas vraiment Gary qui l'a ramené, c'est l'homme à qui on avait loué le bateau, mais c'était très drôle…

— Non ! C'est moi qui ai attrapé ce poisson ! s'est exclamé Gary, un peu irrité.

— Oui, c'est toi qui l'as ferré, mais c'est lui qui l'a hissé à bord, et lorsque cette énorme bestiole s'est mise à frétiller sur le pont, tu as sauté en arrière et tu es tombé dans l'eau, Vaughan. C'était trop drôle !

— Tu mélanges tout ! a insisté Gary. Ce type a aidé l'Américaine, mais j'ai sorti ma prise tout seul. Dis-lui, Vaughan ! Oh non ! Tu ne peux pas, hein ?

— De toute façon, ce n'est pas grave s'il t'a un peu aidé, a dit Linda.

— Mais il ne l'a pas fait…

— Ce qui compte, c'est que Vaughan est tombé à l'eau et que l'homme a dû le repêcher et le hisser sur le bateau.

— Contrairement au thon, que j'ai sorti tout seul.

— Je suis désolé, mais je ne me souviens de rien, ai-je dit. Je me sens incroyablement malpoli, vous savez ? J'étais témoin à votre mariage et aujourd'hui, je ne sais même pas ce que Gary et moi avions en commun. De quoi on parlait, d'habitude ? Je n'en sais rien.

Ils ont réfléchi un bon moment à ma question.

— Je ne pense pas que vous ayez jamais eu une véritable conversation, a conclu Linda. En général, vous compariez les applications sur vos iPhone.

Un siège bébé flambant neuf trônait à côté de moi sur la banquette arrière de leur voiture, prêt à l'emploi, si ce n'est que l'étiquette avec le prix y pendait encore.

— C'est pour quand, exactement ?

— Pour dans neuf mois, environ… a soupiré Gary.

— Non, moins que ça, a aussitôt corrigé Linda. Mais nous voulons que tout soit parfait pour Bébé.

— *Le* bébé, a dit Gary.

— C'est juste que ce siège était en promo, et c'est l'un des plus sûrs pour Bébé !

— Pour *le* bébé…

Nous sommes sortis du parking de l'hôpital. La journée était ensoleillée, venteuse, et si les feuilles s'accrochaient encore aux branches des arbres, on voyait bien qu'elles n'en avaient plus pour longtemps. Je pensais qu'on irait directement à leur appartement, mais ils avaient manifestement prévu autre chose.

— OK, les teufeurs, on fous souhaite la bienfenue à bord du zélèbre Magical Mystery Tour de Gary und Linda ! a annoncé mon chauffeur en faisant de son mieux pour imiter un guide touristique avec l'accent allemand, ou peut-être un présentateur de MTV Pays-Bas, c'était difficile à dire. Pendant ce zuper guénial tour guidé, nous sallons fous montrer les endroits les plus fameuzes de la vie de Vaughan, et c'est très cool, yawohl ? Et on fa fous raconter les histoires fazinantes des endroits que visiter nous sallons ! a-t-il conclu, façon Yoda.

En fait, il semblait que « les endroits les plus fameuzes de la vie de Vaughan » ne se trouvaient pas dans le coin. Gary m'a bien montré un pub où d'après lui nous étions allés quelque dix ans plus tôt, puis un magasin de sport où il avait acheté un survêtement, même s'il était pratiquement sûr que ce jour-là je n'étais pas avec lui. Il avait laissé tomber les accents suisse/scandinave/américain qui faisaient tellement rigoler Linda, mais il s'accrochait à son concept de visite guidée.

— Sur votre gauche, vous pouvez voir une succursale de la célèbre chaîne de restauration McDonald's, où vos parents et vos professeurs avaient toujours espéré vous voir travailler, pour peu que vous réussissiez à exploiter jusqu'au bout votre potentiel.

Malheureusement, leurs espoirs ont été déçus, et à la place vous êtes devenu professeur d'histoire… Maintenant, sur votre droite, la première école où vous avez enseigné ! C'est là… Ça déclenche des souvenirs ?

J'ai jeté un coup d'œil au grand immeuble victorien, manifestement réhabilité depuis peu, avec des fontaines, un portail électrique et des caméras vidéo de surveillance.

— « Résidence Grand Luxe » ? Ce n'est pas un nom d'école, ça !

— Euh, en fait, ils l'ont fermée quand tu es arrivé.

— Oh, Gary ! s'est écriée Linda. Ce que tu peux être grossier ! Vaughan, ce n'est pas ta faute s'ils l'ont fermée. C'était à cause de quelques « restrictions budgétaires », et moi je suis contre, parce que je pense que les enfants sont notre avenir.

Ensuite, nous avons traversé la Tamise et Gary m'a encore désigné deux ou trois pubs que nous avions fréquentés. Nous avons laissé derrière nous des églises, des salles de gym et des magasins bio sans qu'il fasse aucun commentaire. Gary et Linda semblaient surpris que je reconnaisse certaines rues et pas d'autres. Apparemment, j'avais en tête les noms des principales artères de Londres et de ses ponts, mais pas ceux des lieux qui me touchaient directement. Un peu plus loin, après avoir franchi une pittoresque quatre-voies et un tunnel guilleret plein de graffitis, nous nous sommes garés devant un énorme bâtiment moderne.

— C'est là que je suis prof ?

— Waouh ! Ça a marché ! Tu t'en souviens, mon salaud !

— Non. C'est juste que tu m'avais dit que l'école se trouvait à Wandsworth, du coup j'ai déniché la Wandle Academy sur Internet.

— Oh, eh bien, de toute façon, c'est là que t'es prof ! Pas vraiment Poudlard, hein ?

L'immeuble en béton avait effectivement l'air moche et peu engageant. Le perron était jonché de détritus et, peut-être pour symboliser le développement de ces jeunes esprits, on avait planté deux jeunes bouleaux devant le portail, mais quelqu'un les avait massacrés avant même qu'ils aient pu commencer à grandir.

J'avais fini par comprendre que les termes grossiers que Gary employait pour désigner mon métier et mon collège traduisaient en réalité une certaine forme de respect – c'était comme ça que nous avions l'habitude de nous adresser l'un à l'autre, et il faudrait bien que j'apprenne à lui renvoyer la balle.

— Alors je suis prof ? Prof principal, ou quoi, pauvre bâtard de mes deux ?

— Quoi ! s'est exclamé Gary, l'air plutôt choqué.

— C'est quoi, mon poste ?

— Mais pourquoi tu me traites de « bâtard de mes deux » ?

— Euh, désolé. Je croyais que c'est comme ça qu'on se parlait…

— Tu ne peux pas te balader dans la nature en traitant les gens de « bâtard de mes deux », espèce de tête de nœud ! Tu fais partie de l'establishment, mon vieux ! T'es l'un d'eux !

Linda s'est montrée un peu plus diserte et m'a expliqué qu'au cours des dix ans que j'avais passés là on m'avait promu « directeur des humains », « ou un truc dans ce genre », ajouta-t-elle.

— Des humanités, peut-être ?

— Ouais, ça ressemble à ça. Je trouvais quand même un peu bizarre de confier tous les humains à une seule personne.

— Et j'ai passé dix ans ici ?!

— Un peu plus, en fait, a répondu Linda. Mais c'est censé être une bonne école. En tout cas, c'est ce que tu disais tout le temps.

Je me suis mis à éprouver une légère préoccupation en songeant que j'aurais dû me trouver de l'autre côté de ces grilles, où des classes pleines d'enfants se demandaient sûrement ce qui était arrivé à M. Vaughan.

— Mes enfants sont-ils scolarisés ici ?

— Tu délires ! Maddy connaît le niveau de l'équipe pédagogique !

— Non… a dit Linda, plus sérieusement. Ils vont dans un collège qui se trouve plus près de chez vous. Dillie vient juste d'entrer dans le secondaire. D'ailleurs, on voudrait envoyer Bébé dans l'école primaire où elle allait.

— *Le* bébé.

Je ne me souvenais pas de mes amis, de leur personnalité ou de leur histoire, mais je n'avais pas oublié que la question que j'étais sur le point de poser pouvait sembler grossière.

— Euh… Et vous… Vous faites quoi dans la vie ?

— Comment ?

— Oui ! Vous travaillez dans quelle branche ?

— Tu te crois où ? Dans une soirée au Rotary Club, ou quoi ?

— Je ne sais pas… C'est juste que je ne trouve pas ça très poli de parler de moi tout le temps. Je n'ai pas envie d'avoir l'air égocentrique... La première impression, vous savez ce que c'est...

— La deuxième, a dit Linda.

— Oui, c'est vrai, la deuxième impression. Pour vous, en tout cas.

— La mille deuxième ! a renchéri Gary.

— D'accord. Eh bien... je... a bafouillé Linda. C'est bizarre... Je suis dans le recrutement... Et Gary dans l'informatique : Internet et ce genre de trucs.

— Ah bon... ai-je lâché d'un ton neutre. Tu ne serais pas dans la récupération de données, par hasard ?

— Non, mais je connais deux ou trois gars spécialisés là-dedans. Ils te diraient que tu aurais dû faire une sauvegarde sur une clé USB. En fait, je suis indépendant, je conçois des sites Web, je développe de nouvelles idées pour le Net, tu vois ?

— Waouh ! Quelle sorte d'idées ?

— Bon, je crois bien que le moment est venu de te parler de notre grand projet...

— « Notre grand projet » ?... A nous deux, tu veux dire ?

— Oui. Un truc qu'on est en train de développer ensemble : un site qui va révolutionner la façon dont les gens consomment l'information.

— C'est-à-dire ?

— Dans la façon de traiter l'actualité, c'est ça l'avenir ! a déclaré Gary avec ce qui m'a semblé être un accès subit de confiance et de zèle. Tu vois, pour l'instant, les infos tombent du haut vers le bas. Une compagnie fascinante décide quel est l'événement le plus important, elle envoie un de ses laquais faire un reportage, et celui-ci balance alors tous les mensonges de Murdoch à un public crédule, a-t-il affirmé, tandis que Linda acquiesçait vigoureusement. Mais Internet permet de retourner ce modèle dans l'autre sens. Imagine que des millions de lecteurs écrivent ce dont ils ont été témoins un peu partout dans le monde, qu'ils téléchargent leurs photos, leurs vidéos et leurs textes. Des millions de lecteurs cherchent dans ces articles et cliquent sur ce qui les intéresse. Alors, hop ! L'article qui obtient le plus grand nombre de clics fait la une du média le plus démocratique et le moins biaisé du monde !

— C'est tellement drôle, a ajouté Linda en rigolant. Hier, la première page montrait un transsexuel en train de le faire avec un couple de nains !

— Oui, bon. Il faudrait qu'on travaille un peu sur les filtres et tout ça. Mais YouNews, c'est l'avenir, et c'est toi-même qui l'as dit. On peut effectuer les recherches selon plusieurs critères : région, sujet, mouvement de protestation, ce qu'on veut…

— Il faudra que tu jettes un œil dessus, a insisté Linda. J'ai appris à télécharger des articles. Hier, j'ai mis en ligne une vidéo très mignonne : un chaton surpris par le coucou d'une horloge !

— Non, Linda ! Ce n'est pas une info, ça ! Le site n'est pas fait pour ça !

— Alors, il n'y a ni reporters ni éditeurs ? ai-je demandé.

— Exactement ! Pas de pique-assiettes qui signent des notes de frais sur les cinq continents, pas de studios, pas d'équipement hors de prix, pas de pontes qui protègent leurs amis politiciens ou leurs bailleurs de fonds…

J'ai réfléchi pendant quelques instants au concept, puis j'ai mentionné ce qui me mettait mal à l'aise.

— Mais comment savez-vous que c'est vrai ?

— Vrai ?

— Oui ! Comment savez-vous que l'histoire que quelqu'un télécharge n'a pas été inventée de toutes pièces ?

— Eh bien, s'ils l'ont inventée, il y aura toujours un autre internaute qui le signalera dans les commentaires, a expliqué Gary. L'article perdra de sa crédibilité. En plus, les gens peuvent modifier eux-mêmes les articles, un peu comme dans Wikipédia, mais pour des sujets d'actualité. Ça te branche à fond, crois-moi ! Toi et moi, on va conquérir le monde.

Le site Web de Gary avait éveillé en moi une préoccupation plus profonde, que j'avais ressentie depuis que mon cerveau avait appuyé sur Ctrl+Alt+Esc. Comment savoir si une chose était vraie ? Je luttais encore contre cette petite voix dans ma tête qui remettait en cause le fait que je m'appelais « Vaughan », que j'étais un professeur et que mon mariage était foutu.

Nous avons fini par arriver à l'endroit où j'avais vécu jusqu'au jour de ma fugue. On m'avait appris qu'entre le moment où j'avais quitté le domicile conjugal et celui où j'avais élu résidence au quatrième étage du King Edward's Hospital j'avais squatté divers endroits, dont le plus récent, non loin de mon ancien quartier, était la demeure d'une famille fortunée partie à New York pour trois mois.

— Waouh ! Quelle magnifique maison ! Je l'avais pour moi tout seul ?

— Ouais ! Mais tu ne l'aimais pas. Ça t'angoissait vraiment d'endosser la responsabilité de ces meubles luxueux et de tout le reste. Tu me disais tout le temps : « Gary, ne fume pas de l'herbe à l'intérieur ! Gary, arrête de lui piquer ses fringues ! Gary, ne pisse pas sur la pelouse ! » Ouais, on avait l'impression que tu devenais un peu coincé, si je peux me permettre...

Lorsque j'avais disparu, c'est là que j'avais laissé mes vêtements et mes affaires, lesquels se trouvaient maintenant dans des cartons chez Gary et Linda.

— Ouais, et il y avait aussi des trucs porno assez hard dans ce qu'on a ramené.

— Vraiment ? m'a demandé Linda, l'air choquée.

— Non, ai-je répondu en souriant.

J'arrivais maintenant à reconnaître les vannes de Gary mieux que sa femme elle-même.

La famille en question était apparemment de retour chez elle, sans doute encore en train de repêcher des mégots au fond de l'aquarium des poissons tropicaux. Du coup, leur demeure ne représentait plus une option d'hébergement valable pour moi.

— Alors, ça non plus tu ne le reconnais pas ? C'est vraiment étonnant ! Mais est-ce qu'il y a des choses dont tu te souviens quand même ?

— En fait, il y a une scène qui me revient tout le temps. J'ai ce vague souvenir d'une crise de fou rire avec une fille, quand j'étais jeune. Mais je ne me rappelle pas qui c'est, ni à quoi elle ressemble, ni où ça se passait. Je me souviens juste d'avoir été vraiment très heureux...

Gary et Linda ont échangé un regard, sans rien dire. La voiture s'est engagée dans une rue résidentielle donnant sur Clapham Common, des rangées de maisons victoriennes de taille moyenne au milieu desquelles on trouvait de temps à autre un de ces horribles immeubles des années 1950. Les architectes d'après-guerre n'avaient pas vraiment réussi à faire oublier les adresses que la Luftwaffe avait biffées. A l'angle, au numéro 27, la plus belle maison de la rue pouvait s'enorgueillir de lucarnes à la Mansart et d'une tourelle d'où l'on voyait probablement tout Londres.

— Tu la reconnais ?

— Ne me dis rien. C'est là que je suis né ? Oh, il n'y a même pas de plaque...

— Calme ta joie. Essaie encore.

— J'ai vécu ici aussi ?

— Euh, oui, d'une certaine manière...

A cet instant, la porte d'entrée s'est ouverte. Une rousse magnifique a surgi dans le soleil automnal et est allée déposer un sac dans la poubelle.

— Waouh ! Qui est-ce ? ai-je murmuré. Elle est vraiment belle !

La femme a marqué une pause, ôté deux fleurs fanées du géranium à la fenêtre, puis, se glissant une mèche rebelle derrière l'oreille, a regardé en l'air comme pour vérifier le temps qu'il faisait.

— Elle vivait ici quand j'y étais ? On devrait peut-être s'arrêter dire bonjour, non ?

— Mince alors, Vaughan, tu es rouge comme une pivoine ! s'est écriée Linda. Gary, nous ne devrions pas traîner dans le coin. Il ne faut pas qu'elle nous voie, a-t-elle poursuivi, tandis que déjà il embrayait pour s'éloigner.

— Eh, attendez ! Vous ne m'avez rien expliqué... Où sommes-nous ? Qui est cette femme splendide ?

— Ça, c'est la maison dans laquelle tu as vécu pendant vingt ans, a dit mon guide touristique. Et elle, c'était Madeleine, la femme dont tu vas bientôt divorcer.

5

En entrant, la première chose qu'on voyait, c'était la barrière de sécurité pour bébé en travers de l'escalier et un landau flambant neuf plié sous les portemanteaux. Toutes les prises électriques étaient munies de caches de protection et, dans le salon, un grand tapis aux couleurs vives à l'effigie de Thomas le Petit Train était roulé contre le mur.

— Vous attendez un deuxième enfant, ou c'est votre premier ?

— Non, pour l'instant, on n'est que deux à cette adresse, a répondu Gary. C'est juste que Linda aime acheter tous ces trucs, tu sais ?

— J'ai toujours aimé ta maison, Vaughan, a dit Linda, pleine d'enthousiasme. Toujours peuplée d'enfants et tout ça. J'ai dit à Gary que je voulais que chez nous ça soit exactement pareil.

— Eh bien, je suppose qu'il vaut mieux être prêt, en effet… ai-je admis.

— Tu vois, ici, ce n'est pas une maison, a-t-elle repris, d'un air pénétré. C'est un foyer !

— Oui, ce n'est pas une maison ! s'est exclamé Gary. C'est un appartement !

Toute fière, Linda m'a montré la chambre où j'étais censé dormir. Un lit de bébé trônait dans l'un des coins de la pièce, entouré de mobiles lumineux. Une lampe à abat-jour Disney répandait une lumière douce sur les petits oursons du papier peint. Avec amour, Linda a remis en place une des peluches, apparemment disposées… à attendre longtemps. Le canapé convertible qu'on m'avait préparé gâchait un peu l'atmosphère enfantine de la chambre : il tranchait avec le tapis d'éveil et la table à langer.

C'était là que ma nouvelle vie devait commencer, dans une chambre avec une veilleuse et une alarme bébé, afin que Linda puisse entendre si je me mettais à pleurer. Au plafond, j'ai remarqué un poster où les animaux de la ferme s'agençaient pour former les lettres de l'alphabet. Sur les rideaux, des lapins en parachute sautaient d'un croissant de lune. Quelqu'un semblait penser que ce bébé serait sérieusement accro aux drogues hallucinogènes.

— C'est une chambre adorable, n'est-ce pas ? a-t-elle affirmé, satisfaite. Bien sûr, il faudra que tu t'en ailles quand Bébé sera là…

— *Le* bébé… a grommelé Gary.

Des vêtements masculins d'occasion pendaient dans un placard. Soit on les avait mis de côté pour que Bébé puisse s'en servir lorsqu'il aurait la quarantaine, soit ces vestes et ces jeans m'avaient appartenu, avant mon amnésie. Comme des millions d'individus de la classe moyenne, de Seattle à Sydney, j'avais choisi pour m'habiller un assortiment de jeans, de chemises et de pulls de prêt-à-porter. Plus quelques costumes usés, probablement destinés à mes activités d'enseignant, et des cravates, plutôt banales, qui semblaient condamnées à être mises en berne.

Très gentiment, Linda avait tout préparé pour mon séjour, et jusqu'à la brosse à dents, encore dans son emballage.

— Voici la salle de bains, Vaughan. Je me suis dit que tu aurais peut-être envie d'en prendre un. Si tu veux utiliser la douche, il faut que tu tires sur cette poignée…

— Tu crois qu'elle a l'air triste ?

— Qui ça ?

— Maddy. J'ai l'impression qu'elle avait l'air un peu triste…

— Euh, non… Je l'ai trouvée comme d'habitude… Le linge sale va là-dedans, et je te montrerai comment fonctionne la machine à laver.

— Peut-être a-t-elle eu froid, subitement ? Le vent était plutôt frais, non ?

— Euh, oui… Ça doit être ça.

Après une semaine à l'hôpital, se relaxer dans un bain était tentant. Quelques minutes plus tard, en me déshabillant, j'avais la sensation d'envahir l'espace intime de parfaits inconnus. Je me sentais comme un intrus devant les produits de beauté de cette Linda et les rasoirs de ce Gary, encerclé par les lotions et les serviettes de ces étrangers à qui j'avais encore tellement de questions à poser. J'avais à peine eu le temps de m'entr'apercevoir dans le miroir avant qu'il se couvre de buée. Quand les choses avaient-elles commencé à mal tourner avec Maddy ? Etais-je parti de mon propre chef ? M'avait-elle mis à la porte ? L'un de nous deux avait-il une aventure ?

Le bain moussant sentait bon. Je suis resté dedans pendant tellement longtemps qu'il m'a fallu rajouter de l'eau chaude. J'ai plongé ma tête endolorie sous la mousse, laissant ainsi mes sens échapper au monde extérieur. A présent, je n'entendais plus que les battements de mon cœur. C'est tout ce qu'il y a, en réalité : vos propres battements de cœur et vos yeux qui regardent dans tous les sens.

J'ai émergé lentement pour reprendre mon souffle. J'ai regardé le plafond, et je ne me souvenais pas de m'être jamais senti aussi détendu. J'avais la tête complètement vide. Une petite araignée se cachait dans une fissure près de la fenêtre. C'est alors que cela s'est produit. Surgi de nulle part, sans associations d'idées ni processus logique, mon premier souvenir a refait surface. Juste comme si j'y étais vraiment, comme si je le vivais en temps réel, avec les émotions, les sons, la météo, même ! L'épisode est apparu dans ma tête tout d'un bloc.

Maddy et moi marchons dans l'herbe, main dans la main. Nous gravissons une colline jusqu'au sommet, en sautant par-dessus les bouses de vache et les terriers de lapins, puis nous nous tenons là, nos visages baignés de soleil et de vent, avant de nous donner un rapide baiser.

— Alors, on va où, maintenant ? dis-je en regardant la mer en contrebas.

— Je sais pas. On emménage ensemble, peut-être dix ans de bonheur domestique avant que je découvre que tu as une aventure avec ton auxiliaire.

— Mon auxiliaire ? Et pourquoi pas ma secrétaire ?

— C'est ça la surprise. Ton auxiliaire est un homme.

— Oui, je suis un homosexuel refoulé. C'est pour ça que je te trouve si attirante…

— *Dix ans ! Mon Dieu, ça nous en fera presque trente. C'est vieux, ça, non ?*
— *J'ai l'intention d'avoir l'air très distingué en vieillissant. Comme ce type de la pub pour L'Oréal, avec « les tempes grisonnantes ».*
— *Et une voix mal doublée par un acteur anglais.*
— *Exactement.*

Sans vraiment nous soucier de l'endroit où nos pas nous portent, nous atteignons la colline suivante, tandis que nos sacs à dos et notre matériel de camping ne ralentissent guère notre progression optimiste à travers la campagne irlandaise. Ce sont nos premières vacances ensemble. Il fait beau, notre tente est toute neuve – que pourrait-il donc nous arriver ?

— *Oh, non ! Je n'y crois pas !* s'exclame Maddy, l'air vraiment inquiète.
— *Quoi ? Qu'est-ce qu'il y a ?*
— *J'ai encore oublié d'envoyer la carte postale à ma grand-tante Brenda.*
— *Laquelle ? Celle qui est raciste ?*
— *Ce n'est pas du racisme. C'est juste de l'affection pour le stéréotype irlandais.*

Sur la fameuse carte postale, on voit un leprechaun, ces farfadets typiques de l'Irlande, en train de boire une pinte de Guinness avec la légende : « Passe une bonne journée, p'tit gars ! » Je suggère que ce n'est peut-être pas de très bon goût, mais Maddy tient mordicus à la carte postale qu'elle a choisie pour sa grand-tante, une veuve très âgée.

— *Je pense qu'elle va lui plaire. Elle a des nains.*
— *Elle a des nains ?!*
— *Oui, dans son jardin.*

— *Evidemment, dans son jardin. Je me doutais bien qu'ils ne lui avaient pas colonisé le cuir chevelu...*

Le leprechaun ne semble pas moins gai, malgré les trois jours qu'il vient de passer dans une poche latérale du sac de Maddy. Au dos de la carte postale, elle a déjà écrit un petit message enjoué, inscrit l'adresse avec amour et collé un timbre irlandais spécialement acheté pour l'occasion. Le seul détail qui lui échappe encore, c'est qu'il faudrait la glisser dans une boîte aux lettres... Quand Maddy revient en Angleterre et déballe son sac, le leprechaun est toujours là, à lui souhaiter une bonne journée. Elle se résout à coller un timbre anglais par-dessus l'irlandais en espérant que sa grand-tante Brenda ne remarquera rien, ou que, depuis 1921, elle ne s'est toujours pas aperçue que l'Irlande a conquis son indépendance. Maddy me la confie pour que je la poste en sortant, et je la glisse soigneusement dans la poche intérieure de ma veste. C'est là que je la retrouve quelques mois plus tard, et je me demande comment avouer à ma copine que j'ai oublié d'envoyer sa carte postale un peu raciste à la déjà légendaire tante Brenda.

Je fais du stop avec Maddy, nous traversons à pied le comté de Cork. Nous sommes à présent en train d'admirer une immense étendue de sable, plus connue sous le nom de Barleycove. De part et d'autre, derrière des dunes à l'herbe grasse, les collines se fondent jusqu'à une plage parfaite. Un petit ruisseau se jette dans un lac d'eau salée dont le niveau suit celui des marées. Çà et là, des bungalows blancs parsèment le relief, tandis qu'à l'horizon la minuscule silhouette du phare du Fastnet se découpe sur le ciel voilé.

— Pourquoi ne camperions-nous pas ici ? suggéré-je avec enthousiasme. Nous pourrions nous baigner, faire un feu avec le bois échoué sur la plage et profiter des joies d'un barbecue bucolique à base de saucisses reconstituées et de PastaBox...

— Mais tout à l'heure, au pub, la patronne disait que le temps était à l'orage, tu ne te souviens pas ? On devrait retourner à Crookhaven. Il y avait des chambres à l'étage, dans ce pub...

— Allez ! Il y a un soleil radieux. C'est l'endroit idéal. C'est ça qu'on est venus chercher ! dis-je en me délestant de mon sac à dos.

Six heures plus tard, nous sommes réveillés en sursaut : la partie supérieure de la tente s'est détachée et flotte agressivement au-dessus de nous. A présent, la pluie tombe de plus en plus bruyamment sur l'habitacle dans lequel nous sommes censés dormir, tandis que l'eau s'écoule le long du piquet central et forme une flaque à nos pieds. Nous n'avons pas tenu compte de l'augure local, mais malgré notre imprudente décision cet orage nocturne rend notre intimité encore plus chaleureuse : il est aussi excitant que romantique de se retrouver ainsi ensemble, face à cette crise que nous avons nous-mêmes provoquée.

— Je t'avais dit de ne pas écouter cette femme dans le pub...

— Et tu avais raison. Tout le monde sait bien qu'il ne pleut jamais en Irlande. Un pays célèbre pour son climat désertique. C'est d'ailleurs pour ça que Bob Geldof s'intéresse aux sécheresses.

Une nouvelle bourrasque secoue violemment la tente, puis une des cordes cède, les piquets s'écroulent vers l'intérieur et le toit nous tombe sur la tête. Je lance un juron à voix haute et, l'espace d'un instant, j'ai l'air d'avoir peur, ce qui provoque des hurlements de rire chez Maddy, encore sous l'effet de la bouteille de vin blanc que nous avons partagée en regardant le soleil se coucher.

J'entreprends de redresser les piquets de l'intérieur, mais une rafale remet la tente par terre et un torrent surgit, qui inonde nos affaires. Maddy, toujours morte de rire, sort la tête de la tente pour constater les dégâts.

— Tu pourrais peut-être essayer de la réparer de l'extérieur ? suggère-t-elle.

— Pourquoi moi ?

— Eh bien, parce que je ne veux pas mouiller mon tee-shirt, alors que toi, tu peux y aller comme ça.

— Mais je suis tout nu !

— Je le vois bien, mais par une nuit pareille il n'y aura personne dehors, non ? Allez, je vais préparer une serviette pour ton retour !

C'est ainsi que mon corps pâle et nu se glisse dans l'obscurité pour lutter contre la pluie et le vent, tandis que Maddy remonte la fermeture Eclair derrière moi. Aussi est-ce de l'intérieur de la tente qu'elle entend la voix d'un homme âgé me demander avec nonchalance si tout va bien.

— Euh, oui... Bonjour... Merci beaucoup. Notre tente s'est effondrée avec la tempête...

— Oui, je vous ai regardés vous installer, hier soir, lance un vieil homme abrité sous un parapluie de golfeur. Du coup, tout à l'heure, je me suis dit : Va donc voir si le vent les a pas emportés !

— Pas encore ! plaisanté-je, avec un rire factice qui dure beaucoup trop longtemps.

J'entends Maddy glousser dans la tente. De toute évidence, elle l'avait aperçu et m'avait délibérément piégé.

— Il y a une grange en haut du chemin. Moi je dis qu'y aurait moyen de vous réfugier là-bas, si vous voulez.

— Merci, c'est très gentil.

— Mais y faut pas se balader les couilles à l'air par un temps pareil. Vous allez attraper la mort.

J'entends un nouvel éclat de rire, tandis que, debout sous la pluie battante, j'entreprends de poursuivre cette discussion à bâtons rompus en masquant de mes mains mes parties génitales.

— Oh, ça ? C'est juste que je ne voulais pas mouiller mes vêtements, vous savez ? Mais c'est un bon conseil. Je vais rentrer tout de suite. Merci de vous être préoccupé de notre sort !

Nous ne parviendrons jamais à rattacher les cordes, et la tente restera par terre jusqu'au matin, mais le fait que nous ne fermerons pas l'œil de la nuit et que, le lendemain, nous devrons sécher nos affaires n'a aucune importance, parce que nous n'avons envie que d'une seule chose : rire et rire encore. Je suppose que nous nous montrons l'un à l'autre à quel point nous pouvons réagir avec optimisme face à l'adversité. Maddy ne m'en veut pas d'avoir ignoré ses conseils et de m'être trompé : nous n'allons rien laisser se mettre en travers de notre bonheur. Nous sommes jeunes et nous pouvons nous endormir avec un bout de toile sur le nez, dans les bras l'un de l'autre. L'euphorie que provoque le simple fait de nous trouver ensemble nous immunise contre le manque de confort.

— Je viens d'avoir un souvenir ! me suis-je exclamé en me précipitant hors de la salle de bains. Je viens de retrouver tout un épisode de ma vie !

Gary et Linda étaient enchantés, bien que leur joie fût un peu tempérée par la vue d'un homme presque nu en train de rire comme un maniaque en répandant de l'eau savonneuse sur le carrelage de leur cuisine. En fait, je me demandais si ce n'était pas le fait d'être nu et mouillé qui avait déclenché ce souvenir, mais d'une certaine façon je savais que c'était plutôt la vue de Maddy. Linda m'a tendu son peignoir rose et a directement fourré dans la machine à laver la petite serviette dont je m'étais servi pour protéger mon intimité.

Nous nous sommes attablés dans la cuisine. D'après eux, ce n'était qu'un début ; ils m'ont assuré que d'autres souvenirs allaient certainement resurgir.

— Ce peignoir féminin te sied à ravir, Vaughan ! s'est exclamé Gary. Il est vrai que tu as toujours eu un penchant pour le travestissement…

Linda s'est mise à rire, avant de me rassurer. Je n'avais jamais été un travesti, du moins, pour autant qu'elle le savait.

Je voulais d'autres histoires, d'autres souvenirs à propos de Maddy. Cependant, alors que je désirais en apprendre plus sur mon mariage, Gary sentait qu'il fallait que je me concentre sur comment il s'était terminé. Ils avaient dû en parler pendant que je prenais mon bain, et à présent ils me rappelaient mon rendez-vous de vendredi au tribunal, pour le dernier acte d'une affaire qui, d'après eux, avait été extrêmement longue, pénible et onéreuse.

— Tout arrêter maintenant serait la dernière chose que tu aurais voulue, m'a affirmé Gary.

— Il faut que tu franchisses ce dernier obstacle, pour Maddy et les enfants autant que pour toi-même, a renchéri Linda.

Si je comprenais bien, Gary voulait que j'aille au tribunal et que, une fois devant le juge, je fasse comme si rien ne s'était passé, pour mettre fin à un mariage à propos duquel j'ignorais tout.

— Et s'il me pose une question dont je ne connais pas la réponse ?

— Ton avocat sera là, il te soufflera ce qu'il faut dire.

— Il sera au courant, pour ma fugue ?

— Euh, probablement pas, a reconnu Gary. Pourquoi prendre le risque de leur en parler, alors qu'on ne sait pas comment ils vont réagir ? Ils pourraient insister pour reporter la décision et te facturer dix mille livres de plus, que tu n'as pas, d'ailleurs.

— Maddy et les enfants s'attendent à ce que tout se termine vendredi. Ils ont besoin d'un dénouement, a ajouté Linda.

— Je suis certain que le scénario de cette audience finale est déjà écrit. Tu te contentes de répéter au juge quelle est ta position, il prononce sa sentence, Maddy et toi vous reprenez chacun vos CD et, ensuite, direction le pub pour aller flirter avec la barmaid polonaise…

Gary insistait particulièrement sur le fait que si je ne menais pas mon divorce à terme je le regretterais. En effet, si jamais la mémoire me revenait tout d'un coup, je risquais de me réveiller en ayant loupé l'occasion d'en finir avec un mariage malheureux.

— Je veux bien, mais c'est toi qui dis que c'était un mariage malheureux… ai-je risqué.

— Oui, mais c'est toi qui divorces. C'est quand même un signe, non ?

Je m'étais douté que notre séparation n'avait pas été dénuée d'amertume, mais en creusant un peu j'ai appris que c'était pendant la procédure de divorce que les choses s'étaient envenimées. Apparemment, au début, Maddy et moi nous étions comportés l'un envers l'autre comme des individus à peu près civilisés. Par la suite, en revanche, nous avons été balayés par un système judiciaire qui favorise les antagonismes, et devant les exigences, voire les provocations des avocats des deux camps, les hostilités, échappant à tout contrôle, avaient pris un tour personnel.

— Le professeur d'histoire que tu es comparait le divorce à une guerre, a affirmé Gary. Tu m'as dit qu'en 1939 la RAF trouvait immoral de bombarder la Forêt-Noire pour priver les Allemands de bois, mais qu'en 1945 elle a délibérément noyé des civils sous un déluge de bombes, pour en tuer le plus possible.

— Maddy et moi n'en sommes pas arrivés à l'épisode de Dresde, j'espère ?

— Non, vous en étiez plutôt à juin 1944, je dirais. Elle avait débarqué en Normandie, mais il te restait encore l'atout des V-1 planqué dans ta manche.

— Je vois. Alors dans cette métaphore, les nazis c'est moi ?

Malgré tous leurs efforts pour me persuader qu'il valait mieux que nous nous séparions, je sentais que je ne pouvais pas accepter juste comme ça un saut aussi fondamental dans l'inconnu. Cela dit, le fait d'être vêtu d'un peignoir rose ne m'aidait guère à affirmer ma position.

Une fois habillé, j'ai annoncé mon désir d'aller me promener tout seul, histoire de réfléchir un peu. Entre la préoccupation angoissée de Linda et l'indifférence totale de Gary, nous sommes parvenus à un compromis : tout irait bien à condition que je prenne un plan, au dos duquel j'aurais inscrit leur adresse et leur numéro de téléphone, ainsi que vingt livres en liquide, que j'ai promis de rembourser.

— Tu es sûr que ça va aller ? a répété Linda sur le pas de sa porte. Tu ne veux pas qu'un de nous t'accompagne ?

— Non, vraiment. J'ai juste envie de prendre l'air. Après une semaine d'hôpital et tout ce qui s'est passé, j'ai besoin de me vider un peu la tête.

— Ta tête est assez vide comme ça, mon vieux ! a lancé Gary de la cuisine.

Dès que je me suis retrouvé dans la rue, j'ai commencé à refaire en sens inverse les deux kilomètres qui me séparaient de l'endroit où nous avions vu Maddy sortir de chez elle. J'allais lui parler. J'allais rencontrer ma femme. J'avais décidé qu'elle avait le droit d'être au courant de ce qui m'était arrivé : un événement aux conséquences majeures pour sa propre vie, pour nos enfants, et pour le procès. Je lui devais bien cela : lui dire face à face ce qui s'était produit. Il fallait le faire avant que les enfants rentrent de l'école, et suffisamment à temps pour pouvoir reporter l'audience : c'est-à-dire tout de suite.

De toute façon, ai-je songé, j'aimerais bien connaître un peu ma femme avant de divorcer.

6

Gary m'avait raconté la remarquable série d'événements qui avait fait de Maddy et moi les propriétaires d'une grande maison victorienne à Clapham. La première fois que j'avais vu cette bâtisse délabrée, aux fenêtres recouvertes de planches depuis les années 1980, elle avait des trous béants dans la toiture et des ronces poussaient sur les balcons à l'étage. Après notre sortie de l'université, Maddy et moi avions sympathisé avec un groupe de militants qui, ayant repéré qu'elle était à l'abandon, envisageaient de la squatter. Or, de nous tous, au moment de passer à l'acte, c'est Maddy qui avait été la plus courageuse. Alors que j'hésitais, me demandant si nous avions besoin d'une autorisation pour entrer dans la maison, elle s'était attaquée aux fenêtres du rez-de-chaussée avec une barre à mine. Au cours des semaines suivantes, nous avons effectué quelques raids sur des bennes de chantier pour récupérer du bois de chauffe, et la nuit nous poussions de gros meubles contre les portes pour nous protéger. Ce petit manège a duré jusqu'à ce qu'on se rende compte que la mairie avait des tâches bien plus urgentes que tenter de nous déloger. Les amis allaient et venaient. Un couple d'artistes anarchistes a même eu l'idée de transformer la maison en un « Laboratoire d'événements et festival permanent gratuit », mais le concept s'est essoufflé en raison de leur incapacité à sortir du lit avant midi.

Quelques années plus tard, nous avons constitué une association de résidents ; du coup, c'était plus facile pour les autorités de nous permettre de rester. Apparemment, c'est moi qui me suis occupé de toute la paperasse et qui ai endossé la responsabilité légale de l'affaire. Puis, lorsqu'on a modifié la loi pour permettre aux associations de résidents d'acheter leur logement, seuls Maddy et moi y habitions encore. En deux décennies, nous étions passés de squatters radicaux à propriétaires respectables, sans quitter notre pas-de-porte. La baie vitrée que Maddy avait attaquée à la barre à mine arborait à présent une affichette présentant la fête de l'école de nos enfants. Sur notre boîte aux lettres, un autocollant proclamait : *Pas de publicité !* J'imagine qu'à l'époque où un petit buisson poussait dans notre cuisine la publicité ne nous aurait fait ni chaud ni froid.

Et maintenant, je me retrouvais devant la maison familiale, un endroit rempli de souvenirs, bien que, pour l'heure, aucun ne soit vraiment à moi. J'avais envisagé d'aller droit à la porte et de sonner, mais j'ai temporisé, pour réunir un peu de courage. J'étais perturbé parce qu'en fait la sonnette était un intercom, ce qui voulait dire que les premiers mots que j'allais adresser à ma femme le seraient à travers le filtre électronique et aliénant d'un micro. En partant de chez Gary et Linda, j'avais les idées claires quant à ce que je devais faire, mais à présent mon doigt tremblait en s'approchant du bouton. Je l'ai laissé flotter en l'air, sans certitude. Et si un de mes enfants n'était pas à l'école et sortait en courant me dire bonjour ? J'ai imaginé un scénario terrible où ma fille se présenterait devant moi avec une amie : je serais incapable de savoir laquelle était Dillie. Dans un cas comme celui-ci, ma propre santé mentale n'était pas la seule chose en jeu.

Pourtant, il fallait que je le fasse. J'ai arrangé mes cheveux, lissé ma chemise et appuyé sur le bouton. A ma grande surprise, mon geste a déclenché une série d'aboiements de l'autre côté de la porte. Un chien ! Personne ne m'avait parlé d'un chien. C'étaient les aboiements furieux d'un molosse défendant son territoire – et aucun maître ne le rejoignait pour lui dire de se taire. Maddy n'était pas chez elle. J'avais présumé qu'elle y serait parce qu'elle s'y trouvait plus tôt dans la journée, mais en fin de compte je ne savais même pas si elle travaillait ou non – peut-être avais-je inconsciemment pensé que non. J'ai sonné de nouveau, pour le cas improbable où le barouf du chien lui aurait échappé, et cela a déclenché une nouvelle salve d'aboiements. J'ai jeté un coup d'œil à travers la fente de la boîte aux lettres et lancé un « Hello ? » optimiste : aussitôt, l'animal a changé de comportement. Il s'est mis à glapir d'excitation, comme s'il m'avait reconnu ; il agitait la queue tellement fort que tout son train arrière oscillait de gauche à droite. C'était un grand golden retriever. Il me léchait les doigts à travers la fente de la boîte, s'arrêtait pour hurler de grands « Wouf ! » pleins d'émotion, puis se remettait à me baiser la main avec frénésie. Je ne m'étais jamais demandé si j'aimais les chiens ou pas, mais, d'instinct, j'ai ressenti de l'affection pour celui-ci.

— Hello, mon gars ! Comment tu t'appelles ? Ouais, c'est moi ! Tu te souviens de moi ? Est-ce que je t'emmenais faire des promenades ?

Ce dernier mot l'a rendu encore plus hystérique, et je me suis senti un peu coupable de l'exciter comme ça alors que j'allais repartir en le laissant derrière sa porte.

De retour sur le trottoir, j'ai étudié la maison, à la recherche d'indices supplémentaires sur les gens qui y vivaient. En traversant la rue pour mieux la regarder, j'ai remarqué qu'elle était moins bien entretenue que ses voisines : la peinture de la clôture était écaillée et les battants de la porte d'entrée mal assortis, l'un en verre biseauté ancien, l'autre en verre ordinaire. En regardant cette maison et ce qu'elle représentait, j'ai été frappé de constater à quel point la demeure que nous avions fait naître était belle. Elle irradiait de caractère, avec ses volets aux couleurs vives et ses jardinières fleuries. L'étrange tourelle vitrée qui la couronnait offrait probablement juste assez de place pour lire ou contempler la vue sur Londres. Des chiens-assis dépassaient du toit en ardoise, suggérant que de confortables chambres d'adolescents nichaient dans les soupentes. Il y avait un balcon au deuxième étage et par le côté j'apercevais un auvent en toile aux couleurs passées et un jardin où un lierre étalait ses derniers tons cuivrés d'automne.

J'ai tenté de m'imaginer assis sur le balcon avec Maddy, en train de partager une bouteille de vin blanc par une nuit d'été, tandis que les enfants jouaient dans le jardin. Etais-je en train de recouvrer un vague souvenir, ou s'agissait-il plutôt d'un fantasme que nos problèmes domestiques avaient rendu impossible ? En considérant les choses d'un œil neuf, je ne pouvais m'empêcher de penser que, s'il avait laissé tomber tout ça, l'ancien

Vaughan avait vraiment besoin de l'aide d'un psychiatre.

J'étais tellement perdu dans mes fantasmes et mes spéculations que j'ai à peine remarqué une voiture qui se garait à quelques pas de là. La terreur et l'excitation m'ont saisi lorsque je me suis rendu compte de qui il s'agissait, et j'ai plongé derrière une camionnette stationnée devant moi. Je me suis accroupi pour observer la scène dans le rétroviseur du van et lorsque Maddy, penchée à la fenêtre de sa voiture, a exécuté en experte une marche arrière pour se glisser dans une place minuscule, j'ai éprouvé un étrange sentiment de fierté. Elle est descendue et dans son manteau orange vif évasé à partir de la taille, avec ses cheveux ramassés en un chignon montant qui dévoilait ses petites boucles d'oreilles, elle avait l'air encore plus classe que tout à l'heure.

En la revoyant, je me disais que nous étions victimes d'une énorme erreur administrative, et que les autorités procédaient sans états d'âme au mauvais divorce. Assurément, aucun de nous deux n'avait pu demander ça. Pourquoi aurais-je voulu arrêter d'être le mari d'une aussi belle femme ?

Quoi qu'il en soit, j'avais maintenant une chance de la rencontrer de la bonne façon : le moment était venu de me présenter à Madeleine.

Juste au moment où je sortais de derrière le van, la portière s'est ouverte côté passager et j'ai vu un homme descendre de la voiture de Maddy. Me cachant de nouveau, je les ai regardés prendre de grands cadres dans le coffre et les emporter vers la maison. De qui s'agissait-il ? Un partenaire commercial ? Un frère ?

Un amant ? L'homme était plus jeune que moi, et trop bien habillé pour un simple livreur. Il effectuait cette tâche efficacement, empilant les cadres devant la porte d'entrée avant d'aller en chercher d'autres. Maddy était-elle peintre ? Marchande d'art ? Pourquoi Gary et Linda ne m'avaient-ils rien dit de tout cela ? Ou plutôt, pourquoi n'avais-je pas pensé à leur poser la question ?

Accroupi sur le trottoir, dissimulé à leurs regards, je me sentais de plus en plus gêné et j'ai même éprouvé un léger vertige, mais je suis resté là, pétrifié, à observer la scène en quête du moindre indice. Manifestement, il la connaissait, même si rien ne permettait de supposer qu'ils étaient engagés dans une relation. Malgré leur poids manifeste, il maniait ces cadres avec aisance ; j'inclinais à penser qu'elle les lui avait achetés et qu'il l'aidait à en prendre livraison. Cependant, cela n'était-il pas un service un peu trop personnel, de la part d'un galeriste à la mode ? Je voulais voir s'il allait la suivre à l'intérieur ou repartir.

Maddy a ouvert la porte et caressé le golden retriever, qui s'est mis à lui tourner autour, tout excité, en remuant la croupe et en poussant les mêmes jappements que lorsqu'il m'avait accueilli. J'ai été soulagé de constater que le chien de la famille ne montrait aucune affection pour l'homme qui transportait à présent les cadres dans le vestibule. Quand Maddy est entrée, le chien s'est mis à humer l'air frénétiquement, puis, au lieu de la suivre, il a dévalé les marches du perron. Elle l'a appelé, puis j'ai vu la panique gagner son visage quand il s'est précipité vers la chaussée sans l'écouter. Elle a posé le petit cadre qu'elle avait dans les mains et commencé à lui courir après : je voyais bien que ce comportement était inhabituel, mais de toute évidence l'animal avait reniflé quelque chose et ne semblait pas vouloir s'arrêter.

C'est à ce moment-là seulement que j'ai compris qu'il m'avait repéré. Son odorat lui permettait de détecter le membre de la famille qui avait resurgi quelques minutes plus tôt, et du coup il avait décidé de traverser la rue en cavalant pour me rejoindre dans ma cachette. Maddy, qui le suivait, allait me surprendre en train de rôder devant chez elle : pour nos premières retrouvailles après ma crise, elle aurait l'impression de discuter avec un pervers atteint d'une étrange maladie mentale. Une ruelle sombre courait le long de la maison en face de la nôtre. Je me suis jeté dedans et j'ai plongé derrière une palissade en bois. Presque aussitôt, le chien m'a rattrapé et s'est mis à agiter la queue tout en sautant pour me lécher le visage.

— Woody ! Woody ! criait désespérément Maddy, de plus en plus proche.

— Woody, à la maison ! ai-je chuchoté.

Il commençait à me lécher frénétiquement.

— Woody ! Viens ici !

— WOODY, MÉCHANT CHIEN ! ai-je grondé dans un murmure désespéré. RENTRE À LA MAISON, MAINTENANT ! MÉCHANT, À LA MAISON !

Etonnamment, Woody a fait demi-tour et détalé dans l'autre sens, l'air déçu. J'ai entendu Maddy lui dire : « Ah, te voilà, mon vilain ! » C'était étrange d'entendre sa voix. Elle avait un léger accent du Nord, Liverpool peut-être – difficile à dire.

Ouf ! J'étais sauvé. Elle n'allait pas venir jusqu'ici, et je n'avais plus qu'à attendre qu'elle rentre chez elle pour m'en aller. Quelques minutes plus tôt, je tenais vraiment à la revoir, et maintenant j'étais terrorisé à la simple idée de lui parler. La tête appuyée contre une remise qui sentait la créosote, j'ai fermé les yeux en poussant un grand soupir de soulagement.

— Veuillez m'excuser, mais que faites-vous dans mon jardin ?

La voix, très haute bourgeoisie, était teintée d'indignation. En me retournant, j'ai découvert un sexagénaire rondouillard et rougeaud, armé de ce qui m'a semblé être un gin tonic.

— Oh, Vaughan, c'est vous ! Désolé, je pensais avoir affaire à un intrus. Comment diable allez-vous ? Cela fait une éternité que je ne vous ai vu.

— Oh, euh… Hello !

— Je crois savoir… a lancé ce personnage faussement canaille avec son foulard noué dans l'encolure de sa chemise. Je crois savoir pourquoi vous êtes ici.

— Ah… bon ? ai-je bredouillé en gambergeant à toute vitesse, me demandant ce qu'il savait, ou s'il m'avait vu espionner ma femme.

— « Ne sois ni emprunteur ni prêteur ! » s'est-il exclamé avec un sourire engageant.

— Euh… Shakespeare ?

— Le Barde en personne ! Vous voulez votre trucmuche, j'imagine ?

— Mon trucmuche ?

— Oui, vous savez ? Oh, mon Dieu, comment appelle-t-on ces choses-là ?

— Euh…

— Seigneur, j'ai l'esprit en capilotade…

— Oui, comment les appelle-t-on ?

— J'avais dans l'idée de vous le ramener il y a des lustres… Extrêmement négligent de ma part. Quoi qu'il en soit, servez-vous, il est dans la remise.

Derrière la porte de ladite remise, je suis tombé sur un fatras chaotique d'outils de jardin, de tondeuses abandonnées, de grils rouillés et de piles de pots de fleurs. J'ai envisagé de m'en remettre au hasard ; peut-être fallait-il que je prenne la vieille roue de bicyclette en disant : « Ah ! La voilà ! Bon, si jamais vous en avez encore besoin, vous savez où nous trouver… » ?

— Comment va Madeleine ? m'a-t-il demandé, tandis que je faisais semblant de fouiller du regard l'espace en face de moi.

— Euh, elle va très bien. En fait, elle vient de faire un tour en voiture ! ai-je répondu, peut-être un poil trop fier de pouvoir partager une des rares informations dont je disposais.

— Oh ! Quelque part en particulier ?

— Je ne sais pas trop. Elle a ramené des tableaux…

— Elle ne s'arrête jamais de travailler, n'est-ce pas ?

— C'est vrai ? Non, je veux dire… C'est vrai ! C'est fou, non ?

— Il faudrait que vous veniez dîner un de ces soirs, tous les deux…

— Merci. Très aimable à vous.

— Oh, vraiment ?

Ma réponse semblait l'avoir surpris. Je me suis dit que ses précédentes invitations devaient toujours avoir essuyé des rebuffades.

— Excellent ! Que diriez-vous de ce week-end ? Arabella me faisait justement remarquer que nous ne vous voyions pas trop ces derniers temps. D'ailleurs, samedi, nous n'avons rien de prévu.

— Ah… Non, samedi… Samedi soir, ça ne va pas…

— Pour déjeuner, alors ?

Sans les connaître, je sentais bien qu'un dîner avec mon voisin et sa femme n'allait pas atténuer l'amertume provoquée par le naufrage de mon mariage.

— Euh, c'est un peu difficile en ce moment. Maddy et moi sommes, euh… Eh bien, je pense que nous allons être un peu préoccupés, ces temps-ci… ai-je atermoyé, tout en comprenant que son silence exigeait de plus amples explications. En fait, nous avons engagé une procédure pour nous séparer.

— Une procédure pour vous séparer ?!

— Ouais, vous savez… Une procédure de divorce. Juste pour voir ce que ça donne, pendant un temps…

Cette nouvelle plutôt gênante a au moins eu le mérite de couper court à la conversation. Le voisin a posé son verre et est entré à son tour dans la remise, où il s'est avéré que l'objet qui m'avait amené là se trouvait juste sous mon nez.

— Suis-je bête ! me suis-je exclamé.

Dix minutes plus tard, je suis entré dans une rame de métro bondée, où j'ai remarqué que les gens me faisaient plus de place que d'habitude. Peut-être à cause de la tronçonneuse électrique d'un mètre de long que j'avais à la main. Elle était trop lourde pour que je rentre à pied jusque chez Gary et Linda, alors, courageusement, j'avais décidé de prendre les transports en commun. J'ai tenté d'adresser un sourire timide à une mère de famille qui, l'air un peu angoissée, a aussitôt décidé d'emmener ses enfants à l'autre bout du wagon. J'ai affecté de porter cette arme encombrante comme si j'avais à peine conscience de la tenir, comme si je me promenais souvent dans le métro aux heures de pointe avec un mètre d'acier acéré dans la main droite. Deux jeunes en capuche m'ont dévisagé avec circonspection. Lorsqu'ils sont descendus, à la station suivante, l'un d'eux a murmuré : « Respect ! »

7

J'avais l'impression d'avoir passé la nuit à regarder le réveil sur ma table de chevet, couché dans la pénombre de cette chambre d'enfant où tout était calme hormis le pendule accroché en face de moi, un clown joyeux et frénétique qui se balançait, suspendu à un arc-en-ciel, en avant, en arrière, sans jamais s'arrêter. Sa situation semblait pourtant plus sensée que la mienne. Vers 3 heures et demie, il m'a paru évident que le clown n'allait pas faire de pause, alors je me suis levé et, sur la pointe des pieds, je suis allé boire un verre d'eau dans la cuisine.

Quand l'aube poindrait, ce serait celle du jour de mon divorce. Je suis resté assis devant la table en pin pendant un bon moment, à écouter le goutte-à-goutte rythmique du robinet. J'ai considéré la cuisinière. Les gens se suicidaient-ils encore en mettant leur tête dans un four, ou bien cela ne fonctionnait-il plus, avec les modèles électriques ? Sur le panneau de commande, il y avait plein de petites icônes – un poisson, un poulet... –, mais aucune ne représentait un visage déprimé. Une facture téléphonique était punaisée sur un panneau à côté du réfrigérateur. *Avez-vous mis à jour votre famille et vos amis ?* y lisait-on. En feuilletant l'agenda de Gary et Linda, à la lettre V, je suis tombé sur *Vaughan et Maddy*, avec, en dessous, une adresse rédigée d'une écriture soignée. Mon adresse avait été biffée au stylo vert, et une nouvelle, rajoutée dans la marge, avait encore été raturée, en bleu cette fois-ci. Une troisième adresse avait été gribouillée dans un espace minuscule, à tel point qu'elle était virtuellement illisible. Personne n'avait prévu une place réservée au seul Vaughan sur cette page, et cela avait tout fichu en l'air. Le numéro de téléphone de ma famille inscrit sur le papier jauni me toisait, série de chiffres que j'avais dû réciter sans effort des milliers de fois. J'aurais pu tout aussi bien le composer dans l'instant et parler à Maddy. Même si appeler mon ex-femme à 3 heures et demie du matin n'était peut-être pas le meilleur moyen de la rassurer sur ma santé mentale.

On avait retrouvé mes papiers dans la poche d'une veste, au fond d'un sac plein de vêtements, et à présent, attablé dans la cuisine, je passais en revue les cartes que contenait mon portefeuille, comme une sorte de tarot sociologique : « Voici la carte du club vidéo Blockbuster. Elle représente la stabilité et la culture – un signe qui indique que vous êtes une personne susceptible de posséder un lecteur de DVD, et qui aime louer des films. Dans votre cas, comme elle est associée à la carte de la bibliothèque de Lambeth et à celle du cinéma de Clapham, on se trouve face à une séquence qui suggère que vous êtes une personne très cultivée, malgré l'absence de carte de l'Institut du Film britannique ou du Théâtre national. Celle du gymnase Virgin Active tendrait à indiquer que vous êtes adepte d'une vie saine, mais il faut prendre en compte le fait qu'elle est coincée à l'intérieur du portefeuille et que les numéros en relief qui y figurent ont imprimé leur marque sur le cuir de la pochette, ce qui suggère qu'elle n'a pas été utilisée depuis un bon moment. Concernant les moyens financiers, il n'y a qu'une seule carte bleue, et non toute une série de cartes Gold ou Platinum. Cependant, pour contrebalancer cela, sur votre carte de fidélité au Caffé Nero, on peut constater qu'il ne vous manque que deux vignettes pour bénéficier d'un cappuccino gratuit… »

J'ai tenté d'imiter la signature figurant sur ma carte bancaire, sans parvenir à un résultat ne serait-ce qu'approchant. Mon téléphone était complètement déchargé, mais cela m'avait plutôt soulagé. J'avais peur que les gens m'appellent : des noms apparaîtraient sur l'écran, et mes interlocuteurs s'attendraient à reprendre avec moi là où nous en étions restés, sans que je sache rien d'eux. Cependant, à présent, à l'abri dans la pénombre, je l'ai allumé et j'ai regardé l'écran revenir à la vie. J'avais quarante-sept appels en absence et dix-sept messages. J'ai fouillé dans mes contacts, véritable casting de la pièce de théâtre dans laquelle je m'apprêtais à faire mon entrée. J'ai pris une feuille dans l'intention d'écrire leurs noms et ce qu'ils me voulaient.

Bien sûr, je n'ai pas reconnu le premier appelant.

« Vaughan, salut, c'est moi. Il y a un problème de curriculum que je voudrais que tu règles. J'ai parlé à Jules et à Mike, alors si tu pouvais vérifier les rotations pour le jour 6… »

J'ai coupé la communication et appuyé sur « Effacer tout ».

Le front posé sur la table, je me suis mis à réfléchir à l'épreuve qui m'attendait. L'audience n'avait pas été reportée, parce que je n'avais jamais montré assez de cran pour mettre Maddy ou mon avocat au courant de la situation. Gary soutenait résolument que nous étions dans le vrai et que ma vie ne pourrait recommencer qu'une fois que je me serais débarrassé de cette « petite formalité ». J'allais apprendre à mes dépens ce qu'il en coûte de suivre les conseils judiciaires d'un homme qui porte une boucle d'oreille.

Le bruit d'une assiette qu'on posait à côté de ma tête m'a réveillé.

— Désolé de t'interrompre, mon vieux. Je prépare juste mon petit déjeuner. Tu veux des beignets de crevette ?

— Quoi ?

— Avec une sauce sucrée-salée. Et du riz pilaf, bien qu'il soit un peu moins pilaf qu'il y a deux jours, pour être honnête.

Le micro-ondes a lâché un bip, et Gary a mordu dans le nem qu'il venait de se réchauffer.

— Euh, non merci… Quelle heure est-il ?

— En fait, il commence à se faire tard. Tu es censé te présenter au tribunal dans une heure. Cela dit, auparavant, tu auras peut-être envie d'effacer les marques de sommeil sur ton visage.

Gary a remarqué que je n'étais pas aussi détendu que d'habitude. D'après lui, il n'était pas nécessaire de courir de la station de métro jusqu'à la salle d'audience.

— Du calme ! De toute façon, ils ne vont pas commencer sans toi !

Je ne savais toujours pas quel genre de mauvais mari j'avais été. Dieu merci, quand je suis arrivé devant les marches du tribunal, je n'étais pas attendu par une foule de gens en colère derrière des barrières de sécurité, prêts à me cracher dessus en criant « Salaud ! », et je n'ai même pas été obligé de me couvrir la tête avec une couverture.

— Vaughan ! Vous voilà enfin ! a dit un jeune homme à l'allure prospère, d'une voix encore plus criarde que sa cravate. Je croyais que vous vouliez qu'on se briefe un peu avant l'audience…

— Vous êtes son avocat ? a demandé Gary. Nous nous sommes parlé au téléphone, hier.

— Oui, bonjour. Alors, Vaughan, d'après votre ami ici présent, vous désirez passer en revue toutes les questions qu'on est susceptible de vous poser au tribunal, afin de savoir quoi répondre ? a-t-il dit en présentant cela comme une requête plutôt étrange.

— Euh, oui… C'est ça, oui.

— Encore ? a-t-il insisté.

— Encore ? ai-je rétorqué sans réfléchir.

— Eh bien, c'est exactement ce que nous avons fait la dernière fois que nous nous sommes vus. En outre, ce n'est pas le genre de choses que nous sommes censés faire…

— Mais Vaughan m'a affirmé que c'était extrêmement utile, l'a coupé Gary. Cependant, j'étais en train de réviser ça une toute dernière fois avec lui, et il se trouve qu'il reste un ou deux détails qu'il ne maîtrise pas bien… Hein, Vaughan ?

— Je vois, a grommelé l'avocat en ouvrant sa mallette en cuir. Nous n'avons pas beaucoup de temps. Quels sont ces détails que vous désirez revoir ?

J'ai jeté un regard triste à Gary, en espérant qu'il aurait les mots pour répondre à cela. Il ne les avait pas.

— Eh bien, l'idée générale de ce genre de truc, le truc en général, quoi… vous savez ? Le passage au sujet du divorce, quoi.

C'était difficile de se concentrer tout en regardant par-dessus l'épaule de l'avocat pour essayer d'apercevoir Maddy lorsqu'elle arriverait.

— Comme je vous l'ai dit, je crains que Mme Vaughan ne soit en train de se montrer extrêmement déraisonnable, a déclaré l'homme de loi en commentant un point concernant notre accord financier.

— Il y a toujours deux faces à une médaille, ai-je rétorqué. Son avocat pense probablement que je suis en train de me montrer extrêmement déraisonnable aussi.

— Eh bien, monsieur Vaughan, je dois dire que vous semblez avoir quelque peu adouci votre position, a-t-il répondu, apparemment désarçonné par ma remarque.

— Je pense que, étant donné la proximité du divorce, tu te prépares déjà psychologiquement à la prochaine étape, n'est-ce pas ? a dit Gary, qui craignait que mon attitude n'éveille des soupçons. Le pardon, la réconciliation, la coopération. On trouve tout ça dans *Divorcer pour les nuls*.

— Je ne l'ai pas lu, celui-là, a déclaré l'avocat. D'ailleurs, je ne crois pas l'avoir jamais vu dans la bibliothèque à Oxford.

L'avocat ne s'étant pas présenté, j'étais obligé d'employer des tournures telles que « ce que monsieur veut dire par là », ou « pour en revenir au point que notre estimé homme de loi abordait tout à l'heure ». En plus, je continuais à guetter l'arrivée de la femme splendide dont j'étais censé divorcer. Du coup, le mitraillage jargonisant de termes légaux qu'il employait s'était fondu dans le décor, tandis que ma concentration passait par des hauts et des bas.

— Vous êtes totalement au point sur l'EMRA ? m'a-t-il soudain lancé.

— Quoi ? Oh, euh, presque totalement... ai-je bégayé. Est-ce que le juge va me demander ce que ça veut dire ?

— Non ! L'Equivalent monétaire de la répartition des avoirs est une technique de valorisation pour tout ce qui touche à la pension, sur laquelle les deux parties se mettent d'accord.

— Oh, mais je sais...

— Le point délicat étant que Maddy demande la moitié.

— Cela m'a l'air raisonnable, ai-je décrété avec enthousiasme.

Son silence stupéfait a duré tellement longtemps que j'ai commencé à me demander si cet intermède me serait facturé en frais d'honoraires supplémentaires.

— Je suis désolé, monsieur Vaughan, mais jusqu'à présent, nous avons été absolument intransigeants sur ce point.

— Tu sais, mon vieux, c'est toi qui payais quasiment tout ce qui concernait votre ménage, est intervenu Gary, alors tu ne voyais pas pourquoi elle en recevrait la moitié...

— Mais si elle s'occupait des enfants ou je ne sais quoi d'autre, comment pouvait-elle contribuer ? Elle faisait une contribution non monétaire, si l'on peut dire, non ?

— C'est précisément le point de vue que son avocat va défendre. Mais l'une des raisons pour lesquelles vous vous retrouvez devant ce tribunal est que vous n'êtes pas de cet avis.

— Je ne suis pas de cet avis ?

— Non ! Vous n'êtes pas de cet avis ! Nous avons toujours déclaré que si elle avait voulu elle aurait pu travailler quand les enfants étaient jeunes, mais que c'est bien elle qui avait choisi de ne pas le faire.

— Ah, eh bien... C'est un point délicat, non ? ai-je remarqué en joignant philosophiquement mes index. Ce que je veux dire, c'est : avait-elle vraiment le choix ? Quand on va au fond des choses, vous voyez ? Si je travaillais autant de mon côté – la paperasse au collège, les réunions de professeurs, les corrections de copies, le nettoyage des tableaux... D'ailleurs, est-ce que c'est toujours les profs qui les nettoient ? Peut-être que c'est tout cela qui l'a empêchée de reprendre une carrière après la naissance des enfants ?

Mon avocat s'est mis à se masser les tempes, comme sous le coup d'un mal de tête aussi violent que subit, et son exaspération a semblé croître encore lorsque j'ai abordé les questions de la maison et de la garde des enfants, sujets sur lesquels nous nous étions déjà mis d'accord, apparemment.

— Il semblerait que nous ayons adopté une ligne dure et plutôt déraisonnable, ai-je dit au bout d'un moment.

— Ici, c'est un tribunal, monsieur Vaughan, pas Disneyland. Soit vous défendez votre pré carré, soit vous vous faites massacrer.

Selon l'avocat, il n'y avait d'autre alternative que de poursuivre sur les bases dont nous étions convenus, et Gary a fait remarquer qu'en cas de victoire j'aurais l'air d'autant plus généreux si je n'exigeais pas le respect de toutes les injonctions du juge. Cependant, certaines des positions adoptées par mon ancien moi m'inquiétaient. Afin de résoudre les problèmes pratiques posés par mon exigence d'avoir la garde des enfants, mon avocat avait suggéré que ces derniers fréquentent désormais l'établissement où j'enseignais. Cette proposition avait fait soupirer Gary.

— Je ne suis pas certain que tu veuilles vraiment faire ça, mon vieux…

A présent, provoquer des bouleversements supplémentaires dans la vie de mes enfants ne me semblait pas une bonne chose ; je ne parvenais pas à comprendre comment l'ancien Vaughan en était venu à penser comme ça. Plus j'en apprenais sur moi, plus j'avais l'impression d'éplucher un oignon, couche après couche, et ça me donnait envie de pleurer.

— Bon, si on y allait ? a suggéré mon avocat avant que je complique davantage les choses.

Je me suis aperçu que Gary n'était pas autorisé à pénétrer dans la salle d'audience, et c'est donc seul que j'ai été escorté jusqu'à la pièce retirée où les mariages se rendent pour mourir.

La salle d'audience était plus petite et plus moderne que je ne l'avais imaginé. Rien à voir avec les pièces lambrissées de chêne que les scènes de procès des séries télévisées avaient implantées dans mon subconscient. Elle sentait le meuble ciré et la moquette neuve, tandis que sur le mur un vieux portrait de la reine rappelait aux couples sur le point de divorcer que certaines familles étaient encore plus dysfonctionnelles que la leur. Nous avons été rejoints par un étudiant du barreau, puis par un avocat stagiaire, et finalement par Maddy et ses avocats, qui se sont tous installés sur un banc en face de nous. La revoir m'a remué les entrailles. Je me suis penché et j'ai tenté d'esquisser un sourire, mais à l'évidence elle avait décidé que l'audience finale de notre procédure de divorce n'était pas le lieu adéquat pour échanger des petits signes d'amitié. Son avocat s'est adressé à elle à voix basse pendant plusieurs minutes. Elle l'écoutait avec une grande concentration et n'a levé les yeux qu'une seule fois ; son regard a alors accidentellement croisé le mien, mais s'est détourné aussitôt. Elle portait un élégant tailleur sombre au-dessus d'un simple chemisier blanc. Tout à fait adapté à une audience de divorce, ai-je pensé. Enfin, si vous êtes une femme. Quoique si un homme s'habillait comme ça, le juge comprendrait vite les raisons de l'échec de son mariage. Maddy semblait éprouver des difficultés à sourire, ce qui m'a troublé, même si je comprenais parfaitement que l'occasion ne s'y prêtait pas trop. Pourtant, je ne pouvais m'empêcher de désirer qu'elle se sente mieux. Hélas, ma prestation devant le tribunal allait avoir sur elle l'effet exactement inverse.

Le juge est entré, et j'ai été frappé de voir qu'il n'arborait pas la traditionnelle perruque.

— Oh, pas de moumoute ! me suis-je entendu déclarer à voix haute.

Il m'a dévisagé. Soudain, je me suis aperçu qu'il portait un postiche, et que ma remarque n'avait peut-être pas été le meilleur moyen de me le mettre dans la poche.

— Les juges des divorces ne portent pas de perruque, m'a glissé mon avocat. Nous ne sommes pas aux assises.

Nous avons tous deux adressé au juge un semblant de sourire poli, mais comme je n'avais pas assez de volonté pour soutenir son regard j'ai momentanément porté le mien sur le bout de moquette luxuriant qu'il avait sur le crâne.

Les préliminaires techniques qui ont suivi, avant le véritable début de l'audience, permettraient au magistrat d'oublier notre mauvais départ, du moins je l'espérais. C'était comme si les deux avocats et lui se livraient à une sorte de jeu, lui marmonnant, dans un langage codé, des questions auxquelles les deux confrères fournissaient des réponses incompréhensibles mais vraisemblablement correctes. Ils auraient tout aussi bien pu être en train de discuter des transformations des Pokémon.

« Avocat du plaignant ? Evolution de Rondoudou ?

— Rondoudou se transforme en Grodoudou, Votre Honneur.

— Greffière, veuillez noter que l'évolution de Rondoudou est Grodoudou. Avocat de la partie adverse, Pikachu devient…

— Pikachu évolue en Raichu, Votre Honneur. Via l'usage de la pierre foudre. »

J'ai peu à peu compris qu'ils récapitulaient les différentes étapes du processus de divorce par lesquelles nous étions passés, les points d'accord et de désaccord. Je me suis surpris à laisser traîner mon regard en direction de ma moitié inconnue. Elle fixait un point droit devant elle, l'air neutre et sans émotion, en écoutant l'interminable histoire de notre séparation. Elle supportait l'épreuve, seule, prête à prendre un nouveau départ une fois celle-ci surmontée. J'aurais tellement voulu lui rendre cela plus facile, transformer son expression absente en un sourire.

La veille au soir, je m'étais échiné à envisager toutes les questions qu'on pourrait me poser si j'allais à la barre. Gary, mon coach, avait déclaré que je devais me présenter devant la cour avec confiance et en pleine possession de mes moyens.

« On fait juste ça par précaution, mon vieux. Je suis pratiquement sûr que tu n'auras rien à dire. Ils vont te sortir tout un tas de phrases compliquées et, à la fin, tu devras juste marquer ton accord en disant "Amen" ou un truc dans le genre.

— "Amen", c'est à l'église, ça.

— Ah, oui ! Pas "Amen". C'est "Non coupable", je crois. Ou "Les oui l'emportent !". Je suis sûr que ça va te revenir quand tu seras sur place. »

J'aurais bien aimé qu'il soit là maintenant, juste pour qu'il voie à quel point il avait eu tort. Dès le début, ils m'ont coincé avec une question vicieuse dont il était tout à fait déraisonnable de penser que j'aurais pu connaître la réponse.

— Veuillez décliner votre identité, s'il vous plaît.

— Oh ! Mon i... identité ? ai-je bafouillé. Vous voulez dire avec les deuxièmes prénoms et tout ça ?

— Oui.

— Euh... Attendez voir... Eh bien, je m'appelle Jack Vaughan, bien que tout le monde m'appelle Vaughan, mais mon nom complet... avec tous les prénoms... Eh bien, ça doit être... Jack... Désolé, j'ai un trou, vous pourriez m'aider, monsieur, euh... l'avocat ? Excusez-moi, en fait, j'ai oublié votre nom, à vous aussi...

A présent, tout le monde me regardait comme si je m'étais présenté tout nu devant la cour, ce qui n'était manifestement pas le cas, étant donné que je sentais ma cravate se resserrer lentement autour de mon cou.

— Je suis un peu nerveux, désolé.

— Eh bien, vous vous appelez… a dit mon avocat, apparemment décontenancé par cette tactique aussi nouvelle que mystérieuse. Cela doit figurer sur la plainte. Je n'ai pas pensé à vérifier que vous vous en souveniez… Attendez, ce n'est pas dans ce dossier, peut-être dans celui-ci…

— Jack Joseph Neil Vaughan, a débité Maddy, sur un ton qui soulignait les années d'exaspération qu'elle avait endurées en compagnie de l'être inutile dont elle voulait maintenant divorcer.

Je me suis penché vers elle en articulant un « Merci » silencieux, tandis qu'elle me toisait, l'air de dire : « Mais à quoi tu joues, là ? »

— Je m'appelle Jack Joseph Neal Vaughan, ai-je déclaré avec une confiance un peu exagérée.

— Attendez… « Neil » ou « Neal » ? Avec un « i » ou avec un « a » ? a demandé la greffière.

— Avec un « a » ! ai-je lâché.

— C'est avec un « i, » a dit Madeleine, du fond du banc adverse.

— Avec un « i », désolé. Bien sûr, c'est Neil avec un « i ».

Le juge – qui, officiellement, ne portait pas perruque – m'a dévisagé silencieusement pendant un bon moment. Il semblait regretter l'époque où ses pairs pouvaient infliger la peine de mort selon leur bon vouloir. Je me le suis imaginé avec une casquette sur la tête. Au moins, elle aurait masqué son postiche.

La partie suivante s'est révélée plus facile, quoique pas franchement agréable. Avant que je prête serment, on m'a demandé quelle était ma religion. Estimant peu probable l'hypothèse hindoue ou zoroastrienne, c'est la main sur une bible que j'ai juré de dire toute la vérité.

J'ai appris que c'était moi le plaignant (à mon immense étonnement, j'étais celui qui avait entamé la procédure de divorce), et j'ai confirmé que ma date de naissance était bien celle qui figurait sur les formulaires. Je suis quoi, du coup ? ai-je songé en considérant cette date, apparemment seul fruit du hasard. Le signe en mai, c'est Taureau, non ? De toute façon, c'est important, quoi, tout ça !…

— Votre métier ?

— Professeur ! ai-je répondu du tac au tac, avec l'air satisfait des candidats de *Questions pour un champion*.

J'avais au moins deux réponses justes. Je me suis dit que ce serait certainement utile à ma cause.

Au-dessus de nous, une grosse mouche en colère était coincée dans le boîtier du néon. Pour mes sens exacerbés, le vrombissement frénétique qu'elle produisait était aussi sonore que les voix monotones des deux avocats en train de se parler dans une langue que je comprenais à peine. Maddy s'est servi un peu d'eau, et j'ai fait de même. Mon avocat a hoché la tête, comme pour me dire que quelque chose s'était passé comme prévu, quoique je ne sache pas de quoi il pouvait bien s'agir. Finalement, le juge a demandé au conseil de la défense de commencer, lequel, après sa déclaration liminaire, en est arrivé à la partie que j'espérais ne jamais devoir endurer : le contre-interrogatoire par l'avocat de ma femme.

— Monsieur Vaughan, je voudrais que vous vous rappeliez l'année 1998…

— Euh, OK… Je vais faire de mon mieux…

— Votre épouse et vous avez employé les services d'un conseiller financier, cette année-là, non ? a-t-il demandé en mimant presque mon assentiment.

— C'est très possible.

— J'ai bien peur qu'il ne vous faille être plus clair, monsieur Vaughan. Avez-vous oui ou non employé les services d'un conseiller financier en février 1998 ?

— Je n'ai pas de raison de mettre en doute la parole de Madeleine, si c'est ce qu'elle affirme, ai-je dit en regardant ma femme, cette étrangère qui gardait toujours les yeux fixés droit devant elle.

— N'avez-vous pas décidé, au cours d'un rendez-vous, le 17 février 1998, que, outre votre mutuelle de professeur, sur laquelle nous reviendrons plus tard, vous feriez des contributions additionnelles en votre seul nom, parce que vous, monsieur Vaughan, unique membre imposable du couple à l'époque, pouviez bénéficier de réductions d'impôts supplémentaires auxquelles vous n'auriez pas eu droit si ces contributions avaient été faites au nom de Madeleine ?

J'aurais eu du mal à suivre ces arguties financières même si mon cerveau avait été dans son état normal.

— Euh, je ne sais pas.

— Réfléchissez bien, monsieur Vaughan, a dit le juge en se penchant vers moi. Il est important que vous tentiez de vous souvenir de ces points clés.

— Euh, ça m'a l'air très possible. S'il existe des relevés de paiements additionnels après cette date, il semble évident que j'ai endossé une cotisation supplémentaire à mon nom.

— Ce n'est pas l'existence de ces cotisations qui est en cause, monsieur Vaughan. Ce qui nous occupe, c'est que vous avez assuré à votre femme que cette complémentaire vous était destinée à tous les deux, et que vous ne la preniez en nom propre que pour réduire votre imposition. N'est-ce pas le cas ? N'est-ce pas ce que vous avez déclaré à votre femme en 1998 ?

Je transpirais à des endroits où je n'aurais jamais imaginé avoir des glandes sudoripares. J'hésitais à rendre les armes et à me glisser obligeamment dans le portrait qu'on voulait faire de moi, mais il m'a semblé de mon devoir de me montrer aussi honnête que possible dans cette situation foncièrement malhonnête.

— Tout ce que je peux dire, c'est qu'en toute honnêteté je ne m'en souviens pas, ai-je déclaré avec un soupir.

L'avocat de Maddy a semblé totalement stupéfié par ma réponse. Comme si je l'avais adroitement manipulé.

— Brillant ! a murmuré mon propre avocat.

— Vous ne vous en souvenez pas ? a ironisé l'avocat de la partie adverse. Comme c'est pratique…

— Non, vraiment. Je ne m'en souviens pas. Je lui ai peut-être dit ça. Peut-être pas. C'était il y a longtemps, et je n'en ai plus la moindre idée.

— Ne serait-il pas possible d'obtenir une déclaration du « conseiller financier » qui était présent lors de cette réunion ? a demandé le juge.

— Nous avons essayé, Votre Honneur. Mais il a quitté le pays, à la suite de sa mise en faillite.

— Bon, cela ne nous amène nulle part… Poursuivez, s'il vous plaît.

— Vous ne vous souvenez pas non plus d'avoir ultérieurement donné l'assurance à votre femme qu'il en irait ainsi ? a improvisé l'avocat de Maddy, l'air un peu désemparé.

— Euh, non… Non.

Maddy secouait la tête, méprisante et déçue.

— Ça ne te suffit pas d'avoir tout l'argent ! a-t-elle craché. Il a fallu que tu viennes et que tu emportes aussi la tronçonneuse ! Tu n'as même plus de jardin !

— Du calme, s'il vous plaît, a dit le juge.

— Mais je n'en veux pas, de la tronçonneuse ! Tu peux la reprendre…

— Du calme, s'il vous plaît !

L'avocat de Maddy est passé au point suivant. J'ai essayé d'accrocher le regard de ma femme, de lui murmurer que la tronçonneuse était à elle – que je lui en achèterais même une toute neuve si elle le souhaitait, mais elle ne semblait même plus pouvoir supporter ma vue.

Le test de mémoire s'est poursuivi. Nous abordions maintenant nos années de mariage et la façon dont elles reflétaient les investissements respectifs des deux parties.

— Monsieur Vaughan, pendant que vous étiez sur votre lieu de travail, prétendez-vous que vous vous chargiez de cinquante pour cent de l'éducation de vos enfants ?

— Euh, j'en doute. Pour commencer, ils rentraient toujours de l'école avant moi…

— C'est tout à fait exact, a-t-il dit d'un ton lourd de sens. Pourriez-vous dès lors chiffrer le pourcentage de leur éducation que vous preniez en charge ? a-t-il ajouté en prenant une pose théâtrale, l'air d'imaginer les tâches que cela pouvait impliquer. Aller les chercher à l'école ? Les aider à faire leurs devoirs ? Leur préparer leur goûter ? Les conduire à la piscine ou à leurs activités ? Exécutiez-vous quarante pour cent de ces tâches ? Trente pour cent ? Ou bien virtuellement aucune ?

— Il est très difficile de répondre exactement, ai-je déclaré avec honnêteté. Beaucoup moins que Madeleine, j'en suis sûr.

J'ai jeté un coup d'œil à mon avocat, dont le froncement de sourcils semblait indiquer que des années durant il avait été personnellement témoin des bains que son client donnait à ses enfants ou entendu les histoires qu'il leur racontait avant de les coucher.

— Serait-il juste de dire que si Madeleine n'avait pas investi autant de temps dans les tâches domestiques inhérentes à l'éducation des enfants vous n'auriez pas été en mesure de passer autant d'heures à développer votre propre carrière ?

— Vous devez avoir raison... ai-je admis, en remarquant que Maddy levait la tête.

— Ne seriez-vous pas d'accord pour estimer qu'une répartition soixante-dix contre trente ne reflète pas de façon juste le travail rétribué et non rétribué que chacun de vous a accompli pendant cette période ?

— Oui, ce n'est pas juste. Je pense que cinquante-cinquante le serait beaucoup plus.

J'ai regardé ma femme, qui paraissait abasourdie.

Il y a eu un moment de silence gêné, simplement ponctué par la course folle de la mouche piégée dans le luminaire. J'étais déçu de ne pas me trouver dans une grande salle d'audience bondée, en présence de la presse, des témoins et du public, car c'est dans un moment pareil qu'elle aurait été gagnée par le vacarme et l'excitation, forçant le juge à utiliser son marteau et à crier : « Silence, ou je fais évacuer ! » A la place, il n'y avait que l'avocat de Maddy, totalement éberlué. C'est comme s'il n'était programmé que pour le désaccord et la contradiction. Il tentait de trouver ses mots, mais rien ne lui venait. Quant à mon propre avocat, il a senti que le moment était venu pour lui d'intervenir. Il s'est levé.

— Votre Honneur, l'avocat de la défense place des propos dans la bouche de mon client. C'est à la cour de décider si la répartition soixante-dix-trente que nous lui présentons est légitime, a-t-il affirmé en m'enjoignant de me taire avec des gestes frénétiques.

— Monsieur Cottington, il semblerait que votre client et vous ne vous soyez pas mis d'accord sur les termes de votre requête…

M. Cottington… c'est donc comme ça qu'il s'appelle.

Je craignais que le juge ne soit irrité, mais il semblait au contraire réprimer une légère excitation : il se produisait enfin quelque chose qui sortait un peu de l'ordinaire. Il a fait alors une déclaration formelle à l'intention des deux parties pour leur rappeler l'importance de la préparation du dossier, puis a résolu de mettre le problème de côté pour le moment, étant donné qu'il restait de nombreux autres points à régler. Ensuite, il s'est lancé dans un aparté avec un greffier dangereusement obèse, tandis que je restais planté là. J'étais certain d'avoir agi correctement, mais je sentais mes jambes vaciller.

Et là, au beau milieu de la situation la plus stressante dont je pouvais me rappeler, j'ai récupéré mon premier souvenir négatif. Maddy, en colère, m'engueulait et moi, je lui criais dessus. J'ai même éprouvé une pointe de ressentiment en me remémorant sa réaction exagérée à propos d'un détail aussi insignifiant que la pile de l'alarme à incendie. Ce souvenir était plus flou, mais la dispute avait commencé parce que, d'après elle, j'avais « mis en danger la famille » en prenant la pile de l'alarme à incendie pour la mettre dans la lampe de mon vélo.

— *Pourquoi ne l'as-tu pas remplacée, nom de Dieu ? lance-t-elle en criant.*
— *J'ai oublié, d'accord ? Tu n'oublies jamais rien, toi ?*
— *Pas quand la sécurité des enfants est en jeu !*
— *Eh bien, sur ce coup-là, il s'agissait de la sécurité de ton mari. Pour qu'on puisse le voir sur les routes sombres et pleines de camions ! Ce n'est pas important, ça ?*
— *Non, en fait, ce n'est pas aussi important ! Quoi qu'il en soit, tu aurais pu en acheter une autre pour la remplacer. Mais tu as simplement oublié. Tu nous as oubliés, mais tu t'es souvenu de toi !*

En regardant Madeleine dans la salle d'audience, je ne parvenais pas à croire qu'elle pouvait se montrer aussi irrationnelle et agressive, qu'elle était capable d'entrer dans une telle colère pour une simple pile.

La cour se penchait à présent sur le principal point de litige : la répartition des avoirs immobiliers. Si l'on ne parvenait pas à un accord sur la maison, il faudrait la vendre, mais les négociations avaient complètement bloqué sur le montant de la répartition du produit de sa vente et des meubles, ainsi que sur le choix de la personne qui s'occuperait de contacter les agences immobilières. On m'avait permis de m'asseoir. Plus j'écoutais les arguments des deux parties, plus il m'apparaissait que ni Maddy ni moi ne pourrions nous offrir une maison dans le même quartier que la nôtre, suffisamment grande pour héberger deux enfants et un golden retriever turbulent. Cela signifiait que les enfants devraient changer d'école, et que leurs parents auraient à coucher dans un canapé convertible lorsqu'ils en auraient la garde. Cela impliquait aussi l'absence de jardin, des chambres minuscules pour Jamie et Dillie et pas de place pour inviter leurs copains. Peut-être devraient-ils garder la maison, pensais-je, et nous pourrions éventuellement utiliser à tour de rôle la tente branlante que nous avions en Irlande…

Personne dans cette salle d'audience ne semblait avoir envisagé cette solution, dont l'évidence me paraissait pourtant aveuglante, aussi me suis-je senti dans l'obligation de la mentionner :

— Excusez-moi, Votre Honneur… Serait-il possible de… changer d'avis ?

— Pardon ?

— Puis-je changer d'avis ? Ou bien est-il trop tard ?

— Vous désirez proposer une autre répartition concernant les avoirs immobiliers ?

— Non, non… Concernant le tout. Le divorce, quoi ! me suis-je entendu déclarer. C'est-à-dire qu'en regardant tout ça d'un œil neuf je me demande si nous ne devrions pas essayer de donner une nouvelle chance à notre mariage…

— Vaughan, arrête ! s'est exclamée Maddy. Ce n'est pas un jeu.

— Vaughan, qu'est-ce que vous faites ? a dit mon avocat d'un ton suppliant.

— Si je suis le plaignant, ne puis-je pas, par exemple, mettre un terme à ma plainte ?

La question me semblait raisonnable. Apparemment, la patience du juge était arrivée à son terme. Il avait l'air totalement désorienté. Même la mouche dans le luminaire s'était tue. Au fond de moi, j'avais espéré qu'il annoncerait : « C'est tout à fait irrégulier, mais, étant donné les circonstances, la cour ordonne à Vaughan et Madeleine de prendre un vol vers les Caraïbes pour une deuxième lune de miel, de partager un hamac sur la plage au clair de lune, et elle enjoint à Mme Vaughan de retomber amoureuse de son mari. »

Au lieu de quoi, il a réprimandé mon avocat pour ne pas avoir vérifié si son client désirait vraiment divorcer et a déclaré que cette affaire était un désastre. Puis, jetant un coup d'œil à sa montre, il a ajouté qu'il ne voyait pas d'autre alternative qu'un ajournement. Nous nous retrouverions donc à une date ultérieure, date à laquelle, a-t-il déclaré d'un ton tranchant, il espérait que nous aurions déterminé un peu plus clairement nos demandes à la cour. J'ai ressenti une vague de soulagement, qui n'a duré qu'une brève seconde, jusqu'à ce que je voie Maddy fondre en larmes et se ruer vers la sortie, suivie de son avocat qui essayait de lui expliquer à quel point l'audience s'était bien passée. Elle ne m'avait même pas regardé.

M. Cottington, de son côté, semblait carrément dévasté. Il a choisi de ne rien dire, a glissé ses documents dans sa sacoche et s'en est allé, suivi de ses stagiaires et ses assistants. Le juge avait déjà quitté la salle. Je suis resté là pendant un bon moment, assis, en silence, à essayer de comprendre ce que je venais de faire.

— Eh bien, ça fait plus de vingt ans que je suis dans le métier et je n'avais encore jamais vu une chose pareille, a dit la greffière.

— Je pense simplement qu'il faudrait qu'on soit sûrs, ai-je répondu avec un sourire qui se voulait courageux. Vous savez, avant de larguer les amarres…

— Certes, a concédé la greffière en remettant les chaises en place. Mais en général les gens sont plutôt sûrs de ce qu'ils veulent lorsqu'ils arrivent ici.

Je me sentais gêné et un peu bête. Quelque chose en moi me poussait à partir en courant derrière Maddy, mais je ne voulais pas être à nouveau l'objet de sa colère. Je suis resté immobile, le regard fixe, en me demandant ce que je pouvais bien faire à présent.

La greffière avait fini de rassembler ses affaires.

— C'était la dernière audience avant le déjeuner. Je crains de ne pas pouvoir vous laisser ici tout seul…

— Non, bien sûr. Simplement, cela vous dérangerait si je déboîtais ce luminaire ? Il y a une grosse mouche coincée à l'intérieur, et elle est en train de devenir folle.

— Oh, il y a quelqu'un qui s'occupe de la maintenance… mais bon, d'accord. Je pense qu'il se déboîte sur le côté, là.

— Oui, je vois.

Je suis donc monté sur une chaise pour ôter le cache, puis je me suis reculé pour laisser l'insecte prendre son vol, mais il est tombé comme une masse et s'est mis à vibrionner par terre, sur le dos.

— Beurk, elle est énorme ! s'est exclamée la greffière.

Elle s'est avancée vers l'endroit où la mouche s'agitait, luttant pour sa survie, et le vrombissement a pris fin dans un craquement sec au moment où son large pied s'est abattu dessus.

— Voilà ! a-t-elle dit avec un sourire. Bonne chance avec votre mariage – ou nous vous reverrons dans deux mois, environ…

8

Maddy et moi sommes dans le train. C'est avant que les gens aient tous des mobiles, vu que personne ne crie : « Je suis dans le train ! » Comme nous sommes tout frais sortis de l'université, nous ne nous réjouissons pas encore à l'idée de pouvoir profiter de ce long trajet pour lire quelque chose d'intelligent. En tout état de cause, cet espace est pour nous un pub itinérant plutôt qu'un wagon. Je déniche deux sièges qui se font face dans le compartiment fumeurs, ce qui ajoute encore à l'atmosphère de bar.

Dès que nous sommes installés, je pars acheter assez de boissons pour tenir pendant tout le voyage. Une heure plus tard, Maddy retourne à la buvette pour se procurer quelque chose à manger, détail que j'avais négligé. Mais cela lui prend beaucoup plus de temps que moi, et je me surprends à jeter des coups d'œil dans l'allée centrale, curieux de ce qui a bien pu lui arriver. Il n'y a toujours aucun signe d'elle lorsque j'entends un message dans les haut-parleurs :

« Annonce aux passagers… »

A l'époque, nous étions encore des « passagers » ; c'était avant qu'on nous promeuve au statut de

« *clients* », lequel nous permet de nous indigner quand nous n'obtenons pas ce pour quoi nous avons payé. L'espace d'une seconde, je trouve étrange que l'annonceur soit une femme – on n'entend pas ça très souvent.

« *Les Chemins de fer britanniques vous présentent leurs excuses quant au fait que le préposé au bar de ce train est un branleur sexiste. Les Chemins de fer britanniques sont conscients que pas une des femmes qui voyagent dans ce train ne souhaite qu'on lui demande si elle a un petit ami, pas plus qu'elle ne désire qu'un homme entre deux âges arborant une alliance et un badge au nom de "Jeff" vienne s'enquérir de son numéro de téléphone...* »

Maddy imite à la perfection le ton monocorde des annonces dans les trains. Autour de moi, les passagers échangent des regards et des sourires étonnés, tandis que mon cœur bat la chamade.

« *De même, les passagères apprécieraient que Jeff essaie de les regarder dans les yeux pendant qu'il leur prépare le Petit Pain Spécial Petit Déjeuner, au lieu de fixer ostensiblement leurs seins. Notre prochain arrêt est Didcot Parkway, où Jeff serait bien inspiré de descendre pour aller se coucher en travers des voies devant notre motrice. Merci à tous.* »

Toutes les femmes du wagon applaudissent spontanément, et deux d'entre elles poussent même des hourras. Seule une vieille dame assise un peu plus loin a écouté avec concentration l'intégralité de l'annonce, comme s'il s'agissait d'une intervention officielle.

J'ai hâte que Maddy revienne. Je suis extraordinairement fier d'elle. Elle est drôle et, grâce à elle, des gens totalement étrangers les uns aux autres sont en train de se parler, de rire ensemble. Le tohu-bohu dure *encore lorsqu'elle passe calmement la porte du wagon, le visage impassible.*

— Voici notre annonceuse ! m'écrié-je fièrement en débarrassant à grands gestes notre tablette pour que Maddy puisse y déposer mes bières et le désormais célèbre Petit Pain Spécial Petit Déjeuner.

C'est peut-être une erreur de nous dénoncer ainsi devant tout le monde. Mais on se moque d'être jetés dehors à Didcot Parkway. Ce n'est pas comme s'il n'y avait absolument rien à y faire un mardi soir.

La caractéristique principale de ce souvenir est la puissante sensation d'amour et de fierté qu'il suscite en moi. L'entrée de Maddy dans ce wagon restera probablement l'un des moments les plus drôles de l'histoire du monde, et l'insouciance avec laquelle elle s'est assise pour manger sa collation constitue un triomphe du comique pince-sans-rire.

Cependant, je trouvais frustrant de ne pouvoir placer ce souvenir dans le contexte de mon ancienne vie. J'avais l'impression de tourner en rond dans une petite cellule, de me cogner la tête au plafond, de m'user les yeux à en examiner chaque brique, chaque dalle. En deçà du 22 octobre, la carte de ma vie était incroyablement détaillée, mais au-delà, je ne disposais que de quelques instants fugaces, comme des clichés pris d'avion, rares îlots perdus au milieu d'un continent inexploré.

Ce souvenir ferroviaire m'était venu au réveil, sans qu'aucune association d'idées logique ou identifiable l'ait déclenché, hormis le fait que je pensais à Maddy en me couchant et que j'y pensais encore en me réveillant.

Cela s'était produit peu de temps après l'audience, un jour où, pour une fois, j'avais fait la grasse matinée. Je tenais absolument à ce que Gary et Linda authentifient l'histoire, mais ils étaient déjà partis à leur rendez-vous à l'hôpital, où Linda avait demandé une échographie supplémentaire pour prouver à Gary que « Bébé est vraiment là-dedans ».

Je me suis préparé un thé. J'ai essayé de le boire sans sucre, à la manière de l'ancien Vaughan. Si je devais revenir à la normale, ai-je raisonné, il me fallait reprendre mes vieilles habitudes. J'en ai bu une gorgée, j'ai fait une grimace et j'ai tendu la main vers le sucrier. Ensuite, j'ai déambulé en pyjama dans l'appartement, regardé les tranches des livres sur les étagères – des rangées d'autobiographies people, écrites par des nègres. A la télévision, sur des dizaines de chaînes, j'ai zappé à travers tout un assortiment de vieilles séries où des familles se crient dessus, entrecoupées de publicités où des familles rigolent et s'entendent bien. J'ai éteint la télé et suis resté un moment les yeux fixés sur l'écran vide. Derrière, on voyait une masse de cordons emberlificotés et de prises VHS. Je me suis fait la réflexion qu'en coulisse le chaos peut régner : tant que les branchements sont bien faits, ça va !

— Allez ! Démarre ! me suis-je exclamé en me frappant la tête de frustration, comme lorsqu'on tape sur un téléviseur pour ramener l'image.

J'ai résolu d'aller parler à Maddy. Seul. Elle m'en voulait probablement encore, après ma volte-face à l'audience, mais je sentais bien que je lui devais une explication en tête à tête, afin qu'elle comprenne ce qui m'était arrivé. Si je ne la trouvais pas chez elle, j'avais l'adresse du studio où elle travaillait. J'avais appris que

Maddy, faute d'être peintre, était quand même une artiste. Elle vendait d'immenses photos de paysages londoniens, qui finançaient les travaux plus pointus qu'elle exposait dans des galeries. Cela m'avait rendu encore plus fier d'elle. Maddy, photographe, et assez classe en plus ! A mon grand soulagement, la femme dont je divorçais ne passait pas ses samedis à immortaliser des jeunes mariés.

Une heure plus tard, j'étais enfin prêt à l'affronter. Après un dernier coup d'œil à ma tenue dans le grand miroir de l'entrée, je suis retourné me changer.

— Qu'est-ce que tu fous là ? a demandé Maddy en ouvrant la porte.
— Salut...
— Alors ?
— Je voulais te voir... Je veux dire, te parler. Correctement.
— Tu ne manques pas de culot !

Nos premiers instants d'intimité. Quand je les avais fantasmés, je l'imaginais plus contente que ça de me revoir.

— Je crois que je te dois des explications. Tu es seule ?
— En quoi ça te concerne ? a-t-elle rétorqué tandis que derrière la maison on entendait les aboiements du chien.
— C'est que... c'est compliqué, et si les enfants sont là, alors...
— Non. Ils sont à l'école, évidemment !

Un silence s'est installé, qui a semblé durer des âges.

— Bon, tu ferais mieux d'entrer, a-t-elle lâché en se dirigeant vers la cuisine.

Je suis resté sur le pas de la porte pendant bien trop longtemps, à regarder une gigantesque photo de Barleycove.

— Tu entres ou quoi ? a-t-elle demandé en revenant vers moi.

— Désolé, oui. Faut-il que j'enlève mes chaussures ?

— Quoi ? Mais on n'a jamais fait ça !

— Je ne sais pas. J'ai oublié…

— Pour changer… a-t-elle grommelé.

Le chien a traversé le couloir à grands bonds et m'a presque renversé avec son accueil enthousiaste. J'ai essayé de le caresser tout en jetant un coup d'œil émerveillé autour de moi. Ce n'était pas le genre d'intérieur immaculé qu'on trouve dans les magazines de déco. Seul un styliste aux idées peu conventionnelles aurait conseillé de ranger les vieux chargeurs de téléphone et les balles de ping-pong dans la corbeille à fruits.

Je tremblais un peu en entrant dans la cuisine. Je ne savais pas trop par où commencer, et n'avais pas envie de gâcher mes premiers instants avec elle. Un iPod défraîchi était branché à des enceintes. J'ai reconnu la chanson.

— Hé ! Tu aimes bien Coldplay ! J'adore Coldplay !

— Non. Tu les détestes. Tu m'as toujours forcée à couper leurs chansons quand tu étais à la maison.

— Oh… Eh bien, maintenant, j'aime bien…

— Bon, qu'est-ce que tu veux ? Tu ne réponds ni à mes mails ni à mes lettres, tu te pointes à l'audience et tu tires ce lapin de ton chapeau ? a-t-elle déclaré, le front plissé, comme si quelque chose la contrariait.

— Euh, en fait, il y a environ deux semaines… le 22 octobre, pour être précis, en fin d'après-midi, je crois…

— Oui ?

— D'une certaine manière… je suis revenu à la vie.

— Tu es entré dans une secte ? a-t-elle demandé avec un regard soupçonneux.

— Non ! Même si, du coup, tu m'apprends qu'avant je n'étais pas dans une secte, et ça je l'ignorais.

— Mais qu'est-ce que tu racontes ?…

— J'ai passé une semaine à l'hôpital, à la suite d'une fugue dissociative.

— D'une quoi ?

— Ça veut dire que mon esprit s'est débarrassé de tous ses souvenirs personnels. Je ne sais plus comment je m'appelle, j'ai oublié ma famille, mes amis, mon identité, et pour l'instant je n'ai pas encore récupéré ces souvenirs. On m'a dit que nous avons été mariés pendant quinze ans et que cela fait vingt ans que je te connais. Mais là, c'est comme si je te parlais pour la première fois.

Elle m'a dévisagé avec suspicion pendant un moment. Puis :

— Va te faire foutre !

— C'est vrai. Tu peux téléphoner à l'hôpital…

— Des conneries ! Je ne sais pas dans quelle magouille tu trempes, mais tu n'auras pas cette maison ! a-t-elle lancé.

Son accent de Liverpool, légèrement plus prononcé lorsqu'elle jurait, avait probablement été dilué par la vingtaine d'années passée à Londres.

— Oui, Gary m'a parlé du divorce… mais je ne me souviens plus des raisons de notre séparation. Le médecin m'a dit que c'est peut-être le stress dont j'ai souffert pendant cette période qui a déclenché ma fugue…

— Le stress dont tu as souffert ?! Tu n'étais pas là pour souffrir de stress. Tu rentrais tard de ton boulot, ou tu allais chez Gary pour faire vos merdes sur ordinateur pendant que je restais ici à stresser toute seule, et ça je ne l'ai pas oublié, tu peux me croire !

— Ta cuisine est charmante. Très accueillante.

— Pourquoi es-tu aussi bizarre ? Et pourquoi tu caresses le chien comme ça ? Tu sais bien qu'il n'aime pas ça !

— Non, je ne le sais pas ! Je ne sais rien ! Pendant la plus grande partie de la semaine dernière, j'avais un bracelet autour du poignet où l'on pouvait lire « Homme blanc inconnu ». Regarde. Je l'ai encore. Et tu vois cette plaque métallique qui pend à mon cou ? Au cas où mon cerveau effacerait tout encore une fois, on y a gravé mon nom et un numéro de téléphone, pour éviter que je me retrouve dans la rue sans savoir où aller ni qui appeler…

Sans cérémonie, elle m'a fourré sous le nez la tasse de thé qu'elle m'avait préparée.

— Tu as du sucre ?

— Tu n'en prends pas.

— C'est ce que m'a dit Gary. Il paraît aussi que je fumais.

— Voilà ! C'est ça qui a changé, a-t-elle remarqué en se penchant vers moi pour me renifler. Tu ne sens plus la nicotine rance. Je n'arrive pas à croire que tu aies finalement laissé tomber.

— Je n'ai pas laissé tomber. L'addiction a disparu avec le reste.

Appuyée contre l'évier, elle semblait se demander, perplexe, pourquoi j'aurais été inventer une histoire aussi extraordinaire. Puis elle a sorti son téléphone portable et j'ai entendu la moitié de la conversation qu'elle avait avec Linda. Tout en discutant, elle me regardait, les yeux de plus en plus écarquillés, le teint de plus en plus pâle. Après avoir raccroché, elle s'est affalée sur une chaise en me dévisageant.

— C'est tout à fait ton genre, remarque !
— Quoi ?
— Moi, je me tape toute la merde et toi, tu te contentes de tout effacer d'un petit coup de balai…
— Oh. Désolé…
— Mon Dieu ! Et les enfants ? Comment vont-ils prendre ça ? La séparation, c'est déjà difficile, mais là… leur père ne les connaît même plus !

Elle semblait sur le point de fondre en larmes, et j'aurais bien voulu la consoler, mais son langage corporel indiquait que de la tendresse serait mal accueillie.

— Les médecins pensent que j'ai une chance de revenir à la normale, même si je crois qu'aucun d'entre eux ne comprend vraiment ce qui m'arrive.
— Les enfants vont rentrer de l'école dans quelques heures… Qu'est-ce que je vais leur dire ? Il ne faut pas que tu sois là. Ils seraient morts de trouille.
— C'est toi qui décides. Tu sais ce qui est le mieux pour eux, pas moi.
— Ça, ça n'a pas changé.

Elle a levé les yeux vers moi et, me voyant un peu perdu au milieu de sa cuisine, s'est un peu adoucie :

— Excuse-moi, c'est juste que…
— Pas de problème. Où est la poubelle, pour mon sachet de thé ?
— Toujours à la même place… Oh, je veux dire, dans le placard, là. C'est vraiment trop bizarre…

— Oh, c'est judicieux, ça… Le couvercle qui se soulève quand tu ouvres la porte… C'est vraiment une très jolie cuisine.

— A l'audience, je t'avais bien trouvé un peu étrange… Toutes ces tentatives pour croiser mon regard, ces petits signes de la main…

— Excuse-moi. C'est qu'en général on rencontre sa femme avant le divorce.

— Mon Dieu, mais tu étais sous serment ! Tu as promis de dire toute la vérité…

— J'ai dit la vérité, si tu te rappelles bien.

— Donc… Laisse-moi résumer : tu ne te souviens pas de nous ? Ni de la maison ?

— Pas vraiment.

— Pas vraiment ?

— D'accord. Pas du tout. Sauf un ou deux épisodes qui me sont revenus. Je me souviens de la tente qui nous était tombée dessus en Irlande, ou de l'annonce que tu avais faite dans les haut-parleurs, pendant un voyage en train…

— Ah, oui. Ils nous ont mis dehors !

— Didcot Parkway.

— Non. C'était à Ealing Broadway.

Je n'ai pas voulu la contredire, mais c'était bien à Didcot Parkway.

— Mais pour l'instant, c'est tout. A part l'autre nuit, quand j'ai rêvé d'une personne surnommée Bambi.

Maddy a légèrement rougi, mais sans rien dire.

— Tu vois qui c'est, non ? Qui est Bambi ?

— C'est comme ça que tu m'appelais. Il y a des années, quand nous étions à l'université.

— Bambi ?

— Tu disais que j'avais les mêmes yeux... Je n'arrive pas à croire que tu m'aies eue avec ce coup-là ! s'est-elle exclamée en se mettant les doigts dans la gorge comme pour vomir.

— Mais Bambi est un garçon, non ?

— Oui, et un daim surtout. A part ça, je lui ressemblais beaucoup !

— Eh bien, si je peux me permettre... tu as de très jolis yeux.

Maddy, momentanément prise de court, a bu une gorgée de thé.

— Tu as vraiment tout oublié, hein ? J'ai de « jolis yeux » ? D'où ça sort, ça ? Tu disais que je n'étais qu'une grosse vache égoïste, que je bousillais ta vie...

— Ah bon ? Je regrette d'avoir dit ça. Mais je ne m'en souviens pas.

— Comme c'est pratique !

— Ce n'est pas si pratique, crois-moi, ai-je murmuré en regardant par terre. Pour commencer, c'est incroyablement pénible.

— Excuse-moi, mais c'est un peu difficile de s'habituer à cette idée. Alors, tu ne te souvenais ni de ton nom ni du reste ?

— Pas pendant toute la semaine que j'ai passée à l'hôpital. Je pouvais juste imaginer quelle avait pu être ma vie avant mon amnésie. J'ai commencé à me demander si elle avait valu le coup, si j'étais quelqu'un de bien, tu vois ce que je veux dire ?

— Oui, ça paraît logique...

— Mais à présent, je découvre que mon mariage est un échec, que j'ai dormi chez des gens sur des canapés et que j'ai dépensé tout mon argent en avocats pour divorcer.

Elle ne savait pas trop quoi me répondre. Les larmes lui sont montées aux yeux, elle s'est mise à pleurer sans bruit. J'aurais tellement voulu l'embrasser, tout simplement placer mes bras autour d'elle et poser mes lèvres sur les siennes… Cela aurait été la chose la plus extraordinaire du monde. Je me suis balancé sur ma chaise pendant un moment et, pour finir, je lui ai gentiment tapoté le bras.

— Qu'est-ce que tu fais ?!
— Euh, j'essaie de te réconforter…
— Eh bien, arrête !

Le chien s'est approché pour lui lécher la main, un comportement acceptable de sa part mais probablement pas de la mienne.

— Je m'excuse d'être le messager des mauvaises nouvelles, ai-je murmuré au bout de quelques instants. Mais il fallait que je te le dise en face.

Dans le lourd silence qui a suivi, j'ai remarqué le gargouillement régulier du lave-vaisselle, un son qui illustrait bien mon état d'esprit. C'est alors que j'ai aperçu une photo sur le frigo.

— Ce sont nos enfants ? Alors, ils sont comme ça ?

La fille adressait à l'objectif un sourire qui lui venait du fond du cœur, le garçon faisait de son mieux pour avoir l'air cool. Le plus frappant, c'était à quel point ils semblaient des modèles réduits de leurs parents. Dillie était le portrait de sa mère et Jamie le mien.

— Comme ils sont beaux ! me suis-je écrié, tandis que Maddy, acquiesçant, se levait pour partager ça avec moi.

— C'était en France. Dillie est un peu plus grande, aujourd'hui. Jamie déteste qu'on le prenne en photo.

C'était un moment irréel. Maddy, en tant que mère, ne pouvait s'empêcher d'être fière de ses enfants en les montrant à leur père. La langue entre les lèvres, elle a redressé avec amour la photo, et à ce moment-là je me suis senti léger au point de m'envoler. Le sentiment de vacuité que j'éprouvais depuis le 22 octobre a été remplacé par une inexorable certitude. Ce geste minuscule, ce doux mouvement des lèvres me donnaient une sensation de plénitude et néanmoins de légèreté : j'étais à nouveau plein d'énergie, chargé à bloc et, surtout, totalement vivant.

— Beaux ! ai-je répété. Vraiment beaux.

Sur le chemin du retour, le monde me semblait différent. Je ne pouvais garder pour moi les feux d'artifice que je voyais exploser dans le ciel, je voulais dire à tous les passants que je venais de rencontrer une femme merveilleuse. J'ai tenu la porte du marchand de journaux à une jeune mère avec un landau. Soudain, je me suis mis à trottiner, puis à courir jusqu'à chez Gary, où je suis arrivé essoufflé mais encore transporté de joie. Je l'ai trouvé dans la cuisine, devant un ordinateur portable en pièces détachées.

— Gary ! Il m'est arrivé un truc incroyable ! Je crois que je suis tombé amoureux !

— Waouh ! Super nouvelle ! Elle s'appelle comment ?

— Maddy. Madeleine. Je viens de rencontrer ma femme et elle est vraiment unique, hein ?

— Oui, il n'y en a pas deux comme elle, a grogné Gary. Mais Vaughan, c'est ton ex-femme. Vous êtes séparés, tu te souviens ?

— Non.

— Tu ne peux pas tomber amoureux de Maddy, espèce de dingue ! Vous êtes en plein divorce !

— Je sais. Ça nous fait déjà un point commun. Elle a un petit nez mutin et ses yeux, ses magnifiques yeux noisette…

— Ecoute, mon vieux, là t'es à peu près dans cet état-là, a-t-il dit en désignant les pièces de l'ordinateur, en vrac sur la table. Ton disque dur est dans les choux et tu as un bout de mémoire qui refait surface ou une merde dans ce genre, je sais pas. Ne fais pas de conneries, et tu verras que ça va passer !

— Non, ça ne va pas passer. C'est pour toujours, j'en suis absolument certain ! C'est comme si j'avais attendu ce moment-là toute ma vie et qu'enfin je rencontre la bonne personne…

— OK ! Sauf qu'au bout de vingt ans de vie commune t'as décidé que c'était pas elle, la bonne personne.

— Bien sûr, je sais qu'on doit divorcer et tout ça… Mais tous les couples sont obligés de surmonter quelques obstacles. Regarde Roméo et Juliette…

— Oui. Ils meurent tous les deux à la fin… Tu n'es pas amoureux d'elle, tu traverses juste une crise…

— Hors de question d'admettre ça. Je sais avec une certitude absolue que ce que je ressens est éternel. Je devrais me faire un tatouage. Un gros cœur sur l'avant-bras, avec « MADDY » en travers.

— Ouais ! Super idée ! Ou alors, tu pourrais te tatouer « CRÉTIN » sur le front. T'es en plein délire, là. Il faut que tu t'alimentes. Je vais te faire un sandwich.

Gary m'a fait asseoir à la table de la cuisine. Je lui ai raconté l'anecdote du train, qu'il a confirmée.

— Oh oui ! Elle faisait tout le temps des trucs comme ça ! s'est-il exclamé en riant. Comme la fois où un mec avec un parapluie dans le cul avait serré la voiture de Maddy en se garant et qu'il refusait de bouger.

— Qu'est-ce qu'elle a fait ?

— Lorsqu'elle a finalement réussi à sortir sa bagnole, elle est descendue et a gravé un message sur le capot du mec avec ses clés.

— Ça disait quoi ?

— « Pourriez-vous mettre les bouts, SVP ? »

J'ai éclaté de rire.

— Tout est dans le « SVP », a ajouté Gary.

— Absolument ! Maddy est géniale, non ?

— Ecoute, mon vieux, a dit Gary en posant un sandwich devant moi. Il y a des millions de filles dans la nature. Si tu cherches une femme susceptible de partager son futur avec toi, évite de choisir celle avec qui tu es marié depuis quinze ans et qui ne peut plus te voir en peinture…

— Ce n'est pas comme ça. Tu ne connais pas Maddy aussi bien que moi…

— Non ! Je la connais mieux que toi. Ça ne se fera jamais. Tourne la page.

L'air boudeur, j'ai repoussé le sandwich sans y toucher.

— Tu fabriques quoi, au juste, avec cet ordinateur ? ai-je demandé au bout d'un moment.

Gary a semblé soulagé de changer de sujet.

— Je rajoute de la RAM, c'est tout.

— Qu'est-ce que c'est ?

— La RAM ? Ça veut dire, euh… Random Access… Euh, c'est un terme technique, mais on s'en fout. Ecoute, j'ai eu une idée, qui pourrait t'aider à en apprendre plus sur ton passé…

9

Chers tous,

Comme vous le savez sûrement, j'ai récemment été victime d'une forme d'amnésie extrême qui a complètement effacé tous mes souvenirs personnels. Je ne me rappelle rien de ce qui m'est arrivé avant le 22 octobre de cette année. Néanmoins, avec votre aide, j'espère être en mesure de reconstituer mon histoire à partir des fragments de celle-ci dont vous vous souvenez.

J'apprécierais beaucoup que vous preniez quelques instants pour jeter un coup d'œil à la page Wikipédia que je viens de créer, et que vous y ajoutiez tout détail qui vous viendra à l'esprit, ou que vous modifiiez ce qui ne vous semble pas correct. Par exemple, j'ai indiqué que j'ai fait mes études à l'université de Bangor. Si vous étiez là-bas avec moi, vous pourriez ajouter les noms de mes tuteurs, les clubs que je fréquentais ou n'importe quelle anecdote qui vous semblerait digne d'intérêt. J'espère que cette page Web grandira jusqu'à devenir le récit complet de ma vie avant mon amnésie et que, du coup, elle m'aidera à retrouver le souvenir de ces événements.

Un grand merci,

Vaughan

Gary, qui croyait avec ferveur en la puissance des réseaux participatifs, avait imaginé cette méthode pour établir un compte rendu détaillé de ma vie antérieure. Ma demande a été envoyée par mail, postée sur Facebook et, comme ça ne mangeait pas de pain, sur les pages profil de YouNews. J'avais désespérément cherché le moyen de récupérer mes droits sur mon propre vécu, je voulais apprendre l'histoire de mon Age sombre, en potasser les dates et les événements clés pour comprendre comment ils se combinaient les uns aux autres.

— La connaissance parcellaire est une chose dangereuse, avait doctement affirmé Gary.

— Qui a dit ça ?

— Qui sait ? Alexandre quelque chose ! a-t-il répliqué en riant.

Du coup, le concept du profil Facebook / LinkedIn / Copains d'Avant prenait une nouvelle dimension. Mes souvenirs allaient être rédigés en ligne, de façon participative. L'originalité, c'est que ce ne serait pas moi qui éditerais ma propre histoire, je n'aurais même pas droit à un ou deux rendez-vous avec mon nègre. L'ancien manuscrit avait été égaré et il fallait le réécrire entièrement, du point de vue des témoins, cette fois-ci. Pour l'instant, je n'existais pratiquement pas à la première personne : mon histoire n'était que « tu » ou « il ». Comment cette perspective allait-elle affecter l'empathie du lecteur ? C'était comme si les Etats-Unis voyaient leur passé réécrit par la Grande-Bretagne, le Mexique, le Japon, les Nations indiennes et l'Irak.

— L'idée est intéressante, a dit le Dr Lewington lors de mon premier rendez-vous avec elle, trois semaines après ma sortie, quand je lui ai déclaré que mes souvenirs allaient être compilés par des tiers. Mais, parallèlement, vous devriez tenir votre propre registre de souvenirs. Vous les notez ?

— Oui, j'ai un petit carnet sur ma table de nuit. Avec beaucoup de pages blanches.

— Et comment vous sentez-vous ? Je peux encore vous orienter vers un psychiatre ou un psychologue, si vous en éprouvez le besoin.

— Non, honnêtement, j'en ai marre de parler de ça. Les gens pensent déjà que je suis fou, alors s'ils me voient consulter un psychiatre…

— Il ne faut pas stigmatiser la démarche. Vous avez subi une expérience particulièrement traumatisante. C'est une forme de maladie mentale.

— Je vais bien, je vous assure. Les choses s'arrangent. Je crois que je suis tombé amoureux…

— C'est une grande nouvelle ! Vous étiez en instance de divorce, si je me souviens bien ?

— Oui. C'est elle. Elle veut toujours divorcer, mais j'espère qu'après nous nous remarierons…

— D'accord… Comme je vous le disais, je peux toujours vous donner l'adresse d'un psychiatre en cas de besoin…

A la fin de notre séance, le Dr Lewington m'a demandé de lui montrer ma biographie numérique. J'ai éprouvé une légère anxiété au moment où elle a cliqué sur le lien. Cela faisait moins de vingt-quatre heures que ma page était en ligne et je m'inquiétais de ce que certains profitent de la situation pour régler de vieux comptes ou se venger d'un ancien grief. Pourtant, je n'avais pas anticipé la perversité dont j'allais être victime : personne n'avait écrit le moindre mot.

Le lendemain, j'ai continué à consulter régulièrement la page en appuyant sur « Rafraîchir », mais l'histoire de ma vie se résumait à « Cet article est une ébauche concernant la neurologie. Vous pouvez aider Wikipédia en l'améliorant ». En consultant les statistiques de la page, j'ai constaté qu'un bon nombre d'internautes l'avaient lue, mais personne ne semblait avoir trouvé le temps d'écrire ne serait-ce qu'un mot. Gary m'avait dit qu'en revanche tous les gens que je connaissais avaient trouvé le temps de mettre à jour leur profil sur Facebook et de télécharger de nouvelles photos d'eux.

Maddy elle-même n'avait pas répondu à mon mail collectif. Je m'inquiétais de la façon dont elle prenait le fait – dévastateur – que son mari avait tout oublié de leur mariage. C'est alors que Linda a reçu un coup de téléphone de sa part : Maddy voulait me rencontrer pour « parler sérieusement ».

— Ah ! C'est presque un rendez-vous galant, non ? ai-je lancé avec optimisme.

— Je ne crois pas, non. Je pense qu'elle veut faire le point et savoir où vous allez.

— J'entends bien. Il s'agit juste de deux adultes qui se retrouvent pour régler une situation difficile.

Quelques minutes plus tard, je suis sorti de ma chambre pour demander son avis à Linda :

— Qu'est-ce que tu penses de cette chemise ? Elle n'est pas trop voyante ? Tu crois que celle-ci serait mieux ?

— Ça n'a aucune importance, Vaughan. Les deux sont bien.

— Et les chaussures ? Trop habillé, peut-être ?

J'avais passé en revue tous mes anciens vêtements, mais je me doutais bien que Maddy avait déjà dû me voir dedans. Quant aux chemises de Gary, elles semblaient avoir été lavées sans le moindre respect des instructions marquées sur l'étiquette, tout en ayant l'air de n'avoir jamais été lavées du tout.

— Est-ce que j'ai le temps d'aller m'acheter une nouvelle tenue ?

— Tes vêtements n'ont aucune importance, Vaughan. Il faut juste que tu sois toi-même.

— Bien. Etre moi-même. Alors, euh… C'est quoi, « moi-même », exactement ?

Je suis arrivé ridiculement en avance au café et je me suis assis en terrasse, pour la voir approcher de loin. Je m'étais muni d'un livre, dont j'ai relu la première ligne une vingtaine de fois. Elle avait choisi un café à Covent Garden et la place était tellement bondée qu'il m'est arrivé plusieurs fois de prendre une passante pour Madeleine. Finalement, en la voyant approcher, je me suis levé, mais lorsqu'elle m'a aperçu, elle ne m'a pas adressé de sourire ou de grands gestes de la main, pas plus qu'elle n'a bougé quand je me suis penché pour lui faire la bise, alors j'ai fait comme si je voulais juste lui avancer sa chaise.

— Salut ! Content de te voir ! Tu as l'air en f…

— On peut rentrer tout de suite dans le vif du sujet ! a-t-elle dit.

Force m'a été de reconnaître qu'elle s'exprimait avec une certaine fraîcheur.

Ses cheveux étaient détachés ce jour-là. Elle n'était pas tant rousse que blond vénitien, ai-je décidé. Lorsque je lui ai demandé quelle sorte de café elle désirait, elle a commandé un double expresso en insistant pour m'en régler le montant exact en petite monnaie.

— Hé ! Un double expresso ! Comme moi ! me suis-je écrié avec enthousiasme, en me demandant quel goût ça pouvait bien avoir.

— Non. Tu prends toujours un cappuccino.

Les consommations sont arrivées très vite, nous dispensant de perdre davantage de temps en mondanités.

— J'ai parlé avec mon avocat, et finalement je pense que le report de l'audience est une bonne chose.

— Oh ! Génial, ai-je affirmé en essayant de ne pas faire la grimace en goûtant mon café, noir et très corsé.

— Oui. Il m'a dit que, si la précédente s'était poursuivie et qu'on avait découvert que tu n'étais pas en état d'y assister, la cour aurait pu invalider tout le processus du divorce. Or, il vaut mieux divorcer en évitant un motif de suspension de procédure en béton armé.

— Oh. Je vois.

Au loin, un artiste de rue jonglait, en équilibre sur un monocycle, et ses commentaires grandiloquents concernant ses propres exploits étaient à l'occasion ponctués d'applaudissements.

— Je lui ai parlé de ton amnésie et il dit que tu dois obtenir une attestation médicale stipulant que tu es en capacité mentale de donner des directives. Tu veux noter ça ?

— Non. Je m'en souviendrai.

— Alors il faut que tu ailles voir le plus tôt possible un psychiatre, un neurologue, ou qui tu veux, pour qu'on puisse finaliser le divorce.

Elle venait d'écrabouiller la dernière parcelle en moi qui espérait flirter un peu. Nous pouvions rester en terrasse grâce à la présence de grands champignons métalliques qui semblaient avoir poussé entre les tables, mais, vu la température en chute libre, ces gigantesques radiateurs ne suffisaient pas à nous faire croire à l'été.

— Tu as déjà consulté un psychiatre ?

— Je ne suis pas fou. Pourquoi pensez-vous tous que j'ai besoin d'un psychiatre ?

— Eh bien, à cause de notre mariage… Tu voulais qu'on retente le coup. C'est plutôt dingue, tu avoueras.

Une salve d'applaudissements en provenance du jongleur est venue souligner sa remarque. Si Maddy faisait ma connaissance, elle constaterait combien je suis sincère et attentif, elle oublierait toutes ces choses négatives que son avocat avait dites à mon sujet et finirait par se convaincre que j'étais l'homme qu'il lui fallait.

— Comment vont les enfants ? ai-je demandé, tout aussi désireux d'avoir de leurs nouvelles que de rappeler à Maddy ce que nous avions en commun.

— Ils vont bien. J'ai essayé de leur donner un aperçu de ce qui t'est arrivé, mais ça a mis Dillie très mal à l'aise. Il va falloir faire très attention avec ça…

De mon côté, l'idée d'être présenté à mes enfants me terrorisait. Je tenais à ce que la première impression soit la bonne, avec deux personnes qui m'avaient connu toute leur vie. Ils allaient forcément lire dans mes yeux une certaine distance, une certaine froideur.

— D'accord. C'est toi qui décides. Dis-leur juste que j'ai hâte de les rencontrer.

— Non. Je ne vais sûrement pas leur dire ça.

— Je veux dire, de les voir. De les revoir.

J'ai ouvert un sachet de sucre en poudre et j'en ai partagé le contenu entre ma tasse et la soucoupe.

— Tu prends toujours du sucre, alors ?

— Du plus loin que je me souvienne…

— Mais tu as arrêté de fumer ? Je n'arrive pas à y croire : pendant toutes ces années je t'ai supplié d'arrêter, et tu me disais que c'était impossible ! Alors que là, juste comme ça…

— Oui, c'est tout ce que ça demande. Un peu de volonté. Et une fugue dissociative. Tu es sûre que tu ne veux pas un muffin aux myrtilles ou autre chose ?

— Quand est-ce que tu m'as déjà vue manger un muffin aux myrtilles ?!

— Je n'en sais rien, en fait. Je ne suis pas « en capacité mentale » de choisir un muffin à ta place.

— Désolée, j'avais oublié.

— Hé ! C'est ma réplique, ça !

— Et maintenant, tu te souviens de quoi au juste ? Si tu t'es rappelé ces vacances en camping où tu n'avais pas tenu compte de l'avis de tempête, ou de la fois où on nous a jetés du train… c'est que ça commence à revenir, non ?

— Non, pour l'instant, il n'y a pas grand-chose de plus, ai-je déclaré en pensant au jour où elle m'avait crié dessus à cause de l'alarme à incendie.

— C'est peut-être un mal pour un bien ?

— Je ne me souviens même pas des raisons pour lesquelles nous nous sommes séparés. Pour moi, ça n'a pas de sens. C'était du sérieux, ce que j'ai dit à l'audience… quand j'ai parlé de réessayer…

— Laisse tomber, Vaughan. On a eu assez de temps pour essayer. C'est fini depuis longtemps.

Elle a posé sa tasse et son attitude a changé, comme si elle venait de décider de mettre un terme à son comportement adulte et raisonnable.

— Mon Dieu, quand je pense aux conneries que j'ai dû supporter !

— Tout n'était pas ma faute, tu sais ! me suis-je exclamé, malgré un cruel manque de preuves pour étayer mes dires, car je ne me sentais pas responsable des choses que j'avais oubliées. Il faut deux personnes pour transformer un mariage en échec…

— Oui, c'est ce que disait le Dr Crippen avant qu'on le pende pour le meurtre de sa femme…

— Cela dit, je me souviens d'autre chose ! ai-je ajouté, l'air triomphal. Je me souviens que tu t'énervais souvent pour un rien. Tu pétais les plombs parce que j'avais oublié de remettre une pile dans l'alarme à incendie…

— Pour un rien ?!

— Quand on considère la chose dans son ensemble, oui. Je ne vois pas ce que cela a de si important ?

— Rien. Juste la maison qui a pris feu ! m'a-t-elle répondu en me regardant comme si j'étais débile.

Au début, j'ai cru que c'était une blague. J'avais manifestement passé trop de temps avec Gary.

— Quoi ?

— Il y a eu un incendie ! C'est pour ça que j'étais en colère. Le feu a pris dans la cuisine pendant qu'on dormait, et l'alarme ne s'est pas déclenchée parce que tu en avais ôté la pile !

C'est dans ce genre de situation qu'on comprend qu'il vaut mieux avoir une parfaite connaissance des faits avant de se lancer dans un débat.

— Merde ! C'est… effrayant ! Je… je ne me souviens pas de ce bout-là… ai-je bafouillé.

— Mais tu te souviens que j'étais en colère ?

— Vaguement… On était dehors ?

— Evidemment, vu que la maison était en flammes. Toute la famille se trouvait dans le jardin, en pyjama, et on regardait les pompiers sortir nos éléments de cuisine carbonisés et tout fumants pour les ranger dans le patio.

J'ai tenté de visualiser la scène, mais je n'en avais pas gardé le moindre souvenir.

— Mince alors ! Mais qui a donné l'alarme ?

— Eh bien, j'ai réveillé les enfants quand tu m'as planté ton coude entre les côtes en me demandant si je sentais de la fumée.

— Oh ! Alors, c'est moi qui ai donné l'alarme !

— Tu t'es réveillé et tu m'as dit : « Tu sens la fumée ? » A ce moment-là, je me suis précipitée vers les enfants.

— Mais c'est moi qui ai senti la fumée. Ça compense le fait d'avoir enlevé la pile, non ?

— Non, pas du tout. On aurait tous pu mourir ! On a dû refaire la cuisine du sol au plafond ! Tout cela aurait pu être évité si…

— J'ai peut-être senti la fumée plus vite que l'alarme ne l'aurait détectée ?

— OK ! C'était toi le héros du jour ! Waouh ! Comment on écrit l'histoire ! Je suis bête, j'ai tout retenu de travers !

Je ne pouvais m'empêcher de penser qu'il s'agissait là de notre première prise de bec, mais j'ai jugé bon de ne pas le mentionner.

— Une rose pour la dame ? a demandé un vendeur ambulant avec un fort accent d'Europe de l'Est.

L'odeur de ses roses se perdait un peu dans les relents de fumée issus de la cigarette mouillée qui pendait à ses lèvres.

— Euh, non merci.

— Hé, madame ! Il vous aime pas ? Voulez qu'il achète vous des fleurs romantiques ?

— Non, merci beaucoup.

Le vendeur s'est éloigné, mais son apparition avait crevé les dangereux nuages qui s'amoncelaient entre nous.

— Tu ne peux pas tout effacer et prendre un nouveau départ, Vaughan.

— Mais c'est exactement ce qui s'est passé ! J'ai tout oublié, d'accord, mais toi aussi. Tu as oublié ce que tu ressentais avant. Je pensais vraiment ce que j'ai dit à l'audience.

— Cette idée de Vaughan et de sa femme nageant dans le bonheur t'attire, parce que tu cherches désespérément à récupérer ton passé, et c'est compréhensible. Mais ton passé n'est pas tel que tu te l'imagines. Tu ne peux pas te contenter des instants de bonheur. On n'a pas fait que boire des coups et rigoler sous une tente, tu peux me croire.

— Je ne pense pas au passé. Je pense à l'avenir. A la première fois que je t'ai vue, à la maison que nous avons refaite ensemble… Si tu pouvais voir ça comme moi, d'un œil neuf, tu ne voudrais pas tout balancer aux orties.

— Peut-être, mais tes yeux sont incapables de discerner que c'est toi, la tache dans le paysage. C'est comme lorsqu'on passe devant une jolie maison sur l'autoroute et qu'on se dit : J'aimerais bien vivre ici.

Une nouvelle salve d'applaudissements est venue souligner sa phrase, comme pour mettre en valeur la justesse de sa remarque.

— Les gens changent, ai-je plaidé. A l'évidence, j'ai changé. Je suis vraiment désolé pour toutes les choses qui t'ont blessée lorsque notre mariage a déraillé. Je ne sais pas pourquoi je les ai faites, mais si ça peut te consoler, j'ai trouvé cela tellement traumatisant que mon cerveau en a effacé tout souvenir, en même temps que tout le reste. A présent, mon seul souvenir de toi, c'est la passion que j'ai ressentie quand nous nous sommes rencontrés pour la première fois.

— Eh bien, attends de récupérer le reste de tes souvenirs. Tu ne m'aimes pas, Vaughan. C'est encore ton cerveau qui te joue des tours.

Le vendeur de roses n'avait pas eu de succès dans notre café, peut-être parce qu'il fumait des cigarettes à la chaîne, et il se dirigeait maintenant vers la terrasse suivante.

— S'il vous plaît ! l'ai-je hélé.
— Vaughan, non !
— C'est combien, les roses ?
— Quatre livres la fleur, a-t-il répondu en se précipitant vers nous. Belles roses pour belle femme.
— Vaughan ! Ne m'achète pas de roses !

Mais déjà les doigts tachés de nicotine s'employaient à extraire une fleur, symbole d'amour enveloppé de cellophane.

— Non, non. Je vous donne cinquante livres pour le tout.
— Toutes les roses ?
— Vaughan, tu jettes ton argent par les fenêtres…
— Soixante livres !
— Cinquante, et comme ça, ta journée est finie.

L'homme a acquiescé, impassible, puis a rapidement échangé son gros bouquet de roses rouges – certaines un peu faméliques – contre mes billets.

— Lui vous aime beaucoup.

— En fait, nous sommes en train de divorcer, a précisé Maddy.

— Votre femme, dame drôle ! s'est-il écrié en riant.

Mais aucun de nous deux n'a fait écho à son rire. Mon geste théâtral n'avait fait qu'irriter un peu plus Maddy, et à présent elle passait en revue l'ensemble des problèmes pratiques qu'elle devait encore régler. Nos existences exigeaient que nous nous rencontrions et que nous coopérions, mais elle ne voulait pas être mon amie.

En désespoir de cause, je lui ai tendu une dernière perche :

— La perte de ma mémoire est peut-être la meilleure chose qui nous soit arrivée…

— Pour l'amour du ciel, Vaughan, l'une des choses qui m'énervaient le plus chez toi était que tu oubliais tout ce que je te disais. Lorsque ça te concernait, tu te souvenais de tout sans problème, mais quand il s'agissait de moi, alors ce n'était pas assez important pour que tu le retiennes. Et subitement, tu ne te souviens de rien à mon sujet et tu penses que cela va te rendre plus attrayant ?! C'est une conclusion logique à la façon dont notre relation a évolué pendant vingt ans. Au début, tu oublies de rapporter du lait quand je te le demande, ensuite, tu oublies que je suis en train de monter une exposition, ou que je t'ai prié de rentrer plus tôt parce que je dois passer au labo photo. Plus tard, tu oublies notre anniversaire de mariage, ou le fait que tu m'as déjà offert le même cadeau l'année précédente, jusqu'au jour où tu oublies absolument tout ce qui a un rapport avec moi. Mon nom, ce à quoi je ressemble… mon existence même. Je ne vois pas pourquoi les médecins et les neurologues se posent autant de questions, cela fait des années que tu as oublié que j'existais. Ce n'est pas une maladie mentale. C'est juste toi. Tout est fini, Vaughan ! Nous allons divorcer. C'est la fin. La fin de notre histoire.

Elle s'est levée et s'est éloignée en laissant un tas de roses devant moi sur la table. Je suis resté assis, à siroter en grimaçant mon expresso froid, jusqu'à ce que le radiateur à côté de moi s'éteigne en crépitant. La nuit tombait, je me suis rendu compte que je tremblais. Quel idiot j'étais – il est ridicule de penser qu'on peut faire durer l'été pour toujours.

De l'autre côté de la place, j'ai remarqué une dame âgée avec une canne. Elle s'était arrêtée et restait debout, sans bouger, au beau milieu du trottoir, les yeux rivés au sol. Elle semblait usée, vaincue même. Déterminé à ce que quelque chose de bien sorte de tout cela, j'ai pris le gros bouquet de roses et me suis dirigé vers elle.

— Excusez-moi, m'autorisez-vous à vous offrir ces cinquante roses rouges ? ai-je dit en déployant tout mon charme.

Elle m'a regardé avec suspicion pendant quelques instants, puis a lâché :

— Pervers !

10

— Vaughan, j'ai de mauvaises nouvelles, mon vieux.

Cela faisait exactement un mois que j'avais été victime de ma fugue. Gary, assis dans la cuisine, tentait d'attraper avec un couteau à pain les derniers oignons au vinaigre qui reposaient au fond d'un bocal.

— Quoi ? Quelles nouvelles ?
— Tu devrais peut-être t'asseoir…
— C'est Maddy ? Les enfants ? Dis-moi tout !
— Non. C'est ton père. Il a eu une autre crise cardiaque.

Stupéfait, je n'ai rien dit pendant quelques instants. Puis :

— Mon père ? Je ne savais pas que j'avais un père, nom de Dieu ! Il est vivant ? Pourquoi ne me l'as-tu jamais dit ?

— Euh, je croyais que tu étais au courant. En plus, tu ne m'as jamais posé la question… a-t-il ajouté, en levant les mains comme pour dire qu'il n'avait rien à voir là-dedans.

— Mais tu parlais de mes parents au passé… Tu disais qu'ils formaient un beau couple…

— Eh bien, si j'ai employé le passé, c'est parce que c'était avant, genre, quand je les connaissais. Bon, ce n'est pas grave. Du coup, c'est une bonne nouvelle, si tu croyais qu'il était mort ! En fait, ce n'est pas le cas. Il est en vie. Tout juste. Il ne faudrait pas que tu tardes trop, mon vieux… Une crise cardiaque, c'est sérieux, hein ? Tu veux un oignon au vinaigre ? a-t-il demandé comme si cela pouvait me réconforter.

J'ai bombardé Gary de questions que j'aurais voulu lui avoir posées bien avant, sans lui laisser le temps de répondre : « Quel âge a-t-il ? Il est conscient ? C'était quand, sa précédente crise ? » Ou, encore plus difficile : « Comment est-ce que je l'appelle ? »

— Qu'est-ce que tu veux dire ?

— Je l'appelle « papa » ou « p'pa » ou « paps », ou par son prénom, je ne sais pas, moi…

— J'en sais rien. « Papa », j'imagine. Ouais, je crois que toutes les autres options m'auraient paru suffisamment étranges pour que je m'en souvienne.

Tout ce que Gary savait, c'était que Maddy avait appelé pour dire qu'elle allait à l'hôpital avec les enfants, rendre visite à mon père. Il n'était plus en soins intensifs, et on pouvait passer le voir.

— Madeleine a appelé ?

— Oui, sur le portable de Linda. Elle pensait qu'il fallait que tu le saches.

— Oh ! Et elle a dit autre chose ? Elle veut que je l'appelle ?

— Non.

— Non… comme dans « elle n'a rien dit » ?

— Non ! Comme dans « elle a dit que tu ne l'appelles pas ». Elle a laissé le numéro de l'hôpital. D'ailleurs, c'est plutôt drôle…

— Quoi ?

— Le numéro de l'hôpital se termine par des 1. Genre, 1, 1, 1, 1. C'est bizarre, hein ? dit-il en réussissant enfin à extirper un oignon du bocal.

Je me suis affalé sur ma chaise. Maintenant que Gary voyait que je subissais le choc des nouvelles qu'il venait de m'apprendre, il faisait de son mieux pour exprimer sa sympathie, à sa manière étrange, un peu bourrue.

— Ça doit être genre vraiment dur pour toi, mon vieux.

— Eh bien…

— Tu ne te souviens de rien à propos de lui, et soudain, tu apprends que son palpitant est parti en vrille, dit-il entre deux mastications.

— Ouais… C'est pas bon.

— Pas bon. Exactement. C'est exactement ça. Ce n'est pas bon. Ça a un goût de rance. Ça peut être rance, des oignons au vinaigre ?

— Est-ce que tu sais quand Madeleine va y aller ?

— Euh, non, mais tu pourrais les appeler… Ça doit être à cause du vinaigre. C'est du balsamique ou un truc de ce genre…

— Je devrais peut-être quand même lui passer un coup de fil… Pour savoir à quelle heure elle y va, comment ça marche et tout ça.

— Tu pourrais. Sauf qu'elle a demandé que tu ne l'appelles pas. J'ai un peu mal au cœur, là, tout de suite.

Je ne m'étais pas encore senti d'attaque pour rencontrer mes enfants, je voulais m'y préparer au mieux. Mais avec l'histoire de mon père les événements me forçaient la main. Il fallait que je fasse sa connaissance afin de pouvoir être triste s'il venait à mourir.

En entrant dans l'hôpital, je me suis demandé si je devais acheter quelque chose à mon père dans le magasin du hall. Une carte postale, peut-être ? Ou des fleurs ? Quelque chose qui lui prouve que je croyais à l'idée de son rétablissement prochain, un magazine, ou un livre, peut-être ? Rien de trop long, cependant. *Guerre et Paix* ou le quatrième tome de Harry Potter constitueraient à l'évidence une forme d'encouragement un peu surjouée. De plus, je ne connaissais ni ses goûts ni ses centres d'intérêt. Pour l'instant, « papa » n'était que l'amalgame de toutes les figures paternelles qui avaient survécu à mon amnésie. Le Baron rouge et le roi Lear se mêlaient à Homer Simpson, à Dark Vador et à ce père de famille blagueur que j'avais vu dans une pub des années 1970.

Au quatrième étage, on m'a indiqué où se trouvait la chambre de mon père. En y entrant, j'ai été surpris par l'air de bonne santé qui se dégageait du solide vieillard aux cheveux bruns couché dans le lit en face de moi. Alors, c'était lui mon père. Cet homme-là. Je me suis assis à son chevet et j'ai pris sa petite main potelée entre les miennes.

— Salut, papa ! C'est moi ! Je suis venu dès que j'ai pu.

Le vieil homme m'a dévisagé pendant une ou deux secondes.

— Bordel de toi, mais t'es qui ? m'a-t-il demandé avec un fort accent étranger.

Quand j'ai vu le nom inscrit en arabe sur son bracelet d'identification, je me suis levé et j'ai quitté la pièce.

Je me suis assis quelques instants dans le couloir, histoire de retrouver mon calme. En comprenant que le vieil homme dont je tenais la main n'était pas le bon, je m'étais retrouvé dans un état de tension émotionnelle difficile à supporter. Ou alors, s'il s'agissait bien de mon père, Gary avait oublié de me préciser que celui-ci était syrien et qu'il avait gravi les échelons de la RAF en dépit d'un accent à couper au couteau et d'un penchant pour les jurons grammaticalement fautifs.

Finalement, je suis arrivé devant la porte d'une chambre dont l'occupant avait le même nom de famille que moi. Avant d'entrer, j'ai fait une pause pour reprendre contenance.

Dans un enchevêtrement de tubes et de câbles reliés à des machines ronronnantes, un vieil homme squelettique gisait sur le lit, la peau blafarde, les traits émaciés, les lèvres presque inexistantes. Le contraste n'aurait pu être plus grand : les écrans plats et la technologie hors de prix semblaient tout droit issus de l'âge galactique, alors que son corps avait l'air d'une momie antique exhumée d'une tourbière.

— Salut ?
— C'est toi, fils ? a-t-il demandé, à travers son masque à oxygène.
— Oui. Oui, c'est moi.
— C'est très gentil… de venir me voir…
— Oh, tu plaisantes ! C'est la moindre des choses… Tu n'as besoin de rien ?
— Non, ça va. Assieds-toi… Je vais bien, a-t-il ajouté, contre toute évidence.

Sa voix était faible, et il n'avait pas tourné la tête vers moi.

L'équipe médicale m'avait assuré qu'il était conscient et sain d'esprit, mais je m'étais attendu à le trouver en train de dormir, ou incapable de parler à travers son masque à oxygène… Du coup, j'aurais pu me contenter de m'asseoir là quelques instants, en bon fils, avant de rentrer chez moi.

— Comment te sens-tu ?
— Oh, tu sais... Juste content d'être encore là.
— Tu as mal quelque part ?
— Un peu. Pas trop, en fait.
— Et tu es sûr que tu n'as besoin de rien ?
— D'un grand whisky sans glace.

Son ton enjoué m'a fait sourire et je me suis rendu compte que je l'aimais déjà, mon papa. Il parvenait à garder le sens de l'humour alors même qu'il était aux portes de la mort. En fait, il donnait même l'impression de les avoir franchies, ces portes, puis d'être allé se détendre un peu dans le salon de la Faucheuse. L'odeur de désinfectant ne parvenait pas à masquer la décrépitude de son corps.

— Maddy et les enfants... Ils sont venus...
— Je sais.
— Des enfants merveilleux... Si charmants...
— Je sais, ai-je répété, en m'escrimant pour trouver autre chose à dire. Ils ont plutôt bien accepté tout ça.

Le vieil homme semblait ne pas vouloir répondre, mais il a fini par réagir à ma remarque :

— C'est quoi... qu'ils ont bien accepté ?
— Euh, tu sais...
— Quelque chose ne va pas ?

C'est alors que j'ai compris qu'il ne savait rien du divorce. Bien sûr ! Mon père avait le cœur fragile, il était vieux et vulnérable, pourquoi lui aurions-nous imposé un stress supplémentaire en lui avouant que le mariage de son unique fils partait en quenouille ? Et pour les mêmes raisons, on n'avait pas dû lui révéler que j'avais disparu ou que je souffrais d'amnésie rétrograde.

— Non, je veux dire qu'ils ont bien accepté, euh… la crise cardiaque de leur grand-père…

Et là, une alarme s'est déclenchée sur l'un des moniteurs. De façon un peu perverse, j'ai été reconnaissant à cette machine de venir à mon secours. J'ai sauté de ma chaise, sans trop savoir ce que j'étais censé faire. Une lumière rouge clignotait au-dessus du lit. Etait-ce la fin ? Allait-il mourir maintenant, à peine deux minutes après notre première rencontre ? J'étais sur le point d'appeler à l'aide lorsqu'une infirmière est entrée, a basculé un interrupteur d'un doigt nonchalant puis est repartie sans un mot.

— Tout va bien ? lui ai-je lancé.
— Oui, c'est juste cette machine. Elle fait ça de temps en temps.
— Merci, a dit le vieil homme alors que l'infirmière était déjà dehors. Ils sont merveilleux, ici.
— Et tu gardes le moral ?
— Oh oui. Il ne faut pas se plaindre.
— Tu sais, c'est ta deuxième crise cardiaque. Ça te donne le droit de te plaindre un petit peu, si tu en as envie.
— Non. J'ai beaucoup de chance… Les infirmières sont très gentilles… Absolument merveilleuses…

Moi aussi je trouvais « absolument merveilleux » que mon père soit content de son sort. Je m'étais dit qu'il serait fatigué, effrayé ou ronchon, qu'il souffrirait le martyre, mais pour une victime de crise cardiaque il avait le cœur léger.

Sur la table de nuit, j'ai remarqué une carte dessinée par Dillie.

— J'aime bien la carte de vœux de Dillie.

— Dieu la bénisse... Tellement attentionné de sa part...

Il respirait avec difficulté. J'ai tenté de recréer des images de lui... me donnant la main pour traverser la rue quand j'étais petit, me laissant passer les vitesses de sa vieille voiture ou tapant dans un ballon de foot au fond d'un jardin imaginaire. Aucun souvenir n'est revenu.

— Tu te souviens d'avoir joué au foot avec moi quand j'étais petit ?

— Comment oublier ça ? Tu étais tellement...

Il a marqué une pause, comme s'il cherchait le terme exact.

— ... nul.

— Je n'étais qu'un gosse !

— Non, non. Plus tard, c'était pareil. Complètement nul !

Malgré le sourire fatigué que mon père est parvenu à afficher, il semblait clair que sa mémoire déclinait dangereusement. Je suis passé à autre chose :

— C'est vrai, le foot, ça n'a jamais été mon truc. En revanche, Gary m'a dit que je chantais dans un groupe.

— Oh, oui... Quelle voix !

— Merci.

— Comme un chat qu'on étrangle.

— Comment ?

— Vraiment pathétique.

— Ah... Bon. Cela dit, c'est toujours ce que les générations plus âgées pensent du rock.

— Le public faisait la queue...

— C'est plutôt bien, ça !

— ... au bar, pendant ta prestation.

Sarcastique, certes, mais je ne m'attendais pas à ce qu'un parfait étranger se montre aussi grossier.

Néanmoins, dès que je me suis fait à sa tournure d'esprit, j'ai trouvé génial que de son lit d'hôpital mon père puisse encore me mettre en boîte comme ça. C'était la preuve d'une ancienne complicité, une façon de me montrer son affection.

— Pourtant, rien de tout ça n'est important. Parce que la chose la plus importante dans la vie... tu l'as réussie, a-t-il ajouté, subitement tendu.

— Quoi ? Mon boulot ?

— Non ! Ta femme ! s'est-il exclamé en faisant un grand effort pour tourner son visage vers moi. C'était la femme qu'il te fallait. Vous deux, vous allez parfaitement bien ensemble.

Sa respiration devenait de plus en plus laborieuse, j'avais eu du mal à comprendre les dernières phrases qu'il avait murmurées derrière son masque. Puis il a fermé les yeux, m'imaginant peut-être à la maison avec Madeleine, le soir même, et goûtant au bonheur que cette pensée lui procurait.

Je crois que l'état de santé de mon père conférait un peu plus de poids aux mots qu'il avait prononcés. N'importe quelle phrase semble profonde et pertinente quand elle est prononcée sur un lit de mort. Vous pourriez déclarer : « Si vous enlevez votre manteau à l'intérieur, vous en profiterez mieux dehors », et les témoins salueraient avec révérence la profondeur d'une telle pensée. Mon père avait usé le peu de souffle qui lui restait pour m'affirmer que Madeleine et moi allions parfaitement bien ensemble – c'était la première fois que j'entendais un commentaire positif sur mon mariage.

— Oui ! Il n'y en a pas deux comme elle !
— C'est vrai… Exactement comme ta mère.

Soudain, le temps qui nous était imparti s'est épuisé. Je n'étais là que depuis dix minutes, mais les batteries de mon père semblaient à plat.

— Je suis fatigué… Je n'ai plus la force de parler.
— Très bien, ai-je dit, puis me reprenant : Très bien, papa.

Il s'est tu. Sa respiration a changé de braquet et d'un seul coup il a sombré dans un profond sommeil. Je l'ai observé pendant un moment, cherchant ce qu'il y avait de moi dans ses traits érodés par le temps. Un chariot est passé devant la porte, mais personne n'est entré. J'avais craint de pleurer en rencontrant un père que je ne pouvais pas reconnaître, mais en fait je me sentais mieux. Son instinct lui disait la même chose que le mien à propos de Madeleine. « Parfaitement bien ensemble »… C'est ce qu'il avait dit. Sur le moment, si c'était mon cœur qu'on avait relié à l'électroencéphalogramme, toutes les alarmes de l'appareil se seraient mises à sonner.

Quelques minutes plus tard, une infirmière m'a annoncé qu'il allait dormir pendant quelques heures.

— Il a le moral. C'est surprenant, non ?
— Il est comme ça, a-t-elle affirmé en souriant. Les gens comme lui vous communiquent leur joie de vivre.
— C'est mon père.
— Oui, a-t-elle dit avec un nouveau sourire. Je sais.

J'ai été déçu de ne trouver ni Gary ni Linda en arrivant chez eux. J'aurais tellement voulu leur parler de mon père, de ce qu'il avait déclaré à propos de Madeleine, de ce que l'infirmière avait ajouté sur lui. Peut-être devrais-je appeler Maddy ? Quoi de plus naturel que nous échangions nos points de vue après cette visite ?

J'avais déjà retenu son numéro de téléphone par cœur. J'ai composé tous les chiffres sauf le dernier et, pendant quelques instants, je suis resté comme ça, le doigt en l'air. Puis j'ai raccroché et je me suis mis à faire les cent pas dans le couloir. Je me suis allongé sur le tapis, les yeux fixés sur la petite loupiote de l'alarme à incendie qui s'allumait de temps en temps pour indiquer que personne n'en avait ôté la pile. Soudain, presque sans réfléchir, je me suis levé et j'ai composé le numéro d'une traite. J'ai été surpris qu'on décroche presque aussitôt.

— Allô ! a dit une voix de jeune fille, amicale mais surprise, comme si elle ne s'attendait pas à ce qu'on l'appelle. Allô ! Qui est à l'appareil ?… Maman, ils ne disent rien mais j'entends qu'il y a quelqu'un…

— Allôôô ! a lancé Maddy dans le combiné. Allô ! Oh, pourriez-vous rappeler, s'il vous plaît. On ne vous entend pas… Merci, au revoir.

— Oh ! Maman ! s'est exclamée Dillie juste avant que sa mère raccroche.

C'était la première fois que j'entendais la voix de ma fille.

Je m'étais servi de mon propre portable, en masquant mon numéro : se demandaient-elles qui avait bien pu les appeler ? En posant les yeux sur l'écran du mobile, j'ai remarqué l'icône d'un appareil photo. Aussitôt, je me suis mis à fouiller frénétiquement dans le menu pour trouver la galerie photo. Quelqu'un aurait quand même pu m'en parler ! En un seul clic, j'ai découvert toute une série de clichés de Jamie avec le chien, de Maddy avec le chien ou de moi avec le chien. Il y en avait aussi une bonne centaine du chien tout seul. Manifestement, Dillie se servait plus que moi de l'appareil photo de mon portable, mais j'ai quand même trouvé quelques images d'elle, toujours en train de poser avec un grand sourire. J'ai passé une deuxième fois en revue toute la série, lentement, en détaillant avec soin ces petits êtres humains que Maddy et moi avions fabriqués. Ensuite, j'ai pratiquement vidé ma batterie en regardant des photos de Maddy, en essayant sur chacune d'elles d'imaginer le moment où elle avait été prise, de discerner des sentiments, de deviner les mots qui auraient pu accompagner ces images silencieuses. Aucun raisonnement ne pouvait venir à bout de l'attraction gravitationnelle qui m'attirait vers cette femme… Une femme dont Gary disait qu'elle était partie pour toujours. La femme dont mon père affirmait qu'elle était parfaite pour moi.

Une heure plus tard, devant le miroir de la salle de bains, j'ai porté la lame à ma gorge. Je me suis accordé un dernier regard, puis j'ai tranché dans le vif. Peu après, de grandes touffes grises se sont mises à tomber dans le lavabo, puis les poils du bon vieux Vaughan ont été promptement transférés dans la poubelle. J'ai taillé au plus près de la peau, je me suis enduit d'une mousse à la fragrance masculine avant de l'ôter avec un rasoir au nombre de lames extravagant. Petit à petit, j'ai vu mon visage émerger de l'endroit où il se cachait depuis la fin des années 1980, époque où j'avais dû lire quelque part que Mme Thatcher n'aimait pas les barbes.

L'accouchement de mon visage s'est fait dans la douleur et dans le sang. N'étant qu'un apprenti barbier, j'ai appuyé trop fort sur le menton et loupé quelques touffes gênantes sous ma lèvre inférieure, mais j'ai fini par dévoiler la peau glabre de l'individu qui me regardait dans le miroir. Malgré les petites taches de sang et les coupures en mal de pansements, j'ai tenté de me persuader que j'avais la beauté virile et la mâchoire carrée de James Bond ou d'Action Man. Quoique rasé de près, je portais encore les vêtements fripés que j'avais trouvés dans le placard de Gary et Linda, mais j'étais prêt à me lancer dans la deuxième phase de mon plan.

Gary prétendait que ma fugue n'était qu'une sorte de crise de la quarantaine, accusation que je réfutais avec vigueur, étant donné que j'avais l'impression d'être au tout début de ma vie.

« Honnêtement, tu trouves pas que tu en fais des tonnes depuis que tu approches les quarante ? Tu pourrais pas juste mettre une boucle d'oreille et t'acheter une grosse bagnole rouge ? »

Ses mots me sont revenus à l'esprit au moment où je suis entré dans le rayon homme d'un grand magasin de prêt-à-porter, en annonçant que je désirais m'acheter un ou deux costumes.

— Bien sûr, monsieur.

— Je voudrais quelque chose de classe, à la fois élégant et sophistiqué… ai-je déclaré avant de remarquer dans le miroir de la boutique qu'un petit bout de papier-toilette imbibé de sang était resté collé sur ma joue.

Les fabricants des costumes qui me plaisaient le plus avaient dépensé de l'argent même aux endroits où ça ne se voyait pas. Les doublures étaient décorées d'ourlets brodés de motifs à fleurs et regorgeaient de jolies petites poches. Dans celui que je préférais, j'avais l'impression de mesurer cinq ou six centimètres de plus, j'avais l'air affûté, aux commandes, et le vendeur a bien voulu convenir que c'était « un très beau costume ». Il m'avait considéré avec un peu de dédain lorsque j'avais franchi les portes de son établissement – une attitude qui était revenue en force devant mon incapacité à me souvenir du numéro de code de ma carte bleue. Un SMS frénétique à Maddy m'a permis de l'apprendre, de même que le nom de jeune fille de ma mère et mon mot de passe privé. Dès lors, armé du savoir essentiel que requiert la survie dans le monde moderne, je me suis offert trois chemises et deux paires de chaussures, ainsi que trois costumes de marque. J'en ai enfilé un aussitôt. Le vendeur a fourré mes anciens vêtements dans un grand sac, mais je ne crois pas que je les remettrai un jour.

Un mois après ma fugue, j'étais prêt à lancer Vaughan 2.0. Certes, l'*operating system* avait connu quelques déboires, la mémoire était limitée, mais ce nouveau modèle aurait l'air plus net, plus racé. Il disposerait d'une interface plus conviviale, n'émettrait pas de fumée et n'aurait pas de problème de pile. J'espérais que ce serait exactement le genre de modèle que quelqu'un comme Maddy trouverait à son goût, et que rapidement elle ne pourrait plus s'en passer.

— Voilà, monsieur ! s'est exclamé le vendeur en me remettant les sacs luxueux qui contenaient mes nouvelles acquisitions. Une occasion spéciale, j'imagine ?

— C'est à peu près ça. Je viens de rencontrer ma femme.

— Félicitations ! Quand l'épousez-vous ?

— Oh ! N'allons pas trop vite, ai-je déclaré en glissant le reçu dans le sac. Il faut d'abord que nous divorcions…

11

Aujourd'hui, c'est le premier jour du reste de ta vie, disait la carte de vœux illustrée d'un mignon petit phoque qui regardait l'objectif. Je me suis mis à considérer ma propre situation avec optimisme. Je l'ai ouverte : à l'intérieur, on voyait un pêcheur de phoques armé d'une massue, au-dessus d'une légende : *Oh, et c'est aussi le dernier jour du reste de ta vie.*

J'ai passé en revue les présentoirs remplis de cartes de vœux à des prix délirants, abasourdi par l'ampleur et la vacuité du choix. Dillie aimait-elle les mignons petits animaux ? Préférait-elle les photos de filles cool et un peu plus âgées ? Elle était certainement trop vieille pour les princesses de Disney. J'avais tellement envie de ne pas me tromper ! Tiens, celle-là me concernait directement : *Désolé, j'ai oublié ton anniversaire...* J'ai ouvert la carte pour connaître la chute. *J'étais de mauvais poil.* J'ai jeté un nouveau coup d'œil à l'accroche, où l'on voyait un chien au poil ébouriffé, avant de relire la chute : *J'étais de mauvais poil.* Mon amnésie avait dû effacer la zone de mon cerveau capable de comprendre cette blague. De nombreuses cartes commençaient par : *Désolé, j'ai oublié ton anniversaire...* mais aucune ne concluait en affirmant : *Car j'ai été victime d'une affection neurologique rare qu'on appelle « fugue dissociative ».*

Sur celle que j'ai achetée, j'ai écrit à Dillie que j'aimerais qu'on sorte et qu'on aille choisir son cadeau d'anniversaire, parce que je venais de passer plusieurs heures à arpenter les magasins de jouets sans trouver l'inspiration. J'ai glissé un photomaton dans la carte de vœux, pour que les enfants ne soient pas surpris par ma nouvelle apparence, glabre et en costume, et aussi pour être sûr qu'ils sauraient à quoi leur père ressemblait, car je ne parvenais pas à me convaincre totalement qu'ils m'avaient déjà rencontré.

Lorsque je suis rentré de la poste, Linda, déjà revenue de son travail, s'affairait dans la cuisine. Elle s'est retournée, a poussé un cri de surprise et, armée d'une cuillère en bois dégoulinante de soupe aux patates et aux poireaux, s'est jetée sur l'étranger qui s'approchait d'elle.

— Linda, c'est moi !
— Nom de Dieu, Vaughan ! Tu n'es plus le même !
— Mon costume est couvert de soupe !
— Désolée, je ne t'avais pas reconnu. Qu'est-ce que tu as fait de ta barbe ? Tu es vraiment élégant ! Enfin, tu l'étais… a-t-elle dit en retirant ma veste et en commençant à la nettoyer.
— Ça va ? a lancé Gary en entrant.
— Qu'est-ce que tu en penses ? a-t-elle aussitôt demandé à son mari.
— Euh… Tu as une nouvelle robe ?
— Pas moi ! Vaughan !
— Quoi ?
— Il s'est rasé !

— Ah, d'accord. Je voyais bien qu'il avait changé. Je me disais qu'il s'était lavé ou un truc dans le genre…
— Et son costume ?
— Oh ! Ouais. Bien sûr ! Lundi, c'est le grand jour, hein ? Premier jour de boulot…

J'avais effectivement décidé de reprendre mon travail. Mon instinct me disait que rester toute la journée dans l'appartement de Gary et Linda ne fortifiait en rien ma fragile santé mentale.

— Tu ne m'en avais pas parlé, Gary ! s'est exclamée Linda, l'air mauvaise. Pourquoi n'as-tu rien dit ? Tu ne me dis jamais rien !
— C'est totalement faux, a rétorqué Gary. Si je ne te disais jamais rien, tu ne saurais pas comment je m'appelle ni quoi que ce soit d'autre sur moi…

J'ai senti venir la scène de ménage comme si des sirènes antiaériennes s'étaient mises à hurler et que la foule s'était ruée vers les abris. Gary, qui il y a peu encore me faisait part de sa théorie sur les disputes conjugales, allait pouvoir passer à la pratique. Impossible d'y couper. J'étais hébergé par un couple marié, qui allait forcément tôt ou tard se lancer dans une engueulade monstre et me remettre en mémoire ma propre dépression.

Peu de choses sont aussi gênantes que d'assister à un échange d'invectives entre une femme et son mari. On peut juste se taire, faire le sourd et garder les yeux rivés au sol, alors qu'on pense : Oh ! Je n'aurais pas dit ça !… Oh ! Mais je n'aurais pas répondu ça non plus ! Ça va mettre de l'huile sur le feu, ça…

Chaque mariage est traversé par une faille sismique profonde qui est la cause originelle de la moindre bisbille, de la moindre angoisse. Parfois, il s'agit d'un simple « Tu m'as épousée parce que j'étais enceinte », d'un anodin « Tu n'es jamais là quand j'ai vraiment besoin de toi », mais la plupart du temps ces forces telluriques restent sous contrôle. Et subitement, sans prévenir, la vaisselle se met à trembler, une photo de famille se fracasse par terre et vous vous rendez compte que les plaques tectoniques sont entrées en collision, tandis que les cris atteignent 8,2 sur l'échelle de Richter.

Nul besoin d'un doctorat en psychologie pour comprendre que le principal point de tension entre Gary et Linda tenait à une différence d'intensité dans l'enthousiasme qu'ils éprouvaient envers Bébé / *le* bébé. Les livres d'histoire attestent l'existence d'hommes moins sensibles aux enfants que Gary. Le roi Hérode, par exemple. Cependant, même si toutes leurs prises de bec portaient sur ce sujet, Gary et Linda n'en parlaient presque jamais directement, comme si ces forces étaient trop puissantes pour qu'on les dérange.

— Tu es tellement centré sur toi que tu ne me dis jamais rien ! Tu n'as même pas remarqué que Vaughan n'avait plus de barbe... Et arrête de triturer ton putain d'iPhone !

— Je ne le triture pas. J'active l'application « Enregistrement ».

— Attends une seconde... TU ENREGISTRES NOS ENGUEULADES ?!!

— Oui, car ensuite tu déformes toujours ce que j'ai dit, ou alors tu inventes des trucs que je n'ai pas dits...

— Oh non ! Tu ne vas pas recommencer ! Toujours les mêmes conneries...

— Non, c'est pas vrai ! Si tu prenais la peine d'écouter mes enregistrements, tu verrais ce qu'il en est exactement...

— Tu en as déjà enregistré d'autres ?!
— Oui… Ça fait belle lurette que je t'en ai parlé…
— Non, c'est faux !
— Si, c'est vrai ! Attends, j'ai le fichier ! Tu peux l'écouter…

De fait, Gary conservait toutes leurs engueulades, archivées par ordre chronologique. Il envisageait même d'établir un index de références croisées, par sujets. Parfois, lorsqu'une scène semblait se profiler, il activait l'enregistrement et se retrouvait plutôt déçu si Linda lâchait l'affaire. Du coup, il était obligé d'effacer.

Depuis ma perte de mémoire, leur relation était la seule que j'avais pu observer de mes yeux, et l'idée que leur mariage s'était révélé plus solide que le mien me plongeait dans la perplexité. Quelle avait bien pu être la faille sismique entre Maddy et moi ? Qu'est-ce qui avait flanqué notre foyer par terre ?

Au cours de la nuit qui a suivi, en les entendant faire l'amour dans leur chambre, je me suis demandé si Gary enregistrait ça aussi. Ils se montraient aussi emphatiques dans une activité que dans l'autre, passant de la colère à l'extase en un instant. Leur mariage était bipolaire.

J'ai décidé que dans le cadre de la mission que je m'étais donnée – reprendre le contrôle de ma vie – il me fallait quitter l'appartement de Gary et Linda pour un endroit plus calme. Bassora, par exemple. Et puis, j'avais peur d'abuser. Un peu plus tôt dans la journée, Linda, qui passait l'aspirateur dans ma chambre, était revenue dans le salon, toute perturbée.

— Pourquoi y a-t-il une énorme tronçonneuse électrique sous le lit de Bébé ?

— Oh, ça ? Oui, je peux t'expliquer, c'est tout simple...

— Un mètre d'acier, acéré comme un rasoir ! Et si Bébé s'était mis à jouer avec ?

— *Le* bébé, a dit Gary sans lever les yeux.

— Eh bien, pour être honnête, le bébé ne va pas arriver avant un bon bout de temps, ai-je déclaré en songeant que le scénario de Linda me semblait peu probable.

— Et si Bébé l'avait branchée et démarrée ?

— *Le* bébé...

A six mois de l'échéance, j'estimais que Gary et Linda avaient besoin d'un peu d'intimité pour pouvoir s'engueuler en toute quiétude. Quelques semaines s'étaient écoulées depuis l'arrivée du jeune Vaughan dans le monde, et je commençais à gagner en confiance. Au début, j'avais eu l'impression de forcer la porte de mon ancienne vie. Pas comme un étudiant qui tape l'incruste dans une fête sur le campus. Pire que ça ! Plutôt comme un Hell's Angel défoncé qui déboule sans prévenir à un thé chez la marquise.

Cependant, je me suis aperçu que j'avais développé un nouveau talent : je pouvais mesurer le degré d'histoire commune que je partageais avec mes interlocuteurs. Tous ces gens étaient des étrangers pour moi, mais leur regard révélait des variations dans leurs attentes. Ceux qui me fréquentaient depuis des années semblaient compter sur une certaine forme de reconnaissance de ma part, tandis que mes simples relations me jetaient un coup d'œil indifférent, sans rien attendre en retour.

— Salut, tu as l'air en forme. Contente de te revoir, a dit Jane Marshall, la concierge de mon ancien collège, lorsque je suis entré dans le bâtiment.

Je pouvais juger avec précision de la nature de nos relations précédentes. Très opportunément, Jane arborait un panonceau autour du cou indiquant son nom, son poste et le fait que l'école avait besoin d'investir dans un appareil photo numérique de meilleure qualité.

J'avais mémorisé le nom du principal, mais je ne savais pas si je devais m'adresser à lui en l'appelant « Peter » ou « monsieur Scott ». Il s'était personnellement attaché à m'accueillir et à me parler de ma « réintégration dans la communauté ». Nous avons déambulé dans les couloirs, où il m'a présenté l'équipe pédagogique et m'a permis de me familiariser avec le bâtiment. Tout le monde se comportait si normalement qu'à l'évidence on les avait chapitrés. Dans le bureau de l'administration, un employé a enlevé à la hâte une carte accrochée à son ordinateur, qui affirmait : *Vous n'avez pas besoin d'être fou pour travailler ici, mais ça aide !* Chacun me lançait des grands sourires et des « Bonjour ! » chaleureux avant de faire semblant de se remettre au travail. En fond sonore, on entendait les claviers cliqueter furieusement, et le système de communication interne a dû frôler l'implosion devant la recrudescence de messages échangés sur la question de mon éventuelle imposture.

Pendant mon absence, j'avais touché l'intégralité de mon salaire, et aujourd'hui, une réunion était prévue pour estimer de façon réaliste quelles tâches étaient à ma portée.

— J'ai relu le programme. J'ai hâte de commencer à enseigner… Dès que possible, en fait.

— Il n'y a pas urgence, a dit Peter, ou M. Scott, en me regardant, l'air surpris. Prenez tout votre temps.

— Non, vraiment. Si mes cours sont assurés par des suppléants, j'ai le sentiment que je dois à mes étudiants un retour aussi rapide que possible.

— Mon Dieu. Vous avez vraiment tout oublié, alors ?

— Hé ! Balai-à-chiottes Vaughan ! ont crié deux élèves avant de disparaître dans le couloir en riant.

— « Balai-à-chiottes Vaughan » ?!

— Je suis certain que seule une minorité d'élèves vous appelle ainsi. Vous êtes célèbre pour tout un tas de raisons ici. Pas seulement pour avoir un jour nettoyé tous les W-C de l'école...

— Pourquoi donc aurais-je fait ça ?

— Pour montrer aux élèves un exemple de ce qu'est la lutte contre « la dégradation des standards en matière d'hygiène ». C'était un peu votre idée fixe et vous avez organisé une grande réunion sur la question. Personnellement, je ne me serais pas adressé à l'ensemble des élèves avec une brosse à W-C dans la main, mais vous avez capté leur attention, c'est incontestable...

— Hé, Balai-à-chiottes Vaughan est de retour ! avons-nous entendu en passant devant le préau.

— Oh ! Je suis sûr que ça va se tasser...

— Peut-être. Cela fait deux ans maintenant. Pour être franc, Vaughan, c'est à peu près vers cette époque que vous avez commencé à perdre confiance en vous. Je sais que vous avez eu des problèmes familiaux, mais votre travail aussi a cessé de vous plaire. Et les enfants s'en rendent compte.

Effectivement, je n'étais peut-être pas prêt à affronter les élèves dès maintenant. J'ai expliqué à Peter, ou à M. Scott, que j'avais d'autres rendez-vous avec le neurologue, et nous sommes tombés d'accord pour que je commence par m'occuper de petites tâches administratives. Il fallait encore que la responsable du personnel au Comité de santé et des conditions de travail officialise la situation, lorsqu'elle reviendrait de son arrêt maladie, mais j'étais de nouveau un actif ! Et je me trouvais sur mon lieu de travail. Avant de partir, je suis allé aux toilettes.

C'est dégoûtant, ai-je pensé. Pourquoi est-ce que personne ne les nettoie ?

Je me disais que ma situation n'était pas des plus enviables et, en même temps, l'idée de recommencer à accumuler tous les attributs qui définissent une personne m'excitait. J'avais un emploi, une famille, et je me frayais lentement un chemin vers une sorte d'objectif. Aujourd'hui, c'était vraiment le premier jour du reste de ma vie. Je n'avais toujours pas de passé, mais dans le monde moderne, ça comme le reste, il suffisait d'aller le chercher sur Internet. Cela faisait quarante-huit heures que je m'étais interdit de consulter ma biographie en ligne. Ce soir-là, je me suis connecté : le profil avait totalement changé. Mon mail de relance avait produit des effets, et l'histoire de ma vie prenait forme. Cependant, tout le monde ne se livrait pas à l'exercice avec la neutralité et la rigueur académique que j'avais escomptées.

Jack Joseph Neil Vaughan, habituellement appelé Vaughan, est né le 6 mai 1971. Son père Keith Vaughan était officier dans la Royal Air Force, sa mère secrétaire bilingue. Vaughan, qui a suivi son père dans ses affectations outre-mer, a donc passé son enfance dans différentes parties du monde. Il est allé à l'université de

Bangor, où il a eu son diplôme avec mention « passable », alors que son pote Gary Barnett l'a eu avec mention « assez bien » (et un satisfecit pour son mémoire). Les deux jouaient au football ensemble, mais Vaughan a très vite rejoint le banc des remplaçants, alors que Gary est devenu meilleur buteur deux années de suite et a même failli être désigné meilleur joueur du championnat.

Au cours de sa première année à Bangor, Vaughan a rencontré sa future femme, Madeleine. (SECTION INSUFFISAMMENT DÉTAILLÉE.) Maddy est bonne. C'est une MILF. Bas les pattes ! C'est mon fantasme secret, pas le tien, pervers ! Même si elle a dans les trente-cinq ans.

Vaughan et Maddy ont deux enfants, Jamie, treize ans, et Dillie, onze ans. En 2001, Vaughan a été embauché par la William Blake Secondary School, à Wandsworth, établissement qui a pris ensuite le nom de Wandle Academy. Il y enseignait l'histoire, et l'année dernière, c'est lui qu'on a choisi pour accompagner les élèves lors d'un voyage culturel, malgré la demande infiniment plus légitime d'un enseignant plus qualifié. On le surnomme Balai-à-chiottes Vaughan parce qu'il adore nettoyer les chiottes. C'est le maréchal Baléachiotovitch, Balaidus Chiotus Maximus, Balai ! Balai ! Balai ! Chiottes ! Chiottes ! Chiottes !
Vaughan a pris la parole lors d'une conférence à Kettering intitulée « L'enseignement : comment captiver son auditoire ? » et c'était très ennuyeux. Genre plat, plat, plat. Après nous avoir tenu la jambe avec une tonne de données mortellement barbantes, il a

fait une présentation PowerPoint en les reprenant une par une, puis a remis à chaque participant le tirage papier de son allocution.

M. Vaughan, c'est un mec bien, parce qu'il a rien dit aux flics quand on a piqué le lama au zoo municipal.

M. Vaughan vit à quelques mètres à peine de M. Kenneth Oakes, l'un des principaux chefs de file de la magie de proximité, membre du Cercle des magiciens et professionnel très apprécié, aussi bien par les comités d'entreprise que par les familles qui souhaitent que la fête soit réussie. Le magazine culturel Stage *écrit d'ailleurs que le numéro de M. Kenneth Oakes s'inscrit « dans la pure tradition des grands numéros de magie ».*

Tous les mardis soir, Vaughan joue au foot en salle avec la grâce et le talent d'une huître alcoolique. Vaughan vit dans le sud de Londres. Son anniversaire, c'est le 6 mai.

Salut, Vaughan, ça fait longtemps qu'on s'est pas vus, mon vieux ! Désolé de te laisser un message ici, mais Gary m'a parlé de ce truc, comme quoi tu voulais qu'on écrive sur ta vie, ce genre de trucs. Il essayait de me faire croire que t'es dingue, mais je me doute bien que c'est encore un de ses délires à la con ! Quoi qu'il en soit, dis-moi si tu veux vraiment que les gens écrivent des trucs sur toi et j'essaierai de m'y mettre ! Salut, vieux ! Karl.

Cette nuit-là, je suis allé me coucher en me disant que le passé c'était le passé, et que je n'y pouvais rien. A part effacer le passage sur l'ennuyeuse conférence de Kettering. Ça, je pourrais le changer. Et les nombreuses allusions au fait que je ne joue pas bien au foot. Je n'avais pas besoin d'en laisser autant. Pas même une, en fait, car ça ne présentait pas beaucoup d'intérêt. Quant aux sarcasmes et aux moqueries, était-ce autant de preuves d'affection et de confiance ? Les marques d'un sens de l'humour partagé ? Et pourquoi certains écrivaient-ils que Maddy était une MILF ? Je ne savais même pas ce que ça voulait dire.

Plus tard, j'ai cherché la signification dans Google [1]. Du coup, je me suis dit qu'il me restait deux ou trois trucs à me faire expliquer.

---

[1]. Pour ceux de nos lecteurs qui ne parleraient pas couramment le djeuns et n'auraient pas Internet, MILF signifie « mère avec qui on aimerait coucher ». Sans commentaire. *(Note de l'éditeur.)*

12

Au début des années 1990, cela fait moins d'un an que Madeleine et moi sommes en couple. Maddy est partie à Bruxelles avec une amie. Lorsqu'elle descend à son hôtel, le concierge lui apprend qu'une lettre urgente est arrivée pour elle. Elle l'ouvre et y trouve, tout usée, la carte postale du leprechaun en train de soulever sa bière. J'imagine qu'elle en rit, peut-être explique-t-elle ce qu'il en est à son amie étonnée ? Cependant, au grand jamais elle ne m'en parle.

Bien des mois plus tard, je reçois par la poste un paquet aussi gros que mystérieux. Je commence à tailler dans la couche un peu exagérée de ruban adhésif et je tombe sur une boîte légèrement plus petite que la première. A l'intérieur, je trouve un coffret enveloppé de papier à bulles, qui, quand je l'ouvre, révèle un petit paquet cadeau. Après une bonne douzaine de couches supplémentaires, je parviens à extraire une enveloppe toute froissée. Bien que je soupçonne une blague un peu compliquée, je n'ai pas deviné qu'il s'agit de la carte postale loufoque de grand-tante Brenda.

Au fil des ans, nous nous sommes échangé cette icône comme un symbole, sans jamais en parler. C'était rapidement devenu une règle non écrite. On ne s'appelait jamais pour se dire : « Oh ! Tu m'as eu, là ! » Je souriais simplement de l'ingéniosité de ma compagne, puis je cachais la carte et laissais le temps passer en réfléchissant à un moyen encore plus tortueux de la rendre à Maddy. Celui qui la recevait endossait la responsabilité de poster la satanée carte à grand-tante Brenda, et ce même après sa mort, lorsqu'une famille du Bangladesh est venue s'installer à l'endroit où elle avait vécu. Cette responsabilité demeurait effective jusqu'à ce que l'autre conjoint l'endosse de nouveau, au moment où il s'y attendait le moins.

Un jour, Maddy a allumé son ordinateur et découvert un scan du leprechaun sur son fond d'écran, avec des instructions pour aller chercher l'original dans le tiroir de l'imprimante. Un autre, elle a suggéré de commander des pizzas, et lorsque j'ai ouvert la boîte de la première je me suis aperçu qu'elle s'était arrangée avec notre pizzaiolo habituel pour y glisser la carte postale. Plus tard, Maddy ayant accroché le long de l'escalier de belles photos noir et blanc des enfants, encadrées avec goût, je les ai toutes remplacées par des photocopies du petit buveur de Guinness souriant, et pour faire bonne mesure j'ai aussi fixé l'original dans un grand cadre bordé de loupiotes qui clignotaient.

Le souvenir de tous ces événements m'était revenu en une fraction de seconde, tandis que j'étais assis devant un terminal d'ordinateur, pendant mon premier jour de travail. C'était comme si le moteur de recherche de mon cerveau avait finalement localisé une certaine extension de fichier. J'ai éprouvé l'envie d'en parler aux employés des services administratifs de l'école, mais ils semblaient déjà mal à l'aise de m'accueillir dans leur bureau et je ne voyais pas l'intérêt d'attirer leur attention sur mon étrange maladie mentale.

J'avais aussi envie d'appeler Maddy pour discuter de notre *private joke* récurrente, tout en comprenant que cela y mettrait fin. Je ne pouvais pas non plus ajouter cet épisode à ma biographie en ligne. En fait, alors que je m'étais battu comme un fou pour tenter de me souvenir de détails comme celui-ci, il fallait maintenant que je m'emploie à les oublier pour pouvoir aller de l'avant.

Mon premier jour au boulot m'a donné la pêche. Je contribuais à la bonne marche de la société. J'avais une raison de me lever le matin. Le poste d'assistant provisoire dans un service administratif s'agrémentait de plus de prestige et de dépaysement que toutes les expériences que j'avais en mémoire : rester couché dans un lit d'hôpital, par exemple, ou regarder les rediffusions de *Les Z'Amours Spécial Célébrités*. A présent, j'étais de retour. Je voulais reprendre ma propre éducation, comprendre dans quel genre d'école je me trouvais et de quelle façon j'étais censé m'y intégrer. Vaste programme !

J'avais accès à toutes sortes d'informations concernant les mille élèves. En cliquant sur le nom d'un enfant, je pouvais voir ses résultats, les diplômes qu'il comptait passer, s'il bénéficiait d'une bourse pour payer la cantine ou s'il avait pris anglais en deuxième langue. En revanche, mon cerveau n'avait pas accès aux données de Jamie et Dillie : leur passé m'était inaccessible. Ma tâche pour la journée consistait à saisir des data sur les élèves de la classe 540, mais je ne pouvais m'empêcher de penser à ces deux enfants-là, que j'allais rencontrer le soir même.

Nous nous étions mis d'accord pour que j'aille les chercher à 18 heures. Je comptais les emmener à la foire de Noël, sur la grand-place, chose qui me semblait tout à fait dans les cordes d'un papa divorcé. Ensuite, nous devions retrouver Maddy pour manger une pizza et, à la fin de la soirée, j'espérais bien me sentir enfin père de famille. Madeleine leur avait parlé de mon amnésie, même si je n'étais pas bien sûr qu'ils en comprennent la portée. Très gentiment, elle m'avait affirmé que les enfants étaient impatients de me voir, et c'était elle qui m'avait proposé de passer prendre le thé pour discuter un peu, puis de les emmener tout seul à la foire.

« Regarde-les bien avant d'y aller, m'avait averti Gary. Si jamais ils se perdent, tu risques d'avoir l'air con en expliquant aux employés que tu sais pas à quoi ils ressemblent. »

Arrivé avec vingt minutes d'avance, je me suis mis à faire les cent pas devant la maison, sur le trottoir gelé, jusqu'à ce que Maddy finisse par ouvrir la porte.

— Qu'est-ce que tu attendais pour sonner ? a-t-elle crié.

— Excuse-moi. Je suis arrivé un peu en avance et je ne voulais pas... tu sais bien, quoi... déranger qui que ce soit.

— Ça va ! Je crois que j'ai déjà vu ça dans *Friends* une bonne centaine de fois.

Sans réfléchir, j'ai passé ma main à travers les barreaux de la grille pour soulever le loquet et poussé le portail d'un même geste.

— Hé ! Je viens d'ouvrir la porte !

— Euh, oui...

— Mais je n'ai même pas réfléchi ! C'est venu de mon subconscient !

D'une certaine manière, avec ce simple mouvement, j'avais eu l'impression de m'approprier le lieu. Madeleine portait une robe rouge à pois qui semblait presque dotée du sens de l'humour. Cependant, lorsque je me suis approché, elle a croisé les bras, comme pour se protéger du froid.

— Les enfants ! Votre père est arrivé !

Une avalanche d'enthousiasme a déboulé dans l'escalier. Les enfants ont failli me renverser en se jetant à mon cou pour se serrer contre moi.

— Papa ! s'est exclamée la petite Dillie.

Je suis resté là sans trop savoir quoi faire, à leur tapoter le dos. Ils sentaient le savon et la lotion capillaire – ils avaient l'air tout neufs. Le chien tournait autour de nous en aboyant d'excitation. Nul doute que mon cœur se souvenait de ce que ma tête avait oublié. Je venais de récupérer deux membres dont je n'avais même pas senti qu'on m'avait amputé. Il fallait désormais que j'apprenne comment ils fonctionnaient... J'aurais besoin de plusieurs mois d'entraînement avant d'être en mesure de les aimer correctement, mais c'était quand même un miracle. Maddy et moi avions fabriqué ensemble ces merveilleux êtres humains : deux individus bien distincts. Ce qui m'a le plus frappé, c'est la fascination que je ressentais devant ces vies nouvelles.

J'ai décidé de les laisser me guider et d'être aussi naturel que possible. Je leur ai demandé comment ça allait, ils m'ont raconté les histoires marrantes qui leur étaient arrivées à l'école. Une ou deux fois, j'ai surpris Maddy à sourire en me voyant plaisanter avec eux.

Malgré mes inquiétudes à l'idée de les rencontrer, ils rendaient la chose extrêmement facile. Ils bavardaient en toute confiance – lorsqu'elle était excitée, Dillie parlait à une vitesse inconcevable et sautait d'un sujet à l'autre au milieu d'une phrase, sans logique apparente : je n'avais pas encore appris qu'il était inutile d'essayer de la suivre.

— Oh-mon-Dieu-c'était-tellement-drôle-Mlle-Kerrin-a-dit-à-Nadim-de-ne-pas-emmener-son-rat-en-cours-de-sciences-parce-qu'il-s'échappe-toujours-et-qu'il-fait-peur-à-l'orvet-de-Jordan-Oh-j'aime-bien-ton-costume-il-est-tout-neuf-et-il-l'a-mis-dans-son-sac-à-main-sur-son-bureau-et-on-a-eu-du-curry-à-la-cantine-miam-miam-on-le-voyait-bouger-dans-le-sac-Oh-d'ailleurs-j'ai-eu-un-A-en-maths-alors-on-l'a-envoyé-chez-le-proviseur-mais-il-a-laissé-le-rat-alors-Jordan-l'a-posé-sur-sa-tête-mais-elle-a-une-super-phobie-des-rats-alors-elle-a-crié-et-elle-est-sortie-de-la-classe-en-courant-c'était-tellement-drôle-on-peut-enregistrer-*Friends*-à-la-télé-avant-de-partir ?

C'était peut-être pour ça que son frère parlait si peu : le moyen d'en placer une ? Cependant, il semblait avoir un talent pour exprimer les choses essentielles.

— Papa, pourquoi est-ce que tu portes un costume ?

— Oui ! Et pourquoi as-tu rasé ta barbe ? a demandé Maddy. Crise de la quarantaine ?

— J'ai pensé que je devais faire un effort. Prendre un nouveau départ, tu vois le genre. Ça fait trop ?

— Non, a-t-elle répondu. Ça te va bien.

J'aurais voulu la remercier, mais je ne trouvais pas mes mots.

— Papa, tu rougis. Pourquoi tu rougis ?

Nous étions tous les quatre attablés dans la cuisine. Je buvais mon thé, très sucré, tandis que le chien, qui nous regardait croquer nos biscuits en secouant une tête sans doute pleine de pensées coupables, venait parfaire cette scène de la vie familiale.

Oh mon Dieu ! semblait-il songer. Je me sens si faible et inutile, mais je ne peux lutter contre les sombres désirs qui m'animent à la vue de ces délicieux sablés au chocolat… Oh non ! Maintenant je bave ! Je suis dégoûtant ! Excusez-moi, je n'ai que mépris pour mes viles obsessions…

— Woody ! Arrête de demander ! a ordonné Jamie.

— Oh ! Pauvre Woody. Ne lui parle pas avec ta grosse voix ! s'est exclamée sa petite sœur.

Je jugeai le moment idéal pour lancer une des questions que j'avais préparées : demander aux enfants ce qu'ils voulaient pour Noël. La réponse de Dillie a duré vingt-cinq minutes et se serait probablement prolongée indéfiniment, dans un labyrinthe de marques de maquillage et d'accessoires de mode, si je ne l'avais pas interrompue :

— Et toi, Jamie ?

— Je sais pas, a-t-il lancé en haussant les épaules. De l'argent ?

— L'année dernière, nous avons offert une chèvre à un villageois en Afrique, a rappelé Maddy. Cette année, nous pensons qu'ils préféreraient peut-être une Wii de chez Nintendo…

— Bonne idée ! ai-je dit. Ou un iPad, non ?

— Oh ! Je peux avoir un iPad ? a demandé Dillie. Et une chèvre ?

— Non, tu n'auras pas de chèvre, ai-je décidé unilatéralement. Sinon, tu vas l'emmener à l'école et faire peur à Mlle Kerrin.

— Quoi ? se sont exclamés à l'unisson Maddy et Jamie.

— Il n'y avait donc que moi qui écoutais, tout à l'heure ?

— Oui, ont-ils répondu avec désinvolture.

Un peu plus tard, devant le radiateur de l'entrée, les enfants, impatients d'aller à la fête foraine, soutenaient qu'ils n'avaient pas besoin d'enfiler des bonnets et des gants. Adroitement, j'ai évité une dispute en proposant de les garder sur moi pendant quelques minutes, le temps que le froid oblige Jamie et Dillie à me supplier à genoux de les leur rendre.

— Tu es sûre que tu ne veux pas venir ?

— Oui, a dit Madeleine avec un demi-sourire. Tu as trop de choses à rattraper pour m'avoir dans les pattes.

— Eh bien, j'ai pas mal de choses à rattraper avec toi aussi.

Elle a haussé les sourcils, comme pour indiquer que je m'approchais dangereusement de la ligne jaune.

— 19 h 30 à la pizzeria. A tout à l'heure ! a-t-elle lancé en fermant la porte.

Dans la galerie des glaces, les miroirs déformants renvoyaient une image étrange de mon sourire et du rire des enfants. Jamie avançait et reculait, ce qui changeait la longueur de son cou, tandis que Dillie, qui écartait les mains, s'esclaffait en voyant qu'elles devenaient aussi grandes que son corps.

— En fait, c'est peut-être de ça qu'on a l'air. Si ça se trouve, c'est les miroirs qu'on a chez nous qui sont bizarres...

— Non, parce que sinon, ça voudrait dire que nos yeux se trompent aussi, a intelligemment répondu

Jamie, malgré l'air bête que lui donnait son front, deux fois plus long que ses jambes.

— Ça dépend de ce que ton cerveau fait de l'information une fois qu'elle lui parvient. Peut-être qu'on ne perçoit que ce qu'on veut percevoir ?

Dans le miroir, j'ai vu que Dillie essayait d'accrocher mon regard déformé.

— Papa ? a-t-elle demandé au bout d'un instant. Tu nous as vraiment oubliés, Jamie et moi ?

— Hmm… Tout est encore là-dedans, ai-je répondu en me frappant ostensiblement le front, ce qui a amené un sourire sur ses lèvres. Mais je n'arrive pas à trouver où. Pour l'instant, il y a beaucoup de choses qui vous concernent dont je ne me souviens pas, mais je n'ai pas oublié ce que je ressens pour vous.

J'étais excité en pensant à ce que j'allais maintenant leur dire. Des mots qui me semblaient importants :

— Je n'ai pas oublié… à quel point je vous aime.

— Oooooh ! s'est exclamée Dillie, touchée par la douceur de ce qu'elle venait d'entendre, alors que dans le miroir Jamie faisait semblant de se mettre les doigts dans la gorge pour vomir.

Dans cette galerie des glaces, à part nous, il n'y avait qu'un couple d'obèses, manifestement venus se rendre compte de quoi ils auraient eu l'air s'ils étaient maigres. Ils passaient sans commentaire d'un miroir à l'autre et restaient de marbre devant tout ce qu'ils voyaient, contrairement à Jamie et Dillie, dont les bonds et les rires joyeux ont dû contaminer les gens qui passaient au-dehors. Je me suis mis à observer mes nouveaux enfants, tellement pleins d'enthousiasme et d'énergie, tellement disposés à profiter du présent et de ce que le monde pouvait leur offrir. En leur présence, j'avais la sensation que le passé n'avait aucune importance, qu'une seule chose comptait : ici et maintenant.

— Papa, il y a une deuxième petite tête qui pousse au-dessus de la tienne.

— Oh, oui. Je déteste ça. C'est très gênant.

— Aarrgh ! Regarde ce qui m'arrive ! s'est écrié Jamie.

— C'est ce que je me dis tous les matins devant la glace.

— Mais non ! a dit sa sœur. Tu es en super forme, papa, pour quelqu'un d'aussi vieux que toi.

En fait, j'avais l'impression d'avoir rajeuni de dix ans. L'énergie et l'optimisme des enfants étaient contagieux, et malgré l'absence de souvenirs d'avant ma fugue j'éprouvais un cocktail de sensations – plaisir, angoisse, responsabilité, joie – qui, je m'en rendais compte, était ce que les parents devaient ressentir. Non sans une pointe de tristesse, je déplorais de ne pouvoir annoncer à personne l'excitante nouvelle : l'arrivée de deux enfants dans ma vie. « Maman ! C'est un garçon ! Soixante et onze kilos. Nous l'avons appelé Jamie. Il a les yeux bleus, beaucoup de cheveux et il mange très bien. De la barbe à papa, principalement. Oh ! Et tu sais quoi ? Maddy a aussi eu une fille ! Oui, Dillie ! Un peu plus petite que son frère, mais elle marche et elle parle déjà. Elle parle énormément, en fait ! »

— Papa, on peut aller sur la soucoupe ?

— Bien sûr ! On va tous y aller !

Les enfants m'ont regardé, l'air étonnés, avant de m'expliquer que je ne montais jamais dans ce genre d'attractions, parce qu'elles me donnaient la nausée.

— Vous croyez ? Non, ça c'était l'ancien papa. C'est ce que j'essayais de vous dire tout à l'heure, à propos du cerveau et des idées préconçues. Avant, j'étais malade dans la soucoupe parce que c'est ce que mon cerveau ordonnait à mon corps. Maintenant que ce réflexe a été supprimé, je vais sûrement pouvoir faire un tour en soucoupe sans problème…

Cinq minutes plus tard, je partais vomir derrière un groupe électrogène en titubant.

— Ça va, papa ?
— Tu veux un mouchoir ?

Assis sur la barre de remorquage du groupe, la tête entre les mains, j'ai vomi une deuxième fois. Le clignotement des néons et le son des sirènes me rendaient encore plus malade.

— Tu veux que j'aille te chercher de l'eau ?
— Non, ça va ! ai-je grommelé. Ça va passer dans deux minutes.

Maddy était déjà assise dans la salle du Pizza Express quand nous sommes arrivés. Elle a souri en voyant les enfants s'attabler, le visage maculé de barbe à papa. La réaction de Maddy était probablement un signe d'approbation de sa part. Elle aurait pu être en colère. Une femme impliquée à cent pour cent dans son divorce aurait interprété cela comme une preuve de mon incompétence et de mon manque de sens des responsabilités. Au cours du repas, elle m'a posé des questions sur mon père, s'est intéressée à la façon dont s'était passé mon retour au travail et a même ri franchement quand je lui ai raconté que Gary enregistrait ses engueulades avec Linda sur son iPhone. « Tu vois comment sont certains couples ? semblait suggérer notre rire complice. Pourquoi ne parviennent-ils donc pas à démêler leurs problèmes et à se rabibocher… »

L'ambiance agréable a amené Dillie à demander si j'allais rester avec eux pour Noël, mais Maddy a profité de cette opportunité pour s'éclipser aux toilettes. Elle ne voulait pas tenir cette conversation devant les enfants, et ça, c'était plutôt mauvais signe. Ou alors, elle répétait devant la glace les mots qu'elle avait préparés pour me demander de revenir et de donner une deuxième chance à notre mariage...

— Les enfants, il faudra qu'on remette ça bientôt ! Ou si maman est occupée, je pourrai venir à la maison pour vous garder...

— Oh, ouais ! s'est écriée Dillie. Ou après Noël, quand maman va partir, tu pourrais venir à la place de grand-mère... S'il te plaît, papa ! S'il te plaît !

— Ça serait merveilleux. J'aimerais beaucoup.

Tout était presque trop parfait. J'avais réussi à me faire inviter à la maison pendant l'absence de Maddy, pour y vivre avec les enfants.

— Et maman va où, au fait ?

— Elle part à Venise avec Ralph, a répondu Dillie, sous l'œil réprobateur de Jamie.

— Ralph ? C'est qui, ce Ralph ?

— Io ! Ralph, c'est le petit ami de maman.

C'est alors que Maddy nous a rejoints.

— Tout va bien ? a-t-elle demandé avant de boire une petite gorgée de vin.

13

— Oh ! Vaughan est merveilleux ! s'est exclamée Jean, la mère de Maddy, en me voyant déposer une paire d'assiettes sales non loin du lave-vaisselle. Regarde-moi ça ! Tu te rends compte, il débarrasse la table ! Madeleine, ne le trouves-tu pas merveilleux ?

— Ce ne sont que deux assiettes, maman. Moi, j'ai fait les courses, vidé la dinde, préparé la farce et la sauce, et puis j'ai mis la table…

— Eh bien, moi, je trouve ça magnifique quand un homme s'active en cuisine. Regarde ! Il vide les assiettes sales dans la poubelle ! Il est doué !

Je ne disais rien, mais je n'ai pu m'empêcher d'en rajouter un peu en proposant de faire du café pour tout le monde.

— Oh, comme tu es gentil… Non ! Assieds-toi ! Tu en as assez fait ! Je vais préparer le café. Madeleine, ma chérie, tu veux bien me donner un coup de main ?

Le repas de Noël s'était révélé plus facile que je ne croyais. L'énorme dinde fumante entourée de rouleaux de bacon et de mini saucisses avait suscité l'admiration de tous, et surtout du chien, qui secouait la tête de désespoir, accablé par ses inavouables obsessions.

J'ai tellement honte, mais cette viande si tendre, si proche de moi et pourtant si inaccessible... Oh, mon Dieu, je bave encore ! Je ne peux pas m'en empêcher... Quel manque de dignité...

La mère de Maddy n'avait montré aucune hostilité envers son beau-fils, bien au contraire ! Mes nombreuses qualités étaient exaltées sans relâche, surtout lorsque Ron, son mari, se trouvait à portée de voix :

« Vaughan a acheté des biscuits de Noël ! Quelle délicate attention ! Tu as vu, Ron ? Vaughan a acheté des biscuits. C'est bien, les gens qui participent, d'une manière ou d'une autre... »

Si Jean avait été plus honnête, elle aurait brandi de grands panneaux pour sous-titrer chacune de ses interventions. La phrase « Vaughan est un bon père ! Vraiment ! Tu m'entends, Ron ? Il a emmené les enfants à la fête foraine, l'autre jour. Ils ont bien de la chance d'avoir un père comme ça... » aurait eu pour sous-titre : *Ron, tu n'as jamais rien fait avec les enfants. Pourquoi n'étais-tu pas comme Vaughan ?* De même, « Madeleine, ton père ne m'a jamais aidée à la maison. Tu dois trouver ça dur, maintenant que Vaughan n'est plus là ? » aurait été explicité ainsi : *Mon mari était bien pire que le tien, mais je suis quand même restée avec lui !* Quant au bouquet final : « Pourquoi ne venez-vous pas chez nous avec les enfants, cet été ? Ce serait merveilleux de vous avoir tous les quatre ! J'aiderai Ron à bricoler. Il a une masse de choses à faire et il ne s'y est pas encore mis ! », l'approche était trop peu subtile pour se contenter d'un sous-titre. Pour bien faire, il aurait fallu un klaxon, des gyrophares et un policier en uniforme hurlant dans un mégaphone :

MADELEINE, NE DIVORCE PAS ! TA MÈRE N'A PAS EU LE DROIT DE LE FAIRE, POURQUOI LE POURRAIS-TU ?!

Ron aurait pu être offensé par le jet continu d'allusions à ses manquements en tant que père et mari, s'il avait pris la peine d'écouter ce que disait Jean. Mais cela faisait longtemps qu'il avait appris à filtrer les propos de sa femme et il ne réagissait qu'à quelques mots clés émergeant du fond sonore, quand ils présentaient de l'intérêt pour lui :

— Vaughan a proposé de préparer du café. C'est gentil de sa part, non ?

— Du café ? Avec plaisir, merci.

Si l'on considère que la plupart des guerres civiles trouvent leurs origines dans un repas de Noël houleux, on peut dire que la journée s'était raisonnablement bien déroulée. Les enfants ont eu leurs cadeaux. J'avais passé tout un après-midi dans les magasins avec Jamie. Nous étions allés ensemble au distributeur pour qu'il puisse choisir les billets qui constituaient son cadeau. Dillie avait demandé un petit journal électronique où elle pourrait écrire tous ses secrets et empêcher le reste du monde de les lire grâce à un mot de passe. Un peu comme mon cerveau, sauf que Dillie n'avait pas encore oublié son code.

J'avais longtemps hésité à acheter quelque chose pour Maddy. En général, les parents divorcés ne s'offrent pas de présents pour Noël – une maison, c'est déjà pas mal. Cependant, après avoir visité nombre de bijouteries, j'étais tombé sur un collier en or, magnifique mais abordable. J'ai trouvé très agréable, je l'avoue, le moment de tension qui a suivi le dîner, lorsque Maddy a déballé le cadeau et s'est exclamée, médusée, que je n'aurais pas dû. Je savais qu'elle le pensait vraiment. J'avais passé beaucoup de temps à lui dénicher le cadeau parfait, ce qui rendait les choses encore pires, de son point de vue. Elle aurait préféré que son ex lui offre un truc sans intérêt, quelque chose qui confirme à quel point il était inutile. Quand les enfants l'ont suppliée de l'essayer, elle a secoué la tête et l'a remis dans sa boîte. Néanmoins, quelques minutes plus tard, elle a pris soin de l'emporter lorsqu'elle est partie dans la salle de bains.

Jean s'était extasiée sur la beauté du collier en or, comme pour souligner que le range-chaussures que Ron lui avait offert ne lui faisait pas le même effet.

— Madeleine ? Qu'as-tu offert à Vaughan ? Tu vas lui donner son cadeau maintenant ?

— Je ne lui ai rien acheté, maman. On est en train de divorcer, tu te rappelles ?

— Eh bien, c'est donc qu'il est encore ton mari, ma chérie. Tu aurais pu faire un effort…

Mon cadeau ne constituait pas qu'un acte de générosité, et Maddy le savait. Il y avait un sens caché derrière tout ça. C'était la preuve de mon caractère magnanime, de ma détermination à demeurer dans les hautes sphères morales qui étaient les miennes depuis que j'avais découvert que Maddy fréquentait quelqu'un d'autre. (« Elle ne fréquente pas quelqu'un d'autre, avait tenu à préciser Gary. Elle fréquente quelqu'un, c'est tout. »)

C'est pourquoi, avec l'aide inattendue de Jean, j'ai passé la journée de Noël à jouer le rôle du mari attentif et du beau-fils parfait, en faisant tout pour que le voyage à Venise de Maddy passe pour un geste égoïste et vain. Jean s'inquiétait beaucoup de voir sa fille faire du bateau, après toutes ces histoires aux infos…

— Pour l'amour du ciel ! finit par lâcher un Ron exaspéré. Venise, c'est en Europe. Elle ne court aucun risque de se faire enlever par des pirates somaliens !

— Tu n'en sais rien. Ils ont pris plusieurs Occidentaux en otages.

— Oui ! Au large de l'Afrique. Les pirates somaliens ne vont pas traverser la mer Rouge, le canal de Suez, la Méditerranée et l'Adriatique pour aller kidnapper une satanée gondole !

— Tu dis ça, mais c'est quand même un peu dans le même coin, Venise, la Somalie, tout ça… Ces gens sont sans pitié. De mon temps, les pirates étaient du genre joyeux, avec un sabre, un perroquet et une jambe de bois… Je ne comprends pas pourquoi on a changé ça.

Ignorant ce péril manifeste, Maddy comptait se rendre à l'aéroport le lendemain matin, à 6 heures, et j'allais rester seul avec les enfants. Au début, j'avais craint que ma belle-mère ne soit outrée qu'on se passe de ses services pour garder les enfants : bien au contraire, elle a trouvé l'idée de mon retour excellente.

— Vaughan revient vivre ici ! Merveilleux, n'est-ce pas ? Nous devrions ouvrir une bouteille de champagne…

— Il ne revient pas vivre ici, maman. Il garde les enfants pendant mon absence.

— Et je vais dormir dans la chambre d'amis ! ai-je renchéri avec un coup d'œil à Maddy. Le lit double est strictement réservé à Woody.

— Bon, mais quand même, pour les enfants, ça va être fantastique d'avoir leur père chez eux. De nos jours, il y en a tellement dont le père est parti ! C'est vraiment une honte !

Comme la tradition des fêtes de Noël l'exige, à la débauche de nourriture a succédé une débauche de télévision, tandis que les parents de Maddy réglaient le volume sur « Trop fort » et les radiateurs sur « Trop chaud ». Ron n'a lancé que deux sujets de conversation : il m'a demandé comment allait mon père, ce à quoi j'ai répondu que le matin même, lors de ma dernière visite, il dormait. Puis, plus tard, il a voulu savoir comment moi j'allais, et m'a surpris en me montrant deux livres sur l'amnésie et la neuropsychologie qu'il était allé chercher à la bibliothèque.

— Ça ne l'intéresse pas, a décrété Jean. Noël, c'est censé être une période festive ! Ce n'est pas le moment de rappeler aux gens leurs maladies mentales.

Dans la soirée, nous avons regardé un film tous ensemble, et il est apparu bien vite que le réalisateur, par négligence sans doute, avait oublié d'inclure les commentaires de Jean dans sa bande-son. Pour Noël, Dillie avait reçu *Love Actually*. La performance d'Emma Thompson dans le rôle de la mère de famille trahie qui fait tout pour sauver son couple m'a fasciné, en revanche, le petit garçon qui franchit les barrières de sécurité à l'aéroport sans se faire tirer dessus par la police m'a laissé songeur.

— Je me souviens de ce passage ! me suis-je écrié tout d'un coup. Il regarde le hall des arrivées et il parle de tout l'amour qu'il y a dans le monde...

— Oui, mais à ce moment du film ils sont amoureux ! a lâché Madeleine avec mépris. Parce qu'ils viennent de passer plusieurs mois séparés par un océan. Si tu filmes le même couple quelques semaines plus tard, ils auront recommencé à se gueuler dessus...

Jean n'a jamais vraiment réussi à entrer dans le film.

— Keira Knightley est très jolie. Pourquoi donc se marie-t-elle avec un Noir ?

Ron et Jean sont allés se coucher, sachant qu'il fallait deux bonnes heures à la mère de Maddy pour inventorier l'intégralité du contenu de son sac de voyage et ensuite tout remettre dedans. Nous sommes restés tous les quatre assis autour de la cheminée : la mère, le père et les deux enfants.
— Jouons à un jeu ! a lancé Dillie.
— Oui ! A Noël, on joue toujours à des jeux, a renchéri son frère.
— On n'a qu'à jouer aux charades !
— Ça dépend de ton père. Les films, les émissions de télé, ce sont des souvenirs personnels ou pas ?
— Oui et non. Je connais les films, mais je ne me souviens pas de les avoir vus. C'est comme si *Les Dents de la mer* faisait partie de ma culture générale. Par exemple, Dillie m'assure que je l'ai emmenée voir *27 Robes*... eh bien, je ne me souviens absolument pas de ce film.
— Ça, c'est normal. Ça a fait la même chose à tous ceux qui sont allés le voir.
— Si on jouait au jeu de l'eau ? a suggéré Jamie, emportant aussitôt l'adhésion enthousiaste de sa sœur.
— Le jeu de l'eau ? Ce nom m'inquiète un peu...
— Il faut penser à une catégorie. Par exemple : « Equipe de football de première division ». Alors, quelqu'un pense à un nom, comme « Fulham », mais sans le dire. Ensuite, il se met à tourner autour des autres avec un coquetier rempli d'eau, et le premier qui dit « Fulham » se prend la douche !
— D'accord. Tu n'as qu'à commencer, Jamie !

Mon fils a choisi la catégorie « Personnages des Simpson ». Je me souvenais de Bart et Homer, et ce dernier nom a suffi à me faire arroser, pour la plus grande joie des enfants. En fait, j'étais surpris de trouver aussi drôle ce genre de roulette russe aquatique. Au moment de prononcer un nom à voix haute, la tension s'installait... pour laisser place au soulagement lorsque le coquetier allait se placer au-dessus de la tête suivante. A présent, c'était à moi de verser. J'ai choisi la catégorie « Fruits », et « orange » comme détonateur.

— Banane ! a lancé Dillie, un peu inquiète.
— Goyave ! a dit Jamie, en bon tacticien.
— Orange, a annoncé Maddy.
— Non, ai-je répondu après une pause imperceptible.

J'ai changé mon détonateur pour « pomme », que Maddy a annoncé au tour suivant, alors j'en ai changé à nouveau. Je commençais à avoir du mal à me souvenir des fruits qu'ils avaient déjà cités. Ensuite, il y eut un débat pour déterminer si « mandarine » et « satsuma » c'était la même chose ou non. Comme je voyais bien que Dillie rêvait de se faire arroser, j'ai décidé de lui renverser le coquetier sur la tête à sa prochaine réponse, et quand elle a dit « Patate ! », j'ai quand même eu l'air un peu suspect. Elle s'est mise à rire tout en s'essuyant la tête avec une serviette et, soudain, une image m'est revenue très clairement à l'esprit : je nous ai revus tous les quatre en train de faire exactement la même chose que maintenant.

— On a déjà joué à ça ! Au bord de la piscine, en vacances, non ?
— Oui, c'est vrai ! a déclaré Maddy. C'était en France... Tu viens de t'en souvenir ?
— Et au lieu de me verser le bol d'eau sur la tête, tu m'as soulevé et tu m'as jeté dans la piscine ! s'est écrié Jamie.

— Oui, et ensuite, j'ai fait semblant de ne pas voir Dillie qui s'approchait de moi par-derrière…

— Et je t'ai poussé dans l'eau !

Tout le monde s'est tenu coi pendant quelques instants, puis Dillie a demandé si on pourrait y retourner. Le long silence qui a suivi lui a fourni sa réponse.

— Je vous y remmènerai peut-être un jour… a fait Maddy sans conviction.

— Non ! Je veux dire, tous ensemble ! Pour jouer au jeu de l'eau au bord de la piscine !

Je luttais contre l'envie de questionner Maddy du regard, tout en essayant désespérément de trouver quelque chose à dire pour combler ce silence pesant. Finalement, c'est Jamie qui nous a sortis d'affaire avec une remarque pleine de tact :

— Mais t'es bête ou quoi ? Ils vont divorcer !

Enfin, les enfants sont partis se coucher et je me suis retrouvé tête à tête avec Maddy. Pour meubler, je me suis mis à ramasser les bouts de papier-cadeau qui traînaient encore par terre, sauvant même de la destruction la note que Dillie avait rédigée pour mémoriser le code secret de son journal. Il faudrait certainement plusieurs mois à toute une équipe de génies du décryptage pour venir à bout de son indice énigmatique : *Le nom de notre chien.*

— Eh bien, tout s'est passé on ne peut mieux, ai-je hasardé.

— Mieux que l'année dernière, ça c'est sûr !

— Désolé, mais tu vas devoir m'en dire un peu plus…

— Le jour de Noël, nous avons eu une énorme engueulade, parce que tu avais passé toute la sainte journée à t'abrutir d'alcool dans ce fauteuil. Tu disais que tu n'avais « plus d'autre moyen de rendre ce mariage supportable ».

En ramassant les derniers rubans, j'ai heurté par inadvertance une boule du sapin de Noël, lequel s'est alors délesté d'un bon millier d'aiguilles, en dépit de ce que le vendeur avait prétendu.

— Excuse-moi de te poser cette question, mais... on a déjà envisagé de voir un conseiller matrimonial, ou quelqu'un comme ça ?

— Oui... Et même là-dessus, on n'était pas d'accord. Je voulais partager nos problèmes avec une femme, et toi tu disais que si on ne prenait pas un mec, ça ferait pencher la balance en ma faveur dès le début.

Face à une telle situation, trouver un compromis me semblait difficile. Peut-être aurait-il fallu s'adresser à un conseiller transsexuel, en instance de se faire opérer ? Cela dit, notre mariage était suffisamment mal en point comme ça, sans que j'aie à contempler les seins de notre conseiller matrimonial en m'évertuant à faire abstraction de sa pomme d'Adam. Je me suis affalé sur le canapé. Maddy s'est assise en remplissant son verre, puis m'a passé la fin de la bouteille.

— Je croyais qu'une des raisons pour lesquelles tu veux t'en aller c'est que je bois...

— Cela n'a plus grande importance, non ?

— OK ! Alors j'arrête de boire ! ai-je dit en versant mon vin dans le pot de la plante que sa mère venait de lui offrir. Qu'est-ce qu'il y a d'autre ?

— Je n'ai pas envie d'en parler maintenant...

— Mais il faut bien que je sache, parce que ça n'a aucun sens pour moi ! Pourquoi est-ce qu'on divorce ? Quel est donc ce truc qui rend toute réconciliation impossible ?

— Oh... C'est un tout.

— Tu vois, ça, ce n'est pas correct. Tu dois me donner des exemples concrets, des points de désaccord ou des problèmes précis.

— Je ne sais pas, moi... a-t-elle dit en inclinant la tête. Quand tu étais jeune, tu étais tellement passionné, tellement sûr de savoir ce qui n'allait pas dans le monde et comment le changer. Et puis, avec le temps, tout ça s'est transformé en récriminations constantes...

— D'accord. Ça fait un truc, ai-je concédé. Alors, d'après toi...

— C'était tellement barbant ! Tous ces détails sans importance qui t'énervaient ! Ça m'était égal que tu aies des rides, que tes cheveux soient clairsemés et grisonnants, ou que tu aies pris un peu de bide... C'est l'âge dans ta tête qui te rendait si difficile à aimer. Tout ce qu'il y avait de bien en toi qui devenait flasque à force de ne jamais servir...

— Bon ! Pas besoin d'entrer dans les détails ! Ça devient trop personnel ! ai-je déclaré en jetant la bouteille dans le bac de recyclage, presque assez fort pour qu'elle se casse. De toute façon, ce n'est pas vraiment un motif de divorce, ça. Tu ne m'as toujours pas donné une bonne raison...

— On n'était pas heureux. On se disputait tout le temps, et ça rendait les enfants malheureux. Qu'est-ce que tu veux trouver de mieux comme raison ?

— Mais on s'engueulait à propos de quoi ?

— De beaucoup de choses. Tu m'avais toujours encouragée à m'investir plus dans la photographie, à essayer d'exposer… mais le jour où ça a décollé, tu m'en as voulu de ne plus être tout le temps à la maison. Tu avais un discours de soutien, mais pour ce qui est des actes, pour prendre la relève au quotidien, pour rentrer de ton boulot à temps ou laisser tomber tes loisirs, comme le site complètement débile de ton ami Gary, il n'y avait plus personne !

— C'est vrai, je dois admettre que je ne comprends pas ce qui a pu m'attirer dans YouNews…

— Ça te fournissait un prétexte pour être ailleurs, non ? Et puis, il y a eu le jour où tu as refusé de croire que le propriétaire d'une galerie s'intéressait à mes photos pour une exposition. Tu disais que c'était juste parce que je lui plaisais…

— OK ! Je reconnais que c'est énervant. Manifestement, j'étais du genre jaloux. Tu es très belle, et peut-être que ce directeur de galerie le pensait aussi.

— Ça montre surtout que tout ce que tu voyais en moi, c'était ma jupe. Je n'étais pas très sûre de moi en exposant mon travail au public, et quand tu dénigrais cette galerie, tu rendais ça mille fois pire…

— D'accord. Tu as raison. Je comprends que tu aies pu te sentir insultée et peu soutenue.

— Pourquoi n'exposerait-on pas mes photos au motif qu'elles sont intéressantes ? Pourquoi présumais-tu que c'était parce que je plaisais à Ralph ?

J'ai failli lâcher mon verre. A mon avis, le nom lui avait échappé.

— Quoi ? Alors ce « propriétaire d'une galerie », c'était Ralph ? Tu prétends que je n'aurais pas dû voir en lui une menace ni suggérer que tu lui plaisais, alors que demain il t'emmène à Venise ?!

— D'accord, aujourd'hui les choses ont changé. A l'époque, il n'était qu'un simple partenaire commercial…

— Et tu lui plaisais ! J'avais raison !

— Tu n'en sais rien du tout !

— Bien sûr que si ! Bon Dieu, tu fais comme si tout était ma faute, mais moi au moins je ne suis pas parti avec une autre ! J'ai toujours été fidèle !

— Qu'est-ce que tu racontes ? Moi aussi !

— Ah bon ? Ce n'est pas ta valise, là, dans l'entrée ? Avec deux billets pour Venise dans la poche avant ?

— Alors c'est ça le problème ? Tu n'acceptes pas que j'aie rencontré quelqu'un d'autre…

— Non. Ce que je n'accepte pas, c'est que tu refuses de donner une seconde chance à notre mariage, alors que je ne sais toujours pas pourquoi nous divorçons !

Le lendemain matin, je m'affairais déjà dans la cuisine quand Maddy est descendue de sa chambre, sans faire de bruit.

— Waouh ! Tu es tombé du lit !

— Je voulais juste vider le lave-vaisselle et préparer le petit déjeuner des enfants avant que ta mère me voie faire et décide de me canoniser. Tiens, je t'ai fait du thé.

— Merci. « Tu as vu, Ron ? Il a fait du thé pour sa femme ! »

Sa remarque nous a permis d'échanger un sourire et d'enterrer la dispute de la veille.

A l'extérieur, l'obscurité semblait souligner l'aspect illicite de notre face-à-face – Maddy était sur le point de s'envoler avec son nouveau compagnon et plaisantait quand même encore avec l'ancien.

— Alors, on dort comment dans le canapé ?

— Très bien... Sauf que Woody prend toute la couette...

Maddy a alors reçu un SMS.

— Oh... Je crois que la voiture est là.

Elle a fait rouler sa valise jusqu'à la porte d'entrée et nous sommes restés un moment suspendus l'un devant l'autre, sans trop savoir quoi faire.

— OK ! Bye ! a-t-elle dit avec un geste un peu exagéré de la main, comme si j'étais très loin, bien trop loin pour me pencher et lui faire la bise. Transmets mes amitiés à ton merveilleux papa quand tu le verras.

— Mercredi, j'emmène les enfants lui rendre visite. Si tu es d'accord...

— Oui ! Bien sûr.

— Bon, amuse-toi bien.

— Merci, a-t-elle soufflé en ouvrant la porte avec un sourire emprunté.

— Juste pour savoir... On y est allés, nous, à Venise ?

— Non. J'ai toujours voulu... et tu disais que tu m'emmènerais... a-t-elle répondu en détournant les yeux. Mais ça ne s'est jamais produit.

— Oh... Désolé.

— Ce n'est pas grave. Aujourd'hui, je finis par y aller. Bye.

Derrière la porte close, j'ai entendu le son étouffé d'une voix d'homme, la réponse enjouée de Maddy et le bruit d'une voiture qui s'éloignait.

14

Si le nom de l'endroit était censé susciter enthousiasme et émerveillement, cela n'a pas eu d'effet sur moi. Bien au contraire, je subodorais que Splash City n'était pas une ville et que les chances d'y trouver des infrastructures municipales ou des élus étaient très minces. Aussi, quand les enfants ont parlé d'aller faire un tour dans cet énorme centre dédié aux plaisirs aquatiques, je n'ai guère partagé leur excitation.

— Splash City ?

— C'est une sorte de centre nautique avec des toboggans, des machines à vagues et tout un tas de trucs…

— Ils ont même une plage avec du vrai sable !

— Avec un pélican englué dans du pétrole ?

— Papa ! Tu fais toujours la même blague !

— Ah bon ? Je croyais que je venais juste d'y penser. Sinon, c'est une très bonne idée, mais je suppose que ça doit être fermé. Aujourd'hui, on est le lendemain de Noël. C'est férié…

— Non, c'est ouvert. On a regardé sur Internet.

— Le hic, c'est que je n'ai pas de maillot de bain…

— Si. Ils sont toujours dans un sac, dans la buanderie.

— En fait, c'est... ai-je bredouillé. La raison pour laquelle je ne crois pas pouvoir vous emmener, mes chéris, c'est... parce que je ne pense pas que je sache encore nager.

Pendant un bref instant, cela a semblé les faire taire.

— On t'apprendra ! a subitement piaillé Dillie.

— Quoi ?

— Oui ! On t'apprendra à nager ! Comme tu l'as fait avec nous !

Une heure plus tard, je me trouvais devant le pédiluve glacé qui sépare les vestiaires des bassins, vêtu d'un simple bermuda. Un grand panneau spécifiait que les enfants de moins de quatorze ans devaient être accompagnés par un adulte, mais restait muet sur le fait qu'ils puissent lui apprendre à nager.

En entrant, j'ai été stupéfié par la taille de l'endroit. C'était une énorme cathédrale postmoderne construite à la gloire des dieux jumeaux que sont la piscine et les mycoses. De gigantesques conduits déployaient leurs spirales en fibre de verre jusqu'au plafond, avalant sans distinction les enfants et les adultes qui s'y jetaient à grands cris. Le long d'un escalier qui s'élevait en zigzag, des rangs de réfugiés, presque nus, grelottants, entretenaient patiemment leurs espoirs d'évasion pour s'apercevoir qu'en fin de compte le tunnel menant vers l'extérieur débouchait un peu plus loin dans le bâtiment et les recrachait dans le bassin à leurs pieds.

L'atmosphère humide et bruyante me submergeait. Je suis resté planté là, à essayer d'encaisser le choc. Soudain, en entendant la plainte discordante d'une sirène, je me suis dit avec optimisme que c'était peut-être l'alarme à incendie, mais en fait les enfants, tout excités, agrippés à leurs bodyboards, se sont alignés pour surfer face à une plage assez peu convaincante, où un assortiment de sparadraps détrempés venait s'échouer au pied des palmiers en plastique. Dillie et Jamie, qui voulaient d'abord faire un tour sur leur toboggan favori, m'avaient donné rendez-vous à la plage, où je les attendais, appuyé contre une poubelle en forme de requin. Lorsqu'ils m'ont rejoint, j'étais bien trop sec pour ne pas éveiller leurs soupçons. On a décidé que ma leçon débuterait tout au fond de l'enceinte, dans la pataugeoire où quelques bambins s'éclaboussaient devant leurs parents subjugués et jouaient avec un grand requin gonflable, qui, lorsqu'on y regardait de plus près, vous informait qu'il n'était pas une bouée de sauvetage.

Dans le bassin des débutants, l'eau était chaude et m'arrivait jusqu'à mi-cuisse. Je me suis dit que je serais peut-être un peu moins gêné si je m'accroupissais en attendant que les enfants décident de la meilleure façon de me donner ma première leçon.

— On pourrait peut-être le tenir tous les deux par en dessous, pendant qu'il s'entraîne au battement de jambes ? a dit Jamie.

— Oui, je me souviens qu'il avait fait comme ça, pour moi. Sinon, il y a aussi des brassards gonflables dans un panier, là-bas. Il pourrait peut-être les enfiler ?

— Mais je ne vais pas mettre ça ! me suis-je exclamé. C'est pour des gamins de quatre ans !

— Dans le bassin des débutants, on ne répond pas ! a déclaré Dillie.

— Oui. Sois gentil, et si tu es très courageux nous t'achèterons une glace en sortant !

Les enfants semblaient trouver hilarante cette inversion de la hiérarchie. Comme un adulte regardait dans notre direction, j'ai tenté d'adopter l'attitude du père responsable qui surveille ses enfants, pourtant déjà bien grands pour apprendre à nager.

— Et si tu veux faire un petit pipi, tu ne le FAIS PAS dans l'eau ! s'est écriée Dillie, un peu trop fort à mon goût.

— Et surtout pas du haut du grand plongeoir !

Ils étaient complètement hystériques, à présent. J'étais pourtant certain qu'au moment de leur apprendre à nager je n'avais pas pris un tel plaisir à les humilier.

— Alors, comment on fait ? ai-je demandé en regardant un gamin de quatre ans qui nageait devant moi avec assurance.

— Euh... Tu n'as qu'à t'éloigner du bord. Si ça se trouve, ça va revenir tout seul ? a suggéré Jamie.

— Quoi ?

— Tu sais bien... Tu agites les bras et les jambes, et tu verras bien si tu y arrives...

— C'est ça ? C'est *ça*, ta méthode d'enseignement ?

Mes enfants s'étaient transformés en acteurs d'un film de propagande des années 1930 sur les vertus parentales. *Aujourd'hui, comment enseigner la natation : 1) jeter l'individu à l'eau, 2) lui enjoindre de nager.*

Cela dit, je reconnaissais quand même une certaine logique dans cette proposition. Il faut y aller et voir si on en revient.

— D'accord ! Je vais le faire ! Voilà...
— Vas-y, alors !

— Je vais essayer de nager…

— Oui ! Eh bien, vas-y !

Alors, je me suis laissé tomber vers l'avant. C'était peu naturel et téméraire, mais j'ai fermé les yeux et bravé les profondeurs de la pataugeoire. Comme j'avais lancé les mains devant moi pour amortir ma chute, je me suis aperçu qu'elles touchaient le fond du bassin, ce qui m'a permis de pousser mon corps vers le haut. Subitement, mes bras se sont mis à ramer, mes jambes à se déplier et moi à avancer. Et tant qu'on avance on ne coule pas. Je nageais ! Je savais nager. C'était la plus naturelle, la plus instinctive des choses.

Mes enfants applaudissaient et m'encourageaient. Je n'avais pas envie de m'arrêter. J'ai poursuivi jusqu'au bout du bassin, puis j'ai fait demi-tour. A présent, je fendais l'eau d'un crawl puissant, un battement sur trois, je pivotais la tête pour respirer et déjà j'atteignais l'autre bord. J'ai exécuté un demi-tour impeccable et, prenant appui sur le muret, j'ai poussé vers l'avant de toute la force de mes jambes. Brasse, dos crawlé, papillon, j'avais tout dans mon répertoire. Dans la catégorie nageurs, j'étais un mâle dominant, un concentré de virilité qui enchaînait les longueurs et poussait son corps jusqu'aux limites. Soudain, j'ai entendu le sifflet du maître-nageur. En m'arrêtant, j'ai constaté que tous les parents agrippaient leurs bambins effrayés et me dévisageaient.

— Monsieur, vous êtes dans le bassin des tout-petits ! a lancé le jeune homme.

— Je sais nager ! lui ai-je répondu, enthousiaste.

— Oui, je vois bien. Mais si vous voulez nager comme ça, allez dans le bassin olympique, espèce d'imbécile !

Plus tard, nous avons déjeuné. Un repas mémorable. Les guides gastronomiques n'ont pas encore décidé du nombre d'étoiles qu'ils comptent décerner à ce restaurant, mais il ne leur faudrait pas longtemps pour être conquis par l'ambiance débonnaire du Burger qui trône dans l'enceinte de Splash City. Comme les familles venaient en général passer la journée dans le complexe, le restaurant pouvait s'enorgueillir d'une situation en bord de plage où, comme le voulait la tradition, le *dress-code* se limitait à porter un maillot de bain détrempé. Nul autre établissement au monde ne permettait de voir exposées simultanément la nourriture qu'il servait et ses conséquences diététiques. Les corps pratiquement nus des habitués constituaient un spectacle des plus éprouvants. Si, pour l'heure, le Bibendum du guide Michelin ne s'était pas encore déplacé, une flopée de ses clones, le ventre débordant de leur slip de bain minuscule, s'agglutinaient devant le bar, occupés à dévorer leurs hamburgers. Une fois repus, certains d'entre eux allaient s'échouer sur la plage, telles des baleines en mal de sauveteurs.

— Je voudrais un hamburger, s'il vous plaît. Avec des frites et, euh… une limonade.

— Vous voulez le menu ?

— Euh, non… Je viens de vous dire ce que je voulais manger !

Pour finir, les enfants ont pris en main la commande, tout en faisant semblant de ne pas me connaître.

— Alors, tu vas t'en aller, quand maman va revenir ? a tristement demandé ma fille après être venue à bout d'un milk-shake vanille-chocolat géant.

— Dillie ! Ferme-la !

— Laisse, Jamie… Ce n'est pas grave.

La question m'avait fait rougir de satisfaction. A l'évidence, ma fille avait envie que je reste pour toujours.

— Je me disais que tu pourrais t'installer dans l'abri de jardin...

— Dillie ! Ferme-la !!

— C'est très gentil de me proposer ça, mais je pense que lorsqu'un couple divorce, ce n'est pas pour vivre au même endroit. J'ai commencé à chercher un petit appartement aussi proche que possible de la maison, mais c'est hors de prix. Cependant, peu importe où je vis, nous allons nous voir très souvent...

— Je voudrais que tu rentres à la maison, a dit ma fille de but en blanc.

— C'est vraiment gentil...

Mon sourire a disparu en voyant l'expression furibonde de Jamie.

— Non ! Tu n'as pas le droit de faire ça ! Parce que, alors, maman et toi allez recommencer à vous crier dessus tout le temps... a-t-il dit, les joues dégoulinantes de larmes, avant de se lever en renversant sa chaise.

— Jamie ! Jamie ! Reviens !

Je ne savais pas si je devais lui courir après ou bien le laisser décompresser un peu tout seul. Et Dillie venait de profiter de l'occasion pour lui piquer ses frites.

— Dillie ! Arrête ! Il est déjà furieux...

— Quand on quitte la table, c'est qu'on a fini de manger. Tu nous le disais tout le temps !

Jamie s'est mis à faire le tour du grand bassin, plusieurs fois, en marchant de moins en moins vite, et a fini par s'arrêter, l'air indigné, si tant est qu'on puisse avoir l'air indigné lorsqu'on s'assoit sur une pieuvre en plastique. Je l'ai observé pendant un moment, remarquant les coups d'œil qu'il glissait vers nous de temps à autre. Puis je me suis dit que finalement ses frites allaient refroidir, et que c'était dommage de les gâcher. A la fin du repas, j'ai suggéré à Dillie d'attendre un peu avant de retourner se baigner, mais sans grande conviction, parce que je ne suis pas sûr de croire moi-même au vieux cliché de la baignade indigeste.

— Si tu plonges dans l'eau juste après le déjeuner, tu peux avoir des crampes d'estomac. Et alors, peut-être qu'un cygne va te casser le bras, tu sais ?

Du coup, pendant qu'elle faisait la queue pour la Glissade Géante, je suis allé me poser à côté de Jamie.

— Tu peux me pousser dans l'eau, si tu veux.
— Non, ça va.
— Le truc, c'est qu'on a mangé tes frites…
— C'est pas des frites, c'est des *potatoes*.
— Tu sais, si je suis parti de la maison, c'est pour que Dillie et toi n'ayez plus à subir toute cette merde.
— Oui. Mais en fait, on en subit une autre.
— Quelle autre ?
— Maman, elle pleure dans sa chambre, la nuit. Et aussi le fait qu'on soit forcés de déménager.
— Tu sais, les choses vont évoluer, et tu te rendras compte qu'elles sont moins merdiques que la merde initiale… Bon, je ne suis pas sûr qu'employer des gros mots fasse de moi un père branché…

Un sourire est venu éclairer le visage de Jamie.

— Tu veux que je te rachète des *potatoes* ?
— Ne dis plus *potatoes*. Ça fait con quand c'est toi qui le dis.

Une fois rentrés à la maison, j'ai demandé à Jamie de m'aider. Je voulais voir si je savais toujours faire du vélo et, à mon grand étonnement, c'est revenu instinctivement, ça aussi. Jamie m'a félicité chaleureusement, s'estimant très fier d'avoir réussi à apprendre à son père à faire du vélo. J'ai laissé courir, mais la vérité, c'est qu'on n'oublie jamais cela. C'est comme nager : si l'on s'efforce d'aller de l'avant, ça fonctionne.

— Ouais, c'est comme le mariage, m'a dit Gary le soir même au téléphone. Tu ne peux pas rester en roue libre ou te laisser porter par le courant. Il faut constamment cultiver ta relation avec… PUTAIN, LINDA ! TU VEUX BIEN LA FERMER ?! TU VOIS PAS QUE JE SUIS AU TÉLÉPHONE ?!

Malgré tout, certaines facultés ne revenaient pas aussi facilement que le vélo ou la nage. A la maison, je faisais de mon mieux, mais ce n'était pas simple. Par exemple, j'avais totalement oublié comment on se sert d'un aspirateur ou d'un fer à repasser.

— Waouh ! s'est écrié Jamie. Papa passe l'aspirateur ! C'est la première fois que je vois ça !

— Je sais ! Et ce matin, il faisait du repassage !

J'avais défait le lit où les parents de Maddy avaient dormi, et lorsque Jean a appelé pour dire qu'ils étaient bien arrivés, la conversation a basculé sur ce sujet.

— Au fait, Jean ! J'ai trouvé une pince à cheveux en faisant votre lit. Je l'ai posée sur la table de nuit, vous pourrez la récupérer la prochaine fois que vous viendrez…

— Tu entends, Ron ? Il a fait notre lit… Oh ! Tu es merveilleux !

— Ce n'est rien. Je suis juste content de m'en être aperçu avant de mettre les draps dans la machine à laver…

— Et en plus, tu les as lavés ?! Tu entends ça, Ron ? Il fait aussi la lessive !!

Découvrir que mon corps n'avait pas perdu la mémoire de ses mouvements me donnait un surcroît d'énergie.

Si je sais encore faire tout ça, raisonnais-je, je peux encore conduire. C'est comme la nage ou le vélo. Le tout, c'est de se lancer.

J'ai attendu que les enfants soient partis voir leurs copains, et j'ai pris les clés de la voiture. J'avais dû m'asseoir au volant des milliers de fois, il me suffisait d'y retourner…

Quarante minutes plus tard, la dépanneuse est arrivée pour extirper la voiture du muret devant la maison du 23. Le jardin des Parker, autrefois séparé du trottoir, était à présent beaucoup plus moderne et *open space*. Désormais, grâce à moi, au lieu d'être obligé de se garer dans la rue, on pouvait stationner au sommet d'un petit tas de briques et de branches, pour peu qu'on ne craigne pas la proximité du bassin à poissons rouges.

— Je suis vraiment désolé. Bien sûr, je rembourserai tous les dégâts ! ai-je dit à Mme Parker, une Américaine extrêmement nerveuse qui ne semblait sortir de chez elle que pour se rendre aux réunions de l'association de surveillance du quartier.

— Je… j'ai cru qu'il s'agissait d'un attentat terroriste ! a-t-elle bégayé. J'ai cru que c'était mon propre 11-Septembre…

Elle était restée cloîtrée chez elle pendant plusieurs minutes après l'accident. Peut-être s'attendait-elle à ce qu'une seconde voiture vienne détruire le mur d'en face ?

Deux agents de police sont arrivés peu après. Ils n'appartenaient manifestement pas au genre d'unité antiterroriste d'élite réclamée par la personne qui les avait appelés. L'un d'eux s'est mis à tripatouiller un ordinateur portable, sur lequel il était censé saisir les données de l'accident, tandis que l'autre demeurait perplexe en constatant que je n'avais ni bu ni passé de coup de fil sur mon portable.

— Il n'y avait pas d'autre véhicule impliqué dans l'accident ? a demandé le plus âgé des deux. C'était en plein jour, en ligne droite… Je n'arrive pas à comprendre comment vous avez fait pour percuter ce mur…

— Eh bien, en quelque sorte… j'ai oublié comment on fait pour conduire.

— Vous avez oublié comment on fait pour conduire ? s'est-il exclamé en regardant la Honda Jazz salement amochée qui trônait au milieu des débris.

— Euh, Dave… Je ne sais pas dans quelle case il faut mettre ça.

— Quoi ?

— Dans le nouveau formulaire. Il n'y a pas de case « J'ai oublié comment on fait pour conduire ».

— Fais voir ! Hmm… Vous êtes sûr de ne pas avoir fait une embardée pour éviter un animal ou un piéton ?

— Certain.

— Vous n'avez pas dérapé sur un revêtement glissant ?

— Non, non… C'était entièrement ma faute. Je suis sûr que j'ai su conduire, mais là, j'ai oublié.

— Et vous avez oublié quand, exactement ?

— Le 22 octobre.

— Et vous comptez conduire à nouveau ? a demandé l'agent avec un regard dubitatif.

— Dès que je me souviendrai comment on fait.

Le policier à l'ordinateur s'est esclaffé devant ma repartie, mais a vite ravalé son sourire devant le regard que lui a lancé son collègue. Il était temps d'en finir avec cette affaire.

— Tu n'as qu'à mettre qu'il a fait une embardée pour éviter un chat.

— D'accord !

— Tigré, monsieur ? m'a demandé le plus âgé des deux.

— Qu'est-ce que j'en sais ?

— Pour éviter un animal, alors ! a dit le deuxième agent en cliquant à l'endroit approprié, officialisant ainsi un autre petit bout d'histoire.

— Mais tu pensais à quoi ? m'a lancé Madeleine au téléphone, après que j'ai décidé d'afficher la plus parfaite honnêteté à propos de l'imperceptible rayure que j'avais faite sur la carrosserie de sa Honda. Comment as-tu pu penser que tu saurais subitement conduire, comme ça, de but en blanc ?

— Tu veux dire que je ne sais pas ?!

— Non ! Tu n'as jamais voulu apprendre ! Par principe ! C'est une de tes manies qui m'énervaient le plus. Tu avais l'impression d'être un grand écologiste, en faveur des transports en commun, et ensuite, dès que je n'étais pas en train de faire le taxi pour les enfants, tu me demandais de t'emmener quelque part…

— Dommage que je ne l'aie pas su. C'était une si jolie voiture…

— « C'était » ?! Qu'est-ce que tu veux dire ?

Quand la Honda est revenue de chez le garagiste, je me suis installé devant la maison pour la nettoyer à fond, ce qui a incité mon voisin, un type plutôt salace, à traverser la rue pour discuter avec moi.

— Bonjour ! On fait reluire l'engin ?

— Ha ha ! ai-je poliment gloussé. Eh oui… il ne rentre pas dans le lave-vaisselle !

Le voisin a trouvé cela très drôle. Je ne savais pas si l'étiquette m'autorisait à reprendre ma tâche avant qu'il ait fini de rire. Je faisais de mon mieux pour naviguer à mi-chemin entre les bonnes manières et l'amitié virile, mais dans un moment de déconcentration j'ai fait une réponse un peu trop longue en le regardant un peu trop dans les yeux. Il a bondi sur l'occasion :

— L'autre jour, Arabella me disait que, comme Maddy n'est pas là en ce moment, vous pourriez venir prendre le thé avec les enfants. Elle pourrait leur préparer des poissons panés ou quelque chose de ce genre ?

Derrière lui, je voyais Dillie et Jamie approcher avec le chien, qu'ils avaient emmené en promenade. Les gestes qu'ils mimaient n'étaient pas du tout ambigus. Ils faisaient non de la tête, portaient un revolver imaginaire à leur tempe, faisaient semblant de s'ouvrir les veines ou mimaient une pendaison.

— C'est vraiment très gentil, ai-je répondu en faisant semblant de réprimer une toux intempestive, mais j'ai déjà acheté de quoi préparer tous leurs repas de la semaine, alors une autre fois, peut-être ?

En fait, j'avais promis aux enfants qu'on se ferait livrer une pizza. Du coup, j'ai été obligé d'ourdir un stratagème compliqué et de donner rendez-vous au livreur à cent mètres de chez moi, pour que le voisin ne voie pas son scooter garé devant ma porte. Néanmoins, en cuisine, je gagnais en confiance. Je me plongeais dans des livres de recettes pour préparer sur commande les plats préférés des enfants. Ils m'encourageaient d'une façon incroyable, m'expliquaient précisément comment les choses se passaient, avant. Apparemment, j'avais l'habitude de remplir le lave-vaisselle aussitôt après le dîner, car ils n'étaient pas censés débarrasser : en effet, Maddy et moi insistions toujours pour qu'ils aillent regarder *Les Griffin* pendant leur digestion.

Je savais bien qu'ils me racontaient des histoires, mais je les laissais quand même regarder la télévision, parce qu'ils m'avaient fait rire. C'était la nouvelle règle : si leurs requêtes ou leurs excuses étaient suffisamment spirituelles, ils avaient gain de cause.

Apparemment, Jamie ne comptait pas me laisser l'oublier :

— Papa, je n'ai pas eu mon argent de poche. Est-ce que tu as six livres cinquante ?

— Six livres cinquante ?! Maman m'a dit que c'était cinq livres.

— Oui. Mais il y a une livre cinquante de frais de dossier.

Dillie non plus : dans un premier temps, j'avais refusé de la laisser inviter à dormir deux filles de sa classe. Mais elle est revenue à la charge, me certifiant, indignée, que les jumelles ne pouvaient pas rester chez elles parce que des ouvriers venaient de se rendre compte que leur maison était hantée par l'Antéchrist.

— Oh ? Vraiment ?

— C'est vrai ! a ajouté Jamie. La mairie doit envoyer un exorciste, mais c'est toujours plus long, dans les six semaines, quand ils viennent du secteur public.

Quelques minutes plus tard, j'ai traîné deux matelas supplémentaires dans la chambre de Dillie.

Le lit de ma fille était un chef-d'œuvre d'ébénisterie. A l'arrière, un escalier en coude, comme dans les vieux bus londoniens, menait à une confortable couchette sous laquelle une cavité dissimulait un bureau rétractable, des tiroirs faits main et tout un tas de recoins pour ranger des livres ou des peluches. Les enceintes de voiture qui encadraient la tête de lit étaient reliées au dock d'un iPod, qui faisait aussi radio et lecteur de CD. Les livres audio qui avaient été à l'origine de cette installation étaient restés bien emballés dans leur cellophane, mais de nombreux CD s'étalaient sur une étagère munie d'un trou spécial pour poser un gobelet, et qui contenait pour l'instant une canette de Dr Pepper.

— Waouh ! me suis-je écrié. Ton lit est super ! D'où vient-il ?

— C'est toi qui l'as fabriqué ! a-t-elle fièrement répondu.

Je me suis mis à regarder le lit un peu plus attentivement, rayonnant de satisfaction devant la qualité de la facture et la solidité des chevilles. Je devais vraiment avoir un don pour l'ébénisterie, un flair instinctif que je ne me connaissais pas.

— Et les nuages au plafond ? C'est moi aussi qui les ai peints ?

— Non. Ça, c'est maman. Elle dit qu'elle a eu l'idée en voyant la chambre du garçon dans *Kramer contre Kramer*.

— Oui. C'est un film avec Dustin Hoffman, non ? Je crois que je m'en souviens. Ils se remettent ensemble, à la fin ?

— Non. Ils divorcent.

Notre maison était un de ces pavillons mitoyens datant de l'époque victorienne, très semblable à tous ceux qu'on trouvait dans le quartier, mais à l'intérieur notre famille avait imprimé sa marque dans chaque pièce. Je me suis surpris à contempler les photos de Maddy pendant des heures. Ses créations reposaient sur un assemblage numérique de centaines de vignettes, représentant des lieux, ou des gens intéressants, et qui se combinaient pour former un énorme visage. Ses photos recelaient tellement de choses... J'étais fasciné par les choix que Maddy avait faits en exécutant ces portraits géants. Lorsque je me regardais dans le miroir, je voyais mon image, mais j'étais incapable de distinguer les centaines de personnes et d'endroits qui avaient fait de moi ce que j'étais. Néanmoins, après être passé par un lit d'hôpital et une chambre d'enfant, je sentais que j'avais finalement trouvé ma place.

J'ai appris que c'était moi qui avais effectué une grande partie des rénovations, qui avais réaménagé la cuisine et fabriqué les penderies dans les chambres. J'avais même construit l'abri de jardin, tout comme la terrasse devant la cuisine. Etrangement, je ressentais une sorte de fierté abstraite devant toutes ces réalisations, qui ne collaient vraiment pas avec l'image négative associée à l'ancien Vaughan.

Si cette maison venait à être vendue, les nouveaux propriétaires repeindraient par-dessus les nuages et se débarrasseraient du lit que j'avais fabriqué pour le remplacer par quelque chose qui serait plus à leur goût. Et que dire du bel ouvrage invisible que Maddy et moi avions accompli en élevant les enfants ? Bientôt, ils seraient des adolescents. Comment réagiraient-ils devant la perte de leur foyer et du sentiment de sécurité qui va avec, lorsqu'ils feraient la navette entre deux parents devenus des étrangers ? Leur charme pétillant allait-il atterrir dans une benne à ordures, avec tout le reste ?

Une question me taraudait : comment tout ceci avait-il pu se transformer en un « foyer brisé », comme Jean se plaisait à l'appeler ? Un véritable mystère !

Cette nuit-là, dès que les enfants se sont endormis, je me suis enfermé dans le salon. Furtivement, j'ai rebranché un ancien magnétoscope VHS que j'avais déniché sous l'escalier, pour regarder de vieilles cassettes avec des titres prometteurs, comme « Noël 2007 ». Je me sentais coupable, mais j'étais sûr que tous les hommes regardent en cachette des films où on les voit profiter des joies du mariage en compagnie de leur femme. Certes, sur Internet, j'aurais pu trouver plus corsé : par exemple, des images illicites de Vaughan et Madeleine, main dans la main sur une plage, ou en train de courir dans un champ de coquelicots.

Bébé, Jamie était vraiment une superstar. Il tenait le premier rôle dans une flopée de thrillers tels que *Première Purée de banane de Jamie* ou *Jamie voit la mer !* (remarquable performance de l'acteur principal, qui a choisi de jouer toute la scène en dormant à poings fermés). Le deuxième bébé a dû rater un casting, parce qu'on ne le voit pratiquement jamais. Regarder les enfants évoluer en couche-culotte était à la fois excitant et poignant, comme si je les rencontrais pour la première fois, mais avec l'avantage de savoir ce qu'ils deviendraient plus tard.

Sur d'autres films, ils étaient un peu plus âgés : on pouvait les poser par terre et reprendre la caméra en main. Une petite Dillie, angélique dans son uniforme scolaire, chantait *Seul Dieu sait à quel point je souffre aujourd'hui*, bien que je doute qu'elle ait appris cette chanson en cours de musique. Quant à Jamie, lors d'une compétition scolaire, on le voyait courir vers la ligne d'arrivée. A ma grande joie, il était en tête – mon fils allait gagner cette course ! Mais à un mètre de la ligne il a vu que je le filmais et s'est arrêté pour faire coucou à la caméra, tandis que tous ses camarades lui passaient devant.

J'ai fait une pause et je suis allé me chercher deux bières dans le frigo avant de reprendre mon marathon cinématographique. Il y avait des films de ma femme et de mes enfants au bord de la mer, où le vent rendait nos voix presque inaudibles. Woody n'était qu'un chiot effrayé et excité par les vagues. Il s'en approchait en aboyant, repartait comme un fou vers la plage, s'arrêtait dans une culbute puis revenait à fond de train vers l'eau. Les enfants étaient plus jeunes qu'aujourd'hui, et merveilleusement beaux, mais je voyais bien que pour l'essentiel ils n'avaient pas changé. Le souvenir qu'ils avaient de ces vacances avait probablement été reconstruit par le visionnage de ce film. C'est leur cerveau qui leur fait croire qu'ils se souviennent de la journée de vacances à la plage, et non de l'enregistrement qu'ils ont revu tant de fois.

La leçon que j'ai tirée de cette expérience, c'est que les souvenirs sont perpétuellement remodelés, que les gens réécrivent les conversations qu'ils ont eues, modifiant le cours des événements. Le tribunal des divorces a probablement ramené à l'esprit de Maddy tous les mauvais souvenirs. Elle avait besoin d'une version biaisée, à la Fox News, des années que nous avons passées ensemble. J'ai cherché dans les films des images plus positives, pour les avocats de la défense. Et j'en ai trouvé un, datant d'un ou deux ans, peut-être, à en juger par l'âge des enfants, où je prépare un barbecue dans le jardin tandis que Jamie, caméra en main, commente l'action.

« Je pourrais peut-être les précuire au four ? Ensuite, tu les finiras sur le gril ! » lance la voix de Maddy, tandis que sur l'écran des cuisses de poulet crues et apparemment froides agonisent dans les fumées des briquettes de charbon de bois.

« Non, ça y est presque ! » insiste contre toute évidence le cuistot que je suis.

Au fur et à mesure que les séquences s'enchaînent, les commentaires sardoniques de Jamie font place à des remarques plus plaintives, et à la fin sa voix prend les accents désespérés des crève-la-faim. Au cœur de l'été, dans la lumière déclinante du soir, Dillie lance un appel devant la caméra en faveur des enfants affamés du sud de Londres. C'est alors que Maddy pénètre dans le champ avec une poêle pour emporter la viande dans son propre domaine, la cuisine, où tout sera prêt en vingt minutes.

L'atmosphère change alors subitement.

« Est-ce que tu pourrais me laisser faire, pour une seule putain de fois dans ta vie ? aboyé-je en reprenant les cuisses de poulet. J'ai dit que je faisais un barbecue et je vais faire un barbecue ! »

Jamie baisse la caméra. A présent, l'image est floue, on ne voit que ses pieds, avec pour fond sonore les cris de ses parents.

« Pourquoi est-ce que tu veux toujours tout contrôler ? ajouté-je.

— Je ne veux pas toujours tout contrôler, je m'assure juste que les enfants aient de quoi se nourrir...

— On va dîner un peu plus tard que d'habitude ? Où est le problème ? Tu te plains toujours que je ne fais pas assez la cuisine, et quand je m'y mets, tu débarques et tu prends ma place !

— Quelle cuisine ? Ce n'est même pas chaud ! Ton poulet, ça fait deux heures que tu es dessus et il est complètement cru. Je t'avais suggéré de t'y mettre bien plus tôt, mais tu m'as dit de ne pas fourrer le nez dans tes affaires ! »

A l'écran, d'après les images du sol, Jamie se dirige vers l'intérieur de la maison et les échos de notre dispute s'estompent peu à peu, jusqu'à la fin de l'enregistrement. Nos arguments étaient de plus en plus ciblés et amers, laissant de côté les faits et se concentrant sur les défauts personnels non pour démontrer quelque chose de précis, mais simplement pour blesser.

J'ai regardé la VHS encore une ou deux fois, et j'ai remarqué que j'avais une bouteille de bière à la main, tandis que quelques autres traînaient, vides, sur une table. Pile au moment où l'ambiance a viré au noir, la caméra avait pivoté, capturant du coup l'expression désespérée de Dillie. Une tristesse résignée avait envahi son visage de petite fille de neuf ans, comme si elle avait déjà assisté à ce genre de scène. Je n'avais aucun souvenir de ce barbecue estival et, malgré les preuves incontestables que j'avais sous les yeux, j'avais du mal à croire qu'il s'agissait vraiment de moi.

Alors, j'ai rembobiné la cassette jusqu'à la fin de l'appel de Dillie en faveur des affamés et j'ai appuyé sur la touche « enregistrement ». Les cinq dernières minutes de cette histoire allaient être effacées. Genre :

« Cette fin déprimante n'ayant pas fait l'unanimité lors des projections-tests, la production a décidé de faire un nouveau montage. »

« Tu te souviens du barbecue, cet été-là, quand le charbon ne voulait pas prendre feu et que Jamie était un peu ironique ? aurait pu dire Maddy.

— Oh oui ! Et Dillie qui faisait semblant de militer pour la soupe populaire !

— C'était une belle soirée, non ?

— Ouais, c'est sûr… »

En retournant dans la cuisine, j'ai remarqué que la poubelle de recyclage du verre débordait de bouteilles de *lager*. Puis je suis resté planté devant la desserte, où trônait un pack de bière. J'en ai pris une, je l'ai ouverte et j'ai versé son contenu dans l'évier. Lorsque j'ai fait de même avec la deuxième, une odeur enivrante de houblon s'est répandue dans la pièce. J'en ai ouvert une troisième. C'était un boulot qui donnait soif. En plus, acheter de la bière pour la verser dans l'évier, ce n'est pas très écologique. Alors les suivantes, pour éviter tout gaspillage, je m'en suis débarrassé en les buvant.

C'est alors que j'ai vu la carte de visite professionnelle de Ralph. Malgré l'heure tardive – on était au milieu de la nuit –, j'ai composé le 141 suivi de son numéro.

« Bonjour, Ralph à l'appareil, disait l'enregistrement. Je suis à Venise en ce moment. Veuillez laisser un message et je vous recontacterai l'année prochaine. »

Ça va ! ai-je songé. Pas la peine d'en faire tout un plat.

Le soir de la Saint-Sylvestre, j'ai regardé les vidéos revisitées avec les enfants. Ils étaient enchantés et ravis de se replonger dans le passé. Dillie est allée chercher une boîte pleine de photos. Jamie et elle se sont mis à me décrire par le menu les personnages un peu flous qu'on distinguait sur les clichés, derrière de grosses taches noires dues au fait que mes doigts traînaient devant l'objectif.

— C'est grand-oncle Simon, le frère de grand-mère. Il est parti en Australie...

— On va pas lui jeter la pierre. A sa place, tout le monde ferait pareil.

— Papa !

— Regarde maman, sur celle-là. Elle a vraiment l'air cool !

— Et cette femme-là, qui est-ce ? ai-je demandé, quelques instants plus tard, en désignant une très vieille photo sur laquelle on voyait une femme en pied, seule, dans un décor tropical.

— C'est grand-mère Vaughan. C'est... ta maman...

J'ai gardé la photo dans les mains pendant quelques instants. La femme me souriait – petit bonjour venu d'un autre univers. Capeline, ensemble deux pièces et sac à main en cuir, elle posait, très formelle, devant un imposant bâtiment datant de la colonisation. J'aurais vraiment aimé éprouver instantanément de l'amour, ou du moins une sorte de lien avec elle, mais je ne ressentais qu'un vide profond à l'endroit où la nostalgie et les sentiments auraient dû se trouver.

— Ça va, papa ? a demandé Dillie.

— Ça doit te faire bizarre, a ajouté Jamie.

— Oui... ça va. C'est juste que... elle a l'air gentille.

— Oui, elle était gentille ! s'est exclamé Jamie. Elle nous donnait toujours du chocolat et des pièces d'une livre en nous disant : « N'en parlez pas à votre père ! »

Les enfants m'ont autorisé à me coucher tard. Ils m'ont tout raconté sur les années que j'ai oubliées, nous avons trouvé d'autres photos de ma mère, de mon père, de moi enfant, et ils m'ont fait rire avec les anecdotes familiales et les histoires du bon vieux temps.

— Bonne et heureuse année, papa !
— Bonne et heureuse année, les enfants.

Le lendemain, j'ai emmené Jamie et Dillie voir leur grand-père. J'ai ressenti une immense fierté devant leur courage et leur maturité, devant l'affection qu'ils éprouvaient pour lui et qu'ils n'avaient pas peur de montrer. Mon père était un peu jaunâtre, une barbe de trois jours lui mangeait le visage, mais Dillie n'a pas hésité à l'embrasser. Comme à son habitude, elle avait apporté une carte qu'elle avait dessinée elle-même, et Jamie voulait prêter son iPod à son grand-père. Il avait effacé sa propre musique pour enregistrer des livres audio qu'il avait personnellement téléchargés.

— Là, c'est le bouton « play », expliquait Jamie. Et celui-là, c'est pour passer au chapitre suivant.

Je doutais fort que mon père ait la force d'écouter un livre audio, mais le spectacle de mon fils en train de se donner tout ce mal m'a fait monter les larmes aux yeux.

— Vous êtes tellement gentils, a dit mon père.

Les enfants lui ont raconté comment ils avaient passé Noël, quels cadeaux ils avaient reçus, et lui ont décrit tous les endroits où ils étaient allés. Quand le moment est venu de partir, ils l'ont serré entre leurs bras un long moment, comme si l'instinct les y poussait.

— Au revoir, grand-père, a lancé Dillie.
— Au revoir, ma chérie.

— Salut, grand-père, a dit Jamie en se penchant vers lui.

— Vous êtes des petits-enfants adorables ! Merci d'être venus. Vous devez avoir des choses bien plus importantes à faire…

— Non ! a affirmé Jamie, qui semblait subitement avoir vingt-cinq ans. Rien n'est plus important que toi.

La semaine avait passé bien trop vite. Le dernier jour, j'ai nettoyé la maison de fond en comble, préparé le dîner et fait mon sac pour être prêt à partir. Maddy s'est présentée toute seule devant la porte. Elle a embrassé les enfants, tout excités de la voir, et je suis resté planté dans l'entrée. Elle m'a dit bonjour et m'a adressé un sourire indéchiffrable, tandis qu'elle leur donnait les cadeaux qu'elle avait rapportés et des photos où l'on voyait de mignons petits chiens dépasser du sac à main de leur maîtresse.

— Waouh ! La maison a l'air tellement propre ! On devrait envoyer des photos à ma mère !

Je m'étais invité à dîner en cuisinant un imposant ragoût, et un peu plus tard Maddy et moi avons eu l'occasion de nous parler en tête à tête.

— Alors, c'était comment, ces vacances ?

— Oh, tu sais… J'ai profité du confort des gondoles et de l'extrême inconfort des vols low cost. Alors, ça s'annule, en quelque sorte.

— Eh bien, moi, j'ai trouvé génial de rester ici avec les enfants. Ils sont si drôles, si intelligents, si intéressants…

— Oui, ils tiennent de leur mère.

— Même si je ne comprends pas comment ils peuvent préférer les *Simpson* aux *Z'Amours Spécial Célébrités*…

— Ecoute, j'ai eu le temps de réfléchir… A propos de ce que tu as déclaré au tribunal… En fait, on n'a pas besoin de divorcer légalement, si tu ne veux vraiment pas t'y résoudre.

Je me suis levé pour aller fermer la porte de la cuisine, tout doucement.

— C'est devenu tellement plus facile de parler avec toi depuis ton amnésie que je me suis demandé si l'on ne pourrait pas parvenir à un compromis, en adultes. Si on ne dépensait pas autant d'argent en avocats, on pourrait peut-être réussir à garder la maison…

— Pour que les enfants et toi puissiez y vivre sans moi ? ai-je dit.

J'étais penché en avant et faisais mine de caresser le chien, mais je sentais que mes doigts s'enfonçaient durement dans sa fourrure.

— Eh bien, voici ce que je te propose. Les enfants vivent ici tout le temps, ils gardent leur chambre et Woody, ils continuent à se rendre à pied à l'école, avec leurs amis. Toi et moi, on se partage le coût d'un petit appartement dans le coin, où l'on ira vivre à tour de rôle, quand on n'est pas avec Jamie et Dillie.

Le chien gémissait de plaisir devant la vigueur avec laquelle je fouillais son pelage.

— Et l'abri de jardin ? Je pourrais m'y installer, non ? Ou bien dans la chambre d'amis ?

— J'essaie juste de trouver un moyen pour protéger les enfants, pour que leurs vies ne soient pas chamboulées. Une fois qu'ils seront grands et qu'ils seront partis, nous pourrons vendre la maison et déterminer comment on se partage l'argent. Mais pendant les sept ou huit prochaines années nous pourrions avoir la même résidence secondaire…

Il me fallait bien admettre qu'il s'agissait d'une proposition constructive et qui semblait faire preuve de maturité. J'obtiendrais le droit de passer tous les week-ends dans cette maison avec les enfants. Dillie conserverait sa magnifique chambre et Jamie pourrait continuer à aller faire ses devoirs dans l'abri de jardin, avec Woody couché à ses pieds.

— Comme ça, une partie du temps, tu serais là, a conclu Maddy avec un sourire. Et le reste du temps, ce serait Ralph et moi…

— Quoi ? me suis-je récriée, tandis que le chien se tournait vers moi, indigné que j'aie cessé de le caresser. C'est une idée de Ralph, non ? ai-je ajouté en sentant que le rouge me montait au visage.

— Non, pas exactement… Je voulais juste dire « plus tard », si Ralph et moi décidons de vivre ensemble. Bien sûr, il faudrait que les enfants soient d'accord… ils passeront toujours en premier.

— Woody, ferme-la ! ai-je crié lorsqu'il s'est mis à aboyer. Alors ton super plan, c'est qu'on n'a pas besoin de divorcer légalement, comme ça, Vaughan peut aller squatter une boîte à chaussures dans un bidonville, pendant que Ralph s'installe dans sa moitié de lit ?!

— Non, ce n'est pas du tout ça…

Woody aboyait de plus belle.

— Tais-toi ! Vilain chien ! Tais-toi, tu m'entends ? ai-je hurlé en le repoussant. Je ne veux plus t'entendre !

— Tu prends tout de travers… Ralph pense que nous ne devrions rien brusquer…

— Oh, très bien ! Si c'est Ralph qui le suggère, c'est certainement ce qu'il faut faire ! Je n'arrive pas à croire que tu sois en train de te servir des enfants, en train de prétendre chercher la meilleure solution pour eux, alors qu'en fait il s'agit simplement de faire économiser son loyer à l'homme dont tu t'es entichée !

J'ai fait tomber ma chaise en me levant et je suis sorti de la cuisine pour aller embrasser mes enfants avant de partir. Quand j'ai retraversé le vestibule, Madeleine tentait encore de me parler. J'ai attrapé mon manteau pendu à une patère sur la porte d'entrée.

— Euh… c'est le manteau de Ralph, a murmuré Maddy.

— Quoi ? Mais non ! C'est le mien. Je l'ai porté toute la semaine…

— N'empêche. C'est celui de Ralph. Il l'avait oublié ici. Mais je suis sûre qu'il ne verrait aucun inconvénient à ce que tu le lui empruntes…

15

— Très bien, les enfants, je suis très content de reprendre le programme de terminale avec vous. Aujourd'hui, nous allons parler des causes de la Seconde Guerre mondiale. Pour l'instant, Mlle Coney, qui d'après ce que j'ai compris était ma remplaçante, vous a parlé du Traité de Versailles, un accord manifestement très mal vécu en Allemagne, mais aujourd'hui nous allons voir comment une politique extrême est née d'une situation économique qui l'était tout autant…

— Monsieur ! Monsieur Vaughan ?

— Oui, Tanika ? ai-je répondu, m'ingéniant à leur faire croire que j'avais retenu leur prénom facilement, alors que j'avais passé beaucoup de temps à associer des photos de visages boutonneux à une liste de patronymes. Ta question porte sur l'hyperinflation pendant la république de Weimar ?

— Pas tout à fait. Est-ce que vous êtes azimuté, m'sieur ?

— Je te demande pardon ?

— Le directeur a dit que vous aviez un problème au ciboulot et qu'à cause de cette merde vous comprenez plus rien à rien…

— Eh bien, pour commencer, tu ne peux pas utiliser ce mot dans ma salle de classe…

— Lequel ? Azimuté ?

— Eh bien, celui-là non plus, en fait. Mais je pensais au gros mot. Et pour répondre à ta question, il n'est un secret pour personne qu'au cours du dernier trimestre j'ai été absent à cause d'une affection neurologique très rare, dont je me remets rapidement et qui n'affecte en rien mes capacités à enseigner les tenants et aboutissants de la chute de la république de Weimar…

En cliquant l'un des liens affichés sur le tableau interactif, j'ai été soulagé de voir apparaître l'image d'un billet d'un million de marks.

— Oui, m'sieur… Mais est-ce que vous avez une araignée au plafond ?

— Non, Tanika, je n'ai pas d'araignée au plafond, pour reprendre ta charmante expression.

— Est-ce que vous êtes lunatique, alors ? Genre, vous hurlez à la lune et tout ça ?

— Non, mais si ça continue, je vais le faire. Etant donné que Tanika semble à tout prix vouloir parler de mon amnésie, profitons-en pour nous demander si tout un pays ne peut pas perdre la mémoire. C'est pourquoi l'histoire est une matière si importante…

— Vous êtes psychotique, alors, m'sieur ? Ou carrément maboul ?

— Ce sont les choses qu'un peuple décide de se rappeler ou d'oublier qui définissent son identité et affectent ses choix futurs. Par exemple, j'aurais tendance à dire qu'en Grande-Bretagne nous nous souvenons un peu trop de certains épisodes de la Seconde Guerre mondiale avec lesquels nous nous sentons à l'aise, tandis que nous préférons oublier les guerres de conquête coloniales qui, dans le fond, n'étaient pas si différentes de celles menées par Hitler.

Ma réponse eut l'air de les faire réfléchir, et quelques mains se sont levées.

— Oui… Dean ?

— Mais vous êtes azimuté ou pas, m'sieur ? Est-ce que vous vous prenez pour le messie ? Y a des chances que vous vous mettiez à tirer dans la foule, au McDo ?

— Pourrait-on se concentrer sur la leçon du jour, s'il vous plaît… L'échec de la démocratie en Allemagne, qui n'a pas su ramener la sécurité économique dans le pays, a augmenté l'attirance des gens envers une figure traditionnelle : le leader militariste…

— Vous l'avez retrouvée, m'sieur ?

— Si j'ai retrouvé quoi ?

— La boule, m'sieur. Ou est-ce que vous l'avez vraiment perdue ?

— Est-ce que vous bavez la nuit, m'sieur ?

— Est-ce que vous avez peur de l'eau ?

— ÉCOUTEZ ! CETTE NOM DE DIEU DE LEÇON EST SUPER-SIMPLE ! L'ASCENSION DE HITLER ET DE CES ENFOIRÉS DE NAZIS, C'EST LE TRUC LE PLUS SIMPLE QUE JE PUISSE VOUS APPRENDRE ! ÇA TOURNE EN BOUCLE SUR *HISTORIA*, ALORS SOYEZ ATTENTIFS, PUTAIN ! SINON, ON PASSE DIRECT AU MODULE QUATRE ET JE VOUS PARLE DE L'ABROGATION DES LOIS PROTECTIONNISTES DANS L'ANGLETERRE DU DIX-NEUVIÈME SIÈCLE, C'EST CLAIR ?

— Ooooh ! s'est exclamée Tanika, apparemment libérée de toute culpabilité. Balai-à-chiottes Vaughan est total azimuté.

Après cette reprise de contact avec les élèves de terminale, je me suis effondré de fatigue sur ma chaise, en ruminant cette triste évidence : je n'avais apparemment pas l'autorité naturelle requise pour faire la classe à des adolescents de banlieue. Les élèves plus jeunes s'étaient montrés tout aussi dissipés. En fait, c'était encore plus perturbant d'entendre les mêmes gros mots prononcés par des voix qui n'avaient pas mué. Au plus profond de moi, j'avais déjà compris quelque chose, et cette vérité déprimante se frayait un chemin dans ma tête : contrairement à ce que j'avais cru en apprenant où je travaillais, je n'étais pas le genre de professeur qui vous inspire et change votre vie.

Pendant toute la durée de la cantine, je suis resté dans mon bureau à corriger des copies et préparer mes cours. J'ai aussi dû téléphoner aux parents d'un des élèves pour essayer de comprendre pourquoi leur fils avait un problème de comportement.

— Bonjour, je suis M. Vaughan, le professeur d'histoire de Jack…

— Ah, ouais… Balai-à-chiottes Vaughan… l'azimuté ?

Je me suis dit qu'il y aurait peut-être quelque chose d'un peu plus positif sur ma biographie en ligne. Mes anciens élèves s'étaient peut-être souvenus à quel point j'avais changé leur vie et leurs perspectives d'avenir avec un cours passionnant sur les causes de la révolution agraire ? En me connectant, j'ai vu que nombre d'entre eux avaient effectivement trouvé ma page Wikipédia, même si les récits qu'ils faisaient de mon passé ne sacrifiaient pas à la rigueur proverbiale de cette encyclopédie en ligne.

Par exemple, je doutais fort d'avoir vraiment été « le cinquième membre d'ABBA », celui qui jouait du hautbois et du tambourin dans *Gimme, Gimme, Gimme*

(*A Man After Midnight*) ou qui faisait les chœurs et frappait dans ses mains sur *I Do, I Do, I Do, I Do, I Do*. J'ai lu avec intérêt que j'avais passé trois ans à combattre aux côtés des militants islamistes pendant la Seconde Guerre tchétchène, remplaçant même Akhmed Zakaïev au cours du siège de Grozny, en 1999, avant de changer de camp et de rejoindre la Fédération de Russie, « parce que leurs pantalons étaient plus jolis ».

Lorsque les terminales ont eu vent de l'existence de cette page, une compétition semble s'être engagée pour écrire l'histoire la plus bizarre à propos de la vie mystérieuse que menait M. Vaughan avant de donner des cours d'histoire à la Wandle Academy. Selon l'un d'entre eux, j'avais été rédacteur en chef adjoint du magazine *Ma caravane*, d'où l'on m'avait renvoyé après un échange de coups de poing avec le rédacteur en chef, à la suite d'une divergence de point de vue quant aux mérites de la nouvelle Alpine Sprite et de l'ergonomie révolutionnaire de son régulateur de butane, monté sur la cloison avant. De même, j'ai été heureux d'apprendre qu'à moi tout seul j'avais identifié le génome du blaireau géant d'Afrique. En revanche, j'étais moins fier d'avoir menacé de m'immoler devant l'immeuble du quartier général de Nestlé s'ils ne s'engageaient pas à mettre plus de Gros Triangles Verts dans leurs boîtes de Quality Street.

En consultant l'historique de la page, j'ai constaté que chaque jour de nouveaux faits me concernant venaient s'ajouter aux anciens. Ainsi, on apprenait qu'auparavant « Jack Joseph Neil Vaughan » avait été « Ingrid Fjola Johansdottir », une célèbre entraîneuse officiant dans les boîtes de nuit du West End et qui, malgré les nombreux témoignages existant sur les performances sexuelles auxquelles elle se livrait avec des diplomates du bloc de l'Est pendant la guerre froide, en était venue peu à peu à penser qu'elle n'était pas née dans le bon corps. A la chute du mur, « la Mata Hari islandaise », comme l'avait surnommée le MI5, ne fut plus en mesure de fournir des secrets militaires en échange de ses faveurs. Elle décida donc de changer de sexe et de prendre l'identité d'un professeur d'histoire dans un collège du sud de Londres.

J'ai envisagé de supprimer la page Wikipédia, mais le pédagogue qui est en moi a décidé qu'elle servait la créativité des élèves et favorisait des expériences littéraires à la frontière entre la fiction et la non-fiction. En effet, à côté des élucubrations des élèves, il restait quelques bribes d'informations que j'avais moi-même rédigées, mais qui, dans le contexte, semblaient elles aussi inventées de toutes pièces.

Le Dr Lewington m'avait demandé de lui faire part des souvenirs que j'aurais récupérés, et de penser à des événements marquants de ma vie qui se trouvaient encore hors d'atteinte de ma banque mémorielle. Je me suis présenté au scanner avec une large sélection d'épisodes tirés de mon passé – des souvenirs heureux, comme ce premier but marqué au cours d'un match de foot, lorsque j'étais en primaire, et d'autres malheureux, comme quand j'ai appris que les équipes avaient changé de camp à la mi-temps dudit match. Je devais me concentrer sur ces moments-là, afin qu'on puisse ensuite étudier l'activité chimique et la température de mon cerveau quand j'essayais de me rappeler des chapitres encore vierges de ma vie.

Le nouveau scanner semblait avoir coûté un pourcentage important du budget de la Sécurité sociale de l'année précédente. C'était un énorme module high-tech d'un blanc éclatant, à peu près de la taille d'Apollo 13. Le plateau coulissant, qui ronronnait en me glissant vers l'intérieur de la capsule, s'est arrêté de lui-même lorsque ma tête a atteint l'endroit désiré. Je me suis senti légèrement mal à l'aise à l'idée qu'une femme puisse voir ce que j'avais dans le crâne. Ne pense pas au sexe, me suis-je dit intérieurement, ce qui bien sûr a provoqué l'effet inverse. Comment cela allait-il se traduire sur l'écran ? Pouvait-elle fouiller dans mes anciennes pensées, ou consulter le précédent périple qu'elle avait effectué dans mon imaginaire ? Par-dessus le bourdonnement de la machine, j'entendais les instructions que le Dr Lewington me donnait dans le micro. Discipliné, je me suis mis à battre le rappel de tous mes souvenirs.

Cela se passe au cours du mémorable été 1997, les journaux sont embrasés par ce Premier ministre fraîchement élu, qui ne peut que réussir, et par l'attitude impardonnable de la princesse Diana avec son nouveau petit ami. Je suis un peu tendu, un peu nerveux dans mon costume tout neuf, devant l'enceinte laïque et controversée où doit se dérouler notre mariage. Madeleine n'avait pas voulu de la traditionnelle cérémonie religieuse en robe blanche, avec des témoins et un organiste qui joue la « Cantate pour se retourner et faire coucou à ses amis », de Jean-Sébastien Bach.

— Elle n'est pas enceinte. C'est un geste politique, explique la mère de Maddy aux membres les plus âgés de la famille. D'ailleurs, Joyce, tu ne trouves pas que

Maddy est superbe, en rouge ? Elle ne voulait pas de la traditionnelle robe blanche, mais ce n'est pas parce qu'elle est enceinte...

— Maman, tu pourrais arrêter de dire aux gens que je ne suis pas enceinte ?

— Pourquoi ? Tu es enceinte ?

— Non ! Mais il n'y a rien d'anormal à vouloir un mariage civil.

— Mais je ne veux pas que les gens pensent que l'Eglise n'a pas voulu de toi. Ou qu'ils prennent le rouge de ta robe pour un symbole... Tu sais... qu'ils croient que tu es une femme perdue...

Ces deux derniers mots sont murmurés, comme s'il était honteux ne serait-ce que de penser une telle chose.

— Une femme perdue... Mais qu'est-ce que tu racontes ? Tu crois qu'on vit encore à la cour du roi Arthur ? On est dans les années 1990, maman. On s'en fout qu'une femme soit enceinte quand elle se marie !

— Oh, tu es enceinte ? demande grand-tante Brenda. C'est bien que tu te maries. Comme ça, le bébé ne sera pas un petit bâtard.

— Non, elle n'est pas enceinte, Brenda ! s'exclame la maman de Maddy, légèrement désespérée. C'est un geste politique.

— Politique ?

— Tu sais bien... Elle ne croit en rien...

— Maman, ce n'est pas vrai, je crois en quelque chose ! C'est même exactement pour ça que... Oh, laisse tomber !

— Il ne faut pas que ça gâche ta journée, dit gentiment grand-tante Brenda. Tu es toujours la mariée, même si... conclut-elle avec un regard d'encouragement en direction du ventre de Maddy.

Une fois que grand-tante Brenda a fait le tour des invités, on entendra Maddy remercier poliment les gens qui la complimentent pour sa mine « florissante », nier qu'elle soit « fatiguée » ou insister sur le fait qu'une portion lui suffit.

Cette idée ridicule, selon laquelle Maddy était « dans une position intéressante » à son mariage, nous a fait rire pendant de nombreuses années. Nous en avons parlé souvent, non pas sur un ton neutre, mais plutôt comme on raconte une anecdote amusante. Maddy et moi avons plaqué un récit là-dessus, et du coup c'est devenu la réalité. De manière générale, mes souvenirs les plus marquants semblent tous associés à une histoire, parfois vraie, parfois reconstituée par le récit que nous en avons fait.

Je me suis douté qu'il en allait de même pour les autres souvenirs que j'ai de ce mariage, des images variées qui se mêlent les unes aux autres dans une sorte de *best of*. Mon père qui danse avec Maddy, qui la conduit avec la grâce d'un gentleman sur le parquet rayé de la piste de danse. Gary, déjà bien bourré, en train d'exécuter à la lettre la chorégraphie de *La Danse des canards*, alors que le DJ passait une chanson d'Oasis. Maddy, qui m'a longuement serré dans ses bras à la fin de la soirée, juste avant que nous montions dans la voiture. On aurait pu se passer de la cérémonie et de la grosse réception : cette étreinte m'avait fait comprendre qu'elle m'aimait et qu'elle voulait vivre avec moi pour le restant de ses jours.

On avait quand même préservé une tradition au cours de la cérémonie. Maddy et son père étaient censés être les derniers à entrer dans la pièce, mais, juste avant qu'ils le fassent, un jeune avocat avait retenu Maddy à l'extérieur et lui avait remis une enveloppe scellée en insistant pour qu'elle prenne immédiatement connaissance de son contenu. La musique qui devait accompagner son entrée résonnait déjà. Maddy, très agitée, a déchiré l'enveloppe. S'agissait-il d'un obstacle légal ? Son prétendant était-il bigame ? Clandestin ? Fraudeur ? Evadé de prison ? Finalement, elle a sorti de l'enveloppe une carte postale représentant un leprechaun qui disait : « Passe une bonne journée, p'tit gars ! »

Le scanner bourdonnait et ronronnait de plus belle. De l'extérieur de ce grand sarcophage, le Dr Lewington me disait de tenter de penser à un événement significatif dont je n'avais pas gardé le souvenir. J'ai essayé de m'imaginer ma mère, en cherchant à me remémorer l'instant où j'ai appris sa mort, ou bien ses funérailles, auxquelles j'avais probablement assisté avec Maddy et les enfants. A présent, je me voyais, dans les moindres détails, devant une église de campagne en train de jeter une poignée de terre sur un cercueil de bois, tandis que l'assistance endeuillée courbait la tête au son du glas. J'aurais facilement pu me convaincre que cela s'était passé exactement comme ça, sauf que j'avais déjà appris que maman s'était fait incinérer au crématorium municipal. Même en sachant que c'était une pure fiction, je trouvais réconfortant de pouvoir me raccrocher à cette scène de funérailles familière.

Puis le Dr Lewington m'a demandé de me concentrer sur un souvenir partiellement récupéré. J'avais volontairement gardé le plus négatif pour la fin, histoire de faire contraste avec les pensées douces-amères liées au jour de mon mariage. D'ailleurs, j'avais confié au Dr Lewington que j'allais choisir ce souvenir-là.

Il s'agissait du jour où Maddy m'avait dit qu'elle ne souhaitait plus rester mon épouse. Sans que je comprenne très bien pourquoi, le moment était nimbé d'un sentiment d'injustice, de frustration, d'impuissance, de désespoir et de colère. Pas moins.

Il est tard. Maddy et moi nous préparons à nous mettre au lit. Je ne sais plus pourquoi, mais nous sommes tous deux irrités, et dans l'exiguïté de notre salle de bains nous ne parvenons pas à faire abstraction l'un de l'autre. J'essaie de mentionner que j'ai passé une très mauvaise journée au collège, mais elle s'en moque. J'ai juste oublié que Maddy vient de recevoir des résultats d'analyses qu'elle attendait depuis une quinzaine de jours. Elle avait une grosseur sous le bras et s'était convaincue qu'il s'agissait d'un cancer. Mes tentatives pour la rassurer avaient été jugées dédaigneuses.

« C'est quoi, un lymphome non hodgkinien ? avais-je demandé la première fois qu'elle en avait parlé. Tu ne peux pas faire un diagnostic comme ça en quelques clics sur Internet...

— J'ai plusieurs des symptômes. Et une ou deux personnes m'ont dit que ça avait l'air très sérieux...

— C'était qui, ces gens-là ?

— Je ne connais pas leur vrai nom. C'était sur un blog consacré aux problèmes de santé des femmes. »

Dès le début, elle avait pris mon ironie pour un manque d'intérêt. A présent, elle entre dans le lit par son côté, mais prend soin de demeurer aussi loin de moi que possible. Puis elle se met à sangloter.

— *Quoi ? Pourquoi tu pleures ?*

— *J'ai eu le résultat de mes analyses, aujourd'hui.*

Subitement, je me prends deux coups de massue. Tout d'abord, la honte que je ressens d'avoir oublié ce jour qui la préoccupait tant. J'avais promis que je lui téléphonerais dès la fin des cours, mais cette louable intention s'était évanouie devant les impératifs de mon travail au collège.

Néanmoins, ces détails mesquins ne comptent pour rien dans le tableau qui se dessine devant moi au moment où j'encaisse le deuxième coup : un uppercut venu de nulle part et qui me met K-O. Les sanglots de Maddy signifient que le résultat de son test est positif. Malgré mon scepticisme devant son autodiagnostic par Internet, malgré les petites recherches – infructueuses – que j'avais entreprises moi-même, elle avait un lymphome non hodgkinien. Soudain, je distingue un avenir où les enfants risquent de perdre leur mère, où une Maddy affaiblie doit endurer une chimiothérapie et des opérations, où nous serons consumés par la peur, par l'incertitude, par la douleur de la voir affronter une maladie dont aucun d'entre nous n'avait entendu prononcer le nom deux semaines plus tôt.

D'un geste brusque, elle écarte la main que je tente de poser sur son épaule pour la consoler. Elle est en pleurs. J'essaie de savoir ce que le docteur lui a dit à propos du traitement. Elle essuie ses larmes avec un pan de sa chemise de nuit et finalement, parvient à dire quelque chose :

— *Il était négatif. Je n'ai pas le cancer.*

— *Quoi ?*

— *La tumeur est bénigne, poursuit-elle en pleurant. Et il a dit que tous les autres symptômes étaient probablement dus à une piqûre d'insecte, ou quelque chose comme ça...*

— *Dieu soit loué !*

Je la prends dans mes bras, mais elle me repousse en pleurant de plus belle.

— *Maddy, c'est génial ! Comme tu pleurais, j'ai cru que tu avais le truc non hogkinsonien, là...*

— *Le lymphome non hodgkinien. Tu ne connais même pas le nom correct de ma maladie !*

— *Oui, mais on s'en fout ! Parce que tu ne l'as pas ! Mon Dieu, tu m'as bien fait marcher. Comment tu pleurais, et tout ça... Je suis vraiment soulagé !*

Elle essuie de nouveau son visage avec sa chemise de nuit, et il me vient à l'esprit qu'elle ne porte jamais ce genre de vêtement au lit. En général, elle met toujours un de mes tee-shirts XXL. Peut-être n'en restait-il plus dans le tiroir ?

— *Tu as oublié de me demander le résultat de mes analyses.*

— *Ouais, je sais... Vraiment désolé, mais si je te raconte ce qui s'est passé au collège aujourd'hui, tu vas comprendre que...*

— *Tu ne t'en es même pas souvenu ! Tu ne te préoccupes pas assez de moi pour demander si je vais vivre ou mourir, pour savoir si oui ou non j'ai un cancer.*

— *Bien sûr que je me préoccupe de savoir si tu vas vivre ou mourir, ne sois pas ridicule ! En tout état de cause, je n'ai jamais pensé que tu avais un cancer, même si je voyais bien que ça t'embêtait...*

— *Tu n'es pas venu à l'hôpital.*

— *Mais tu ne me l'as jamais demandé !*

— *Tu aurais pu me le proposer !*

— Elle est où, la logique, là-dedans ? Si tu m'avais dit : « Viens, s'il te plaît », je serais venu. Mais tu n'as jamais rien demandé, alors j'en ai déduit que ce n'était pas nécessaire. Dieu merci, tu n'as pas le cancer ! Pourquoi on s'engueule encore ? On devrait être en train de fêter ça.

— Notre mariage a le cancer. Un cancer terminal, virulent et non opérable. Si tu n'es pas à mes côtés quand je traverse une telle épreuve, je ne crois pas que j'aie envie de rester mariée avec toi...

— Ecoute, je comprends que tu aies les idées embrouillées. Le problème avec cette histoire de lymphome indique que tu donnes beaucoup trop d'importance à tout ça. Je vais prendre un ou deux jours de vacances, on pourrait peut-être laisser les enfants chez tes parents...

— C'est trop tard, Vaughan. Tu n'as jamais été là pour moi. Tu n'as jamais franchi ce cap, tu ne t'es jamais réellement marié. Il a toujours été question de toi, jamais de nous...

C'est alors que je me rends compte qu'elle n'aurait pas sangloté comme ça si elle avait eu le cancer ; elle serait restée silencieuse et pensive. Elle pleure parce qu'elle sent que quelque chose est mort.

Couché dans le scanner, je ressentais une douleur lancinante dans ma tête en revivant cette terrible nuit, en m'attardant sur les petits détails qui la rendaient si réelle, si récente. Le moment où Maddy s'est levée pour aller dormir dans la chambre d'amis, d'où elle n'est jamais revenue pendant tout le temps que nous avons passé sous le même toit. L'ampoule cassée que j'avais toujours voulu remplacer sur la veilleuse.

Les élancements dans le crâne et le mal de tête destructeur qui m'avaient gardé éveillé toute la nuit.

Puis, alors que j'étais toujours allongé dans la machine, j'ai retrouvé un nouveau souvenir. Le scanner venait de filmer en direct ce qui se passait lorsque mon cerveau ouvrait un nouveau fichier et accédait à des informations qu'il avait égarées. On m'avait donné un coup sur la tête ! J'en étais sûr. Pendant toute la durée de la dispute à propos de notre mariage, j'avais un énorme mal de tête, et à l'arrière du crâne je sentais une grosse bosse. Oui, j'étais commotionné. C'est ce que j'avais essayé de dire à Maddy : à la sortie du collège, un parent d'élève en colère m'avait accusé de m'acharner sur son fils. Il m'avait poussé et l'arrière de mon crâne avait heurté un mur. J'étais commotionné. J'avais refusé d'aller aux urgences, mais malgré mon attitude héroïque je savais que j'avais pris un mauvais coup.

Je me rendais compte à présent que mon amnésie était peut-être une conséquence tardive de ce traumatisme. Voilà pourquoi j'avais oublié de demander à Maddy les résultats de ses analyses ! Je n'étais pas égoïste ou indifférent, j'étais traumatisé. Il s'agissait du premier symptôme de l'amnésie qui, plus tard, allait me dévorer complètement.

De retour dans son bureau, j'ai raconté au Dr Lewington l'histoire dans son ensemble. Le coup que j'ai pris à la tête l'a intéressée, mais pour sa plus grande joie rien ne semblait pouvoir éclaircir le mystère entourant ce qui m'était arrivé. Elle m'a montré les résultats des différents scanners. Sur une des images, on voyait des tas de petites taches rouges et bleues au milieu de mon cerveau. Sur toutes les autres, il y avait des tas de petites taches rouges et bleues dans la même zone.

— C'est magnifique, n'est-ce pas ? s'enthousiasmait-elle. Absolument aucune différence ! Le cerveau est une énigme tellement fascinante !

Rien ne distinguait des autres l'image du moment où j'avais récupéré le souvenir de ma contusion.

Sur son bureau, une tête grandeur nature en céramique, couverte de lignes et d'inscriptions, témoignait de la confiance que l'Angleterre victorienne accordait à la phrénologie, ce non-sens total. En un siècle et demi, les choses avaient beaucoup progressé. Maintenant, les scientifiques savaient qu'ils ne savaient rien.

— Bien sûr, vous devez être conscient que les souvenirs qui vous reviennent ne sont peut-être pas tout à fait exacts…

— Que voulez-vous dire ?

— Eh bien, nombre d'études ont montré que les souvenirs se modifient avec le temps. Ceux que vous recouvrez étaient peut-être déjà biaisés, voire l'ont été encore plus au cours de ce processus – pour ce qu'on en sait, ils sont peut-être complètement faux…

— Faux ? me suis-je exclamé, vaguement offensé.

Chaque souvenir qui me revenait me donnait l'impression de redevenir un peu plus normal et voilà qu'au contraire le Dr Lewington prétendait qu'il me rendait un peu plus dingue.

— Absolument. J'ai eu des patients qui se souvenaient dans les moindres détails de scènes auxquelles ils n'avaient pas assisté. Ils peuvent même se mettre en colère si l'on contredit la version qu'ils donnent de leur propre passé, tellement la mémoire exerce une influence sur nos émotions !

Le Dr Lewington a proposé que nous nous revoyions deux mois plus tard, après la date officielle de mon divorce, donc. Sur la tête en céramique, on voyait les zones censées abriter les principales fonctions de l'esprit : *vénération, prudence, amour.*

— Simple curiosité… ai-je dit en me levant. Y a-t-il une base scientifique à l'expression : « la mince frontière entre l'amour et la haine » ?

— Oui, tout à fait. Ces deux émotions partagent le même circuit neuronal, situé dans le putamen et le cortex insulaire. Des neurologistes du University College de Londres ont récemment corrélé l'intensité des émotions avec l'activité dans cette zone du sous-cortex.

— Alors, ça veut dire qu'on peut mesurer scientifiquement à quel point on aime quelqu'un ?

— Eh bien, ça peut être de l'amour, ou de la haine. Les scanners mesurent simplement l'intensité du sentiment.

Le souvenir de ma commotion n'avait fait qu'augmenter encore le sentiment d'injustice que j'éprouvais. J'étais déterminé, tel l'avocat qui vient de dénicher la preuve de l'innocence de son client. Il fallait que j'en parle à Maddy. Elle avait joué les martyrs abandonnés à propos de ses analyses, mais en fin de compte elle ne souffrait de rien, contrairement à moi.

Peu après, je suis rentré à la maison. Je ne sais pas quelle réaction j'attendais de Maddy, peut-être voulais-je tout simplement qu'elle se justifie ? Je savais que les enfants seraient à l'école, et je crois qu'en fait j'avais envie d'une vraie bonne engueulade avec elle. C'est ça le problème lorsqu'on est célibataire : on n'a personne sous la main quand on ressent le besoin de se hurler dessus. Bien sûr, on peut toujours trouver une femme dans un bar avec qui on aura une prise de bec d'un soir, mais au fond de soi on sait bien que c'est une expérience vide de sens. La camaraderie, l'attirance mutuelle et des conflits réguliers – voilà l'essence du mariage ! Dans le scénario que j'avais en tête, Maddy concédait avoir tiré des conclusions hâtives et me priait de la reprendre : « Non, c'est trop tard ! lui répondais-je. Tu as eu ta chance et tu l'as laissée passer. »

Quarante minutes plus tard, je m'étais monté le bourrichon jusqu'à me trouver dans un état d'indignation tel que j'ai failli détruire le bouton de la sonnette en appuyant dessus.

— C'est Vaughan ! Il faut qu'on parle !

Après une longue pause, la porte s'est ouverte avec un cliquetis et je me suis rué à l'intérieur. Woody m'a accueilli avec enthousiasme, mais Maddy ne s'est pas montrée aussi rapidement que je l'aurais voulu, énervé comme j'étais. Je l'entendais marcher dans la salle de bains à l'étage, et je l'imaginais en train de retoucher son maquillage avant de descendre me parler. Finalement, j'ai entendu la chasse d'eau et ses pas dans l'escalier. Je me suis raidi en prévision de la difficile conversation qui nous attendait, laquelle allait se révéler encore plus bizarre que je ne le croyais. J'ai levé les yeux.

Dans l'escalier, ce n'était pas Maddy, mais son petit ami, Ralph.

16

Je l'ai reconnu avant qu'il se présente. J'avais déjà deviné que l'homme qui aidait Maddy à transporter ses cadres devait être Ralph. En outre, l'aisance avec laquelle il dévalait les marches, cintré dans un peignoir, tendait à suggérer qu'il n'était ni l'installateur du téléphone ni un cambrioleur. Grand, probablement dix ans de moins que moi… et que Maddy, d'ailleurs. Il avait les cheveux mouillés, l'air frais et propre, surtout comparé au malade mental rouge de sueur qui s'était rué jusqu'ici à vélo.

— Salut, Vaughan ! Je m'appelle Ralph. Enchanté de vous rencontrer !

Je n'ai pas vu le moyen de refuser sa main tendue.

— Maddy n'est pas là en ce moment, a-t-il poursuivi. Désolé pour ma tenue, je sors de la douche… Je rentre juste de mon jogging !

— Euh, oui ! C'est pour ça que vous portez un peignoir *Hilton Hotels* ? ai-je dit sans me rendre compte que j'étais quasiment en train de l'accuser de vol.

— Oui, c'est du coton égyptien… Ils les vendaient à l'hôtel, à Venise, ça m'a paru une bonne idée…

Il avait emmené Maddy dans un établissement vraiment luxueux – cela m'a perturbé. Du coup, j'ai adopté le ton de la conversation polie :

— Venise, bien sûr ! C'était comment ?

— Stupéfiant ! Quelle ville ! Vous connaissez ?

— Euh, non. Maddy a toujours voulu y aller... Mais vous savez comment c'est...

Nous sommes restés là sans rien dire. Le tic-tac de l'horloge de l'entrée ne m'avait jamais paru aussi sonore.

— Oui... ai-je repris au bout d'un long moment. Venise... Elle est toujours en train de couler ?

— Pardon ?

— Venise ? Il paraît qu'il y a un problème, qu'elle s'enfonce ou un truc de ce genre.

— Ah ! Je ne sais pas trop où ils en sont avec ça...

Ralph s'est mis à réfléchir. Il a voulu poser le pied droit une marche plus haut, de façon à adopter la posture du penseur, le coude sur le genou, mais quand il s'est aperçu que cela entrouvrait son peignoir, il a habilement repris sa position initiale. Cette entrevue était déjà suffisamment gênante comme ça, sans qu'il me montre en plus son pénis.

— Cela dit, même s'ils ont réussi à l'empêcher de s'enfoncer, avec la montée du niveau de la mer, c'est retour à la case départ ! s'est-il exclamé.

— Franchement, il y a toujours quelque chose qui ne va pas...

— On fait au mieux...

— Oui, ai-je dit machinalement, même si on pouvait parier sans trop de risques que nous n'avions ni l'un ni l'autre jamais fait grand-chose pour Venise... Moi, par exemple, ai-je poursuivi, chez Pizza Express, je commandais toujours une Vénitienne, parce qu'ils ajoutent vingt-cinq cents sur la facture en faveur du Fonds pour Venise en Péril…

— Super ! Et ça en est où ?

— J'ai arrêté… J'en avais marre des raisins secs.

— Beurk… Des raisins secs dans une pizza ?!

Le chien s'est mis à bâiller. Je me suis dit qu'il était temps d'aborder la relation de Ralph avec Maddy.

— Alors… ai-je lancé d'un ton menaçant, tandis que je le voyais se raidir. Je me demande… s'ils ont pensé à construire une barrière géante contre les marées, en travers du détroit de Gibraltar ?

— Pardon ?

— Oui, vous savez ? Comme sur la Tamise, mais bien plus grande, pour empêcher l'océan Atlantique de pénétrer dans la Méditerranée et de submerger les zones inondables…

Ralph se rendait compte que l'atmosphère était tendue, lui aussi. Sa position vis-à-vis des enfants, les sentiments de Maddy et de tous ceux qui étaient impliqués dans l'histoire le mettaient sur la défensive.

— Non ! Il y a environ trente kilomètres du Maroc à l'Espagne. Rien que du point de vue logistique les difficultés seraient insurmontables, et je ne parle même pas des obstacles politiques ou financiers… a-t-il affirmé avec une arrogance dans la façon de dénigrer ma proposition qui m'a mis de mauvais poil.

— Il faut quand même faire quelque chose ! me suis-je entendu répondre avec un peu trop de véhémence. On ne peut pas laisser les choses en l'état !

— Ça ne servirait à rien. De toute manière, il est trop tard. Il faut l'accepter.

— Je vois… On peut envoyer un homme sur la Lune ou organiser un débarquement sur les côtes de Normandie, mais pourquoi s'embêter à sauver les vies et les maisons d'un milliard de personnes ?

— Toutes les côtes vont être submergées. Acceptez-le !

— Non ! Je ne l'accepte pas ! Je vais me battre. Je vais recommencer à manger des Vénitiennes. Même si je dois enlever un par un tous les raisins secs !

Il faut admettre que mon idée de barrière était audacieuse, même si ce n'était ni l'endroit ni le moment d'en étudier tous les détails. Ralph aurait très bien pu contrer mes arguments en soulignant l'avantage stratégique et géopolitique que le contrôle de cette infrastructure conférerait à l'Espagne et au Maroc, mais il a préféré me porter un coup sous la ceinture :

— Et donc, si je comprends bien, vous avez un problème d'ordre psychiatrique ?

Soudain, je me suis aperçu qu'il ne pourrait pas continuer à dénigrer mon éloge de ce gigantesque projet d'ingénierie si je lui mettais un coup de poing dans la figure. Cette tactique judicieuse allait cristalliser tous les arguments et démontrer que j'avais raison, bien mieux que tout ce que je pourrais dire. Alors, j'ai serré les poings ; j'ai senti que le rouge me montait au visage, tandis que Ralph, inquiet, faisait un pas en arrière. Un millième de seconde avant de passer à l'action, quelque chose en moi a arrêté le processus. Du plus loin que je me souvenais, je n'avais jamais frappé quelqu'un, et j'avais encore en tête l'incident avec le parent d'élève à la sortie du collège, qui m'avait semblé aussi stupide que dérangeant. Au fait, c'est pour ça que j'étais venu – pour parler à Maddy de ma commotion.

— Où est Maddy ?

Dès qu'il me l'a dit, j'ai su que c'était là que je voulais être et je lui ai claqué la porte au nez, sans prendre congé. J'avais les mains qui tremblaient en détachant mon vélo. Le trajet était assez long, mais j'étais tellement chauffé à blanc que j'ai battu des records sur la distance. Des taxis en panique faisaient des embardées pour m'éviter, les piétons engagés sur les passages cloutés refluaient en courant vers les trottoirs lorsqu'ils me voyaient débouler.

— Salut, Maddy, ai-je dit calmement en franchissant le seuil.

— Oh, salut ! Je ne savais pas que tu allais venir.

— Eh bien, j'ai décidé ça au dernier moment. Salut, papa ! Comment tu te sens ?

Le visage émacié de mon père dépassait d'une couverture grise qui peinait à masquer son corps maigre et fragile.

— Fils, c'est toi ?

— Oui, papa. Tu as l'air d'aller mieux.

— C'est parce que ta... merveilleuse femme... est passée... me voir... a-t-il lâché dans un souffle. Normalement... vous ne passez pas ensemble...

J'ai croisé le regard de Maddy.

— On a pensé que tu préférerais des visites plus fréquentes, alors on vient à tour de rôle, a improvisé Maddy en se levant pour mettre dans un vase les fleurs qu'elle avait apportées.

— Oui... Mais c'est bien qu'on se retrouve ici tous ensemble, hein, Maddy ?

Je leur en voulais encore, à Ralph et elle... Soudain, je me suis dit que si je lui passais le bras autour de la taille elle ne pourrait pas protester. Je l'ai sentie se raidir quand j'ai placé ma main un peu au-dessus de sa hanche, mais j'ai gardé la pose, sous le regard approbateur de papa. Maddy ne m'a pas repoussé. Elle s'est contentée de signaler à mon père qu'elle avait mis les fleurs dans un vase, ajoutant qu'elles illuminaient la pièce. Sa hanche, plus douce que mon corps osseux, s'évasait en une courbe d'une forme parfaite, idéale… Quoi de plus naturel que d'y poser la main ? Pourtant, était-ce de ma part un geste d'affection, ou plutôt, comme je le craignais, une sorte de vengeance ironique ? Je sentais la chaleur de sa jambe contre la mienne, son parfum qui tranchait sur l'odeur de l'hôpital et des malades.

— Regardez-vous ! s'est écrié mon père. Vous formez un couple adorable !

J'ai serré Maddy un peu plus fort, et je commençais même à envisager de lui planter un baiser sur la joue, mais elle a profité de ce que le pied exsangue de mon père dépassait de la couverture pour s'éloigner de moi. Elle a rajusté les draps puis s'est assise en commentant ce que les enfants avaient fait dernièrement. Je me suis installé sur une chaise à côté d'elle, intervenant à l'occasion pour répéter sans talent ce qu'elle venait de raconter.

— Maddy a été… très bonne… avec moi, a dit mon père, le souffle de plus en plus court et, de toute évidence, incapable de poursuivre encore longtemps l'effort que lui demandait cette visite.

— Bien sûr qu'elle a été très bonne !

— Elle est la fille… que je n'ai jamais eue…

— Maintenant, Keith, il faut vous reposer, a soufflé Maddy, la voix brisée.

J'ai tourné le regard vers elle. A ma grande surprise, elle avait les larmes aux yeux et n'était pas loin de perdre contenance.

— Je vais aux toilettes ! s'est-elle écriée en se précipitant dans le couloir pour pleurer.

Quelques instants après, mon père s'est endormi et je suis sorti attendre Maddy devant notre voiture.

— Ça va ?

— Ton père, c'est vraiment un homme merveilleux, a-t-elle murmuré, les yeux encore rouges.

— Oui… J'aimerais bien me souvenir un peu plus de comment il était avant…

Cette remarque a semblé irriter un peu Madeleine, mais elle n'a rien dit.

— Ecoute, il faut que je te parle. Tu peux me déposer de l'autre côté de la Tamise ? ai-je demandé en sachant que Maddy était bien trop adulte pour refuser.

— Tu n'étais pas obligé de faire tout ce micmac devant ton père…

— Je ne voulais pas qu'il se doute de quelque chose…

— Ben voyons ! La prochaine fois que tu fais ça, je t'écrabouille le pied.

— Je suis preneur de toute l'attention que tu me portes, sous quelque forme que ce soit.

Maddy avait bouclé sa ceinture et consultait ses SMS. Soudain, elle m'a regardé, l'air étonnée et un peu angoissée.

— Alors… tu as rencontré Ralph ?

— Oh… oui. Nous avons eu une petite conversation, ai-je lancé en essayant d'adopter une attitude à mi-chemin entre l'indifférence et la légère antipathie.

— Oh… Et vous avez, comment dirais-je… réglé quelque chose ?

— Pas vraiment.

— Pas vraiment ?! Allez ! Qu'est-ce que tu lui as dit ? Qu'est-ce qu'il a répondu ?

— C'est sans grand intérêt…

— Comment ça ? Mon ex-mari, le père de mes enfants, rencontre mon petit ami, et tu penses que je trouve ça sans intérêt ? a-t-elle ironisé en glissant son reçu dans la borne de sortie du parking.

— D'accord. Eh bien, il a affirmé qu'on ne pourrait jamais construire une barrière anti-inondation géante en travers du détroit de Gibraltar, et moi j'ai juste suggéré que ça valait peut-être le coup de faire quelque chose pour empêcher le sud de l'Europe, l'Afrique du Nord et le Moyen-Orient de perdre leurs zones côtières.

Maddy a quitté les yeux de la route pour me dévisager avec une expression d'égarement.

— Je ne comprends rien. De quoi tu parles, là ?

— De la montée du niveau de la mer, pardi ! Allô ? Venise en péril ? Tu ne regardes plus les infos ? En fait, Ralph s'est montré assez dédaigneux envers mon idée de barrière géante, un peu comme celle sur la Tamise.

— Je vois. Donc, vous n'avez pas abordé les sujets importants ?

— La montée du niveau de la mer, c'est tout sauf anodin. Mais effectivement, nous n'avons jamais parlé de la vache dans le corridor.

— La vache dans le corridor ?! C'est quoi, ça, encore ?

— Mais… toi, évidemment…

— Alors, d'après toi, je suis une vache ? a-t-elle demandé sur un ton dangereux.

— Non. Te louper, toi, en tant que sujet de conversation, c'était comme louper une vache dans un corridor. C'est juste une expression.

— Alors, je suis une vache... Une grosse vache tellement grosse que tu ne peux pas faire comme si elle n'était pas là ?

Sans bien comprendre comment, je me suis retrouvé sur la défensive. Son téléphone a bipé de nouveau et elle a profité d'un feu rouge pour lire le message.

— Il me dit qu'il a cru que tu allais le frapper.

— Quoi ?! Pour une histoire de montée des océans ?! Bonjour la parano ! Comme si j'étais du genre à frapper un homme en peignoir ! ai-je précisé en sachant que ce détail allait embarrasser Maddy. Ce qui me fait d'ailleurs conclure qu'il a déjà emménagé...

— Non ! Les enfants dormaient chez des copains, alors il est resté pour la nuit. Dillie et Jamie ne savent pas que, parfois, il couche à la maison, alors ne dis rien.

— Quoi qu'il en soit, je suis passé parce que je voulais te parler de quelque chose. Aujourd'hui, on m'a fait un autre scanner...

— OK. C'est encore toi le sujet, donc ?

— C'est important. Je me suis souvenu de quelque chose. Le jour où tu as eu les résultats de tes analyses pour le lymphome non hodgkinien, eh bien, j'étais commotionné. Un parent agressif m'avait poussé et je m'étais cogné la tête contre un mur. Je pense que ce n'est pas étranger à l'amnésie dont je souffre depuis le mois d'octobre.

— Tu en as parlé à ton médecin ? a-t-elle demandé, se montrant délibérément obtuse.

— Ce n'est pas la question. Après cette dispute, nous n'avons plus jamais dormi dans le même lit. Mais en plus du stress dû à l'agression, c'est pour des raisons médicales que j'avais oublié de te demander tes résultats. Tu te souviens, tu avais dit que c'était la goutte d'eau qui faisait déborder le vase ?

— Une expression qui signifie qu'il y a eu beaucoup d'autres gouttes d'eau…

— Mais plus je me souviens du passé, plus je vois que nous n'avons pas besoin de nous séparer. Je l'ai su dès que je suis retombé amoureux de toi, l'automne dernier…

— Tu n'es pas retombé amoureux de moi ! Tu aimes juste l'idée d'être marié ! a-t-elle crié, en colère à présent. Et maintenant, je dois supporter tous ces gens qui te plaignent : « Le pauvre Vaughan… Il ne se souvient même plus de sa femme ! » Mais tu ne t'es jamais souvenu de ta femme ! Ton amnésie n'est que la conclusion logique de la façon dont tu vois le monde…

Le feu était passé au vert et la voiture derrière nous klaxonnait avec impatience. Maddy s'est penchée par sa portière.

— Et toi aussi tu peux aller te faire foutre !

Bien que choqué par la profondeur de son ressentiment, j'étais prêt à dégoupiller la dernière réplique que j'avais peaufinée :

— As-tu la moindre idée de ce qu'on éprouve lorsqu'on perd son identité ? Et quand tu découvres enfin qui tu étais, cela aussi, on te le retire ? ai-je lâché, soulagé de constater que le débat pour savoir si je l'avais traitée ou non de vache semblait clos.

— Est-ce que j'ai la moindre idée de ce qu'on éprouve lorsqu'on perd son identité ? a-t-elle alors craché. Tu es sérieux ?! Avant de me marier avec toi, j'étais « Madeleine », pas « la femme de Vaughan »,

« la mère de Jamie » ou « la mère de Dillie » ! J'existais par moi-même. J'étais Maddy, la photographe qui gagnait sa vie avec un métier qu'elle adorait. Mais, soudain, il n'y a plus eu de temps pour tout ça, et plus personne ne voulait parler de moi avec moi. Je n'entendais que « Votre mari, il est dans quoi ? », « Comment vont les enfants ? », ou deux pour le prix d'une : « Vos enfants vont-ils dans le collège où votre mari enseigne ? » Alors, perdre sa putain d'identité, crois-moi, je connais ! Chaque épouse et chaque mère connaît ça depuis l'aube des temps…

— Maddy, tu roules à cent dix dans une zone limitée à cinquante…

— Aujourd'hui, pour la première fois, je fais ce que je veux ! Je vais à Venise, je prépare une exposition et je dépasse les limitations de vitesse quand j'en ai envie, putain ! Je n'ai plus besoin de transformer ma vie en éternel compromis !

— Je crois que ce radar vient de flasher deux fois…

— Ouais, eh bien, je ferai appel ! Je leur expliquerai que mon ex-mari était particulièrement pénible. Tu penses que parce que tu t'es cogné la tête je vais me mettre à dire : « Oh, mais ça change tout ! Tout est ma faute… » Tu rêves, mon bonhomme ! Ce n'est pas si simple. Tous les souvenirs que tu as perdus n'ont-ils pas laissé assez de place dans ton crâne pour que tu puisses comprendre ça ? Nous deux, c'est fini ! Ter-mi-né !

Comme je me sentais humilié par la violence de son attaque, j'ai essayé – maladroitement – de la blesser :

— C'est pas toi qui me vires. C'est moi qui t'ai virée le premier…

— Quoi ! T'as douze ans, ou quoi ?

— Tu as proposé d'annuler le divorce et de partager la maison, mais c'est moi qui ai dit non, alors c'est moi qui en ai fini avec toi.

Maddy a garé sa voiture le long du trottoir.

— Fais-moi plaisir, descends avant que j'écrase quelqu'un à cause de toi… Ou mieux, même ! Tu descends et comme ça, je t'écrase ! a-t-elle lancé en désignant la portière de mon côté.

— Oh… Tu ne pourrais pas au moins me déposer à l'hôpital ? Mon vélo est resté là-bas…

J'avais comme l'impression que tout ce que je disais avait le don de l'énerver. Je l'ai vue s'éloigner sans un regard dans son rétroviseur et je suis resté là, planté sous le crachin d'hiver. Finalement, je me suis décidé à traverser la rue pour prendre le bus dans l'autre sens. Dix minutes plus tard, ne voyant rien venir, je suis parti à pied vers l'hôpital, tandis que le crachin devenait de la pluie. Dans une poubelle, j'ai trouvé un parapluie un peu abîmé. De nos jours, dès qu'il y a un problème, on jette les choses et on en rachète d'autres toutes neuves : parapluies, ordinateurs, maris – on peut tout remplacer. Il a dû y avoir une époque où un couple tenait vraiment à son parapluie, où il reprisait les accrocs et les déchirures pour le préserver. Cela dit, je me suis rapidement aperçu que celui-ci était vraiment foutu, alors je l'ai balancé dans la première poubelle venue. Au bout d'un certain temps, je suis arrivé à Chelsea Bridge. Derrière moi se dressait la coque creuse de l'ancienne centrale électrique de Battersea. La pluie avait diminué d'intensité, mais j'étais tellement trempé que cela n'avait désormais plus aucune importance. Une grande péniche rouillée s'engageait sous le pont, le bruit morbide de ses moteurs claquait à la surface de l'eau.

Je sentais autour de mon cou le collier de la plaque métallique que je portais en cas de nouvelle amnésie. De toute façon, quelle importance si je reperdais la mémoire ? Je me débrouillerais peut-être mieux la fois suivante ? Cette plaque d'à peine quelques grammes me semblait peser deux kilos. Je la voyais briller dans les miroirs, sa chaîne m'irritait le cou, comme un rappel permanent des déficiences de mon cerveau. D'un geste volontairement théâtral, j'ai tiré d'un coup sec sur la plaque, mais la chaîne ne s'est pas brisée. Elle m'a juste fait très mal en se plantant dans la chair de mon cou. J'ai jeté un coup d'œil autour de moi pour vérifier que personne ne m'avait entendu crier de douleur, puis j'ai doucement retiré ma chaîne. Un long moment, j'ai regardé l'inscription sur la plaque, puis je l'ai lancée dans les remous boueux de la Tamise.

Ensuite, je me suis éloigné d'un pas lourd pour affronter le reste de ma vie. Sans Madeleine.

17

— *Je ne m'achèterai jamais, et je dis bien jamais, de téléphone portable !*

— *Oui, c'est ce que tu prétends maintenant... dit en riant ma fiancée.*

— *Non. C'est un fait. Les téléphones portables, c'est pour les neuneus. Reviens me voir en l'an 2000 et même si je dois être le dernier homme en Grande-Bretagne à ne pas en avoir, je te garantis que tu ne me verras jamais hurler dans un mobile comme ces crétins dans les trains, dont la batterie est probablement à plat, d'ailleurs, mais qui essayent quand même de frimer devant les autres passagers...*

— *Pour une femme, ce n'est pas pareil, affirme Maddy. Je pourrais être coincée quelque part, la nuit, effrayée qu'on me vole mon sac ou un truc comme ça...*

— *D'accord ! Alors pour y remédier, tu fais en sorte d'avoir un objet de valeur dans ton sac qui va se mettre à sonner comme pour prévenir qu'il est là ! Désolé, mais moi, je peux très bien attendre de trouver une cabine téléphonique... comme dit Gary quand il a envie de pisser.*

Cette conversation m'est revenue vingt ans plus tard, un jour que j'étais au pub avec Gary. On comparait les applications sur nos iPhone respectifs.

— Celle-ci te géolocalise et ensuite elle te dit combien de fumeries de crack ils ont fermées dans le quartier où tu es…

— Hé ! C'est pratique, ça.

— Et avec celle-là, tu peux prendre une photo de toi, puis ajouter des moustaches et des rouflaquettes pour avoir l'air d'une star du porno des années 1970.

— Je ne sais pas comment on faisait avant que ces trucs-là existent…

Officiellement, je n'habitais plus chez Gary et Linda. Au fur et à mesure que les semaines passaient, je m'y étais senti de moins en moins à l'aise. A présent, la grossesse de Linda était visible, ce qui indiquait au moins que la femme de Gary n'était pas juste une folle, victime d'une fixation sur les produits pour bébés.

« Gary, tu as parlé à Vaughan des nouveaux vêtements que j'ai achetés pour Bébé ?

— *Le* bébé… Non, je ne lui en ai pas parlé.

— Je lui ai acheté un gros pull. Sur le devant, il y a marqué "Ma Bouille".

— Et dans le dos "Maboul" ? »

C'était le jour où j'étais allé leur rendre mes clés. J'étais resté un bon moment sur le palier sans savoir si je devais m'immiscer dans la scène de ménage qu'on entendait à travers la porte d'entrée de leur appartement. J'avais attendu, dans l'espoir que les choses se calment, mais pour finir j'avais tellement froid que je m'étais glissé sans bruit à l'intérieur, me dirigeant sur la pointe des pieds vers la cuisine. Là, j'avais trouvé Gary, tout seul, qui écoutait une ancienne engueulade sur son iPod, tout en épluchant des pommes de terre.

« Salut, Gary ! Tu te fais un *best of* ?

— Ouais. 15 août de l'année dernière. Elle est intéressante, celle-là. »

Une Linda en pleurs hurlait dans des enceintes design qui avaient dû leur coûter un œil : « Tu ne me parles jamais de rien ! Dès que j'aborde un sujet, tu restes là sans rien dire… » à quoi Gary avait répondu, en criant, lui aussi : « Parce que, sinon, on s'engueule ! Tu ne veux pas que je te parle, tu veux que je sois d'accord avec toi… Tu ne cherches pas à entendre un point de vue différent, tu voudrais que je ressemble à tes amis, qui trouvent manifestement constructif d'encourager tous tes délires ! »

« Pas mal comme réponse, hein ? avait commenté Gary. En fait, je m'étais préparé à contrer ses arguments. C'est comme dans les débats à la présidentielle, il faut avoir travaillé ses réponses.

— Je croyais que l'idée, c'était d'éviter de s'engueuler ?

— Non. Dans un mariage, il y a des conflits. Sinon, quel intérêt de vivre à deux ? Les gens se tatouent *love* et *hate* sur les phalanges, tu vois ? L'amour sur une main et la haine sur l'autre. Ce sont les deux faces d'une même pièce.

— Je ne hais pas Maddy.

— Tu la haïssais avant que ton cerveau oublie tout ça. Tu la haïssais parce que tu l'aimais. C'est comme ça que ça marche.

— Mais pourquoi faut-il que ce soit l'amour et la haine ? Pourquoi pas "compromis" et "empathie mutuelle" ?

— On n'a pas assez de phalanges pour se tatouer ça... »

Gary habitait à cinq minutes à pied du pub – sauf si l'on prenait l'itinéraire proposé par l'application *Bar-Finder*, qu'il venait de télécharger. Pour ma défense, il faut se rappeler que, à l'époque où j'avais dit que je ne m'achèterais jamais de téléphone portable, tous les trucs utiles qu'on peut faire avec n'existaient pas encore. Gary et moi, on se servait de nos iPhone pour s'envoyer des SMS, des mails et pour aller sur Facebook, mais, étrangement, on ne s'appelait jamais.

De longues semaines s'étaient écoulées depuis ma dispute avec Maddy dans la voiture, et j'avais décidé de tirer le meilleur parti de cette liberté retrouvée en allant m'installer dans l'un des endroits les plus touristiques de la planète à cette période de l'année. Paris au printemps ? La Nouvelle-Angleterre à l'automne ? Ou Brixton en mars ?

— Alors, c'est classe, un palace à Brixton ? dit Gary en revenant avec deux bières.

— Très classe, bien sûr. Sauf qu'ils écrivent classe avec un « k » et palace avec deux « s »...

— Remarquable...

— Par contre, ce n'est pas cher, parce que je suis le seul client qui garde sa chambre plus d'une demi-heure. Toute la nuit, tu as une équipe de femmes de chambre qui changent les draps après chaque passe, à la vitesse des mécaniciens sur un stand de Formule 1...

— C'est peut-être un mal pour un bien ? Ça doit faire un moment...

— Quoi ?

— Que tu n'as pas tiré un coup. C'était quand, la dernière fois ?

— Je ne sais pas.

— Tu ne sais pas ?

— Non. Je n'ai aucun souvenir d'un rapport sexuel. Tout cela a totalement disparu de mon cerveau.

En entendant ça, Gary est presque tombé de sa chaise tellement il rigolait.

— Waouh ! T'as dû te sentir comme une merde ! a-t-il ajouté en riant de plus belle, à tel point que j'ai laissé tomber l'attitude souriante et désinvolte qu'on attendait de moi et que je suis resté là, à attendre qu'il se calme.

— Tu… tu sais ce que… ça veut dire ? a-t-il réussi à articuler, au bout de quelques minutes. Techniquement, tu es vierge !

Juste au moment où il prononçait ces mots, le juke-box s'est tu. Plusieurs clients du pub ont tourné la tête pour voir qui était vierge.

— C'est ridicule ! J'ai deux mômes.

— Quel rapport ? Tu es redevenu vierge. Tu n'as aucune idée de ce que c'est que faire l'amour à une femme. Donc, tu es vierge !

A l'évidence, Gary s'amusait bien. Il s'est mis à pianoter sur son téléphone pour repérer les bars sympas du coin.

— Qu'est-ce que tu fais ?

— Eh bien, mon vieux, on va fêter ça ! Ce soir, on va faire de toi un homme.

Avant de partir, Gary est allé aux toilettes, et en revenant il m'a fourré un petit sachet carré en papier aluminium dans la main.

— Qu'est-ce que c'est ?

— Une capote. Tu sais ce qu'on dit chez les scouts : « Toujours prêt ! »

— Non, je ne sais pas. Je n'ai jamais eu l'insigne « Louveteau en goguette »…

— Vas-y ! Prends-la ! Tu me remercieras plus tard ! C'est le genre d'occasion qui ne se présente qu'une seule fois dans la vie. La plupart des hommes de ton âge paieraient pour être à ta place.

Si je n'avais pas été aussi fatigué, je me serais peut-être défendu un peu plus, mais Gary affichait une certitude difficile à combattre. Je n'avais aucune intention de coucher avec une inconnue dès le premier soir, mais j'ai quand même accepté le cadeau et suivi Gary dehors, pour lui faire plaisir et voir si en rencontrant des femmes aussi sensibles et intelligentes que Maddy je ne parviendrais pas à surmonter mon coup de foudre fatal.

— Ça va ? Tu m'as l'air bien morose, pour un gars qui est sur le point de perdre sa virginité…

— Ouais… Je ne sais pas… Je crois que je commence à accepter tout ça. On dirait que l'ensemble de ma vie tenait sur deux piquets de tente, Maddy et Vaughan.

— Des piquets de tente ?!

— Oui, tu sais bien ! Tu te souviens de la vieille tente qu'on avait, qui tenait juste avec deux piquets ? Le reste pouvait partir dans tous les sens, tant que les deux piquets tenaient, la tente restait debout.

— Ouais… Eh bien, la nôtre a un genre d'arceau, alors je ne vois pas très bien de quoi tu me parles. Tu comptes aller camper ?

— Laisse tomber… Sans le piquet de Maddy, ma vie s'est effondrée : famille, argent, maison, boulot…

— Tu sais… m'a dit Gary après y avoir réfléchi un bon moment tout en marchant. Tu devrais pouvoir trouver un nouveau piquet sur eBay. Et de toute façon, tu n'as pas besoin de dormir sous la tente, mon vieux. Tu peux revenir chez nous quand tu veux.

Je l'ai remercié pour son soutien et la qualité de son écoute, en me disant que même s'il y fallait du temps et beaucoup de faux départs je finirais bien par trouver la femme idéale. Je me demandais juste si cela allait se produire ici, au Désir Secret, le club pour gentlemen qui venait d'apparaître devant nous. Face à moi, un néon bleu électrique dessinait la silhouette d'une jeune femme nue en train de se trémousser.

— Je ne peux pas entrer là-dedans. Qu'est-ce que Madeleine dirait ?

— Vaughan, c'est fini. Tu l'as dit toi-même. Ici, c'est juste pour te mettre dans le bon état d'esprit. Regarde l'affiche : « Des filles bien vivantes sur scène ! »

— Par opposition à des filles bien mortes ? Et de toute façon, tu as pensé à Linda ?

— Mais enfin, qu'est-ce que tu veux que Linda vienne faire dans une putain de boîte de strip-tease ?!

— Vous n'êtes que deux ? a grogné l'un des videurs au crâne rasé, devant l'entrée.

— Non. Je ne peux pas entrer là-dedans, ai-je repris à l'intention de Gary. C'est… sexiste.

— Sexiste ? Mais d'où tu sors ? Ce n'est plus du tout sexiste. Tu n'as pas vu cette danseuse qui en parlait l'autre jour à la télé ? Ça donne du pouvoir aux femmes… Ça leur permet de contrôler quelque chose que… que… A vrai dire, à un moment, j'ai arrêté d'écouter parce qu'ils ont zoomé sur ses seins et…

— Vous entrez, oui ou non ? a demandé une nouvelle fois le videur, de plus en plus agressif.

— Vous ne trouvez pas ça sexiste ? lui ai-je répondu.

— Bien sûr que c'est sexiste ! C'est même pour ça qu'on est là. Des filles sexy avec qui t'aimerais bien t'envoyer en l'air !

J'étais sur le point de me lancer dans une explication sur la nuance d'ordre sémantique entre ces deux termes, lorsque Gary m'a arrêté d'un signe de tête.

— Pourtant, a ajouté le videur, les filles ne s'intéressent pas à des mecs comme moi. J'ai acheté des fleurs à Olga, mais elle continue à rentrer chez elle dans la Porsche du proprio du club, ce salaud !

Subitement, il n'avait plus l'air aussi intimidant, alors, plutôt que de rester dans l'entrée à le consoler, j'ai suivi Gary à l'intérieur.

Quinze minutes plus tard, nous étions de retour sur le trottoir.

— Vaughan, espèce de crétin ! Mais qu'est-ce qui t'est passé par la tête ?!

— Je n'ai rien fait, je te le jure. J'essayais juste d'être poli...

— Pour commencer, tu n'es pas censé toucher les filles ! Tout le monde sait ça !

— Mais je trouvais ça grossier de ne pas lui tendre la main...

— C'est une boîte de strip-tease, pas une kermesse paroissiale ! Et tu ne dois pas non plus lui demander ce qu'elle fait dans la vie ! Tu le voyais bien ! Elle était devant toi ! Elle agite ses seins sous le nez d'hommes d'affaires en vadrouille. Voilà ce qu'elle fait dans la vie !

— Je suis désolé. Je n'ai pas l'habitude de rencontrer des femmes et je ne sais pas trop ce qu'il faut dire…

— Je n'arrive pas à croire que j'ai claqué tout ce fric pour te payer un salon privé et qu'au final tu nous as fait jeter dehors !

En effet, j'étais passé derrière un rideau de velours pour profiter d'un « tête-à-tête » avec une jeune Lituanienne, Katia. Elle ne portait qu'un string léopard, mais j'ai quand même réussi à la regarder dans les yeux pendant tout le temps que je suis resté, et j'ai appris un tas de trucs intéressants sur ses frères et sœurs, qui vivent toujours dans le port de la Baltique où elle a grandi.

— Et d'ailleurs, pourquoi elle pleurait en sortant du salon ?

— Je lui ai raconté mon histoire avec Maddy, les enfants et tout ça. Ensuite, je lui ai parlé de mon père à l'hôpital. Elle a trouvé ça très triste, et elle m'a dit que j'étais un homme bon et doux…

— Nom de Dieu ! Tu étais simplement censé mater ses seins !

— Tu ne vas pas t'y mettre aussi ! Katia dit qu'en Grande-Bretagne les hommes ne s'intéressent à elle que pour son physique…

— Elle est strip-teaseuse, bordel ! Pas conseillère municipale déléguée au respect de l'égalité des genres !

Gary tenait absolument à ce que sa mission ne se conclue pas par un échec, même si cela l'obligeait à écouter mes réflexions sur un futur tribunal de l'égalité des chances dans les métiers du strip-tease.

— Tu savais ça ? Les femmes ont le droit d'allaiter sur leur lieu de travail.

— Non, je ne savais pas…

— Eh bien, c'est le cas. Cette avancée est le fruit d'un long combat. Mais je me demande si ça marche aussi pour les strip-teaseuses…

— Mais qu'est-ce que tu racontes ?

— Si Katia décide d'avoir des enfants, le club a-t-il le droit de la mettre à la porte quand elle tombe enceinte ? Ou si elle amène son bébé sur son lieu de travail et qu'elle l'allaite sur scène ?

— Alors, c'est ça qui te branche ? Parce que je suis sûr qu'il y a des sites Web qui…

— Non ! C'est simplement qu'en voyant ces femmes nues qui dansaient je me suis mis à penser à la problématique du droit du travail…

— Waouh ! s'est exclamé Gary, mort de rire. Les hommes sont vraiment tous les mêmes !

Comme on pouvait s'y attendre, cette nuit-là, ma capote est restée dans son emballage, malgré les efforts acharnés de Gary pour revisiter ce cliché qu'il avait dû voir dans une centaine de films, où deux hommes repèrent deux femmes seules dans un bar et leur offrent un verre. Dans les six établissements où nous sommes allés, nous n'avons croisé qu'une seule paire de jeunes femmes non accompagnées de leurs amis ou maris. En fait, il s'est avéré qu'elles avaient rendez-vous avec un groupe de copains.

— Mais de toute façon, vous avez quel âge ? a lancé l'une d'elles à Gary.

— J'ai l'âge légal ! a-t-il répliqué du tac au tac, ce qui les a convaincues de continuer à discuter du roman ésotérico-réaliste qui les occupait, plutôt que de coucher avec deux inconnus qui avaient passé la quarantaine.

Toutefois, dès que j'ai échappé à Gary et à son envie de jouer les prédateurs par procuration, certaines femmes ont commencé à s'intéresser à moi. C'était le soir du dernier jour de classe, avant les vacances de Pâques. Pour une fois, j'avais accepté l'invitation de mes jeunes collègues à aller boire un verre après le boulot. Ils avaient toujours fait attention à ne pas se montrer indiscrets à propos de mon état de santé ; généralement, ils tentaient de faire comme si rien ne s'était passé. Mais, après quelques bouteilles de vin blanc, les femmes de mon groupe de collègues ont fini par me demander de quoi je me souvenais au juste.

— Eh bien, je ne me souviens pas de la raison pour laquelle je divorce, et pour être honnête, ça fait mal.

— Mon pauvre... Tu ne te rappelles pas ton enfance non plus ?

— Ça me revient par bribes. Je n'ai aucun souvenir de mes parents, de comment j'ai grandi ni de l'université.

— Tu fais peut-être un blocage parce qu'on a abusé de toi ? a fiévreusement demandé une prof de sciences qui s'installait souvent dans la salle des profs pour lire des études sur la précarité, avec des titres comme *Les Larmes silencieuses de l'enfant*.

— Euh, je ne crois pas.

— J'ai lu un truc là-dessus. Il s'agit d'un mécanisme d'autodéfense qui te permet d'oublier que des prêtres se sont servis de toi comme esclave sexuel, que tes beaux-parents t'enfermaient dans la cave pour te punir et te nourrissaient avec les restes de leur Yorkshire...

— Jane, tu ne voudrais pas la fermer une seconde, s'il te plaît ? l'a interrompue Sally, une prof d'anglais. Cela étant, ça ne doit pas être facile de n'avoir pas de passé. Ça implique que tu ne sais pas vraiment qui tu es dans le présent.

— Oui, tout à fait ! D'ailleurs, je pense qu'aucun de nous ne sait vraiment qui il est. On s'invente un personnage qu'on exhibe, en espérant que les gens vont l'accepter.

Pendant quelques instants, tout le monde a médité cette pensée profonde.

— Ou alors, a repris Jane, tu as connu la prostitution infantile...

— Ferme-la !

— En fait, Gary, un de mes amis, prétend que je suis vierge... parce que je n'ai aucun souvenir du moindre rapport sexuel ! ai-je lancé sans me douter de l'électrochoc que ma remarque allait provoquer.

— Comment ça ? Tu n'as pas eu de rapport sexuel depuis ton amnésie ?

— Eh bien, non... Ma femme et moi, on ne vit plus ensemble.

— Et il ne te reste aucun souvenir... d'avant ?

— Non. C'est le vide total !

Tout d'un coup, ce détail fascinant avait fait de moi l'homme le plus désirable de l'hémisphère Nord. La moindre pointe d'humour de ma part provoquait l'hilarité générale, on trouvait mes anecdotes fascinantes et, dans l'heure qui a suivi, ces femmes resplendissantes profitaient de la plus petite occasion pour me presser l'épaule et flirter avec moi.

Elles remplissaient mon verre à tour de rôle, buvaient littéralement mes paroles tandis que je leur décrivais ma semaine à l'hôpital, à l'époque où je ne savais même pas comment je m'appelais. Je leur ai raconté que je ne me souvenais ni de mes amis ni de ma famille et que, de but en blanc, j'avais découvert l'échec de mon mariage et l'agonie de mon père.

— Oh ! Viens là que je te serre contre moi ! s'est exclamée Jennifer.

Elle s'occupait d'enfants au développement tardif, parmi lesquels elle devait probablement me compter, vu qu'elle m'a passé la main dans le dos bien plus longtemps que ne l'exigeait la simple gentillesse.

— Oui, tu as désespérément besoin d'un câlin, a ajouté Caroline, qui enseignait le cinéma et le théâtre au collège, mais qui envisageait de s'orienter vers les cours du soir pour adultes, manifestement dans les plus brefs délais.

J'appréciais le traitement de star et l'attention sans faille dont toutes ces femmes me gratifiaient, même si la promiscuité avec ces membres du sexe opposé me semblait étrange, voire un tantinet effrayante.

— Je n'ai gardé aucun souvenir de ma mère…

Câlin.

— J'essaie de reconstruire une relation avec mon père à partir de rien, alors qu'il gît mourant sur son lit d'hôpital…

Câlin.

— Et, euh… J'ai dû réapprendre tous mes modules avant de pouvoir faire cours aux élèves de terminale.

Ça leur a paru moins grave, mais j'ai quand même eu droit à un énième câlin.

En raison de la topographie du pub et de la persévérance d'une de mes collègues, j'ai fini par me retrouver seul à seule avec elle et, quelques verres plus tard, je me suis dit qu'on allait peut-être passer la nuit ensemble. Elle s'appelait Suzanne. C'était une Australienne brune, grande et fine, la trentaine, qui travaillait dans les départements d'éducation physique et de théâtre du collège. Par le passé, elle avait été danseuse, ce qui perçait encore dans son port impeccable et son penchant pour les collants de laine. A l'endroit où d'autres femmes ont des courbes plantureuses, le bustier de Suzanne dévoilait un sternum tellement osseux qu'on avait envie de le toucher pour vérifier s'il était aussi dur qu'il en avait l'air.

Au début de la soirée, elle m'avait déjà paru attirante, mais après plusieurs pintes et une bouteille de vin j'étais beaucoup mieux à même d'apprécier sa beauté stupéfiante. Plus elle me parlait, plus j'étais convaincu qu'il fallait que je couche avec elle le soir même. Elle a commencé à m'aguicher en me racontant comment elle avait mis en place une licence de danse pour les élèves qui n'avaient pas leur bac. Plus tard, le récit des manigances dont elle avait été victime lorsqu'elle avait voulu obtenir le poste de directrice adjointe – elle en a profité pour me faire part de son curriculum – m'a semblé carrément érotique.

— Tu m'as dit que tu voulais aller à Greenwich Market dimanche prochain, ai-je remarqué. Au bureau, j'ai un guide touristique que je pourrais te prêter, si tu veux !

— Mais j'ai déjà un guide ! a-t-elle répondu un peu trop vite, se maudissant aussitôt de ne pas avoir compris que ce n'était qu'une excuse pour sortir ensemble du pub.

— Oh… ai-je dit, apparemment vaincu dès le premier obstacle. Euh… mais mon guide, c'est un guide à spirales. Du coup, tu peux le garder ouvert à la bonne page…

— Ah ! Un guide à spirales ? Le mien n'en a pas, et pourtant, c'est vrai que ça serait drôlement pratique…

— Oui, ça t'évite de mémoriser le numéro de la page… ai-je insisté, comme s'il s'agissait là d'une tâche insurmontable.

— Surtout qu'ensuite il faut encore ouvrir le guide, chercher la page, et tout ça… Ça peut franchement devenir pénible !

Le silence s'est installé, le temps qu'on réfléchisse à comment régler notre second problème. Je me suis concentré au maximum.

— En fait, mon bureau est un vrai foutoir, alors je vais peut-être avoir un peu de mal à le retrouver. Si tu veux, tu pourrais finir ton verre avec les collègues de ton département et on se retrouve au collège dans dix minutes, d'accord ?

Les deux gardiens, Kofi et John, étaient habitués à voir les professeurs aller et venir à toute heure, que ce soit pour prendre des copies ou répondre à leurs mails. Ils n'ont donc rien trouvé d'inhabituel à ce que je me présente au collège peu avant minuit, et se sont montrés amicaux et respectueux, sans aller toutefois jusqu'à laisser un membre de l'équipe pédagogique les distraire de leur activité principale : rester toute la nuit derrière leur comptoir à lire des tabloïds.

— Bonsoir, Kofi, bonsoir, John !
— Bonsoir, monsieur Vaughan !

— Vous travaillez trop, monsieur !
— Ah ! Boulot, boulot, boulot ! Je suis passé prendre un truc... Je n'en ai pas pour longtemps.

J'ai utilisé mon badge électronique pour franchir la porte principale, puis je me suis dirigé vers l'escalier. Ma présence ici à cette heure tardive me semblait un peu illicite. L'endroit ne m'avait jamais paru si calme, le personnel d'entretien était rentré chez lui, et les lumières, en veilleuse, émettaient un ronflement grave que je n'avais jamais remarqué dans la journée. Je suis entré dans les toilettes du personnel pour me passer une serviette humide sous les aisselles et un peu d'eau dans les cheveux. En me regardant dans le miroir fêlé, j'étais à la fois excité et anxieux. C'était peut-être aujourd'hui, le grand soir.

J'ai attrapé le guide dans un tiroir de mon bureau, un guide qui allait me conduire à ma première expérience sexuelle : tu suis le chemin des mots aux caresses, tu continues jusqu'aux baisers et, finalement, tu arrives tout droit au... A ce moment-là, je me suis aperçu que je n'avais pas la moindre idée de comment on passait à l'étape suivante. Est-ce que j'allais être bon ? Allait-elle me trouver ridicule ? Il valait peut-être mieux alléguer une excuse et laisser tomber... Le bip d'un SMS m'a fait sursauter. J'avais les nerfs en pelote. Le message disait : *HT du vin. Suis dans réserve Gym. S.x*

Je me suis mis à trembler de tous mes membres. Elle avait signé « S.x ». J'avais bien l'impression que ça me rappelait quelque chose. Ça changeait tout. Subitement, on m'avait volé le trajet de retour jusqu'à chez elle, le temps de préparation qui mène à l'instant fatidique. Suzanne avait ouvert la réserve et m'attendait dans une salle qui sentait la sueur et le caoutchouc. J'allais perdre ma virginité dans un gymnase, comme un de ces lycéens qui jouent au foot dans les films américains pour ados.

La porte était entrouverte. Assise en tailleur sur une pile de tapis de sol, Suzanne m'attendait avec une bouteille de vin rouge et deux gobelets, au milieu d'un fatras de cages de handball, de tables de ping-pong, de panneaux de basket, de haies, de maillots et de ballons de toutes les couleurs. Sa pose était d'un grand naturel, comme celle d'une statue bouddhiste ou d'un professeur de yoga, alors que mes membres dégingandés refusaient de se plier : plus j'essayais d'avoir l'air cool, plus ils se tétanisaient. J'ai fini par me percher sur un petit banc pour écluser mon vin, tandis que nous faisions semblant d'avoir une conversation.

— Ça va, Vaughan ?

— Oui, très bien ! Pourquoi ?

— Ta jambe gigote toute seule.

— Oh, excuse-moi. J'arrête. Tu veux un peu plus de vin ?

— Non, merci. Je n'ai pas encore fini mon premier verre.

— Je suis sûr que le règlement dit quelque chose à propos du personnel qui vient boire dans le gymnase après minuit, ai-je lancé pour plaisanter.

— Qui le saura ? Kofi et John ne sortent de derrière leur comptoir qu'en cas d'incendie et de toute façon je peux verrouiller la porte ! s'est-elle exclamée en haussant le sourcil de façon suggestive avant de joindre le geste à la parole.

J'ai peut-être laissé échapper un léger soupir, mais le Rubicon n'était pas encore franchi. Pour l'instant, nous ne faisions que discuter : deux collègues qui s'étaient rencontrés au pub et qui, à minuit passé, s'étaient enfermés dans la réserve du gymnase pour boire un verre en tout bien tout honneur.

— C'est incroyable ! Quand on pense que tu n'as aucun souvenir de rapport sexuel ! a-t-elle gloussé en me regardant droit dans les yeux.

— Oui, mais tu sais, à la piscine, j'ai plongé et j'ai tout de suite su nager. Pareil pour le vélo…

— D'accord… Alors tu sais nager, conduire et tout ça ?

— En fait, non. J'ai essayé de conduire, mais j'ai détruit le muret de mon voisin…

A son éclat de rire un peu dément, je me suis rendu compte qu'elle était bien plus éméchée que moi.

— Je devrais peut-être te donner quelques cours de conduite ?

— Euh… Je pense qu'il vaut mieux que je m'adresse à un vrai moniteur, avec les doubles commandes et tout… Oh, je vois, pardon…

J'ai été obligé de me taire lorsqu'elle m'a embrassé à pleine bouche. Elle avait une odeur très particulière, comme si on avait déménagé le stand d'une parfumerie dans un pub. Ses lèvres exploraient les miennes. Je sentais les effluves de sa laque. Soit elle en mettait trop, soit elle s'était mise à en boire quand le pub s'était trouvé à court de vodka.

Bon, on y est, me suis-je dit. Ça doit être une des étapes obligées.

Combien de femmes avais-je déjà embrassées comme ça dans ma vie précédente ? Gary m'avait donné l'impression que de nous deux c'était moi le timide, et qu'à l'université, déjà, j'étais loin de rivaliser avec ses propres talents de séducteur. Ensuite, lorsque j'avais rencontré Maddy, je n'avais plus regardé les autres femmes.

Finalement, j'ai interrompu notre baiser, comme s'il fallait absolument que je boive une gorgée de vin. J'avais fait de mon mieux, mais je n'avais pas pu éviter de penser à Maddy. Le corps de cette femme était tellement différent de celui de la mère de mes enfants. Et je savais bien lequel je préférais. Le corps de Madeleine était plus doux que celui d'un homme. Elle avait de la poitrine, des courbes aux hanches et une longue tignasse rousse. Alors j'ai fait une chose dont je ne suis pas fier. Quand Suzanne a de nouveau approché son visage du mien, j'ai imaginé qu'il s'agissait de Madeleine. J'ai fermé les yeux, je l'ai embrassée avec plus de fougue, l'attirant contre moi. Suzanne a laissé échapper un grognement, comme pour approuver que je m'y mette enfin. Je l'ai prise dans mes bras pour l'embrasser avec passion, comme si elle était cette femme avec qui j'avais décidé dans une autre vie que tout était fini.

Quand elle a glissé la main sous ma chemise, j'ai senti les doigts de Maddy me caresser le dos, son autre main m'ébouriffer tendrement. A présent, ses lèvres semblaient plus douces, sa peau plus sucrée… De nouveau, j'ai tenté de m'ôter Maddy de l'esprit. Ce soir, ma mission consistait à perdre ma virginité. Je m'étais assigné ce but, comme on décide de courir un marathon ou de gravir une montagne. Il fallait que je reste concentré sur mon objectif, même si je ne me sentais pas très à l'aise. Malgré l'accumulation des indices, je n'osais toujours pas croire que j'allais y parvenir, et un sentiment d'excitation me gagnait chaque fois que je franchissais une étape. J'ai passé la main dans son dos et lorsque j'ai buté contre le mystérieux mécanisme de fermeture de son soutien-gorge, elle m'a suggéré de la « mettre plus à l'aise ».

Dégrafer un soutien-gorge ! Je n'étais jamais allé aussi loin, c'est sûr ! J'avais virtuellement accès à ses seins ! Elle ne s'est pas mise à crier, à tenter de s'enfuir ou à me donner des gifles. En fait, elle était même d'accord. Son fermoir avait trois agrafes, dont l'une semblait irrémédiablement coincée dans une maille. J'ai continué à l'embrasser en dépit de ce problème insoluble, au bout de mon bras gauche, problème qu'il m'a pourtant fallu admettre quand je l'ai pincée si fort qu'elle a sursauté.

— Aïe ! Mais qu'est-ce que tu fais ?

— Excuse-moi ! Désolé ! C'est un des petits crochets qui est coincé…

— Eh bien, tire dessus. Ce n'est pas grave si tu le déchires.

J'ai donc fermement tiré dessus, mais ce soutien-gorge était plus costaud que moi.

— Attends une seconde. Je pourrai sûrement régler ça si je retrouve mes lunettes…

Le temps de les attraper et de me pencher sur le fermoir tel un horloger d'autrefois sur le mécanisme d'une montre de gousset, la tension sexuelle est bigrement retombée.

— Voilà ! Je l'ai eu, ce vilain !

Cependant, j'avais peur de paraître superficiel si je me jetais immédiatement sur ses seins, alors j'ai laissé pendre l'attache dans son dos et je me suis remis à l'embrasser dans l'espoir de reconstruire l'ambiance.

Son manque d'inhibition me surprenait. Elle a déboutonné ma chemise sans effort pour me caresser le torse et, à chaque étape, elle semblait en avance sur moi.

D'un geste adroit, elle a enlevé son bustier et son soutien-gorge, puis m'a ôté ma veste et ma chemise. A présent, je voyais ses seins. Nous nous connaissions à peine, mais cela ne semblait lui poser aucun problème de me montrer sa poitrine. J'ai tendu une main hésitante pour les toucher, comme un enfant pendant la guerre devant un fruit exotique qu'il n'aurait jamais vu et dont il ne saurait trop comment s'approcher. Elle s'est débarrassée de ses collants en se trémoussant et je me suis dit que je devrais faire de même avec mon pantalon. Mais mes sous-vêtements ? Après tout, elle ne voulait peut-être pas aller plus loin et moi, je n'avais pas envie de passer pour un pervers qui s'exhibe dans les réserves des gymnases.

— Tu en as apporté ? m'a-t-elle tout à coup demandé.

— Euh, j'ai du vin dans mon sac, mais comme tu avais déjà une bouteille…

— Non… Une capote. Tu as une capote ?

Indubitablement, on y était. J'allais vraiment avoir un rapport sexuel.

— Oh oui… Excuse-moi ! J'en ai une dans mon portefeuille, ai-je dit en fouillant mes poches pour retrouver le petit sachet que Gary m'avait donné quelques jours auparavant. Mais ça ne veut pas dire que je m'attendais à ce que tu aies des rapports sexuels avec moi, et que c'est pour ça que j'avais mis une capote dans mon portefeuille…

— Quoi ?

— Je ne voudrais pas que tu croies que je pensais qu'on allait faire l'amour et que c'est pour ça que j'avais…

— Mais on s'en fout ! Dépêche-toi, mets-la !

— Très bien.

J'ai tenté d'ouvrir le sachet. Comme je n'y arrivais pas, je m'y suis attaqué avec les dents et, lorsqu'il s'est déchiré, j'ai senti le goût du lubrifiant stérilisé du préservatif. Une fois que je l'ai eu dans la main, je n'ai pu m'empêcher de trouver tout cela profondément pathétique.

Tout ça pour ça, ai-je pensé. Pour un bout de plastique ratatiné ?

Cependant, mon dédain traduisait surtout un début de panique. Les élèves de troisième venaient d'avoir un cours d'éducation sexuelle sur la façon d'enfiler une capote, mais je m'étais dit qu'on trouverait bizarre que j'y assiste.

Finalement, après que j'ai tant bien que mal revêtu la chose, Suzanne et moi avons commencé nos ébats. Elle s'est allongée devant moi, j'étais prêt à lui faire l'amour. Cela dit, « l'amour » est un bien grand mot, car même si je l'aimais bien, je la connaissais à peine. Au fond, j'étais plutôt prêt à « l'aimer bien ». La pile de tapis de sol sentait le caoutchouc humide, un vieux chewing-gum était collé sur celui du dessus. Alors, à la suite de quelques mouvements maladroits, je suis redevenu un homme. Ce poème de Rudyard Kipling qui se termine par « Tu seras un homme, mon fils » aurait vraiment dû parler de ça aussi, me disais-je tout en me concentrant sur ma performance, dont l'aboutissement serait à marquer d'une pierre blanche. Enfin, j'y étais !

— Waouh ! Ralentis un peu, Vaughan ! Ce n'est pas une course !

— Excuse-moi... C'est mieux comme ça ?

— Doucement, tranquillement... C'est bien.

J'ai ressenti une énorme gratitude envers cette femme expérimentée, de dix ans ma cadette. Elle me dévoilait tous les bons plans. A l'évidence, notre histoire était assez personnelle : je la connaissais à peine, et pourtant nos deux corps dénudés s'emboîtaient dans l'intimité d'une chambre des secrets.

J'ai fait de mon mieux pour procéder lentement, pour me montrer attentif et prévenant, en prenant soin de stimuler avec tendresse diverses parties de son anatomie, bien que Suzanne n'ait probablement jamais considéré que son coude était une zone érogène. J'avais trouvé mon rythme, je sentais que j'étais aux commandes. Malheureusement, mon pied s'est emberlificoté dans le filet d'une des cages de handball posées contre le mur. Je n'allais pas me laisser arrêter par ce genre de détail ! J'étais en train de faire l'amour ! C'est à ça que ça ressemblait ! Mon pied restait prisonnier, malgré tous mes efforts pour le libérer. En levant les yeux, j'ai constaté qu'il était complètement pris dans le filet et je me suis demandé si je devais laisser tomber ou effectuer une dernière tentative… J'ai regardé Suzanne ostensiblement, puis j'ai tenté de reprendre mon pied en tirant un grand coup. Soudain, la cage métallique a oscillé et s'est écrasée sur le sol dans un fracas assourdissant.

— Mon Dieu, qu'est-ce que c'était ?! a crié Suzanne en bondissant pour éviter de se faire écraser par les barres de métal, alors que de mon côté j'étais terrifié de la voir s'éloigner.

— Excuse-moi ! Excuse-moi ! Mon pied s'était pris dans le filet ! Désolé ! Je t'ai fait peur ?

— Tu penses qu'ils ont entendu le bruit, à l'accueil ?

— J'en doute. D'habitude, ils écoutent la radio. On continue ?

— Elle était allumée, leur radio ? Je n'ai pas l'impression…

— Ça n'a pas fait tant de bruit que ça, ai-je alors affirmé, malgré le tintement dans mes oreilles et l'impression que mes tympans saignaient. On reprend là où on en était ?

Cependant, la magie avait disparu. Si, quelques minutes plus tôt, l'alcool rendait Suzanne provocante et téméraire, maintenant, il provoquait chez elle une grosse paranoïa. Quant à moi, j'étais plus que déçu de la voir se rhabiller.

— On risque gros ! s'est-elle subitement exclamée. D'un point de vue professionnel, je suis responsable du matériel stocké ici, a-t-elle ajouté.

J'avoue que ça m'a paru cocasse, venant de quelqu'un qui, il y a quelques instants à peine, exerçait cette responsabilité en faisant l'amour sur les matelas…

Ça s'est donc terminé avant que j'aie fini. J'avais vu un film interdit aux moins de dix-huit ans, mais j'avais dû partir avant la fin. C'est comme si j'avais tiré sur un pétard, mais sans avaler la fumée. J'avais appris à mettre une capote, mais n'avais pas eu le temps de m'en servir. Cela dit, il valait peut-être mieux ne pas la garder pour la fois d'après. Du coup, je l'ai cachée dans un mouchoir que j'ai mis dans la poche de ma veste. J'avais eu un rapport sexuel avec une femme, mais pas d'orgasme. Est-ce que ça comptait quand même ? Est-ce que cela suffisait pour être admis dans l'âge adulte ? Oui ! Absolument ! J'avais ouvert le score, j'avais perdu ma seconde virginité. Désormais, je pouvais regarder Mick Jagger dans les yeux.

On s'est rhabillés tous les deux, sans même prétendre qu'on passerait la nuit ensemble ou quoi que ce soit d'aussi mélodramatique. Elle m'a proposé de partir le premier, pendant qu'elle rangerait la réserve. Dix minutes plus tard, elle sortirait à son tour, pour que les types de l'accueil ne se doutent de rien. Je l'ai embrassée sur la joue en la remerciant, certainement un peu trop. En me dirigeant vers la sortie, je me sentais dans la peau d'un super-héros. Un ballon de football traînait sur le parquet au milieu du gymnase… J'ai pris un ou deux pas d'élan et j'ai tapé dedans de toutes mes forces. Le ballon a suivi une trajectoire curviligne parfaite et est allé nettoyer la lucarne. J'ai levé les deux bras en signe de victoire, en hurlant : « Buuuuuuuuut ! »

J'étais très content de moi. J'étais le coq de la basse-cour, le roi du monde, l'homme qui valait trois milliards. Je ressentais toujours une certaine fierté en souhaitant bonne nuit à Kofi et John, qui m'ont paru un peu bizarres, les yeux rouges, comme s'ils avaient pleuré… ou ri, peut-être. C'est alors que j'ai aperçu sur un petit moniteur vidéo l'image en noir et blanc de Suzanne en train d'enfiler son manteau dans la réserve. En me faufilant dehors, je les ai entendus éclater d'un rire tonitruant.

18

Lorsque Maddy en avait marre de la ville, elle s'achetait *Coastal Living*, un de ces magazines de déco pleins de belles demeures qui s'offrent sur chaque page de façon presque obscène. On y voyait des cottages blanchis par le soleil, où la table de la cuisine n'était décorée que d'un bouquet de salicorne fraîchement cueillie ou d'un coquillage très artistique et où, vêtus de marinières, des enfants couverts de taches de rousseur mangeaient du pain complet à côté d'un vaisselier bleu pâle.

Je me demandais si l'on ne devrait pas créer un magazine pour vanter le style de vie qui était à présent le mien. *Vaughan partage son temps entre sa confortable chambre au Streatham Palasse Hotel et la salle d'eau attenante, où il cultive un large assortiment de moisissures noires et vertes sur le tapis de bain antidérapant. « J'adore ma vie dans ce petit hôtel du sud de Londres, principalement fréquenté par des prostituées, nous confie Vaughan, 39 ans. De ma fenêtre crasseuse au quatrième étage, j'ai une vue splendide sur les extracteurs de fumée du kebab d'en face. » Vaughan affirme que l'absence de cuisine et de buanderie l'aide à garder une vie simple, et il aime à se souvenir des différents repas à emporter dont il a profité, en empilant leurs emballages un peu partout dans la pièce.*

Je m'étais imaginé que les vacances de Pâques seraient une vaste plage de temps libre pendant laquelle j'aurais tout loisir de corriger mes copies, de préparer mes leçons et de mettre à jour mes tâches administratives, tout en passant des moments privilégiés avec les enfants ou en allant voir mon père à l'hôpital. Ce n'est qu'en émergeant d'entre les draps pouilleux de mon lit, le mercredi après-midi, que j'ai admis que j'allais peut-être laisser passer cette opportunité. Mes bonnes intentions présupposaient une énergie et un enthousiasme qui s'étaient mystérieusement évaporés de mon existence. Mon ordinateur portable et mon mobile n'avaient plus de batterie depuis longtemps. J'aurais facilement pu les remettre à charger, si mes propres batteries n'avaient pas elles-mêmes été à plat.

Le mercredi, j'étais aussi mal rasé que la veille, comme si ma barbe de trois jours se foutait – elle aussi – de tout. J'avais l'air tellement malsain que j'ai décidé de manger des légumes, alors j'ai commencé à fouiller les vieux emballages pour retrouver le sachet de salade accompagnant le *chicken tikka* que j'avais commandé le dimanche soir.

J'ai rallumé la télévision, en zappant sur les chaînes d'info en continu, mais l'actualité tournait en boucle. J'ai regardé un bout de programme, une émission américaine qui présentait un couple obligé de divorcer depuis qu'ils avaient découvert qu'ils étaient frère et sœur. Maddy et moi n'avons jamais eu ce problème, du moins pas que je sache… Si Jean se révélait être ma mère, je crois que ça m'achèverait.

Comme toujours, je n'occupais qu'une moitié du lit double. Il y a peu, je m'étais rendu compte que je préférais instinctivement le côté gauche du matelas, et que moi et mon subconscient, nous laissions l'autre inoccupé. Cependant, le bout de papier que je tenais à présent entre les mains allait probablement balayer ce genre de considérations.

J'avais déjà accepté de vive voix les termes de ce document légal. Je n'avais plus qu'à apposer devant témoins ma signature aux bons endroits puis à le renvoyer à l'adresse indiquée sur l'élégante enveloppe obligeamment fournie, et mon mariage serait officiellement de l'histoire ancienne. J'en avais pour très exactement cinq secondes, mais, au cours des quatre jours d'inaction totale que je venais de passer, je n'avais pas trouvé le temps de m'y mettre. J'avais posé le formulaire sur ma table de chevet branlante, puis j'ai subitement décidé de le cacher dans le fatras à l'autre bout de la chambre, hors de ma vue. Ce n'était pas tant le fait de mettre fin de façon formelle à mon mariage qui m'arrêtait, mais plutôt l'humiliation supplémentaire de devoir demander à un témoin d'assister à cet acte.

J'avais envisagé de solliciter le propriétaire du Palasse Hotel, un gros bonhomme originaire de l'ancienne république soviétique du Chaipakoistan, mais j'avais l'impression qu'il m'en voulait un peu, parce que j'avais le mauvais goût de passer toute la nuit dans une chambre que j'avais payée pour la nuit... Chaque fois que je le croisais, je me sentais coupable de ne pas avoir vidé les lieux quinze minutes après mon arrivée. J'aurais aussi pu solliciter une des femmes qui fréquentaient régulièrement l'établissement.

Profession du témoin : Prostituée. Ça ferait bien sur les documents du divorce.

A travers les cloisons, j'entendais les gens faire l'amour, ce qui n'améliorait guère mon état dépressif. De temps à autre, je repensais à la réserve du gymnase, mais l'incident m'avait laissé une sensation de vide. L'expérience physique de ce soir-là revêtait moins de signification que les souvenirs de rapports sexuels avec Maddy, qui m'étaient revenus. Ce n'est pas tant qu'ils fussent érotiques ou excitants, mais avant de les récupérer j'avais l'impression que mon mariage avait sombré sans être consommé.

Je me suis souvenu que Maddy parlait pendant l'acte sexuel. Pas comme dans les fantasmes masculins – elle ne se mettait pas à gémir, extatique, en lançant des « Oh ! C'est extraordinaire ! Oh oui ! Oh oui ! »... Ce n'était pas vraiment son style. Dans le souvenir qui avait resurgi, nous étions dans les derniers élans d'un rapport... Couché sur Maddy, je grognais et grimaçais lorsqu'elle a subitement dit : « Oh, il ne faudra pas oublier de remplir les papiers pour le voyage scolaire de Dillie... »

Elle faisait souvent cela. Au moment où je me l'imaginais totalement consumée par l'ardeur de ce moment intime, elle me confiait qu'elle avait pris rendez-vous pour laver la voiture, ou se demandait si elle ne ferait pas mieux d'aller chez le pédicure lundi plutôt que mercredi. Je ne pense pas qu'on entende très souvent ce genre de répliques dans les films porno : un prof de gym aux muscles huilés enchaîne des positions athlétiques avec une blonde peroxydée et siliconée, qui juste avant l'orgasme lui dit : « Oh non ! Ça me fait penser que j'ai oublié d'envoyer une carte à maman pour son anniversaire ! »

Cela étant, je suppose que ce que Maddy voulait vraiment me signifier, c'est qu'elle se sentait très à l'aise avec moi, qu'elle me connaissait vraiment, vraiment bien. On était habitués l'un à l'autre, complètement au fait de nos bizarreries et idiosyncrasies respectives, comme les deux arbres qui avaient poussé côte à côte dans notre jardin, entremêlant leurs troncs au fil des décennies, s'adaptant l'un à l'autre et se soutenant.

C'est alors qu'un autre souvenir m'est revenu. Une dispute qui avait commencé parce que Maddy voulait jeter un rideau de douche à la poubelle, tandis que je prônais un simple nettoyage.

— Un simple nettoyage que je suis censée faire, j'imagine. Parce que ça ne te viendrait jamais à l'esprit de passer un coup d'éponge sur le rideau de douche...
— Mais un rideau de douche, c'est propre. Ça prend une douche tous les jours...
— Oui, la douche aussi ! Tu avais dit que tu nettoierais la douche, alors pourquoi pas le rideau ?
— Parce que j'ai oublié, d'accord ? J'ai oublié de nettoyer le rideau quand j'ai fait la douche. J'ai oublié, comme toutes ces autres choses dont tu ressasses sans cesse que Vaughan passe son temps à les oublier...

Mais ce n'était pas le véritable sujet de la dispute. En fait, il s'agissait aussi de sexe. La veille, je lui avais proposé de faire l'amour, et elle avait refusé. Cela faisait plusieurs semaines que nous ne nous touchions plus, je me sentais frustré et en colère.

— *Tu te focalises sur une petite tache de crasse sur le rideau de douche, mais jamais sur ton mari, dis-je, déterminé à ajouter un filet d'huile sur le feu.*
— *Quoi ?!*
— *Une petite tache de moisissure a plus d'importance à tes yeux que ton propre mari.*
— *Pourquoi es-tu aussi ignoble ?*
— *« Oh ! regarde ! Le bouchon du dentifrice a disparu parce que Vaughan a oublié de le remettre en place ! » Alors je me précipite vers le dentifrice et je replace ostensiblement le bouchon. « Oh ! le couvercle des toilettes est levé, parce que Vaughan a oublié de le rabattre ! » Alors je rabats le couvercle, mais toi, tu oublies que tu as un mari !*

J'ai pu restituer l'époque de cette dispute, environ un an avant notre séparation. Je me suis mis à ruminer tout cela dans ma tête, ressentant une certaine honte de voir que ma frustration sexuelle s'était transformée en colère, d'une façon aussi violente. Cependant, avec le recul, je comprenais que le sexe est un élément si important pour la cohésion d'un couple qu'on ne devrait pas confier cela aux seuls époux. Des gens viennent contrôler l'alarme de la maison ou les serrures, on va chez le médecin faire un bilan de santé, ou encore chez le dentiste, on contacte un plombier pour s'assurer que la chaudière à gaz fonctionne correctement... Il faudrait que la mairie envoie quelqu'un vérifier que les couples mariés honorent leurs serments au moins une fois par semaine. « Hmm... Je vois là une interruption de quinze jours en début de mois... Je vais être obligé de le signaler, et vous allez recevoir un courrier officiel vous informant des dangers qu'entraîne la négligence en matière de rapports sexuels. »

Il fallait que je signe les documents envoyés par les avocats de mon ex-femme. Je devais bien cela à Maddy. Avant de ressortir en public, j'ai mis mes chaussures, enfilé ma veste et vérifié dans un miroir de quoi j'avais l'air. Du coup, j'ai enlevé mes chaussures et ma veste pour prendre une douche et me raser. J'en ai même profité pour rincer le rideau.

Mes concitoyens semblaient ne pas remarquer mon retour à la civilisation : les consommateurs faisaient leurs courses en m'ignorant, les banlieusards se concentraient sur leur trajet, indifférents à cet homme esseulé qui déambulait sans but précis dans la grand-rue. Cela me rappelait l'époque où je cherchais encore ma véritable identité… un sentiment d'exclusion, comme si tout le monde connaissait son rôle alors qu'on ne m'avait pas fait lire le scénario. Cependant, j'avais glissé dans la poche de ma veste le certificat de décès de mon mariage, que je m'étais promis de poster. Je repassais dans ma tête toutes les personnes susceptibles de faire office de témoin, mais je me refusais à admettre mon échec devant n'importe lequel de mes amis.

Au bout de trois kilomètres, je me suis retrouvé devant la porte de la seule personne à qui je pensais pouvoir demander cela. Je n'étais jamais venu jusqu'ici, mais j'avais mémorisé son adresse à l'époque où je travaillais dans les bureaux du collège. Suzanne a semblé surprise et un peu inquiète de me voir.

— Vaughan ! Mais qu'est-ce que tu fous là ?

— Excuse-moi de ne pas t'avoir appelée. Mon portable est à plat. Je suis venu te demander un service…

— Euh… ça ne tombe pas très bien… a-t-elle dit en jetant un coup d'œil derrière elle.
— Qui c'est ? a demandé une voix bourrue.
— Juste quelqu'un du collège !

Malgré notre gêne évidente, je suis parvenu à la persuader que cela ne nous prendrait que quelques minutes. Elle m'a fait entrer en douce dans la cuisine, où je lui ai montré les documents du divorce pour qu'elle les signe en tant que témoin. Le service que je lui demandais l'a mise encore plus mal à l'aise.

— Vaughan, a-t-elle murmuré. Je ne veux pas que tu divorces à cause de ce qui s'est passé l'autre soir…
— Ne t'inquiète pas, j'allais divorcer, de toute façon.
— Tu sais, Brian et moi, on est très heureux. Je ne vais pas le quitter pour toi, juste comme ça, à cause d'une aventure sans lendemain…
— Non, vraiment, je t'assure. J'ai simplement besoin d'un témoin, et comme je passais devant chez toi…
— Tu ne vas en parler à personne, hein ? a-t-elle dit avec un coup d'œil angoissé vers le salon, où Brian était en train de regarder une émission de bricolage. J'étais saoule, tu étais saoul, et tout ça ne voulait strictement rien dire, tu le sais ?

Elle a gribouillé une signature à la hâte. C'était à peine lisible, mais cela suffirait.

Devant la boîte aux lettres, j'ai vérifié plusieurs fois que l'enveloppe était bien fermée, que les timbres n'allaient pas se décoller. Puis, au cours d'une brève cérémonie privée, l'Avenir a capitulé sans conditions devant le Passé et j'ai glissé l'enveloppe dans la boîte.

Plutôt que de rentrer à mon hôtel lugubre, j'ai pris un journal gratuit pour aller m'installer dans une brasserie de la grand-rue. La carte du pub était rédigée dans un style graphique de l'époque shakespearienne. Cela fonctionnait très bien pour « Bières et hydromels » ou « Mets délicats », moins pour « Sports en TV HD ». Même sans le son, on ne pouvait faire abstraction de l'énorme écran, où les présentateurs silencieux proposaient des images aussi peu en phase que possible avec les chansons qui sortaient du juke-box. Des inondations au Bengladesh servaient de clip à Lady Gaga, les restes d'une explosion sur une route afghane ajoutaient un peu de pathos à la ballade que chantait le dernier vainqueur de *X Factor*. Un bandeau défilant indiquait les variations des marchés financiers ou les résultats des matchs de la Ligue Europa. Tandis que je finissais mon troisième paquet de grattons, un couple est entré dans le pub en se donnant la main ; cet étalage ostentatoire de leur promiscuité sexuelle m'a paru dégoûtant.

Dans les toilettes, je me suis arrêté quelques instants devant le miroir pour regarder le visage buriné de l'homme qui m'avait légué son existence.

— Sombre imbécile ! ai-je hurlé à mon image. Tu n'as qu'une vie, et tu l'as complètement foutue en l'air !

L'alcool m'avait peut-être rendu légèrement agressif, mais là, sur le moment, la seule personne que j'avais envie d'affronter, c'était moi-même.

— Tu ne connais pas tes propres enfants ! Ta femme te déteste ! Tu ne parviens même pas à te souvenir du nom des gens, espèce de salaud sénile !

— Qui est là ? a dit une voix en provenance de l'un des cabinets. Et comment savez-vous tout ça ?

Je suis ressorti dans la nuit et j'ai remonté la grand-rue en direction de mon hôtel, éclairé de temps à autre par les lumières bleues d'une voiture de police qui passait à côté de moi. Autrefois, l'alcool m'excitait et me donnait envie de rire, mais aujourd'hui j'avais l'impression que ça me faisait simplement somnoler. Prenez un groupe de quarantenaires et donnez-leur un peu trop à boire, ils voudront tous rentrer se coucher à la maison. « Oh ! Regardez-moi toute cette vodka ! On va se vider la bouteille et comme ça, on sera vraiment… fatigués. – Ouais, et ensuite, on va se boire quelques tequilas rapido, pour avoir vraiment, vraiment sommeil. »

Sur le trottoir inégal, j'ai fait une embardée un peu trop large pour éviter une poubelle qui s'était subitement matérialisée devant moi, mais du coup j'ai failli trébucher en heurtant un de ces racks à vélos où l'on attache les deux-roues pour n'en retrouver la plupart du temps qu'une seule. Finalement, j'ai gravi les marches du perron de mon hôtel avec aplomb et nonchalance, d'après moi, du moins. Viser la serrure avec ma clé constituait un défi plus difficile, et j'ai dû m'y reprendre à plusieurs fois avant de m'apercevoir que je ne me servais pas de la bonne clé.

Puis, en m'appuyant contre le battant, j'ai constaté que la porte n'était pas verrouillée, et je n'ai eu qu'à la pousser pour entrer. Quelqu'un était assis dans le couloir, sur la chaise qu'occupaient parfois les clients qui attendaient une dame, ou les dames qui attendaient qu'une chambre se libère. Cependant, les brumes de l'alcool m'empêchaient de comprendre quel intérêt Madeleine aurait à se prostituer au Palasse Hotel, à Streatham.

— Maddy ! Mais… mais qu'est-ce que tu fous là ?

— Salut, Vaughan, m'a-t-elle répondu posément.

Elle avait un air grave, et maintenant que j'avais réalisé qu'elle n'était ici que pour me voir, sa présence inattendue à cette heure tardive n'avait de cesse de m'inquiéter, d'autant qu'elle avait les yeux rouges et la mine défaite.

— Je suis désolé, ai-je lancé. Je l'ai postée aujourd'hui même. Il fallait que je fasse signer les documents par un témoin, et j'avais demandé à un prof de l'école, qui n'a pas pu jusqu'à aujourd'hui. Mais je les ai envoyés, je te le promets…

— Ce n'est pas ça. On a essayé de t'appeler, de trouver où tu étais…

— Pourquoi ? Que se passe-t-il ?

— Ton père. C'est arrivé pendant son sommeil. Je ne pense pas qu'il ait souffert. Je suis vraiment désolée.

— Ce n'est pas juste, me suis-je entendu dire, subitement dessaoulé. Ce n'est vraiment pas juste…

— Je suis désolée, Vaughan, a répété Maddy.

Je me sentais trop mal pour lui répondre.

J'avais du chagrin pour un père que je n'avais pas eu. Il était mort avant que j'aie la chance de le connaître vraiment, avant que mes souvenirs le concernant me reviennent. Etait-ce là une attitude égoïste ? N'aurais-je pas dû l'aimer de but en blanc, dès notre première rencontre, pour pouvoir maintenant le pleurer comme n'importe quel fils pleure son père disparu ?

— Mon Dieu… C'est tellement triste…

Maddy et moi sommes restés à nous regarder en silence pendant quelques instants. Puis elle a ouvert les bras, et j'ai accepté son invite. J'étais dans un tel état de confusion… Je commençais à peine à fréquenter mon père, le seul parent qui me restait, et on me l'avait enlevé. Je ressentais de la colère envers mon stupide cerveau, qui m'avait ôté toute chance de mieux connaître mon géniteur. Néanmoins, dans un même élan, j'avais conscience d'être dans les bras d'une femme que je croyais avoir perdue à jamais, et je m'y sentais bien. Timidement, je l'ai étreinte à mon tour. Etait-ce mal d'apprécier cela ?

C'est ce qu'il aurait voulu ! me suis-je dit.

19

C'était un geste touchant et altruiste. Quiconque aurait vu Maddy mettre son chagrin de côté dans un moment pareil afin de réconforter son ancien adversaire aurait repris foi dans la nature humaine. La seule note discordante dans cette scène de tendresse fut le fait du patron de l'hôtel, qui venait d'apparaître et s'adressait à nous entre deux bouchées de kebab :

— Vous pas baiser dans le hall. Vous payer la chambre. Les capotes, c'est trois livres en plus.

Madeleine n'a pas répondu favorablement à l'invitation du patron. A la place, elle m'a proposé de venir à la maison et de m'installer dans la chambre d'amis, comme ça, le lendemain, je pourrais être avec les enfants.

Nous sommes restés une heure ou deux dans le salon – à présent, je me souvenais comment nous l'avions meublé et décoré au fil des ans – et nous avons partagé une bouteille de vin en parlant de mon père. Elle a évoqué les vacances qu'il avait passées avec nous en Cornouailles, l'infinie patience qu'il montrait toujours envers les enfants. L'atmosphère était détendue ; en fait, en la regardant assise dans le canapé en face de moi, les jambes repliées, impossible de comprendre comment j'avais pu ne plus être amoureux d'elle. A un moment, je suis allé aux toilettes et, en passant devant les photos de famille sur les murs du couloir, un autre souvenir m'est revenu – j'en récupérais désormais tous les jours. Celui-ci concernait une sortie dans le centre de Londres avec les enfants, quand ils avaient à peu près le même âge que sur ces photos.

Nous sommes au musée de cire. A une époque, cette attraction constituait probablement une excellente occasion de sortir en famille, mais, concernant nos enfants, plonger dans la cohue pour voir des mannequins de célébrités tombées dans l'oubli n'est pas l'idée qu'ils se font d'un après-midi réussi. La famille royale britannique fait pâle figure à côté des montagnes russes d'Alton Towers. D'ailleurs, je pense que nos enfants se réjouissent qu'on ait enlevé quelques mannequins pour les remettre en état, mais au bout d'une heure ils sont dépités et de plus en plus agités. Nous sommes sur le point de partir lorsque je vois s'allumer une petite lueur espiègle dans l'œil de ma femme, comme le jour où, alors que nous achetions du maquillage, la vendeuse lui avait demandé si elle aimait la crème à la noix de coco : Maddy, le regard un peu fou, lui avait répondu oui et s'était mise à manger le contenu du pot. Juste avant qu'un groupe de touristes entre dans la salle où nous nous trouvons, Maddy se glisse derrière le cordon rouge et, le regard vide, adopte une expression régalienne.

Dillie et Jamie sont enchantés par la facétie de leur mère et, tandis que je fais semblant d'admirer la fausse statue de cire, les touristes s'approchent de nous.

— *Papa, c'est qui, ce mannequin ? lance Dillie en espérant que Maddy va éclater de rire.*

— *Tu ne la reconnais pas ? C'est la princesse Rita. Rita de Lakeside Thurrock... dis-je, sans que l'expression de Maddy change d'un iota, même si je sais qu'intérieurement elle doit être au bord du fou rire.*

— *Excusez-moi, fait une Américaine, confondue par l'aspect réaliste du mannequin en face de nous. Quel est son degré de parenté avec la reine ?*

— *La princesse Rita ? Eh bien, elle n'est pas apparentée à la reine. En fait, il s'agit d'une descendante illégitime du duc d'Edimbourg et d'Eleanor Rigby, expliqué-je, tandis que Jamie manque de s'étrangler en tentant de ne pas éclater de rire.*

— *Eleanor Rigby ? Comme dans la chanson des Beatles ?!*

— *Oui ! C'est pour ça qu'elle était tellement seule : le duc ne voulait pas quitter la reine pour elle. Il n'avait pas les moyens de payer la pension alimentaire.*

— *Oh ! Je ne savais pas... C'est très intéressant ! Merci.*

Ils sont en train de s'éloigner lorsque leur fille, une ado, se met à crier :

— *Papa ! Papa ! La princesse Rita m'a fait un clin d'œil !*

— *Mais non, chérie. Comment veux-tu...*

— *Je te jure ! Elle m'a fait un clin d'œil. Elle revient à la vie, papa ! Les mannequins de cire reviennent à la vie !*

Quand je suis retourné dans la cuisine, Maddy était en train de ranger les verres dans le lave-vaisselle et d'éteindre les lumières du rez-de-chaussée.

— Quand as-tu arrêté de faire tes trucs bizarres ?
— Mes trucs bizarres ?
— Oui, tu sais bien… Faire semblant d'être un mannequin de cire, ou faire des annonces dans les trains… On rigolait toujours avec ce genre de trucs stupides, et puis, avec le temps, il y en a eu de moins en moins.
— Oui… a-t-elle répondu en haussant les épaules. Les gens changent… C'est probablement la vie qui finit par nous faire perdre le sens de l'humour…

Dix minutes plus tard, j'étais couché dans la minuscule chambre d'amis, lumière éteinte. Je songeais à ce que Maddy venait de dire et à la dernière fois que j'avais vu mon père, encore accroché à la vie, même s'il n'était plus que l'ombre de l'homme que l'on voyait sur les photos. Est-ce ainsi que les gens meurent ? Petit à petit ? La vie de mon père avait pris fin aujourd'hui, mais en fait, cela faisait plusieurs mois qu'il s'éteignait à petit feu. Depuis que notre mariage s'était effondré, Maddy avait de moins en moins le moral. Chaque blessure, chaque déception nous tuait un peu plus, l'un comme l'autre.

L'odeur de cette chambre, où Dillie et Jamie avaient dormi quand ils étaient bébés, m'a ramené à cette époque-là. De petites étoiles phosphorescentes brillaient encore au plafond, là où un père jeune et optimiste les avait collées. Les yeux fixés sur ces constellations aléatoires, je pensais à toutes les années qu'il avait fallu à la lumière de ces astres pour parvenir jusqu'à moi, aux siècles qui semblaient s'être écoulés entre le moment où je les avais fixés au plafond pour mes enfants nouveau-nés et celui où, couché dans la chambre d'amis de ma propre maison, je les regardais s'éteindre peu à peu.

Quand je lui avais fièrement montré ces petits croissants de lune et ces minuscules vaisseaux spatiaux, Maddy avait été enchantée de l'accueil que j'avais fait à notre nouveau-né. J'avais tenté de reproduire les constellations les plus connues, mais j'avais laissé tomber pour finir par les disposer au hasard, ce qui nous avait bien fait rire.

« Tu vois, là, c'est le Centaure… Pas la constellation, le pub à Wandsworth. »

Quelques années plus tard, je me souviens de Dillie, excitée et ravie que je lui montre ces petites étoiles par une nuit d'hiver. Nous sommes restés tous les deux allongés dans le noir à murmurer en pointant du doigt les points lumineux au plafond.

Soudain, j'ai été surpris de ressentir en moi un geyser d'émotions. J'avais la gorge nouée, les larmes me venaient sans que je puisse rien y faire. Tant de choses perdues, tant de moments disparus à jamais. Je revoyais mon père sur son lit d'hôpital, les yeux embués, la peau flasque et squameuse, je repensais à la dernière visite des enfants, quand ils l'avaient embrassé en comprenant qu'il allait bientôt mourir.

Je me suis mis à sangloter, envahi de tristesse, d'un sentiment de perte et de vide : une enfance disparue, des dizaines d'années qui ne reviendraient plus, une famille que je tenais pour acquise mais dont je comprenais désormais qu'elle ne serait pas toujours là. J'ai tenté de prendre sur moi… J'ai essuyé mes larmes avec la taie d'oreiller, mais une deuxième vague m'a submergé et je me suis remis à pleurer, la tête tournée vers le mur, comme si j'avais honte de moi. Quand j'ai fini par me calmer, j'ai entendu Maddy de l'autre côté de la cloison. Elle pleurait, elle aussi.

Le matin suivant, j'ai longuement étreint Dillie, qui avait fondu en larmes en apprenant la disparition de son grand-père. Elle n'avait pas peur d'afficher ses émotions, littéralement, pour ainsi dire, à en juger par la quantité de morve sur la manche de son cardigan. Son frère qui, quant à lui, essayait d'adopter l'attitude du jeune mâle stoïque, s'est effondré aussi lorsque je l'ai pris dans mes bras. Maddy elle-même s'est laissé gagner par l'émotion en regardant ses enfants pleurer dans cette cuisine où ils avaient appris à marcher, à parler, à lire et, aujourd'hui, à porter le deuil. C'est alors que Woody, tout excité, a décidé de se joindre à nous. Il s'est dressé sur les pattes arrière et a commencé à se frotter contre ma jambe.

— Quelle touchante attention, Woody. Tu as tout de suite remarqué que ce dont papa avait le plus besoin en ce moment, c'est qu'un golden retriever se frotte contre lui, ai-je lancé, ce qui a fait rire les enfants. Tu devrais assister aux funérailles et faire la même chose aux vieux frères d'armes de grand-père, non ?

Les enfants sont passés sans transition des larmes à la télévision, devant laquelle ils ont mangé leurs corn flakes pendant que Maddy et moi débarrassions. Il était étrange de constater qu'on devait toujours s'occuper des petites choses du quotidien. Maddy a reçu un SMS accompagné d'une sonnerie un poil trop comique pour un message de condoléances.

— Ah…
— C'est quoi ?
— Rien d'important…

— Ralph ?

— Oui... mais il dit juste qu'il est désolé pour ton père.

— OK...

— Il dit qu'il a lui-même perdu son père il y a quelques années, et qu'il sait ce que tu endures.

— J'en doute un peu.

— Excuse-moi. Je n'aurais pas dû en parler.

Je me suis mis à frotter le plan de travail, un peu trop vigoureusement, peut-être.

— Ça va, tu sais... Je ne te demande pas de l'apprécier.

— Non, non, c'est gentil de sa part, ai-je lancé, l'air boudeur.

— Ça ne me pose pas de problème, que vous ne vous entendiez pas bien.

— Il n'est pas très constructif, c'est tout.

— Pas très constructif ? Mais qu'est-ce que tu veux dire ?

— Il me semble que c'est le genre de personne qui ne voit que les problèmes...

L'espace d'un instant, Maddy est restée là à me dévisager, les yeux écarquillés d'incompréhension, puis, lorsque la lumière s'est faite, elle a éclaté de rire.

— Tu dis ça parce qu'il a souligné les difficultés liées à la construction d'un barrage géant ? Il n'est pas très « constructif » parce qu'il pense que l'Italie, Israël, la France, la Russie et les autres ne vont pas accepter sur-le-champ le projet de barrage de M. Vaughan ?

— La Russie n'a rien à voir là-dedans. Elle n'a pas de littoral méditerranéen.

— Elle en aura peut-être un après le réchauffement climatique...

— Ah ! Tu vois ! Tu es de mon côté ! Tu commences à voir les choses en grand. C'est bien Ralph qui a une attitude négative…

Sans nous en être aperçus, nous étions en train de vider le lave-vaisselle ensemble, Maddy s'occupait des verres, moi des couverts, comme je l'avais toujours fait. J'ai débarrassé le petit déjeuner, me souvenant instinctivement que le reste des céréales allait dans la gamelle du chien et les sachets de thé utilisés dans le compost. Madeleine aurait pu se mettre en colère à cause de mes critiques à propos de Ralph, mais elle semblait plutôt trouver ça drôle, ce qui m'a un peu énervé. Cela dit, le fantôme du nouveau partenaire de Maddy flottait encore dans l'air, et j'ai senti que je devais faire preuve d'un peu d'humilité.

— J'ai posté les documents, au fait.

— Oui, tu me l'as déjà dit… Mince alors ! Depuis quand tu ramasses les résidus coincés dans le filtre de la bonde ?

— Ça ? Oh, je me suis souvenu que tu détestais que je ne le fasse jamais, alors maintenant j'y pense, même quand je suis tout seul ! me suis-je exclamé, content qu'elle l'ait remarqué. Alors, Ralph va emménager ici, ai-je poursuivi en profitant du fait que dans un moment comme ça je pouvais poser la question. Vous avez prévu quelque chose ?

— Oh, je ne sais pas… m'a répondu Maddy avec un grand soupir. Parfois, je me dis que ça aurait été tellement plus facile d'être lesbienne…

— Qu'est-ce que ça veut dire ? Ralph n'est quand même pas un travesti, si ?

— Non, c'est juste que… Oh, ce n'est pas grave…

— Tu peux m'en parler, tu sais ? On a quand même été mariés pendant quinze ans, ai-je dit en espérant passer pour un bon confident, alors que j'étais juste indiscret.

— Bon, d'accord. Je vais te dire ce qui se passe. On a eu une grosse engueulade. Il a recouvert les murs de sa galerie avec les barbouillages abstraits de cette nouvelle peintre – carrément atroces – et je crois que c'est simplement parce qu'elle lui plaît…

— Oh, mon Dieu ! me suis-je exclamé, hypocrite.

— Je ne suis peut-être pas faite pour la vie de couple. Je vais finir comme ces vieilles dames, avec dix-sept chats et une mise en demeure de la mairie à cause de l'odeur qui émane de ma cuisine…

Au fond de moi, j'avais envie de lever les bras en signe de victoire, mais je me suis efforcé de continuer à nettoyer l'évier, comme si de rien n'était.

— Vaughan, ça va… Tu n'as pas besoin de trier les déchets coincés dans le filtre, tu sais ?

Elle a demandé aux enfants de s'habiller dès que *Friends* serait fini, ignorant manifestement que sur la chaîne qu'ils regardaient cela pouvait prendre plusieurs jours. Quant à moi, j'ai déclaré qu'il fallait que j'y aille. Je l'ai remerciée de m'avoir invité à passer la nuit ici afin que je puisse annoncer moi-même la nouvelle aux enfants, ajoutant qu'il avait été agréable d'avoir quelqu'un à qui parler. Maddy a évité mon regard, comme si le verre qu'elle essuyait requérait toute son attention. Elle était un peu gênée d'en avoir dit plus qu'elle ne le désirait, et voulait que nous nous séparions sans ambiguïté quant à nos avenirs respectifs.

— Tu sais ce qu'il te faut, Vaughan ? Une petite amie.

— Eh bien… Je ne suis pas sûr de pouvoir m'impliquer dans une nouvelle relation, émotionnellement parlant. Pour l'instant, je me sens juste capable de dresser tes futurs chats pour qu'ils soient propres, et après, on verra.

— Tu n'es pas obligé de tomber immédiatement sur la personne idéale. Tu peux juste prendre un peu de bon temps, te rendre compte qu'il y a plein de femmes sur terre…

— Quoi ?! Tu es en train de me conseiller d'avoir une aventure ?

— Eh bien, je n'ai plus rien à voir là-dedans, non ? Et je pense que ça pourrait t'aider à avancer.

J'étais content qu'elle s'intéresse à moi, et du coup je n'ai pu résister à l'idée de lui confier mon petit secret.

— En fait, il y a bien cette femme, au collège…
— Quelle femme ?
— Suzanne. Elle est prof de danse. C'est une Australienne.
— Ah bon ? Et tu l'aimes bien ?
— A vrai dire, pas plus que ça…

Maddy s'était arrêtée de ranger et restait plantée là, à me regarder.

— Mais j'ai passé une soirée avec elle. Une relation sans lendemain, simplement pour m'aider à avancer, comme tu dis.

— Oh… a-t-elle soufflé, sans trop savoir quelle contenance adopter.

— C'était la semaine dernière. Juste un soir, comme ça.

— Une prof de danse ? Elle est maigre, alors ?
— Oui, pas vraiment mon genre.
— Qu'est-ce que tu sous-entends ?

— Rien du tout. Je n'aime pas trop ce genre-là, voilà tout.

— Ah. Eh bien… ça c'est une nouvelle. Je ne m'en doutais pas, a-t-elle ajouté en rangeant les tasses dans le lave-vaisselle avec un peu plus de fougue que nécessaire.

— Ça m'est tombé dessus, en fait. Suzy se trouvait là au bon moment.

— Alors, c'est « Suzy » ? Très bien… Tu sais quoi ? On n'a pas besoin d'être deux pour finir de débarrasser.

Nous avons tous deux fait semblant de ne pas remarquer qu'elle venait d'ébrécher le visage de Kate Middleton imprimé sur l'une des tasses.

Tandis que je me dirigeais vers l'arrêt de bus, mon haleine formait de petites volutes dans le vent glacé, malgré le beau soleil et le ciel sans nuages. Personne ne semblait avoir remarqué le décès de mon père ou le changement de comportement de Maddy à mon égard. Le sentiment de tristesse et de résignation que j'éprouvais à la suite de la mort du vieil homme me consumait plus que tout le reste. C'était comme si, au cours de nos conversations à l'hôpital, il était devenu pour moi la figure paternelle.

La plupart des civilisations ont développé des traditions pour affronter la mort – une semaine de deuil, des chants, des danses, des offices religieux. De son côté, la société occidentale a décidé que dans ces moments difficiles le premier besoin d'une famille, c'est une course d'obstacles administratifs. Subitement, j'ai hérité de la responsabilité de diverses obligations légales et tout ce que j'ai dû organiser m'a occupé pendant une semaine. J'ai appris que j'étais l'exécuteur testamentaire, et que c'était à moi de faire enregistrer le décès, de réserver le crématorium, de choisir les chants religieux, voire de décider quelle quantité de vol-au-vent et de carottes émincées accompagnerait l'houmous.

D'ailleurs, qui étais-je censé inviter ? J'ai résolu d'écrire à tous les noms qui n'étaient pas biffés sur le carnet d'adresses de mon père, et j'ai reçu en retour une lettre très gentille qui m'expliquait que Mark Spencer n'était pas une personne réelle et qu'aucun représentant de Marks & Spencer ne pourrait assister aux funérailles, mais que l'ensemble du personnel me priait d'agréer ses plus sincères condoléances.

Ainsi, une quinzaine de jours après la mort de mon père, je me tenais à l'entrée du crématorium – un bâtiment des années 1960, en banlieue –, prêt à accomplir mon devoir de deuil en tant que fils unique du commodore de l'armée de l'air Keith Vaughan CB. C'est à cette occasion que j'ai appris que mon père faisait suivre son nom d'un acronyme. Je ne l'avais d'ailleurs jamais vu auparavant. Il est apparu que CB, c'était un peu comme CBE, mais en plus court. Cela voulait dire qu'en raison des services qu'il avait rendus à la Royal Air Force mon père avait été nommé « Compagnon du Bain », une ancienne marque honorifique accordée par le roi, au Moyen Age, époque où le terme n'avait probablement pas autant de connotations gay. Il avait même reçu une petite médaille, que j'avais retrouvée dans une boîte à chaussures remplie d'affaires personnelles qu'il gardait chez lui. A présent, cette boîte était rangée sous mon lit, au cas où j'aurais besoin d'un manuel de la

RAF, d'une montre à remontoir mécanique ou de boutons de manchette réglementaires.

J'avais payé le supplément qui donnait droit à ce qu'une voiture noire me conduise jusqu'au crématorium, comme ça, au moins, j'avais quelqu'un à qui parler. Maintenant que la cérémonie était terminée, les membres de la famille sortaient peu à peu de la chapelle où ils s'étaient manifestement bien amusés, à voir comment ils riaient, faisaient des plaisanteries et se donnaient des tapes dans le dos. Le décès d'un des leurs les avait mis d'excellente humeur.

Deux dames assez âgées, qui venaient de la maison de retraite où mon père avait passé ses dernières années, ont été les premières à arriver au crématorium. Elles ont examiné le bâtiment de haut en bas, comme si elles l'évaluaient pour leur propre usage, m'ont serré la main avec un respect presque théâtral puis sont entrées voir le tapis roulant où l'on place les cercueils. Un homme relativement jeune en uniforme de la RAF est arrivé ensuite, mais il est passé devant moi sans même croiser mon regard. Puis je me suis réjoui de voir Maddy et les enfants. Ces derniers avaient l'air tellement intelligents, même s'ils ne semblaient pas très sûrs de l'attitude qu'ils devaient adopter.

— Ça va, papa ? m'a demandé Dillie.

— Oui, très bien.

Madeleine m'a dit que je n'avais pas besoin de rester dehors à attendre que tout le monde soit là, alors, une fois que ses parents sont arrivés, nous sommes allés prendre place à l'intérieur.

— Qu'est-ce que tu as dit aux enfants ? a murmuré la mère de Maddy avec un ton de conspirateur.

— Je leur ai dit que leur grand-père était mort, maman.

— Alors, on s'en tient tous à cette version, hein ?

L'homme qui nous a accueillis semblait à mi-chemin entre le prêtre compatissant et le type mort d'ennui en chasuble fluo qui dirige le trafic des voitures sur un ferry. Il a marmonné les chants religieux habituels, puis a lu un passage de la Bible très impressionnant, en réussissant l'exploit de garder le même ton monocorde pendant toute la durée de sa lecture. Comme je n'avais pas trouvé le temps de prendre rendez-vous avec lui pour discuter des détails de la cérémonie, je lui avais envoyé un mail en disant que je voulais « le service traditionnel », et que je m'en tiendrais à « ce qui se faisait d'habitude ». Rétrospectivement, je me suis rendu compte que j'aurais dû m'inquiéter davantage de ce que cela signifiait. Si j'y avais réfléchi ne serait-ce qu'une minute, je me serais certainement douté que cela impliquait qu'un parent proche prononce un petit discours.

Après le second chant religieux, nous nous sommes assis, et j'ai laissé mon esprit vagabonder pendant que le prêtre marmottait une autre prière incompréhensible, et puis, soudain, j'aurais pratiquement juré qu'il venait de dire : « Et maintenant, le fils unique de Keith va prononcer quelques mots à propos de son père. » Probablement le fruit de mon imagination... Eh bien non ! Le pasteur s'est écarté de son pupitre en m'invitant de la main à prendre sa place afin de partager avec l'auditoire toute une vie d'anecdotes paternelles, sans avoir conscience que je n'en connaissais aucune. J'ai jeté un coup d'œil autour de moi... Les personnes âgées de l'assistance me fixaient, pleines d'espoir, anticipant ce qui semblait être le point d'orgue de la cérémonie. J'ai échangé un regard avec Maddy, légèrement paniquée par ce qui m'arrivait, mais tout aussi impuissante que moi à me sortir de cet impossible défi.

— Alors, Vaughan... m'a-t-il relancé. Si vous voulez bien...

— Euh, non, je... je ne peux pas... Je veux dire que... ai-je bafouillé sans me lever du siège que j'occupais au premier rang.

Je sentais presque physiquement la vague d'attention qui déferlait sur moi. Sur les visages ridés alentour, je pouvais lire que cette oraison funèbre constituait le point culminant de leur agenda social. Ils ne sortaient plus tellement, et le laïus qu'on prononce à l'occasion des funérailles d'un ami constituait la principale distraction qui leur restait encore.

— Ça ne devrait pas être trop difficile, non ? a insisté le pasteur.

Vous ne vous rendez pas compte... ai-je pensé. Tout le monde attendait, et comme le pasteur ne semblait pas comprendre mes allusions discrètes à passer à autre chose, je me suis levé lentement pour me diriger vers le pupitre.

L'assistance avait les yeux rivés sur moi, un air d'empathie sur le visage. J'ai respiré un grand coup. Mes jambes flageolaient, je me suis agrippé au lutrin.

— Que puis-je dire à propos de mon père ?

J'ai marqué une longue pause, lourde de signification, qui m'a permis de gagner une ou deux secondes supplémentaires. Un de ses vieux camarades du temps de la RAF a acquiescé, l'air pénétré devant tant de profondeur.

— Papa ! Mon vieux papa...

Une toux rauque a résonné dans les travées du fond.

— Eh bien, il y a tant de choses à dire que c'est presque dommage de résumer tout cela en quelques minutes, ai-je commencé par affirmer, ce qui a provoqué le froncement de sourcils d'une vieille dame au troisième rang. Mais je crois bien que je vais devoir le faire… ai-je alors poursuivi, développement qui a semblé la rassurer. Mon père s'est distingué au cours de sa carrière dans la Royal Air Force, où il s'est hissé jusqu'au rang de commodore, et il a servi son pays avec tant de dévouement qu'on lui a accordé la CBE. Non, pas la CBE, la CB. Sans le « E ». Euh… Il a occupé des postes un peu partout dans le monde, mais il a toujours voulu que sa famille soit auprès de lui…

Le moment était venu d'inventer deux ou trois anecdotes en espérant que personne ne se lèverait pour les démentir.

— Il s'est toujours montré fantastique en tant que père et c'était un mari merveilleux…

Cette dernière remarque a suscité moult hochements de tête approbateurs ; les gens semblaient rassurés de voir que mon hommage était enfin sur ses rails. Concernant ma dernière remarque, il y avait peu de chances qu'on vienne me contredire. Je n'avais aucun souvenir de funérailles quelles qu'elles soient, mais j'étais prêt à parier que dans ce genre de cérémonie personne n'allait s'aviser de huer le fils du défunt. J'ai remarqué que Dillie me regardait d'un air admiratif.

— C'était aussi un grand-père fabuleux. Je me souviens qu'une fois, au cours des vacances en famille que nous avons passées en Cornouailles…

Je me suis mis à glousser, comme si je me remémorais la scène.

— ... il se montrait toujours tellement patient avec ses petits-enfants...

L'auditoire, captivé, tenait à savoir comment cette patience s'était manifestée. Moi aussi, de fait.

— Il était toujours... vraiment très patient avec eux...

Nouvelle toux dans l'assistance.

— Ma mère et lui fabriquaient un vin artisanal extrêmement fort...

Quelques sourires.

— Et il a effectué une longue carrière au sein de la Royal Air Force... ai-je ajouté, en me rendant compte que ça, je l'avais déjà dit, et que j'étais désespérément à court d'éléments pour continuer. Mon père avait des boutons de manchette réglementaires assez intéressants... et aussi une vieille montre...

A ce moment-là, j'ai à nouveau marqué une longue pause en laissant échapper un soupir, la tête légèrement inclinée, comme pour dire : « Honnêtement, c'est à peu près tout. » Je sentais la sueur me couler dans le dos et j'ai remarqué que mes mains tremblaient. Paniqué comme j'étais, rien ne me venait à l'esprit. Je me suis pincé l'arête du nez entre le pouce et l'index, puis j'ai simplement ajouté :

— Il va vraiment me manquer...

C'était d'autant plus convaincant que j'avais le visage rouge de honte, je me mordais les lèvres et je secouais la tête. Mais en fait, une fois que j'ai eu adopté cette posture, je me suis aperçu qu'il me manquait vraiment. Il avait toujours été si content de me voir, et avec lui le monde semblait un endroit tellement positif. C'était lui qui me remontait le moral, alors que ç'aurait dû être l'inverse. Mes émotions étaient peut-être plus visibles que je ne l'avais cru, parce que, en regardant entre mes doigts, j'ai vu que les deux dames âgées de tout à l'heure s'essuyaient le nez avec leur mouchoir. Un vieux couple qui me connaissait apparemment depuis que j'étais bébé essuyait une larme, et sous mes yeux, juste devant moi, je voyais celles qui coulaient sur les joues de Maddy. Seuls mes enfants parvenaient à se contenir ; en fait, ils semblaient plutôt consternés de voir une pièce remplie de soi-disant adultes perdre ainsi tout contrôle d'eux-mêmes.

Lorsque j'ai constaté à quel point tout cela touchait Maddy, quelque chose s'est enclenché en moi.

— Il y a une chose que j'aimerais vous dire à propos de mon père, ai-je ajouté en la regardant droit dans les yeux. Il pensait le plus grand bien de Maddy.

J'avais enfin quelque chose à raconter, et je me suis mis à parler avec une facilité et une émotion qui m'avaient fait défaut jusque-là.

— Sur la fin, quand il était à l'hôpital, les visites régulières de Maddy constituaient le meilleur moment de sa journée. Il soulignait toujours sa gentillesse et son intelligence, comme pour me mettre en garde contre le risque de perdre sa belle-fille adorée. Il n'a jamais su qu'il était déjà trop tard. Comme il était à l'agonie, pour le protéger, nous avons pris la décision de lui épargner la cruelle vérité, de lui cacher que son fils avait été incapable de préserver son mariage, contrairement à ce que lui-même avait fait dans des circonstances pourtant bien plus difficiles.

Subitement, l'atmosphère s'est tendue, et une certaine tristesse s'est répandue sur l'assistance à la nouvelle que le mariage du fils de Keith n'avait pas tenu. Seul le prêtre ne semblait pas emballé par le déroulement de la cérémonie ; il consultait ostensiblement sa montre, apparemment soucieux d'alimenter régulièrement la fournaise en cercueils.

— Maddy a emmené les enfants lui rendre une dernière visite, et je pense que nous savions tous qu'ils ne se reverraient plus. Les enfants se sont montrés très mûrs, très affectueux et gentils, tandis que Keith refusait qu'un détail aussi insignifiant que sa propre mort mine le moral de quiconque. « Comme c'est merveilleux de vous voir tous ensemble ! ai-je dit en imitant sa voix. Qu'est-ce que j'ai de la chance d'avoir une famille aussi merveilleuse ! »

Les gens dans l'assistance ont reconnu l'optimisme de Keith et ce souvenir a fait naître un sourire sur leur visage.

— « Qu'est-ce que j'ai de la chance ! » a-t-il dit alors que des tuyaux s'enfonçaient un peu partout dans son corps. « Qu'est-ce que j'ai de la chance ! » a-t-il dit malgré la douleur et l'inconfort. « Qu'est-ce que j'ai de la chance de rester en vie pendant quelques jours encore ! »

A présent, je parlais avec passion. J'avais trouvé ma thèse et je la défendais avec le zèle d'un missionnaire.

— Peut-être que la meilleure façon d'honorer la mémoire de mon père, c'est de repartir d'ici avec sa vision du monde et d'essayer de se souvenir de Keith chaque fois que nous nous sentons irrités ou mécontents de notre sort. « Mon vol a été retardé ; mais qu'est-ce que j'ai de la chance d'avoir repéré cette librairie et ce café où je peux m'installer pour lire ! », « Ma femme et mes enfants ne vivent plus avec moi, mais qu'est-ce que j'ai de la chance de les connaître, d'être capable de me remémorer tous les moments merveilleux que nous avons passés ensemble et d'anticiper toutes les bonnes choses qui leur arriveront en grandissant… »

Les mimiques du prêtre tendaient à me faire comprendre que je ferais bien d'en finir avec mon discours. Dans quelques minutes, il allait certainement appuyer sur le bouton qui envoyait les cercueils de l'autre côté du rideau, que j'aie terminé ou non.

— Je sais que tous les fils en deuil doivent penser la même chose, mais croyez-moi lorsque je vous dis que j'aurais vraiment aimé disposer d'un peu plus de temps avec lui… Je suis déterminé à en passer le plus possible avec ma famille, à engranger autant de souvenirs que je pourrai, même si je ne suis pas aussi présent que je le voudrais, maintenant que Maddy est avec quelqu'un d'autre qui…

— Non, m'a interrompu Dillie. Elle l'a largué.

Elle n'avait pas parlé très fort : les enfants se trouvaient au second rang. Il ne s'agissait pas tant d'une déclaration publique que de l'énoncé d'un fait. Néanmoins, je l'avais entendue distinctement.

Ainsi, ma femme et Ralph n'étaient plus ensemble… Maddy évitait mon regard, mais j'ai jeté un coup d'œil vers sa mère, et la satisfaction qui s'affichait sur son visage m'a confirmé que tel était effectivement le cas.

— Qu'est-ce que j'ai de la chance ! ai-je dit, sans précisions supplémentaires. C'est ce que je pense. Qu'est-ce que j'ai de la chance !

Et je suis retourné m'asseoir, en essayant de retenir un sourire béat.

Je comprenais à présent les vertus thérapeutiques des obsèques, parce qu'un curieux sentiment de paix et de sérénité venait de m'envahir. Le monde semblait subitement meilleur. Je suis content d'être venu, pensais-je, tandis que le cercueil entamait son court périple au son d'une chanson des Carpenters. C'était le groupe favori de papa, bien qu'en y repensant je me sois rendu compte que *Ce n'est qu'un début* n'était peut-être pas le choix le plus approprié pour des funérailles.

— Arrête de chanter, Vaughan, m'a glissé Maddy.
— Oh ! Désolé…

20

— Monsieur Vaughan, pourquoi vous étiez pas là vendredi dernier ? Vous étiez chez les dingues ?

— Ça suffit, Tanika.

— On vous a fait une lobotomie, m'sieur ? On vous a mis une camisole de force ?

— On vous a enfermé ? On vous a mis dans une cellule capitonnée ou un truc dans le genre ? On vous a passé au jet ?

— Tanika, Dean, premier et dernier avertissement. Si vous me manquez encore de respect ou si vous ne vous concentrez pas sur la leçon du jour, vous allez vous retrouver à deux doigts de vous faire renvoyer et d'aller en retenue. Et on passera un coup de fil à vos parents…

J'avais réappris le règlement et j'espérais que les élèves les plus difficiles reconnaîtraient les mots magiques et changeraient aussitôt de comportement.

— On n'a rien dit. Vous devez entendre des voix, m'sieur.

— Vous êtes un tueur en série, m'sieur ? Vous mangez vos victimes ?

— Deuxième avertissement, Tanika !

— Mais je ne suis pas Tanika. Votre mémoire part en vrille. Je m'appelle Monique, m'sieur.

— Tanika, c'est votre dernière chance…

— Non, m'sieur. Ils ont changé le règlement. Maintenant, il faut cinq avertissements avant l'exclusion. Vous avez dû oublier ça quand vous avez viré dingue.

— M'sieur, vous enterrez vos victimes dans votre jardin ? C'est là que vous étiez, vendredi ? En train d'enterrer une de vos victimes ?

— Si vous voulez tout savoir, j'étais effectivement en train d'enterrer quelqu'un…

Un silence stupéfait est tombé sur ma classe, qui semblait demander quelques explications :

— Euh, en réalité, c'était une crémation. Je ne suis coupable de rien, parce qu'il s'agissait des funérailles de mon père, vous voyez ? Cela faisait un certain temps qu'il était malade et il est mort pendant les vacances. Voilà pourquoi vous avez eu un remplaçant vendredi dernier, et je m'en excuse.

Après ça, ils ont arrêté de se moquer de leur prof. Ils ont dû se dire que c'était déjà suffisamment difficile comme ça pour Balai-à-chiottes Vaughan d'avoir perdu son père sans qu'on lui rappelle à tout bout de champ qu'il était fou. Ils ont participé au cours, répondu aux questions et noté leurs devoirs à la fin. Du coup, j'ai envisagé d'annoncer le décès d'un de mes proches au début de chaque cours, mais je me suis dit que leur compassion irait peut-être en diminuant après une ou deux semaines de trépas de grand-tantes ou de beaux-pères.

Quand les élèves sont sortis, Tanika est restée pour parler avec moi.

— Euh, je suis désolée pour votre père, m'sieur. Je ne voulais pas lui manquer de respect et tout ça.

— Ça va, Tanika. Je voudrais simplement que tu laisses tomber ces histoires sur ma prétendue folie, d'accord ? Je n'ai pas tous les souvenirs de mon père avant sa mort, alors effectivement je souffre encore d'une sorte d'affection neurologique, et c'est parfois difficile à vivre.

Elle n'a rien répondu, mais n'est pas non plus partie.

— Il y a autre chose ?

— Monsieur, mon père est mort…

C'était la première fois que je la voyais baisser la garde, et je me rendais bien compte que ce n'était pas une blague.

— Je suis désolé, Tanika. Cela s'est passé récemment ?

— Non. J'avais trois ans. Il s'est fait tirer dessus.

— Tirer dessus ! me suis-je exclamé sur un ton assez peu professionnel, révélant par là même l'inquiétude qui m'avait gagné.

— C'était aux infos et tout. Ils ont dit que c'était un meurtre en rapport avec le trafic de drogue, mais ce n'est pas vrai. Vous voulez le voir ?

Joignant le geste à la parole, elle a sorti un vieux cliché du petit portefeuille en plastique où elle rangeait son passe et sa carte de cantine. La photo était éraflée et un peu froissée, mais à travers la pochette transparente on voyait une version miniature de Tanika à côté d'un homme, plutôt grand, qui souriait à l'appareil.

— Il a l'air très gentil.

— Ça n'avait rien à voir avec la drogue.

— Je te crois.

— Ils ont dit ça pour que tout le monde se sente mieux.

Les cinquièmes s'alignaient dans le couloir pour le cours suivant, et comme ils nous regardaient avec curiosité, j'ai fermé la porte.

— Qu'est-ce que tu veux dire ?

— Si les gens voient la photo d'un homme noir qui a été assassiné et que le journal écrit que c'est lié à la drogue, tous les Blancs de la haute pensent : Oh, tout va bien, ça ne risque pas de m'arriver à moi.

Tanika ne m'avait pas habitué à ce niveau d'analyse, mais de toute évidence elle se sentait plus concernée par la mort de son père que par l'effondrement du Deutsche Mark.

— Eh bien, perdre son père à l'âge de trois ans est beaucoup, beaucoup plus difficile que le perdre à mon âge. J'ai du mal à imaginer les épreuves que tu as traversées...

A présent, elle me regardait droit dans les yeux. Aucune tristesse, aucune émotion là-dedans ; je ne voyais que la carapace qu'elle s'était fabriquée, et qui avait fait d'elle la femelle dominante de la classe.

— Tanika... Tu sais que tu dois remettre un devoir pour valider ton module d'histoire à la fin de l'année ?

— Je vais m'y mettre ! Ça va, quoi !

— Pourquoi ne prendrais-tu pas ton père comme sujet ?

— Quoi ?!

— Tu n'es pas obligée de parler de quelque chose qui s'est passé il y a des siècles. Pourquoi ne réunis-tu pas toute la documentation disponible à propos de la mort de ton père, des coupures de journaux, des articles sur Internet, ce que tu veux… Et ensuite, tu t'attaches à raconter la véritable histoire de ce qui s'est passé.

— On a le droit de faire ça ?

— Ce que tu m'as dit à propos de la façon dont les faits sont biaisés pour que les gens se sentent plus à l'aise, il faut en parler. Tu as raison. C'est exactement comme ça qu'on réécrit l'histoire.

Je commençais déjà à me dire que j'aurais dû réfléchir avant de lui proposer cette idée quelque peu périlleuse, mais d'un autre côté, si je ne parvenais pas à impliquer Tanika d'une manière ou d'une autre, pour elle l'école serait bientôt finie.

— Penses-y ! lui ai-je dit.

Elle a acquiescé, a rangé sa photo et s'est dirigée vers la porte. Un garçon de onze ans avait collé sa bouche grande ouverte contre la vitre et s'amusait à inspirer et expirer comme une limace géante.

— Monsieur, pour les empêcher de faire ça, les autres profs vaporisent sur le verre un liquide lave-vitre au goût vraiment dégueulasse. Vous ne vous en souvenez peut-être plus…

— Ah ! Merci, Tanika ! Je crois que je vais essayer ça.

Après les cours, je suis allé m'installer devant mon ordinateur, dans mon bureau. J'ai dû me battre contre une nouvelle déferlante de courriers électroniques, vaguement conscient que pour chaque mail éliminé deux autres venaient aussitôt prendre sa place. J'ai résisté aux sirènes d'Internet aussi longtemps que possible. Puis, après une minute et demie de vrai travail, j'ai fini par succomber à l'attrait de cette fenêtre qui s'ouvre sur le monde. Le site d'infos de Gary présentait une histoire intéressante sur sa page d'accueil, qui expliquait comment la marée noire de BP dans le golfe du Mexique avait été délibérément provoquée par le Mouvement pour la suprématie blanche dans le cadre d'un complot entre Buckingham Palace et le complexe militaro-industriel, afin de déstabiliser Barack Obama. Etonnamment, aucun des principaux médias n'avait repris le scoop de YouNews :

La famille royale britannique (des juifs) a ordonné aux caniches de BP de faire semblant d'être victimes d'une marée noire pour conserver l'argent taché de sang des pétrodollars, oui, et de ne pas révéler comment ils ont tué Lady Di, parce que le président « noir » Obama (un Africain), comme Dodi, connaîtra le même sort que Martin Luther King, Malcolm X et Marvin Gaye – tous exécutés, oui, par les sionistes de la CIA (c'est vrai).

Je me suis senti un peu moins coupable d'avoir dit à Gary que je ne souhaitais pas reprendre mes fonctions au sein de YouNews. Il m'avait aussi sec traité de « vendu ». Il ne parvenait pas à comprendre que je n'aie pas envie de déboulonner les tout-puissants califes des médias, super-riches et malintentionnés, pour devenir un calife des médias, tout-puissant et super-riche...

Cela faisait une semaine que je n'avais pas consulté ma biographie sur Wikipédia, après une session pendant laquelle j'avais méthodiquement corrigé toutes les informations facétieuses, en effaçant des affirmations telles que « Je peux parler aux animaux », « C'est moi qui ai découvert la France », ou « J'ai un pancréas supplémentaire ». Cependant, une de ces blagues m'était restée dans la tête.

Le 22 octobre, Vaughan a été victime d'une fugue dissociative en apprenant qu'il avait gagné au Loto. Le choc a été tel qu'il a provoqué une amnésie chronique et Vaughan ne se souvient toujours pas que, pour peu qu'il présente dans les délais impartis le billet qu'il a soigneusement caché pour ne pas le perdre, on lui remettra la somme de quatre millions de livres.

Une blague très inspirée. Je n'allais pourtant pas laisser cela me perturber, d'autant que j'avais déjà fouillé toutes les cachettes possibles et imaginables.

Il m'était déjà arrivé d'effacer des anecdotes de ce genre, qui avaient été aussitôt remplacées par d'autres, mais, depuis ma dernière visite, la page n'avait plus été modifiée. Manifestement, les intervenants s'étaient lassés : réinventer la vie de M. Vaughan les avait amusés pendant un moment, mais apparemment leur esprit créatif s'était tourné vers autre chose. Je n'ai pu éviter de me sentir un peu blessé.

C'est alors que j'ai remarqué un nouveau paragraphe, à la rubrique « carrière » :

M. Vaughan est le meilleur professeur que j'aie jamais eu. Quand j'ai abandonné ma terminale pour aller travailler dans un magasin d'articles de sport, JD Sports, il n'arrêtait pas de passer à la boutique pour me persuader de revenir. Sans lui, je n'aurais jamais eu mon diplôme et je ne serais pas allé à l'université.

Ce commentaire de la part d'un de mes anciens élèves a complètement changé mon état d'esprit. Finalement, j'avais été un bon professeur, j'avais réussi à transformer des vies. « Maintenant, je suis manager à JD Sports », concluait mon ancien élève.

Malgré l'accumulation de preuves et tous les souvenirs qui me revenaient, je regardais encore les côtés négatifs de la première version de Vaughan, et tout particulièrement l'échec de notre couple, avec une objectivité dénuée de passion : c'était un événement qui avait affecté quelqu'un d'autre, pas moi. Quant à la Maddy d'avant la fugue, elle n'avait rien à voir avec celle que je connaissais maintenant. La première, simple personnage de fiction issu d'un drame domestique à moitié oublié, s'effaçait devant l'autre, une femme qui, malgré tous nos problèmes, vivait, respirait et semblait me comprendre parfois mieux que moi-même. Cependant, cette Maddy-là, plutôt irrationnelle, tenait obstinément à mélanger tous ces personnages. Elle se préoccupait de choses vécues par son double imaginaire, et en voulait au Vaughan de la vie réelle pour des actes commis par le Vaughan fictif. Aujourd'hui, j'étais différent, elle voulait bien l'admettre, mais elle refusait que je tire un trait sur des choses que j'avais oubliées.

Plusieurs fois, je m'étais demandé jusqu'à quel point la remise à zéro de mon cerveau avait altéré mon véritable caractère. J'avais fait valoir à Gary que ce problème soulevait toutes sortes de questions philosophiques sur la relation entre la mémoire et l'expérience. Le pub bondé où nous avions pris place, juste à côté d'une borne de jeux, n'était probablement pas le meilleur endroit pour mener un débat existentiel sur la façon dont la conscience et l'inconscient influencent l'évolution de l'ego et de l'identité.

— Ce que je veux dire, c'est qu'en ayant complètement oublié tous les événements de ma vie passée, est-ce que subitement je ne suis plus façonné par eux ? Est-il possible que ma personnalité soit revenue à sa véritable essence, et que l'acquis se soit mis à se développer de nouveau, à partir des expériences ultérieures ?

— Eh bien, avant, tu étais une merde au football, et maintenant, tu es toujours une merde au football. Alors, qu'est-ce que ça nous dit ?

— En fait, je suis plutôt dans la moyenne, au foot…

— Non, tu es vraiment merdique. Tu cours comme une fille, et le dernier but que tu as marqué, c'était parce que le ballon a rebondi sur tes fesses.

J'ai senti que cette discussion philosophique s'éloignait de sa thèse principale.

— La question que je pose, c'est : est-il possible que le vécu qui a défini mon caractère ait été balayé en même temps que les souvenirs que j'en avais ? Par exemple, quand j'étais adolescent, j'ai eu un accident de vélo dont je ne me souviens pas, mais j'ai toujours une cicatrice à la jambe. Alors, est-ce que j'ai aussi les cicatrices mentales de mon mariage raté, de toutes les ambitions avortées et de tous les espoirs déçus que j'ai connus, quels qu'ils soient ?

— Comme être une merde au foot…

— Oui, tu l'as déjà dit.

— Tu ne sais pas conduire… Tu as très peu baisé à l'université… Tu ne tiens pas l'alcool… Tu as des goûts de chiottes pour ce qui est de s'habiller…

— Ouais, c'est bon, pas besoin de me réciter toute la liste. Mais tu ne crois pas que cette situation nous offre une occasion unique d'étudier le problème de l'inné et de l'acquis ? Est-ce que nous avons besoin de nous souvenir de quelque chose pour que ce quelque chose nous affecte ? Personne ne se rappelle tous les trucs qui lui sont arrivés, et pourtant, tout contribue à façonner notre personnalité, non ?

— Non, a rétorqué Gary en buvant une gorgée de bière. Tu t'es toujours vautré dans ce genre de conneries philosophiques. Je peux prendre tes chips ?

Cependant, Gary lui-même commençait peu à peu à être affecté par le monde extérieur, malgré sa sensibilité de rhinocéros. Sur son iPhone, il avait mis la photo de l'échographie de son bébé, et ni les moustaches ni les rouflaquettes de son application favorite ne parvenaient à donner au fœtus l'air d'une star du porno des années 1970. En plus, mon pote commençait à accepter le fait que lui et moi n'étions plus deux étudiants radicaux et inséparables. Il avait même eu une idée pour me trouver une petite amie.

— Tu sais à qui tu devrais demander de sortir avec toi ?

— A qui ?

— A Maddy ! a-t-il déclaré, comme si c'était le fruit des cogitations d'un pur génie. Penses-y ! Vous avez déjà des tas de trucs en commun, et j'ai comme le pressentiment qu'elle ne te laisse pas indifférent.

— Waouh ! Merci, Gary. Je vais y réfléchir.

Dans mon for intérieur, je craignais de ressentir à nouveau l'amertume et le cynisme de ma précédente incarnation, au fur et à mesure que les souvenirs de mon mariage referaient surface. A présent, j'avais en tête plusieurs épisodes de notre vie commune. Chez nous, la lutte pour le pouvoir semblait s'être développée comme une petite guerre régionale. J'avais bien spécifié que les étagères au-dessus de la télévision composaient la patrie historique de ma collection de vinyles, et j'exigeais donc l'arrêt immédiat des provocations que constituait la colonisation des territoires incriminés par des bougies odorantes et des photos encadrées.

Madeleine avait attisé les tensions en se livrant à l'infâme génocide de toutes les émissions d'histoire que j'avais enregistrées. Des douzaines de documentaires sur les nazis, que j'avais l'intention de regarder un jour ou l'autre, avaient été éliminés sans pitié ; le nettoyage ethnique de ma TV Box avait été la solution finale adoptée par Maddy pour contrecarrer l'occupation hitlérienne de notre disque dur.

L'atmosphère de ressentiment permanent a fait que nous avons fini par nous battre à propos de tout et de n'importe quoi. « Ces deux chansons n'ont rien à voir ! me suis-je souvenu d'avoir hurlé. Comment peux-tu comparer *Fernando* et *Chiquita* ? » Et après chaque engueulade, la tension se prolongeait pendant des jours, ce qui se traduisait par une guerre d'usure codifiée que nous menions sur une douzaine de fronts différents. Maddy insistait pour faire le plein à la pompe, et elle laissait délibérément monter la facture jusqu'à 50,01 £, simplement parce qu'elle savait que ça m'énervait. Lorsqu'on regardait un film policier à la télévision, elle se montrait exagérément compréhensive envers la femme perturbée qui avait assassiné son mari. Les petits gestes de tendresse entre nous avaient complètement disparu : on ne pensait plus à prendre les plats favoris de l'autre au supermarché ; lorsqu'on préparait du thé, on ne faisait qu'une seule tasse. Quelques années plus tôt, quand on entendait parler de divorce, on commentait la chose sur le ton qu'on adopte pour raconter un accident de voiture ou une maladie grave, mais à présent, c'était plutôt avec celui qu'on prend pour célébrer la sortie de prison d'un innocent.

Bien sûr, rien de tout ça ne figurait sur la page Wiki de ma biographie, car j'avais pris soin de rester le plus neutre et le plus objectif possible. En plus, je n'avais pas tellement confiance dans mes propres souvenirs en ce qui concernait notre mariage ; dans la reconstruction du fil des événements que j'avais effectuée, le dénouement malheureux ne cadrait toujours pas. Je me souvenais de la Maddy qui avait été ma compagne, ma meilleure amie, mon âme sœur. S'agissait-il là de la dernière étape dont parlent tous ces livres de conseil sur le mariage ? Ou un divorce amer venait-il systématiquement conclure les relations de ce type ?

Au cours des derniers mois, j'avais passé de longues heures à penser à notre existence commune, à essayer de comprendre pourquoi elle s'était désagrégée ainsi. Comme un détective qui ressasse les indices d'un crime, j'avais passé en revue les événements de notre vie, en me demandant à quel moment nous avions pris la mauvaise direction. Et alors, tout d'un coup, j'ai vu ce qui ne collait pas. Je n'avais toujours pensé qu'à moi-même. Je ne m'étais penché que sur ma propre histoire, je n'avais adopté qu'une seule perspective. Etait-il possible que le problème de mon mariage soit le même que celui de ma page Wiki ? Que je l'aie abordé en tant qu'individu et non pas en tant que moitié d'un couple, ou quart d'une famille ?

Comme je me sentais inspiré par cette soudaine prise de conscience, j'ai créé une nouvelle page Wiki, privée celle-là, que j'ai intitulée : « L'histoire de la vie de Madeleine R. Vaughan ». Puis j'ai effacé ce titre pour le remplacer par son nom de jeune fille. Ensuite, j'ai commencé à écrire en vrac tout ce dont je me souvenais à son propos. Ses origines familiales, ses centres d'intérêt et, avec toute l'objectivité dont j'étais capable, j'ai mentionné les détails que je connaissais sur les petits amis qu'elle avait eus avant moi. J'ai pris soin d'écrire autant de choses que possible sur son travail. Le combat qu'elle avait mené pour devenir photographe professionnelle, comment elle avait dû tout réapprendre quand la révolution numérique a eu lieu. J'ai décrit certaines des créations brillantes qu'elle avait effectuées lorsque les enfants, en grandissant, lui en avaient laissé le temps. J'ai rappelé l'excitation qu'elle avait ressentie quand les premiers acheteurs avaient commencé à s'intéresser à ses photos, et l'indignation qu'elle exprimait parfois lorsqu'elle me soupçonnait d'estimer que mon travail était plus important que le sien.

J'ai tenté de chroniquer notre relation de son point de vue. Des souvenirs que je n'avais pas conscience d'avoir récupérés se sont mis à déferler : le jour où nous avons pris possession de la maison pour la squatter, et la première nuit que nous y avons passée, incapables de dormir car à tout moment nous nous attendions à voir débarquer la police. J'ai raconté sa grossesse et la naissance de Jamie – le sentiment de peur qu'elle m'avait avoué avant l'accouchement et l'explosion de joie qu'elle avait ressentie en prenant dans ses bras ce nouveau-né tout gluant et fripé. J'ai parlé du jour où un vendeur a téléphoné et qu'elle faisait semblant d'être vraiment stupide. « Z'êtes qui ? » répondait-elle inlassablement à chacune de ses questions. J'ai raconté comment, un jour qu'un démarcheur pour une cause caritative s'était adressé à elle sur King's Road, elle avait fait semblant d'être sourde et lui avait demandé, en se bricolant une sorte de langage des signes, si lui aussi savait signer.

Deux heures plus tard, mes doigts volaient encore sur le clavier. Les autres professeurs, les gens de l'entretien et la lumière du jour s'étaient évanouis depuis longtemps. Il ne restait plus que moi dans le bureau, éclairé simplement par la lueur de l'écran. Même si je n'étais pas d'accord avec l'analyse que faisait Maddy de mes erreurs et de mes fautes, je les ai enregistrées dans ce document. J'étais déterminé à considérer nos deux vies en adoptant son point de vue. Finalement, je suis parvenu jusqu'à l'époque actuelle. Le premier jet de ma mini biographie de Maddy se terminait par sa rupture avec Ralph et la peine que lui avait causée la mort de son beau-père. Décrire la réaction de Maddy au décès de mon père m'avait ému presque autant que l'événement lui-même.

Après les deux heures que je venais de passer à tenter de voir le monde à travers les yeux de Maddy, j'avais l'impression d'avoir découvert un hémisphère supplémentaire dans mon cerveau. Je ne prétendais pas comprendre totalement sa psychologie, mais j'avais au moins trouvé une porte d'entrée sur sa psyché.

On avait souvent, à propos de tout et de rien, des disputes dont la logique autodestructrice me rendait dingue.

« Qu'est-ce qui ne va pas chez toi ? finissais-je par déclarer, incapable d'ignorer ses soupirs lourds de sous-entendus.

— C'est sans importance, mentait-elle.

— A l'évidence, c'est important, répliquais-je avec la sensibilité de Monsieur Spock. Si quelque chose ne va pas, tu ferais aussi bien de me le dire.

— Je ne devrais pas avoir à te le dire. Tu devrais t'en rendre compte par toi-même. »

Alors, je me sentais exaspéré et mécontent, à cause de sa colère, mais aussi de la déception qu'elle éprouvait en constatant je n'étais pas un télépathe doté de pouvoirs magiques. En revanche, à présent, je crois que je comprenais son point de vue. « Je ne devrais pas avoir à te le dire. Tu devrais t'en rendre compte par toi-même »... Dans sa bouche, cela signifiait : « T'es-tu jamais demandé comment moi je voyais les choses ? »

Aux obsèques de mon père, Maddy avait l'air si calme, à la fois si pensive et distraite. Bien sûr, elle était peinée par la disparition de mon père, et quitter Ralph avait dû être pénible, mais il y avait autre chose : elle était restée sourde aux gens qui lui proposaient des petits-fours, ainsi qu'aux vieilles dames qui lui faisaient remarquer à quel point ses enfants avaient grandi. A un moment, je l'avais retrouvée toute seule dans la cuisine et je lui avais demandé si elle allait bien.

« Je ne sais vraiment plus quoi penser, avait-elle répondu, énigmatique.

— Tu ne sais plus quoi penser à propos de quoi ?

— De tout. »

Un instant, j'ai cru qu'elle allait poser la tête sur mon épaule.

« Je ne sais plus quoi penser de ces putains d'anchois ! avait lancé Gary en entrant dans la cuisine, une bière à la main. Parfois, j'adore ça, et parfois, je déteste.

— Tu aurais peut-être dû te marier avec un anchois ! » s'est exclamée Maddy.

Je me suis mis à rire, mais déjà elle repartait dans le salon.

Par la suite, je n'ai pas eu d'autre occasion de lui parler seul à seule : nous avons simplement échangé quelques mots sur des points pratiques, au moment où elle partait. J'ai donné un peu d'argent de poche aux enfants pour leur classe de neige, et j'ai dit à Maddy que je pouvais promener Woody le week-end, si ça l'arrangeait. J'aurais voulu être son conseiller et son confident, mais à la place je me suis retrouvé à écouter un vieil homme avec un béret qui m'expliquait qu'il avait été cantonné à Northolt avec mon père, tandis que je la regardais s'éloigner en voiture.

« Ah, oui… mon père me parlait souvent de vous avec affection.

— Ah bon ? avait répondu le vieil homme, apparemment surpris. Je suis content de l'apprendre. »

Assis devant mon écran, j'ai ressenti de l'inquiétude pour Maddy. Peut-être était-ce là le fruit d'une intuition que j'étais le seul à avoir : une empathie instinctive à son égard, acquise au cours de nos vingt ans de vie commune. En jetant un coup d'œil à l'horloge, j'ai constaté qu'il était trop tard pour lui rendre visite et vérifier que tout allait bien. J'aurais dû l'appeler pendant le week-end, ou aller faire un tour chez elle. Je pouvais peut-être pousser jusqu'à la maison et voir si les lumières étaient encore allumées ? Non ! C'était ridicule. Je me faisais une montagne d'un rien, me complaisant dans l'idée qu'elle avait besoin de me parler, alors qu'elle allait probablement très bien. Et puis j'ai éteint l'ordinateur, ramassé mes affaires et je me suis précipité dehors.

— Encore en train de faire des heures supplémentaires, hein, monsieur Vaughan ? ont gloussé Kofi et John, avant de passer en revue leurs moniteurs de contrôle dans l'espoir de trouver une prof en train de se rhabiller.

Avant même d'arriver devant la maison, j'ai vu que toutes les lumières étaient allumées, et jusqu'à la lampe à l'extérieur, qui brillait comme un phare : cela ne ressemblait pas du tout à Maddy. Je suis resté un moment dans la rue à regarder, je ne distinguais aucun mouvement à l'intérieur. J'aurais pu téléphoner, mais je ne voulais pas lui donner l'occasion de ne pas répondre. Finalement, j'ai monté les marches du perron et tendu une main hésitante vers la sonnette, comme si le fait de pousser doucement le bouton la ferait retentir moins fort. Sans bien comprendre pourquoi, j'ai été soulagé de voir quelqu'un bouger de l'autre côté de la vitre. Elle a regardé dans l'œilleton puis a ouvert la porte : à ma grande déception, ce n'était pas Maddy, mais sa mère, l'air inquiète et passablement agitée.

— Non, ce n'est pas elle ! a lancé Jean. C'est Vaughan ! J'allais t'appeler, a-t-elle ajouté en me priant d'entrer. J'allais t'appeler si on n'avait toujours pas de nouvelles ce soir. Ça fait deux jours. On est morts d'inquiétude...

— Quoi ? Que se passe-t-il ? Où est Maddy ?

— Elle a disparu, Vaughan. Elle s'est volatilisée.

21

La première idée qui m'est venue à l'esprit, c'est que Madeleine avait été victime de la même affection neurologique que moi. Qu'en ce moment même elle errait dans les rues sans savoir qui elle était ni d'où elle venait. L'idée n'était pas aussi farfelue que ça. Une des premières théories avancées par le Dr Lewington faisait l'hypothèse que j'avais contracté une encéphalite virale. Maddy avait peut-être attrapé ce virus de l'amnésie par l'intermédiaire de son ex-mari ?

Je me suis souvenu de l'étonnement et de la confusion qui m'avaient gagné quand l'étrangeté de ma propre personne m'était apparue, et j'espérais que rien d'aussi grave n'était arrivé à Maddy. Elle se trouvait peut-être dans un quelconque hôpital, un bracelet siglé « Femme blanche inconnue » autour du poignet. Peut-être essayait-elle de parler à des passants pressés, peu désireux d'ôter leur casque pour écouter ses appels au secours ?

Et si elle avait été frappée de fugue dissociative, cela se serait-il manifesté exactement de la même manière que pour moi ? Allait-elle se retrouver comme à l'âge de dix-neuf ans ? N'était-ce pas d'ailleurs le fantasme de tous les couples quarantenaires – sentir une passion ardente les consumer comme au temps de leur première rencontre ? Ces dernières années, il avait semblé impossible de ranimer les cendres mourantes de ce brasier. Les seules fois où deux époux mariés depuis quinze ans se fixent droit dans les yeux, c'est lorsqu'ils cherchent la culpabilité dans le regard de l'autre.

Bien que la possibilité d'une fugue dissociative ne fût pas totalement exclue, plus j'en apprenais sur la façon dont Maddy avait disparu, moins je trouvais cela vraisemblable. Si son cerveau avait balayé tous ses souvenirs, il l'avait fait à un moment particulièrement approprié. Le samedi matin, Jamie et Dillie étaient partis en classe de neige, et pour la première fois en vingt ans Maddy s'était retrouvée avec la maison pour elle toute seule. Du moins, cela aurait été le cas, si sa mère n'avait pas insisté pour lui tenir compagnie pendant la semaine. Sa mystérieuse disparition était survenue après une période de stress intense : son mari s'était évaporé, avant de reparaître et de vouloir remettre les compteurs à zéro ; ensuite, elle s'était engagée dans une liaison, puis elle avait rompu. Pour finir, elle avait dû emmener ses enfants aux obsèques de leur grand-père…

Endurer toutes ces épreuves, avec en point d'orgue l'obligation d'héberger sa mère chez elle et de subir ses remarques vingt-quatre heures sur vingt-quatre… qui aurait pu supporter ça ?

— Je n'arrive pas à comprendre pourquoi Madeleine aurait voulu disparaître. Tu comprends ça, toi, Ron ? Tu vois, Ron ne comprend pas non plus ! C'est totalement incompréhensible…

— Incompréhensible…

— Tout à fait ! Totalement incomprensible ! N'est-ce pas, Ron ?

— C'est « incompréhensible ».

— Totalement. Tu crois que je devrais appeler la police ? Je crois bien que oui. Ron, tu ne voudrais pas appeler la police ? C'est le neuf, neuf, neuf, chéri. Trois neuf.

— Attendez... Ne les appelons pas tout de suite, ai-je dit.

— Ça va. Je ne me souviens plus de leur numéro, de toute façon, a lancé Ron avec un sourire complice à mon intention.

— C'est neuf, neuf, neuf, Ron. Avant, c'était marqué au milieu du cadran, mais maintenant, ils ont mis des touches partout. Cette manie du changement...

A l'évidence, Ron en était arrivé aux mêmes conclusions que moi. La disparition subite de sa fille n'était peut-être pas aussi mystérieuse que ça, après tout.

— En fait, Jean... ai-je commencé, tout en cherchant la meilleure formulation pour exprimer ce que je voulais lui dire. Peut-être Maddy avait-elle simplement besoin d'un peu d'espace ?

— De l'espace ?! Mais elle en a plein, de l'espace ! Tu as refait les combles, non ? Et tu as réhabilité la cave. Tu étais au courant, Ron ? Pourquoi n'as-tu jamais fait ça chez nous ?

— Eh bien, on n'a jamais eu de cave.

— Non, ai-je poursuivi. Je veux dire de l'espace dans sa tête. Pour échapper à toute la pression qu'elle a subie ces derniers temps. Vous voyez ce que je veux dire... Un peu de temps pour elle, quoi !

Cela ne faisait que trente-six heures que Maddy s'était envolée. Or, même si l'on pouvait comprendre la surprise de Jean devant la disparition inopinée de sa fille, la conversation que celle-ci aurait dû engager pour lui expliquer ses raisons aurait probablement duré jusqu'à maintenant. Je lui ai assuré que Maddy allait bientôt l'appeler, tout en étant obligé de concéder que ce n'était « pas normal ». Pour Jean, « pas normal » était une expression qui s'appliquait à tout ce qui ne lui plaisait pas, du football féminin aux piercings dans le nez, en passant par les personnes d'origine asiatique qui présentaient « nos infos ».

Néanmoins, en moi-même, j'étais inquiet. Laisser ses parents tout seuls dans la maison sans leur fournir la moindre explication ne ressemblait pas du tout à la Maddy que je croyais connaître. Elle était toujours pleine de considération pour les autres. Quand une hôtesse de l'air présentait les procédures de sécurité avant un décollage, Maddy avait toujours de la peine pour elle, parce que tout le monde l'ignorait. Alors au milieu de quarante rangées de voyageurs blasés, le nez joyeusement plongé dans leur magazine, elle arborait une mine encourageante, se concentrait ostensiblement sur les gestes de l'hôtesse et tournait la tête vers les issues de secours quand cette dernière les désignait du doigt. Sa douceur contrastait avec l'attitude renfrognée de son mari, convaincu que les passagers devant lui faisaient preuve d'un manque de politesse flagrant en inclinant leur siège.

Ces souvenirs m'ont donné une idée. Je savais où Maddy rangeait les passeports de la famille. Je pouvais donc vérifier si elle avait vraiment voulu s'enfuir et partir à l'étranger quelques jours. Je suis monté dans la chambre et j'ai ouvert le petit tiroir du bureau victorien qui trônait sous la fenêtre. Dedans, j'ai trouvé notre certificat de mariage (j'ai d'ailleurs été surpris qu'on n'ait pas été obligés de le rendre), ainsi que des médailles de natation datant de ses jeunes années et le certificat de vaccination du chien. Il y avait aussi le talon d'un ticket de parking, dont la valeur sentimentale m'a paru évidente. Quoi qu'il en soit, mon intuition s'était avérée. Maddy s'était esquivée. La femme qui avait toujours fait passer les autres en premier venait de briser sa chrysalide d'obligations et de responsabilités pour s'envoler.

J'ai jeté un coup d'œil à notre ancienne chambre, imaginant Maddy en train de faire son sac à la hâte pendant que ses parents sortaient promener le chien. J'aurais bien aimé considérer cela comme une déclaration d'indépendance enthousiaste et spontanée, mais elle n'avait pas laissé de mot, n'avait pas envoyé de SMS : ça sentait plutôt le moment de panique, la femme au bout du rouleau. Alors, je me suis assis sur le bord du lit et j'ai tenté de me glisser dans ses pensées.

Il faisait bien trop chaud pour un mois d'avril, aussi me la suis-je imaginée en train de franchir avec légèreté quelques rochers jusqu'à un endroit assez profond pour plonger. Une pause d'un instant, pour humer l'atmosphère, pour profiter du sentiment d'espace, de l'arc vierge que constituait sa plage préférée. Au loin, quelques moutons broutaient dans les collines gris-vert qui entouraient la baie, mais aucun véhicule n'empruntait la route qui longeait la côte. Tout était si tranquille ; il n'y avait que ce qu'elle appelait « le bon bruit » – les vagues, le vent et les mouettes.

Je l'ai visualisée installant sa serviette et son sac à côté d'une fissure dans les rochers, puis s'apprêtant à plonger. L'eau allait être froide, mais Maddy avait toujours dit qu'elle ne regrettait jamais une baignade. Puis elle s'est élancée sans hésiter, dans une grande gerbe d'eau. La grâce et la beauté de son plongeon étaient probablement quelque peu atténuées par les jurons qu'elle a poussés en revenant à la surface, à cause de la température glaciale de l'océan Atlantique au printemps. Cependant, Maddy étant une excellente nageuse, elle a attaqué d'un crawl puissant les vagues de la baie. L'été, des maîtres nageurs surveillaient cette plage, mais en leur absence elle avait pris soin de vérifier les horaires des marées et ne s'éloignait pas de la côte. Peut-être avait-elle repéré l'autochtone qui ramassait du bois à l'autre bout de la plage en suivant du coin de l'œil ce nageur un peu fou ?

Lorsque le froid avait fini par la pénétrer jusqu'aux os, elle s'était hissée sur les rochers. Elle savait qu'elle pouvait ressortir à cet endroit – elle n'avait jamais oublié la baignade sur cette plage, malgré toutes ces années, ni la bouteille de vin que nous y avions partagée ni la petite tente douillette –, du moins jusqu'à ce que la tempête détache ses amarres. A présent, la brise printanière lui semblait glaciale et la minuscule serviette qui lui couvrait à peine les épaules paraissait totalement inadaptée. La silhouette à l'autre bout de la plage avait allumé un feu dont le panache de fumée blanche s'élevait au-dessus des dunes. Elle avait envie d'aller se réchauffer devant les flammes, mais elle pouvait difficilement aborder un étranger, vêtue d'un simple maillot de bain, juste pour se remettre d'une baignade un peu folle pour cette époque de l'année. Cela dit, on était en Irlande : les gens étaient amicaux, des inconnus pouvaient se parler. Aller jusque là-bas et discuter un peu n'avait rien que de très normal dans ce pays.

Ses sandales à la main, elle a marché le long des dunes, attirée par l'odeur du feu de bois, de plus en plus présente au fur et à mesure qu'elle s'approchait. Avec toute cette fumée, il était difficile de voir si l'homme était encore là ou pas, et ce n'est qu'en arrivant tout près de lui qu'elle a lancé un salut amical.

— Bonsoir, a répondu une voix dont elle a tout de suite reconnu l'accent anglais.

Soudain, une rafale a écarté le rideau de fumée et là, juste devant elle, son mari est apparu, un sourire chaleureux sur les lèvres et un sac à la main.

— Je t'ai apporté ton pull en cachemire, ai-je déclaré. Je me suis dit que tu aurais froid.

Une fois convaincu que c'était là que Maddy allait se rendre, il avait été relativement facile de la suivre. J'avais déjà fait la partie la plus difficile du trajet : parvenir enfin à la comprendre. A présent, elle me regardait comme si toutes les pensées qui tournaient dans sa tête l'empêchaient d'en exprimer une seule.

— J'ai fait un feu pour que tu puisses te réchauffer. Mais tu es probablement venue profiter de l'espace, alors je vais te laisser tranquille. Si tu as envie de me rejoindre un peu plus tard pour boire un verre, je ne repars que demain matin… Mais c'est toi qui vois !

Là-dessus, j'ai fait demi-tour et je me suis éloigné en direction des dunes.

Elle est restée médusée quelques secondes – je commençais à m'inquiéter qu'elle me laisse partir sans réagir lorsqu'elle m'a appelé :

— Attends ! Ne fais pas l'idiot. Comment as-tu… ? Comment se fait-il… ? Papa et maman vont bien ?

— On ne peut mieux, ai-je dit en me retournant. Tu ne peux toujours pas t'empêcher de penser aux autres, hein ?

— Maman n'était pas trop en colère ? Et comment as-tu deviné que j'étais ici ? Comment m'as-tu retrouvée ?

— Eh bien, je me suis souvenu que chaque fois que tu ne t'entendais plus penser, quand les sirènes dans les rues, le bruit des avions et les problèmes te submergeaient, tu disais toujours : « J'aimerais être à Barleycove. »

— Tu t'es souvenu de ça ?!

— Et finalement, tu l'as fait ! J'ai vu que ton passeport n'était plus là et j'ai juste… réfléchi. Et quand j'ai remarqué que tu n'avais pas pris ton pull en cachemire, je me suis dit : Faut que j'y aille, elle va en avoir besoin !

Elle l'avait déjà enfilé, et ses joues lavées par l'eau de mer brillaient à la lumière du feu.

— D'ailleurs, j'ai aussi des saucisses et du pain, si tu as envie d'un sandwich.

— Ce sont des saucisses végétariennes ? Tu n'as pas oublié que j'étais végétarienne ?

L'espace d'une seconde, j'ai marché.

J'ai pris soin de faire cuire les saucisses lentement. C'était une journée très spéciale, et si Maddy se mettait à vomir le repas que je lui préparais, cela risquait de casser un peu l'ambiance. Mais sa baignade lui avait ouvert l'appétit, et ces saucisses irlandaises grillées au feu de bois ont été, en fin de compte, délicieuses. Quand j'ai sorti une petite bouteille de vin et un gobelet, il m'a semblé qu'elle se retenait pour ne pas m'embrasser. Nous sommes restés assis sur le sable des dunes à regarder l'océan, à discuter et à rire tandis que la mer se retirait et que nos ombres s'allongeaient. Je me sentais totalement en paix avec le monde. Je ne me suis même pas formalisé lorsque Maddy a tripatouillé mon feu. Enfin, presque pas.

Madeleine m'a expliqué qu'elle avait subitement décidé de partir à l'étranger sans prévenir sa mère parce que la seule autre option aurait été de la frapper avec une casserole en fonte jusqu'à ce que mort s'ensuive.

— Je crois que maman a senti que j'étais un peu déprimée, alors elle s'est dit qu'elle pourrait me remonter le moral en faisant la liste de tous les avantages dont sa veinarde de fille jouissait et dont elle-même n'avait pas profité lorsqu'elle élevait ses enfants…

— Et tu t'es sentie reconnaissante d'avoir échappé à quarante ans de mariage avec ton père ?

— J'ai appris qu'il s'était toujours montré très égoïste, « sur un plan sexuel »…

— Oh ! Typiquement le genre de détail qu'une fille a envie de connaître à propos de ses parents !

— Oui ! Et les autres clients du supermarché ont aussi semblé trouver ça très intéressant. Alors je me suis dit que je ferais bien de m'éclipser avant qu'elle aborde dans le détail ces positions sexuelles qu'elle avait trouvées si peu satisfaisantes…

Maddy avait repéré un vol pas cher pour Cork sur Internet et elle s'était rendu compte qu'en partant immédiatement elle pouvait l'attraper. Elle comptait appeler ses parents par la suite.

— Mais mon téléphone n'avait plus de batterie, celui de la cabine était cassé et, pour tout dire, j'ai trouvé assez excitant de me montrer moi aussi égoïste, juste une fois…

— Ne t'inquiète pas. Nous leur dirons que tu m'as appelé pour que je leur passe le message, mais que ma mémoire défaillante m'a encore joué un tour…

— Hé ! C'est une bonne idée, ça !

Nous avons parlé de mon amnésie et des souvenirs qui m'étaient revenus. Aucun de nous ne voulait mentionner les pires, mais Maddy comprenait ce que je voulais dire quand j'affirmais que je les récupérais peu à peu, les bons comme les mauvais. Au loin, un pétrolier disparaissait derrière une anse de la baie, tandis que nous jetions des croûtes de pain à une mouette un peu craintive. Quand Maddy a proposé de remplir mon verre, elle s'est aperçu que je ne buvais pas.

— Pourquoi ? Tu prends le volant ? a-t-elle dit pour plaisanter, en semblant regretter aussitôt sa pique un peu méchante.

— Eh bien, en fait, oui. J'ai loué une petite voiture qui est garée là-haut…

— Tu… tu as passé ton permis ?!

— Oui. J'ai fait un stage intensif et, depuis, je n'ai pas démoli un seul muret. Si tu veux, je peux te servir de chauffeur jusqu'à Crookhaven, dans ma Nissan Micra de luxe. Elle a un rétroviseur cassé, mais ce n'est pas ma faute : en sortant de Skibereen, un arbre s'est penché un peu trop près de moi…

Elle n'a rien répondu, se contentant de me fixer pendant un long moment, comme pour assimiler le renouveau dans cette personne qu'elle avait connue toute sa vie.

Lorsque le feu s'est éteint et que la température a commencé à baisser, nous sommes partis vers le village. Maddy essayait de ne pas s'agripper trop ostensiblement à son siège, tandis que nous progressions sur la route le long de la côte. Nous avons pris un verre dans le pub où elle était descendue. Les enfants nous ont envoyé à chacun un SMS plutôt exubérant, où ils parlaient de leur classe de neige et que nous avons mis vingt bonnes minutes à déchiffrer. Maddy a appelé ses parents pour s'excuser, puis nous avons passé un bon moment à pasticher Jean, en nous rappelant comment Jamie et Dillie étaient pris de fous rires pendant le repas de Noël.

— « Vaughan, il lève la lunette des toilettes quand il fait pipi, tu sais, Ron ? » a lancé Maddy en imitant la voix de sa mère. « Ron, lui, il éclabousse d'urine toute la lunette. Tu fais bien plus attention avec ton pénis, n'est-ce pas, Vaughan ? »

— Oui, c'est l'une des nombreuses qualités que je possède et dont ma belle-mère fait l'éloge auprès de ses amis. La précision de la visée de mon pénis.

— « Vaughan, pourquoi ne montres-tu pas à Ron comment il faut tenir son pénis quand on fait pipi ? »

J'ai posé des questions à Maddy sur son travail, elle m'en a posé sur le mien, et je me suis étendu un peu trop longuement sur les progrès que j'avais réalisés avec mon élève la plus difficile, en me laissant emporter par l'excitation de pouvoir enfin confier cela à Maddy.

— ... et alors Tanika s'est levée pour parler devant toute la classe du traitement fallacieux de la mort de son père par les médias. Tu aurais dû la voir, Maddy ! J'étais si fier d'elle. Elle a tenu un discours passionné, affirmant qu'un mensonge c'est comme un cancer : si tu ne fais rien, il finira par te bouffer, et c'est justement ça qu'on avait étudié pendant le cours d'histoire – comment une mauvaise interprétation du passé conduit à un avenir néfaste. Elle a écrit au *South London Press* pour leur demander de publier un article rectificatif à propos de la mort de son père, et toute la classe l'a encouragée. Elle a fini en criant qu'elle allait « tuer le mensonge » : « M. Vaughan et moi, on va tuer le mensonge ! répétait-elle au milieu des acclamations. Et je sais que mon papa me regarde de là-haut, et qu'il me dit merci »…

— Alors, tu t'es souvenu de ça aussi, a dit Maddy avec un sourire.

— Souvenu de quoi ?

— De la raison pour laquelle tu adores l'enseignement. Tu en parlais souvent avec passion, dans le temps. J'ai toujours aimé ça chez toi…

Maddy a fini par monter dans sa chambre, et comme le pub en avait encore quelques-unes de libres j'ai retenu la moins chère.

Elle m'a embrassé sur la joue et m'a dit bonsoir, puis a refermé derrière elle la vieille porte en bois. Une heure plus tard, le sommeil ne venait toujours pas. Je n'étais pas habitué à essayer de dormir avec cet étrange sentiment de paix intérieure.

Sans qu'aucun de nous deux y ait fait directement référence, quelque chose de capital venait de se produire. Nous nous étions mutuellement pardonné. Les aventures que j'avais vécues pendant cette longue journée ont fini par me rattraper, l'avion, le trajet en voiture, plutôt anxiogène, mais surtout l'inquiétude qui avait été mienne : Maddy allait-elle être consternée en constatant que je l'avais suivie jusqu'ici ? Penserait-elle que je voulais l'espionner, ou la harceler ?

Au contraire, elle avait été stupéfaite – et même enchantée – de me voir. Cela s'était passé bien mieux que je n'avais osé l'espérer. Et puis, juste au moment où je commençais à sombrer dans le sommeil, la porte s'est ouverte, Maddy a murmuré « Pousse-toi » et s'est glissée dans mon lit.

J'avais envie de m'asseoir et de la prendre dans mes bras, mais quelque chose me disait qu'il valait mieux que je fasse de la place et que je laisse un peu de couverture à mon ex-femme. Ou à ma femme, peut-être ? Je ne savais plus trop quoi penser.

— Tu as assez de place ?
— Oui, c'est parfait. Excuse-moi si je t'ai réveillé.
— Non, je ne dormais pas. Comment savais-tu dans quelle chambre j'étais ?
— Je n'en savais rien. Je suis entrée sur la pointe des pieds dans la chambre d'en face. J'ai failli me glisser dans le lit du gros Allemand qu'on a vu au bar, tout à l'heure.
— Ç'aurait pu être intéressant…
— De toute façon, tu es parvenu à me dénicher au fin fond de l'Irlande, alors je ne crois pas que trouver la porte de ta chambre constitue un exploit aussi impressionnant que le numéro de télépathie que tu as réussi aujourd'hui. Tu as su que j'allais venir ici ! a-t-elle ajouté en posant la tête sur mon épaule. Tu l'as su !

Nous n'avons rien dit d'autre, et sommes restés couchés côte à côte. J'ai passé un bras autour de ses épaules, son corps contre le mien. Je m'étais souvenu de choses dont je ne me serais jamais souvenu avant mon amnésie. Je m'étais rappelé l'endroit qu'elle préférait le plus au monde, je m'étais rappelé qu'elle adorait nager mais qu'elle ne prenait jamais de vêtements chauds pour après, et qu'elle considérait le sandwich aux saucisses que nous avions partagé autrefois sur cette plage comme le meilleur repas de sa vie.

Je m'étais aussi souvenu du code de sa messagerie Gmail, ce qui m'avait permis de voir quel vol elle avait pris et sa destination, mais il ne me semblait pas opportun d'en parler dans l'immédiat.

22

Si un historien devait mettre une date sur le point bas absolu de notre mariage, il choisirait très certainement le 13 février à 23 h 15, huit mois avant mon amnésie subite. Cette nuit-là, j'étais rentré tard pour découvrir que Maddy avait finalement mis sa menace à exécution et changé les serrures de la porte d'entrée. Elle avait refusé de venir m'ouvrir ou de répondre au téléphone, et fait semblant de ne pas être là. Fou de rage, j'avais donné un grand coup de poing dans le battant de verre et je l'avais brisé. Je m'étais entaillé la main et j'avais dû aller aux urgences me faire poser quelques points de suture, dont le nombre variait avec le degré d'injustice que je ressentais au moment où je racontais cette histoire. Dans mon esprit, Maddy portait l'entière responsabilité du sang qui maculait ma manche de chemise ; la cicatrice que j'avais à la main provenait d'une blessure qu'elle m'avait infligée en me barrant l'accès de ma propre maison.

Le lendemain, c'était la Saint-Valentin, et les vitrines des magasins regorgeaient de gigantesques cœurs roses et de cartes de vœux. Je portais un grand bandage blanc qui se teintait de rouge chaque fois que je me servais un peu trop de ma main, ce que je faisais régulièrement, démontrant ainsi de façon inconsciente la justesse de mes vues. Par la suite, j'ai refusé de parler à Maddy pendant plusieurs semaines, jusqu'à ce que la procédure de divorce soit sur les rails.

La fin piteuse de mon mariage n'était pas un souvenir tout neuf ; il m'était revenu quelques semaines plus tôt, quand j'avais interrogé Gary à propos de la cicatrice sur ma main gauche. Linda avait remarqué qu'elle coupait la ligne de cœur sur ma paume.

« Elle indique une difficulté dans une relation…

— Linda, cette cicatrice date du soir où mon mariage a capoté, je te rappelle…

— Non, ce que je veux dire, c'est que tu aurais pu prévoir la rupture en lisant dans la paume de ta main…

— Certes. Cela dit, j'avais une main bandée qui pissait le sang. je me suis fait cette cicatrice en fracassant ma porte d'entrée parce que Maddy avait fait changer les serrures de la maison… Ça aussi, c'était un indice. »

Ce matin-là, couché à côté de Maddy dans cette chambre d'hôtel désuète à l'ouest de l'Irlande, j'y ai repensé de nouveau. En entendant un bruit de verre brisé qu'on balayait devant le pub, cet épisode malheureux m'était brusquement revenu à l'esprit, au moment où j'en avais le moins envie. J'ai jeté un coup d'œil à Maddy. Elle s'agitait un peu dans son sommeil, mais, heureusement, elle dormait encore.

Quant à moi, au réveil, pendant quelques secondes, je ne me suis plus souvenu où j'étais. Cela m'a remis en mémoire ce que j'avais ressenti, des jours durant, pendant les premiers temps de mon amnésie. Cependant, j'ai éprouvé une vague de soulagement quand je me suis rappelé comment Maddy était entrée en pleine nuit dans ma chambre sur la pointe des pieds pour se lover contre moi. Elle y était encore, comme si souvent au cours de notre vie d'avant, s'agitant légèrement, la tête posée sur mon épaule, dans le creux qui semblait être là tout exprès.

Nous n'avions pas fait l'amour. En revanche, j'avais été tenté de lui faire des avances, mais ce qu'elle m'avait raconté à propos de sa mère m'avait arrêté. Je ne voulais pas que, d'ici quelques années, elle déclare aux enfants que je m'étais montré « égoïste sur un plan sexuel ». Je lui caressais les cheveux en la regardant dormir, mais je ne parvenais pas à m'ôter de l'esprit le souvenir de ce 13 février. Je me souvenais de l'humiliation que j'avais ressentie, debout devant la porte d'entrée de ma propre maison, tour à tour exigeant, suppliant et criant à travers la fente de la boîte aux lettres pour qu'elle me laisse entrer. J'avais l'impression qu'elle me volait ma vie, qu'elle me dépouillait littéralement de la personne que j'avais été pendant les deux décennies qui venaient de s'écouler.

J'ai arrêté de caresser les cheveux de Maddy. En fait, sa tête pesait assez lourd sur ma clavicule, et j'ai bougé, de sorte qu'elle est retombée sur l'oreiller. Maddy avait changé les serrures de la maison où je vivais avec mes enfants ! Je ne m'étais montré ni violent ni déloyal, pourtant, elle n'avait plus voulu que je vive là, et elle avait changé les serrures... N'était-ce pas là un acte monstrueux ?

Elle s'est agitée un peu dans son demi-sommeil et la couette a glissé vers elle, me laissant à découvert. J'ai senti croître mon indignation. Je songeais à l'injustice dont j'avais été victime, et la colère rentrée que j'avais éprouvée à l'époque a refait surface. Je suis sorti du lit, en me disant que je ferais aussi bien d'aller prendre mon petit déjeuner tout seul, mais elle s'est retournée et a ouvert les yeux avec un sourire rêveur.

— On dirait bien que je suis dans ta chambre... a-t-elle dit d'un ton espiègle.

— Oui, ai-je murmuré, froidement.

Pour éviter son regard, je me suis absorbé dans l'examen de la vieille théière posée sur la table.

— Pourquoi ne reviens-tu pas te coucher ?

— Non, je... J'essaie de faire du thé.

En m'employant à remplir la théière, je l'ai heurtée assez violemment contre le robinet du lavabo.

— Ça va ?

— Très bien, ai-je répondu, en plein déni. Cette satanée théière ne rentre pas dans le lavabo... On est censé faire comment ? C'est vraiment nul !

— Remplis-la en te servant d'une tasse. Ou au robinet de la baignoire.

A présent, elle s'était assise dans le lit. J'ai remarqué qu'elle portait de nouveau un de mes tee-shirts, ce qui, si l'on s'en réfère aux complexités du code diplomatique qui régit le mariage, n'était pas dénué de signification.

J'ai entrechoqué les tasses et les soucoupes, déchirant les sachets de thé avec plus de force que nécessaire. Je m'étais senti obligé d'en proposer à Maddy et, à présent qu'elle le sirotait, elle m'avouait combien elle trouvait agréable d'être servie au lit. Je ne lui ai pas retourné son sourire, préférant répondre que je détestais ces petites briques de lait stérilisé, une remarque que je n'avais faite qu'un million de fois environ depuis que nous étions mariés. Le moment était venu de mettre des mots sur la colère que je ressentais à cause de ce qu'elle m'avait fait. Je savais que je risquais de tout foutre en l'air, mais je ne pouvais pas m'en empêcher, vu comment elle m'avait traité.

J'ai jeté un coup d'œil à Maddy, adossée à ses oreillers, sa peau blanche et fine encore marquée par les plis du sommeil. Elle m'a répondu d'un sourire faussement timide, puis a ôté son tee-shirt et s'est retrouvée complètement nue au milieu du lit blanc.

— Bon, le mieux serait peut-être de faire l'amour, puis d'aller se prendre un bon gros petit déjeuner quelque part ?

— Oh... Mon Dieu... me suis-je retrouvé en train de gémir, quelques instants plus tard. Tu es si belle...

— Arrête ! s'est-elle exclamée. Je sais de quoi j'ai l'air... A peine réveillée, les cheveux dans tous les sens et des valises sous les yeux...

Maintenant que nous avions fait l'amour, un réexamen objectif m'a conduit à juger que l'affaire du changement des serrures, triviale et sans conséquence, avait pris dans ma tête une importance disproportionnée. Quand j'y repensais, la décision de Maddy semblait justifiée par mon comportement : j'étais saoul et j'avais cassé une vitre. Cela m'a rappelé que « faire l'amour après une engueulade » m'avait toujours paru un peu plus fort que « faire l'amour en temps normal ». Du coup, je n'ai pas été surpris de constater que « faire l'amour après un divorce » procure des sensations encore plus puissantes. J'étais toujours allongé sur elle, mais à présent nous nous connaissions suffisamment bien pour qu'elle se résolve à admettre qu'elle ne trouvait pas cela très confortable. Alors, nous sommes restés couchés l'un à côté de l'autre pendant un moment. Sur son ventre, j'ai caressé les vergetures qui dataient de l'époque où elle était enceinte de Jamie. Je n'avais aucun souvenir d'avoir fait l'amour comme ça avec Maddy. A aucun moment pendant l'acte, elle n'avait mentionné d'un ton badin le raclement bizarre que faisait le moteur de sa voiture, pas plus qu'elle ne s'était demandé si sa mère stockait toujours ses bulletins scolaires au grenier.

Après le petit déjeuner, nous sommes allés nous promener du côté du port, dans l'idée d'acheter un cadeau aux parents de Maddy, pour les remercier de s'être occupés de la maison et du chien pendant notre absence. Comme seules la poste et l'épicerie étaient ouvertes à cette époque de l'année, Maddy a hésité entre un napperon à l'effigie des vainqueurs du concours de l'Eurovision, des Irlandais bien sûr, ou un pot de vers de vase pour la pêche. Au cœur de l'été, les quais regorgeaient de jeunes ados bien en chair qui se jetaient dans l'eau, ou de touristes engoncés dans des gros pulls qui sortaient boire leur Guinness et manger des chips aux terrasses des pubs. En ce moment, au contraire, on aurait dit un village fantôme, un lieu où le temps semblait suspendu. Les bateaux étaient enveloppés de bâches humides et les volets couvraient les fenêtres des villégiatures en hibernation.

— Tu veux qu'on retourne à Barleycove ? Pour une dernière baignade ?

— Non, merci. Je ne vais pas de nouveau risquer la pneumonie. De toute façon, c'est joli, ici. On pourrait peut-être pousser jusqu'au promontoire ?

— Tu as raison, c'est magnifique. On aurait pu venir dans ce pub, quand on était étudiants, plutôt que d'aller camper comme des neuneus !

— Oui… Parfois, il faut vingt ans pour apprendre les choses.

Ce n'était pas censé être une remarque profonde, mais, une fois prononcés, ces mots paraissaient exiger une clarification de la position dans laquelle nous nous trouvions. Nous sommes restés à regarder les bateaux bercés par les vagues, en écoutant le chœur des filins qui claquaient contre les mâts d'aluminium.

— Je suis venue ici pour prendre une décision, a finalement lancé Maddy. Et hier, devant ce feu de bois sur la plage, je crois que j'y suis arrivée.

Mon cœur s'est mis à battre de plus en plus vite, et j'ai murmuré ma réponse presque par inadvertance :

— Et qu'est-ce que tu as décidé ?

Elle a pris ma main entre les siennes en plongeant ses yeux dans les miens.

— La prochaine fois que je vais nager dans l'Atlantique en avril, je m'achète une putain de combinaison.

— Ça m'a l'air raisonnable… Je ne serai pas toujours dans le coin pour t'apporter ton cachemire.

— Oui. Ça, c'est l'autre truc, a-t-elle dit en se tournant vers l'océan. Ce serait bien que tu sois là.

Au loin, deux mouettes ont eu l'air de se mettre à rire, et au bout de vingt secondes Maddy a déclaré :

— Est-ce que tu peux arrêter de me serrer, maintenant ? Parce que j'ai du mal à respirer.

En sortant du village, nous nous sommes dirigés vers les falaises. Je lui ai pris la main, et elle m'a laissé faire, même lorsque l'étroit chemin ne nous permettait plus qu'une progression en file indienne, ce qui nous donnait un air un peu ridicule. En haut des collines, le vent soufflait plus fort que dans le port, et le sentier devant nous paraissait nous défier, mais nous avons fini par arriver au sommet de la falaise. Nous nous sommes assis sur un vieux banc usé, qu'un mari avait placé là en l'honneur de sa femme défunte.

— Regarde les dates, ai-je remarqué. Ils ont été mariés pendant cinquante-cinq ans. Tu penses qu'on pourrait rester ensemble pendant cinquante-cinq ans ?

— Ça dépend. Tu pourrais avoir une aventure dès demain, et je serais alors obligée de te tuer...

— Vraiment ? Ça serait ça, le pire ?

— En fait, non. Si tu me confessais immédiatement une aventure d'un soir, je pourrais peut-être te pardonner. Mais si tu ne me disais rien et que je m'en apercevais, eh bien, je te tuerais lentement, dans de grandes souffrances, puis je posterais la vidéo sur YouTube...

— Ça, j'ai un peu de mal à le croire. Tu serais infoutue de poster quoi que ce soit sur YouTube.

Nous nous sommes souvenus avec tendresse de la première fois où nous étions venus en vacances ici. Nous avions loué des vélos et pris le ferry jusqu'à Clear Island, nous avions mangé dans des pubs, nous nous étions baignés sur des plages désertes. Nous avions même trouvé un magnifique *loch* dans les collines au-dessus de Ballydehob, où nous avions campé pendant quelques jours, à l'orée d'un bois, sans que cela semble déranger quiconque. C'était délicieux d'évoquer ces souvenirs. Pendant les années de conflit conjugal, ils avaient été délibérément supprimés, car ils ne contribuaient en rien à l'effort de guerre. Mais à présent ces anecdotes avaient le vent en poupe, car elles participaient du processus de paix. Nous étions en train de réécrire l'histoire de notre mariage, de façon qu'elle s'accorde avec la fin heureuse qui attendait notre couple de jeunes divorcés.

— Alors, dis-moi, est-ce qu'on a déjà divorcé ou pas encore ?

— Non. Pas avant quelques semaines. Il reste une audience au tribunal, mais nous ne sommes pas censés y aller.

— On pourrait peut-être s'y rendre quand même ? ai-je dit, en plaisantant à moitié.

— Oh, oui ! Je pourrais remettre ma robe de mariée, et toi ton plus beau costume. Les gens nous lanceraient des confettis à la sortie, et ensuite on irait faire la fête…

— Génial !

— Génial ?

— Oui ! Tu te remets à avoir des idées délirantes !

Subitement, j'ai senti qu'il fallait faire les choses correctement. Alors, au pied de ce banc, sur ce promontoire battu par les vents, à l'endroit que nous préférions au monde, je me suis agenouillé devant Maddy et je lui ai pris la main.

— Madeleine Vaughan, me ferez-vous l'immense privilège de devenir mon ex-femme ? Je vous le demande… Non ! Je vous en supplie : voulez-vous divorcer ?

Un mouton s'est arrêté pour nous dévisager, comme s'il avait conscience de se trouver en présence de ses alter ego intellectuels.

— Ce serait un honneur !

Notre divorce allait être à nul autre pareil. Nous nous sommes faits à l'idée qu'il serait trop compliqué et trop cher de renverser le processus, alors nous avons décidé de célébrer les attendus de la cour avec du champagne, des discours et une grosse fête, pour que le monde entier sache qu'on allait divorcer et vivre heureux pour toujours. Nous avons parlé de la réaction des enfants, lorsqu'ils apprendraient que nous allions de nouveau vivre sous le même toit, et de comment nous devrions faire attention à ne pas nous disputer devant eux si des désaccords survenaient entre nous. Ce qui s'est aussitôt produit…

— Je suis désolée, mais je ne pouvais pas te reprendre comme ça, tout de suite après ta fugue. Il fallait que je sois vraiment sûre que tu n'allais pas nous abandonner de nouveau…

La version qu'elle donnait des événements me semblait vraiment biaisée, et cela m'a choqué. L'espace d'un instant, j'ai envisagé de ne pas relever sa remarque, mais c'était un point trop fondamental pour le laisser tel quel dans l'historique officiel de notre relation.

— Euh… C'est un peu délicat d'aborder ce sujet dans un moment pareil, mais… ce n'est pas moi qui vous ai abandonnés. C'est toi qui as changé les serrures de la maison, si je me souviens bien…

— Changé les serrures ?! Mais qu'est-ce que tu racontes ?

— Tu as changé la serrure de la porte d'entrée, comme tu avais souvent menacé de le faire. C'est là que je me suis rendu compte que notre mariage ne pouvait plus être sauvé et que j'ai entamé la procédure de divorce…

— Je n'ai pas changé ces serrures, ne sois pas idiot ! C'est vrai que je disais tout le temps que j'allais le faire, mais je ne l'ai jamais fait !

— Si, tu l'as fait. Et tu as aussi prétendu être absente, même lorsque je me suis coupé la main en cassant la vitre…

— Quoi ?!... Alors, c'était toi ? On a toujours cru que quelqu'un avait essayé de nous cambrioler ! J'avais emmené les enfants chez mes parents, pour qu'ils échappent un peu à toutes nos scènes. Je t'avais même laissé un mot. Mais quand je suis rentrée la vitre était cassée, tu n'étais plus là, et tu n'as pas répondu à mes coups de fil pendant des semaines...

— Oui. Parce que tu étais partie et que tu avais changé les serrures !

— Dis-moi... tu avais bu ? m'a demandé Maddy en me regardant droit dans les yeux.

— Quoi ?

— Quand tu as pris ta clé pour ouvrir la porte, tu avais bu ?

Un long silence s'est installé. J'ai renoncé à la vue magnifique qu'on avait du haut de cette falaise pour me concentrer sur le chemin de terre boueux, à mes pieds.

— Ecoute... Euh, j'ai réfléchi, si tu veux je peux mettre ma collection de vinyles ailleurs que dans le salon...

23

C'était le printemps, l'époque où les fantasmes d'un quarantenaire le poussent vers le divorce. Main dans la main, Maddy et moi sommes entrés dans la salle d'audience, dont nous avons cérémonieusement remonté l'allée centrale. Heureusement que lors de notre mariage elle n'avait pas choisi une robe traditionnelle en tulle blanc, avec une traîne de deux mètres et un long voile, car le juge aurait pu la condamner pour outrage à la cour si elle s'était mis en tête de la porter le jour où il allait prononcer notre divorce. Cependant, elle ressemblait indubitablement à une mariée dans sa toilette de soie rouge qui lui tombait sous le genou, avec à la main un bouquet de roses assorties à celle qui ornait son élégant chapeau. Ce n'était que la seconde fois qu'elle portait cette tenue, et je l'ai félicitée de pouvoir encore entrer dedans, quinze ans et deux enfants plus tard.

— Merci ! Oh, au fait, si jamais tu constatais un gros débit sur notre relevé bancaire pour l'achat d'une robe, sois sûr que la femme qui se fait passer pour moi a encore piraté notre carte bleue…

Malgré tous les efforts que j'avais faits ces derniers temps – courir un peu en promenant le chien ou arrêter l'alcool – je n'ai pas pu entrer dans le costume que je portais le jour de mon mariage. Ce qui n'était pas plus mal, si l'on considère la taille des épaulettes dudit costume, ou celle des revers. Je n'avais pas non plus assez de cheveux pour reproduire la frange bouffante que j'arborais en 1990, et qui était déjà ringarde à l'époque. Du coup, j'ai loué un costume gris, mis une rose à ma boutonnière, et c'est ainsi que nous nous sommes retrouvés devant le registre principal des affaires familiales, prêts à entendre le juge nous déclarer ex-mari et ex-femme.

Lorsqu'il nous a vus entrer dans sa salle d'audience, il a commencé par vérifier que nous ne nous étions pas trompés d'immeuble. Les avocats des deux parties étaient présents, malgré la longue souffrance qu'ils avaient endurée, et ils semblaient faire cause commune devant ce couple impossible et son refus obstiné de suivre le scénario traditionnel de l'amertume et de l'acrimonie. Il fallait encore prononcer le décret de divorce, mais ce n'était plus qu'une question purement formelle. Il nous importait peu de savoir qui garderait la maison ou quel serait le montant de la pension alimentaire, étant donné que nous étions de nouveau réunis.

En général, tous les différends d'ordre financier ou autre ayant déjà été réglés depuis longtemps, un tel jugement est prononcé en quelques minutes. Cependant, cette fois-ci, les réponses habituelles à ce genre de questions ne collaient pas vraiment, et le juge semblait enchanté par la paire si peu conventionnelle qui lui faisait face.

— Cela ressemble plus à un mariage qu'à un divorce ! a-t-il fait remarquer.

— On pourrait dire ça, a admis un des avocats, un peu gêné, tandis que Maddy montrait à l'assistance la nouvelle bague à son annulaire.

— Maître, je voudrais m'adresser directement au plaignant… Etes-vous absolument certain de vouloir vous séparer de cette femme, monsieur Vaughan ?

— Oh, oui, Votre Honneur, ai-je répondu en lançant un regard enamouré à Maddy, qui m'a souri en retour. Je n'ai jamais été aussi sûr de quelque chose dans ma vie !

Le juge a alors déclaré qu'en l'absence de tout obstacle légal le divorce était prononcé. Mon avocat a marmonné sarcastiquement :

— Vous pouvez à présent embrasser la divorcée…

Ce que j'ai fait.

A l'extérieur du tribunal, aucun panneau n'indiquait qu'il était interdit de jeter des confettis, alors quand Maddy et moi sommes sortis sur le parvis, main dans la main, un petit groupe d'amis et de parents nous a lancé une pluie de bouts de papier multicolores. J'ai dû me forcer à ignorer le fait que nous étions en train de salir la voie publique. Nos enfants se montraient particulièrement généreux avec les confettis, dont ils renversaient des boîtes entières sur la tête de leurs parents. Ensuite, ils ont demandé s'ils pouvaient monter dans la Rolls-Royce blanche que nous avions louée pour nous conduire jusqu'à la réception. Toute la famille a sauté dedans et nous sommes partis, sous les applaudissements de la foule. Dillie, assise sur le siège avant, aurait vraiment voulu que ses amies la voient dans cette voiture.

— C'est trop cool ! On peut aller déjeuner au Ritz ?

— Trop cher ! Mais si tu veux, on peut t'acheter des Ritz pour déjeuner.

Pour le plus grand plaisir de Jamie et Dillie, la Rolls a emprunté un itinéraire touristique, le long des berges de la Tamise, par le pont de Chelsea, puis nous sommes passés par un McDo où l'on pouvait commander sans descendre de voiture, et notre chauffeur – en uniforme – a baissé sa vitre pour demander deux Happy Meals et deux milk-shakes au chocolat pour les enfants. Lorsque nous nous sommes garés devant la maison, la plupart des invités étaient déjà en train de siroter du champagne sous la grande tente que nous avions dressée dans le jardin.

Pour marquer le coup, nos amis avaient revêtu leurs plus beaux atours. Il n'y avait que la mère de Maddy pour s'appesantir sur l'ironie de la chose et circuler entre les convives en expliquant que nous n'allions pas vraiment divorcer parce que, en fait, nous étions de nouveau ensemble et que nous finirions par nous remarier, comme Richard Burton et Elizabeth Taylor. Excepté, ajoutait-elle après réflexion, que nous ne divorcerions pas à nouveau et que nous n'aurions pas à lutter contre des problèmes d'alcool.

La plupart des membres de notre cercle social avaient été enchantés d'apprendre qu'un de leurs couples préférés se remettait ensemble, même si certaines amies de Maddy regrettaient d'avoir acquiescé si vigoureusement lorsqu'elle affirmait que j'étais un mari nullissime.

— Quand je disais que tu étais trop bien pour lui, je voulais dire que tu étais trop bien pour ce qu'il était devenu au moment où vous divorciez. Mais à part ça, j'ai toujours pensé qu'il était l'homme qu'il te fallait, le mari parfait. Ou l'ex-mari… je ne sais plus comment il faut l'appeler…

Cependant, maintenant qu'ils avaient eu deux semaines pour s'habituer à l'idée, ils étaient pris d'une certaine euphorie : les blagues étaient plus drôles, la nourriture meilleure, le soleil plus ensoleillé. Cette fête était parfaite parce que tout le monde voulait qu'elle le soit.

— C'est tellement romantique ! s'est exclamée Linda, à présent enceinte jusqu'aux yeux. Pourquoi ne divorçons-nous pas ?

Gary tenait le rôle du témoin, ou plutôt du « témoin à charge », comme il s'amusait à le répéter. Il affirmait même que c'était lui qui avait eu l'idée qu'on se remette ensemble. Il vérifiait régulièrement qu'il n'avait pas perdu nos anciennes alliances, qu'il avait glissées dans la poche de son gilet. Nous ne les portions plus depuis des mois, mais nous avions décidé de les échanger de nouveau, devant tous nos proches.

Dillie était officiellement la petite fille de douze ans la plus belle et la plus charmante du monde. Elle semblait véritablement intéressée et surprise par cette procession d'adultes qui lui affirmaient qu'elle avait grandi. Jamie serait devenu tout rouge à la mention d'une éventuelle petite amie, si on ne lui avait pas déjà posé la question une dizaine de fois dans la journée. « Non, je me réserve pour la femme parfaite » obtenait toujours un gloussement d'appréciation de la part des membres les plus âgés de la famille. Cependant, la deuxième partie de sa phrase rencontrait moins de succès : « Ou pour l'homme parfait, ça dépendra de comment je tourne. » Woody, quant à lui, a fini par sortir de son placard, encouragé en cela par un voisin, affublé d'une cravate, qui lui donnait sans aucune vergogne des blancs de poulet panés et des saucisses. Woody ne s'était jamais senti aussi libre.

Enfin ! Je suis mon vrai moi ! Oui, j'adore manger ! Est-ce mal ? Dois-je toujours ressentir une telle honte à cause de cette passion qui ne veut pas dire son nom ? Finalement, je fais mon coming out ! Je suis un gourmet ! Un obsédé de la bouffe ! Un glouton ! Je suis un goinfre et j'en suis fier... Il va falloir vous y faire !

Ron a exécuté quelques pas d'une danse surannée avec sa merveilleuse fille, sous le regard plein de fierté de Jean, qui, le champagne aidant, s'est effondrée en larmes devant le spectacle de l'amour tout simple qui unissait les deux êtres qu'elle chérissait le plus.

— Ron a toujours été un merveilleux danseur, a-t-elle soufflé. Il a toujours été un merveilleux mari. J'ai tellement de chance de l'avoir...

En entendant cela, j'ai failli m'étouffer avec mon blanc de poulet.

Finalement, l'heure de notre fausse cérémonie est arrivée. Gary a conduit les invités vers l'estrade montée pour l'occasion. Quinze ans plus tôt, Maddy et moi avions échangé nos vœux devant l'officier d'état civil et quelques vieilles parentes chapeautées. Nous avions juré « de rester ensemble, pour le meilleur et pour le pire, dans la richesse comme dans la pauvreté, dans la santé comme dans la maladie, jusqu'à ce que la mort nous sépare ». A la réflexion, nous ne nous sommes pas montrés tout à fait à la hauteur de nos engagements, et nous aurions peut-être dû viser un peu moins haut pour une première tentative : « Avec cette alliance, je me joins à toi pour un petit moment. Avec mon corps, je t'honore, même si je te dégoûte avec ma manie de laisser des rognures d'ongles dans le bidet. Je te fais don de toutes mes possessions temporelles, excepté mon gros livre de photos de nus, dont j'espère naïvement que tu ne l'as pas repéré, dans la boîte bleue au grenier. »

Lors de ce deuxième essai, nous avions décidé de prêter serment en public, mais avec des vœux d'un type nouveau... et un peu plus réaliste. Ils étaient conçus pour un couple mûr et sans illusions quant aux compromis et aux déceptions occasionnelles qui jalonnent un partenariat censé durer toute une vie. « Je jure de faire semblant de t'écouter quand tu pérores, alors qu'en fait je serai en train de penser à tout à fait autre chose », « Je jure de t'aimer d'une façon familiale, un peu comme un meilleur ami, mais ne t'attends pas à des déclarations d'amour enflammées, avec des fleurs, des chocolats et des sonnets toutes les cinq minutes », « Je jure de respecter tes sautes d'humeur et tes imperfections comme tu tolères les miennes, et de ne pas m'en servir comme excuse pour aller rechercher sur Google le nom de mes anciennes petites amies »...

Des acclamations ont salué l'arrivée des stars du jour par la porte-fenêtre de la cuisine. Gary qui, allez savoir pourquoi, était à présent déguisé en évêque, ou peut-être en pape, a réclamé le silence et rappelé à tout le monde à quel point la situation était particulière :

— Ce matin, Vaughan et Maddy ont fini par franchir ce pas que nous avons tous rêvé de faire, sans jamais en trouver le courage : ils ont divorcé.

Une ovation pleine d'ébriété est montée de la foule. J'ai regardé la masse grouillante de visages bienveillants tandis que, debout sous un soleil torride, je sentais la sueur couler sous l'amidon de ma chemise de location.

— A présent, Maddy et Vaughan tiennent à remercier ceux d'entre vous qui ont assisté à leur mariage il y a quinze ans, et qui leur avaient offert ces jolis cadeaux qu'ils se sentent moralement obligés de vous restituer...

Quelques-uns dans la foule criaient « Non ! » et une voix isolée a ajouté : « Ils les ont rachetés sur eBay ? »

— ... en particulier une boîte de conserve de caviar de truite rose dont la date de péremption a été dépassée vers la fin du siècle dernier. Mark, Erena, c'est le cœur lourd qu'ils vous restituent le service de table de vingt-deux pièces que vous leur aviez offert, et qui, à la suite d'une dispute particulièrement féroce, compte désormais quatre-vingt-douze pièces...

Des rires un peu nerveux sont venus ponctuer cette blague. L'auditoire hésitait à trouver convenable la mention d'anciennes difficultés conjugales au cours d'une fête de divorce.

— Peter, Kate... Maddy et Vaughan vous rendent votre ensemble de six verres à vin en cristal, qui est maintenant un ensemble de onze verres à vin en cristal, étant donné qu'ils prennent leur essence dans la même station-service que vous...

Seules les personnes d'un certain âge ont compris celle-là, parce qu'elles se souvenaient qu'autrefois les stations-service distribuaient des verres gratuits, mais Dillie a ri à gorge déployée, comme les autres, même si elle n'avait pas la moindre idée de ce que Gary voulait dire. Ce dernier tirait le meilleur parti de l'occasion qui lui était donnée de s'exprimer devant un auditoire complice. Cependant, au bout d'un moment, je l'entendais, mais je ne l'écoutais plus. Bien sûr, je gloussais ou je souriais quand il le fallait, mais j'étais concentré sur tout un tas d'autres choses : l'intérêt détaché de Jamie pour ces adultes un peu bizarres, le nœud sur l'un des câbles qui retenaient la tente, la traînée blanche que laissait dans le ciel un avion à réaction en partance pour une destination lointaine... J'ai regardé les amis qu'il fallait que je réapprenne à connaître, les professeurs de mon département au collège et le voisin à la cravate dont je craignais bien de ne jamais pouvoir me rappeler le nom. J'ai observé Madeleine, souriante, son bouquet de fleurs à la main, acquiesçant aux blagues de Gary ou feignant l'indignation devant certaines de ses suggestions. Puis j'ai fermé les yeux et j'ai senti la chaleur du soleil sur mon visage, son éclat à travers mes paupières, et un kaléidoscope de taches lumineuses m'a emmené ailleurs. Soudain, c'est arrivé – un événement majeur de mon passé a surgi comme une météorite au milieu de la fête. Toute une séquence de souvenirs m'est revenue à l'esprit sans y avoir été invitée, tandis que je clignais des yeux sous le soleil. J'ai ressenti un léger vertige : j'étais vraiment bouleversé.

J'avais eu une liaison.

Alors que Maddy et moi étions encore mariés, je lui avais été infidèle. Je lui avais menti en prétendant rester tard au boulot, et même à propos d'un week-end à Paris. A présent, cela me revenait dans les moindres détails.

Elle s'appelait Yolande ; petite, les cheveux bruns, vingt ans et quelques, elle était assistante de français au collège. Elle était repartie en France, et nous avions mis fin à notre relation d'un commun accord. Néanmoins, pendant un mois environ, je l'avais retrouvée en secret dans son appartement, après le travail, et je racontais à Maddy que je restais au collège pour travailler à l'atelier théâtre ou pour des réunions. Finalement, dans le cadre d'un séjour scolaire, j'avais été assez téméraire pour partir avec Yolande à Paris, où, une fois les autres professeurs et les élèves couchés, je me glissais dans sa chambre d'hôtel.

Aujourd'hui, longtemps après ces événements, je me retrouvais ici, en compagnie de la femme que j'aimais, consterné par mon propre comportement. Comment avais-je pu trahir et décevoir Madeleine d'une telle façon ? Certes, cette liaison avait eu lieu à un moment où notre mariage battait sérieusement de l'aile : nous ne communiquions plus du tout, cela faisait des mois que nous ne faisions plus l'amour et que nous ne nous comportions plus en époux. Cependant, si j'étais vraiment convaincu de pouvoir justifier moralement ce que j'avais fait, pourquoi ne lui en avais-je jamais parlé ? Pourquoi avais-je enfoui ce secret si profondément que c'était l'un des tout derniers souvenirs à me revenir ?

Gary était en train de finir son numéro comique en expliquant à son auditoire la nature des vœux que Maddy et moi allions bientôt prononcer. J'ai jeté un coup d'œil à ma femme, qui m'a adressé en retour une grimace de souffrance feinte. Puis j'ai regardé ma fille, enchantée, les mains jointes dans une pose réjouie devant les rires et l'ambiance romantique qui se dégageait de la fête organisée par ses parents. Jamie, qui me regardait suer sur l'estrade, a levé les pouces en signe d'encouragement.

J'ai commencé à ruminer d'autres détails de ma liaison, notamment le profond sentiment d'interdit qui avait marqué mon premier rapport sexuel avec

Yolande. Il y avait tant de raisons qui auraient dû m'empêcher de faire l'amour avec cette assistante de français. Cela dit, un fait incontournable s'opposait à tous ces arguments raisonnables : Yolande était nue, allongée sur son lit. Dans l'équilibre complexe qui régit la psychologie du mâle, il arrive parfois que les avis convergents de l'esprit, du cœur et de l'âme soient balayés d'un coup par celui du pénis.

La première fois que j'étais rentré à la maison après avoir eu un rapport sexuel avec une autre femme, je me suis demandé si Maddy allait s'en apercevoir. Allait-elle aussitôt lire la culpabilité dans mes yeux, ou m'entendre confesser ma faute pendant mon sommeil ? Cependant, cela faisait plusieurs mois que nous n'échangions plus un regard, et entre nous l'atmosphère hostile et cassante empêchait ses antennes de détecter la contrition que je dissimulais, et que je ne pouvais pas confesser de moi-même, tellement Maddy m'en voulait. De mon côté, j'étais très en colère. Si elle l'apprenait, cela ne ferait que rendre les choses plus difficiles. Que nous nous séparions ou que nous parvenions à nous rabibocher, mon acte allait tout mettre par terre. Sauf si elle l'ignorait.

Mais ça, c'était avant. Aujourd'hui, dans notre nouveau foyer, ne fallait-il pas qu'elle sache la vérité avant que nous commencions notre nouvelle vie ? Si je ne disais rien maintenant, quand pourrais-je le faire ? Ce soir, quand tous les invités seraient rentrés chez eux et que nous serions en train de remplir le lave-vaisselle ? « Une journée magnifique, n'est-ce pas ? Oh, pendant que j'y pense, j'ai fait l'amour avec une femme du collège, il y a quelque temps. » Ou alors, demain, au petit déjeuner ? C'est quand, le meilleur moment pour avouer à sa femme qu'on a eu une liaison ? Il devrait y avoir un guide officiel pour ce genre de choses. Vaut-il mieux en parler avant de prononcer ses vœux devant la famille et les amis, ou plutôt après ? « Si tu me l'avouais immédiatement, je pourrais peut-être te pardonner... » C'était ce qu'elle avait dit.

Gary avait fini son discours, mais avant de passer au temps fort de la journée Maddy voulait prononcer quelques mots. Elle désirait remercier tous ceux qui avaient rendu cette fête possible : son père, sa mère, Dillie et Jamie. Elle a remercié Gary d'avoir été aussi drôle et d'avoir accepté de faire le maître de cérémonie. Elle a remercié la meilleure amie de Dillie, qui s'occupait de la musique. Elle a remercié tous ceux qui avaient apporté quelque chose à manger. En fait, elle remerciait tellement qu'il y avait des chances qu'un de nous meure de mort naturelle avant que j'aie le temps de lui avouer la vérité.

— Gary ! ai-je murmuré en lui faisant signe de me rejoindre dans la cuisine. Gary !

— Ça va, mon vieux ! J'ai les alliances dans ma poche. Je viens encore de vérifier...

— Non, ce n'est pas ça... Je viens juste de me rappeler quelque chose...

— Comment on joue au foot ?

— Non, écoute-moi, c'est sérieux, ai-je poursuivi dans un murmure presque inaudible. J'ai eu... une liaison.

— C'est ça ! m'a-t-il répondu avec un grand sourire. Et après, t'as volé le gloubi-boulga de Casimir ! Tu ne m'auras pas ! Les vannes, c'est un peu ma spécialité, tu sais...

— Non, je te jure que c'est vrai. C'était il y a deux ans, environ. Ça n'a duré qu'un mois, mais j'ai trompé Maddy.

Du coup, Gary est entré avec moi dans l'espace un peu plus privé que constituait notre cuisine.

— Putain ! Pourquoi tu me parles de ça maintenant ?

— Je viens juste de m'en souvenir. Il faut que je le dise à Madeleine ! Je dois lui avouer la vérité avant que nous prononcions nos vœux !

Nous nous sommes tournés vers Maddy, qui continuait à remercier à tout-va sur son estrade : elle en était au voisin qui nous avait prêté les tréteaux pour les tables.

— T'es dingue ou quoi ? Ne lui dis rien ! Ne lui en parle jamais, et encore moins maintenant. Tu as fait tout ce chemin, ce n'est pas pour tout foutre en l'air, crétin !

— Mais je dois lui en parler avant que nous nous engagions. Ne rien dire serait une supercherie…

— C'est très bien, les supercheries ! C'est normal ! Il ne faut jamais, au grand jamais, être totalement honnête avec sa femme. C'est ce que tu pourrais faire de pire.

Je me trouvais à un moment décisif dans ma vie, et la seule personne vers qui je pouvais me tourner pour demander conseil était un mec bourré déguisé en pape.

— Plus tard, ce sera trop tard. Il faut que je tue le mensonge maintenant. Elle m'a dit qu'elle me pardonnerait si je lui avouais la chose immédiatement.

— La nuit porte conseil. Attends au moins jusqu'à demain. Ne fous pas en l'air son grand jour. Parce que, aujourd'hui, tu vois, c'est un peu comme si c'était un mariage, a subtilement remarqué Gary.

Les applaudissements qui marquaient la fin du discours de Maddy sont venus mettre un terme à notre aparté, et le moment symbolique – sans ironie – d'échanger nos alliances arriva. Je suis retourné dehors avec Gary, qui était bien plus hésitant que quelques minutes plus tôt. Il a commencé à expliquer la suite des réjouissances à l'auditoire, mais sur un ton beaucoup moins détendu qu'auparavant, presque en bafouillant.

J'ai croisé le regard de Maddy, qui a haussé les sourcils en m'adressant un sourire un peu timide. C'était peut-être le dernier qu'elle m'adresserait jamais. Qu'est-ce qui valait le mieux ? Un mariage heureux fondé sur le mensonge, ou le risque de ne pas me marier du tout si je disais la vérité ? Cependant, si je me taisais, cela ne déboucherait-il pas sur une simple apparence de bonheur, et non sur un mariage heureux, sans que Maddy puisse jamais vraiment mettre le doigt sur ce qui clochait ? Et pourquoi ne distribue-t-on plus de verres gratuits dans les pompes à essence ? Parce que ça envoie un mauvais message aux conducteurs ?

— Maddy ! ai-je murmuré dans le dos de Gary.

— Tu es prêt ? m'a-t-elle répondu.

— Maddy, il faut que je te parle de quelque chose avant de continuer. Viens dans la cuisine, ai-je déclaré sur un ton tellement solennel qu'il devait sembler d'autant plus ridicule.

— Arrête de tourner autour du pot. C'est agaçant.

— Je suis sérieux. C'est un truc qui m'est arrivé avant notre rupture. Je viens de m'en souvenir, mais il faut que je t'en parle immédiatement.

— Vaughan, tu me fais flipper. Arrête !

De la tête, je lui ai fait signe de descendre de l'estrade, et elle m'a suivi dans la cuisine, l'air perplexe.

— Alors, que se passe-t-il, au juste ?

— Tu te souviens de l'époque où nous nous parlions à peine, quand je suis parti à Paris en voyage scolaire ? Eh bien, ce n'était pas simplement ça. J'y suis allé parce qu'il y avait une autre femme.

A présent, Maddy se rendait compte que je n'étais pas en train de lui faire une blague, et aucun maquillage n'aurait pu dissimuler la pâleur subite de son visage. Elle a cherché ses mots pendant quelques instants et, finalement, elle m'a posé une question, presque en s'étouffant :

— Qu'est-ce que tu veux dire ? Comment… C'est qui ?

— C'était une assistante de français, au collège. Ça n'a duré qu'un mois, et je ne suis plus en contact avec elle. C'était juste un truc, quand tout allait de travers, et je suis vraiment, vraiment désolé, mais il fallait que je sois honnête avec toi.

— Jésus lui-même a assisté à un mariage en Galilée, poursuivait Gary en consultant ses fiches. Il a donné au couple la bénédiction de son père et des coupons gratuits de chez Ikea…

— Madeleine, dis quelque chose… Cela ne se reproduira plus jamais, je te le jure. A l'époque, nous étions très malheureux tous les deux, alors je crois que c'était comme si j'appuyais sur un bouton pour m'autodétruire…

Mais Maddy n'avait rien à dire. Son mascara se diluait et une larme traçait une ligne noire le long de sa joue.

— Alors, Vaughan et Madeleine, rejoignez-nous ! a demandé notre improbable ecclésiastique. Allez ! Allez ! Ne soyez pas timides ! a-t-il ajouté en nous faisant signe de sortir. Si un homme ou un golden retriever sait quelque chose qui pourrait empêcher le divorce de cet homme et de cette femme, qu'il parle maintenant ou se taise à jamais !

Maddy semblait trop affectée pour seulement comprendre ce qu'elle faisait là.

— Jack Joseph Neil Vaughan, jurez-vous de vous séparer de Madeleine Rose Vaughan et de vivre dans le péché à partir de ce jour ? Vous engagez-vous à remarquer qu'elle est allée chez le coiffeur et à accepter qu'en voiture ses suggestions d'itinéraires sont une alternative raisonnable ?

— Je… Euh… Je le jure.

J'ai jeté un coup d'œil à Maddy. Ses larmes semblaient s'être taries, mais Dillie avait vu que sa mère avait pleuré, et bien que la plupart des personnes présentes aient mis cela sur le compte de l'émotion, elle sentait qu'il y avait autre chose.

— Madeleine Rose Vaughan, jurez-vous de vous séparer de Jack Joseph Neil Vaughan et de vivre dans le péché à partir de ce jour ? Vous montrerez-vous tolérante avec lui ? Serez-vous conciliante ? Promettez-vous de ne pas vous raser les aisselles avec son rasoir et de rire à des blagues que vous aurez déjà entendues cent fois ? Ferez-vous semblant de vous intéresser à sa théorie sur ce qui aurait pu arriver si Hitler avait envahi l'Afghanistan ?

Seul le silence a répondu, si l'on excepte la voix de Jean qui a dit « Je le jure », mais ça ne comptait pas.

— Mesdames et messieurs, Maddy a oublié son texte… C'est un jour très important… a lancé Gary, qui avait remarqué notre petit manège dans la cuisine et qui craignait le pire. Dis juste « Je le jure », a-t-il soufflé à Maddy.

Elle a regardé nos invités, constatant que tous, attendant sa réponse, prononçaient presque les mots à sa place.

Gary a souri à la foule, comme pour suggérer que cette pause était parfaitement normale et que la cérémonie allait reprendre son cours d'un instant à l'autre.

— Elle a changé d'avis ! a crié un convive un peu éméché, que sa femme a aussitôt rabroué en s'apercevant qu'il avait peut-être raison.

— Prends ton temps, Maddy… C'est une décision importante, a dit Gary, sans aucune trace d'humour dans la voix, comme s'il était soudain pris d'un accès de sincérité.

Finalement, Maddy a semblé prête à parler, et un frisson de soulagement a parcouru la foule.

— Tu… tu… a-t-elle bafouillé en me regardant droit dans les yeux. Tu n'es qu'un SALAUD !

Une ou deux personnes ont essayé de rire, comme si elles pensaient que ce rebondissement faisait partie du scénario de la journée, mais elles n'y croyaient pas vraiment.

— Tu n'es qu'un putain de salaud ! a-t-elle ajouté en me jetant son bouquet de roses à la figure, avant de fondre en larmes. Je ne veux plus jamais te revoir, aussi longtemps que je vivrai !

Puis elle s'est ruée dans la maison, et nos invités, stupéfaits, ont entendu claquer la porte d'entrée derrière elle.

La meilleure amie de Dillie, qui était censée lancer la musique à la fin de la cérémonie, a nerveusement appuyé sur le bouton « play » du lecteur de CD et le refrain de *She Loves You* des Beatles a résonné dans les enceintes. Je ne savais pas trop où porter mon regard et j'ai fini par essayer de sourire bravement à Jamie, qui m'a dévisagé comme un fils que son propre père vient de trahir.

— Oh, merde ! a dit Gary. Ils remettent ça !

24

La fête a quelque peu périclité après le départ de Maddy. Le leitmotiv « Comme c'est drôle qu'ils se remettent ensemble le jour de leur divorce ! » a perdu de son actualité lorsqu'une Maddy en larmes a jeté son bouquet au visage de son prétendant en criant qu'elle ne voulait plus jamais le revoir. Bien que Gary ait essayé de placer quelques-unes des blagues qu'il avait préparées, il a fini par comprendre que ce n'était plus le moment. Je suis parti en courant derrière Maddy, mais elle avait pris les clés de la voiture et démarré avec autant d'agressivité qu'on peut en montrer dans une Honda Jazz automatique.

Instinctivement, elle aurait voulu trouver du réconfort auprès d'une de ses amies, mais au bout de quelques minutes elle s'est aperçue qu'elles étaient toutes dans son jardin, en compagnie de son mari adultère. Alors elle a roulé jusqu'au parking de Sainsbury et, quand le préposé au nettoyage des voitures lui a dit que la sienne était très sale, elle a de nouveau fondu en larmes.

Les invités sont partis en murmurant des remerciements un peu embarrassés, tout en m'assurant que la plus grande partie de la fête avait été très agréable.

Certains ont emporté les cadeaux de mariage que nous comptions leur restituer. Un peu plus tard, Jean est venue récupérer des affaires pour Maddy et a expliqué aux enfants que leur maman allait passer quelques jours avec sa propre maman, et qu'elle leur téléphonerait bientôt.

— Si je pouvais lui parler, ne serait-ce qu'un instant… ai-je supplié. Pourriez-vous lui dire que j'ai besoin de lui parler ?

— Pour l'instant, c'est elle qui a besoin de calme, pour réfléchir. Tous les couples en passent par là, Vaughan…

Après son départ, j'ai réfléchi, et je suis à peu près sûr que tous les couples n'en passent pas par là. Un mari se sépare de sa femme, il est victime d'une affection qui provoque une amnésie totale, passe une semaine à l'hôpital sans savoir qui il est, puis, lorsqu'il revoit sa femme, c'est comme s'il rencontrait une étrangère pour la toute première fois. Il tombe amoureux d'elle, parvient à bluffer le tribunal sur sa véritable situation, change d'avis à propos de son divorce et finit par regagner l'amour de sa future ex. Ensuite, au cours de la fête censée célébrer leur nouveau départ dans la vie, il se souvient d'une ancienne liaison, lui en parle, et elle décide de rompre à nouveau. Si tous les couples en passaient par là, j'aimerais bien lire le livre de conseils conjugaux écrit sur la question, ou voir les photos des mannequins dénudées, la mine perplexe, qui illustreraient ce problème dans la rubrique « psychologie » des tabloïds.

En fait, Maddy a prolongé son séjour chez ses parents, et je me suis transformé en père célibataire et stressé. J'allais chercher les enfants à la sortie de l'école, je fonçais à mon boulot, je rentrais à toute vitesse pour leur préparer un goûter et sécher lamentablement sur leurs exercices de maths. Après, nous nous installions devant la télévision, qu'ils avaient le droit de regarder pendant une heure, et ils me réveillaient peu après minuit pour me dire qu'ils montaient se coucher.

Jamie et Dillie parlaient avec leur mère au téléphone, sans poser aucune question sur ce qui allait se passer à long terme. Mais une acceptation passive n'implique en rien une satisfaction personnelle.

— Tu veux des pâtes au thon ou des saucisses purée ? ai-je demandé à Jamie le deuxième soir.

— Ça m'est égal.

— Eh bien, choisis. Des pâtes au thon ?

— D'accord.

— Ou des saucisses purée, si tu préfères ?

— D'accord.

— Oui, mais quoi ?

— Ça m'est égal.

— Et toi, tu as une préférence ? ai-je demandé avec un grand soupir à la pauvre Dillie, qui voulait bien manger n'importe quoi à condition que cela puisse détendre l'atmosphère.

— Ça m'est égal, a-t-elle répondu sur un ton nerveux.

Chaque soir, Maddy appelait le portable de Jamie, et ce dernier marmonnait quelques mots avant de tendre l'appareil à Dillie, qui a épuisé le forfait de sa mère en moins de deux jours. J'ai envoyé des mails et des SMS à Maddy, mais elle ne pouvait pas encore se résoudre à me parler.

Je lui ai proposé de m'en aller, si elle souhaitait vivre à la maison avec les enfants : dans sa colère, elle n'y a vu qu'une volonté d'échapper à mes responsabilités, pressé que j'étais d'aller séduire d'autres jeunes femmes au sein de l'équipe pédagogique du collège…

Gary et Linda m'ont invité à dîner. Ils m'ont raconté qu'ils avaient tenté de prendre ma défense devant Maddy, en soulignant qu'au moins j'avais dit la vérité.

« D'accord, ce n'est pas bien, et il l'admet, avait dit Linda. Mais tous les mecs n'auraient pas réagi comme ça…

— Moi, je n'aurais pas réagi comme ça », avait brillamment fait remarquer Gary.

Il avait désormais des raisons personnelles pour être déprimé. Il m'a avoué qu'il venait de décider de fermer YouNews.

— Oh ! Je suis désolé d'apprendre ça…

— Je croyais vraiment que c'était la bonne, mon vieux. Je croyais qu'on allait balancer Murdoch par-dessus bord…

— Oui… Eh bien, il a quand même beaucoup de pouvoir. Enfin, dans les médias, je veux dire…

— Les infos faites par les internautes eux-mêmes, ça ne marche pas. Les gens inventaient des trucs…

— Comment ça ? Pas comme les journalistes des tabloïds, j'espère ?

— J'aimais bien YouNews, a dit Linda pour le consoler. Par exemple, le clip tellement drôle de ce chimpanzé avec une lance à incendie…

— Linda ! YouNews n'était pas fait pour ça !

— Alors, le site n'est plus en ligne ?

— Eh bien, j'ai posté un message pour indiquer qu'il allait fermer. Mais ensuite un rigolo a répondu en disant que mon message était un faux et que YouNews venait de racheter CNN. Du coup, tous les membres de la messagerie sont super-excités...

— C'est ça le problème avec la sagesse populaire. Parfois, le peuple se révèle vraiment stupide.

Ça me donnait l'impression qu'en fin de compte tout tournait de travers. A vingt ans, on considère avec optimisme tout ce qu'on va accomplir, on empile des projets et des ambitions qu'on réalisera plus tard, dans un avenir pas encore très bien déterminé. Lorsqu'on atteint la trentaine, on est tellement assommé par la déflagration que constituent l'arrivée des bébés, les déménagements et les heures de boulot qu'on enchaîne pour pouvoir payer tout ça qu'on n'a même pas une minute pour lever le nez du guidon et regarder où on va. Ce n'est qu'à la quarantaine qu'on trouve le temps de reprendre son souffle, de tirer le bilan et de réfléchir à ce que l'on a fait jusque-là. Et subitement, on se rend compte qu'on est bien loin de ce qu'on espérait, d'autant qu'on pensait paresseusement que ça viendrait tout seul. La quarantaine, c'est la Décennie de la Déception.

Je suis allé à mon dernier rendez-vous avec le Dr Lewington, qui m'a déclaré qu'elle avait eu l'intention de me téléphoner pour prendre des nouvelles de l'évolution de mon amnésie.

— Mais le plus drôle, c'est que j'ai oublié, m'a-t-elle dit en gloussant. Le cerveau humain est vraiment intrigant !

Nous avons bavardé pendant un moment, puis elle m'a demandé si j'avais récupéré d'autres souvenirs importants. J'ai hésité un moment avant de lui répondre par la négative. J'aurais dû lui parler de celui qui m'était revenu et que j'avais de nouveau perdu. Je me rappelais très bien le moment du flash-back, mais tous les détails de Yolande et de Paris étaient maintenant dans le flou. C'était comme si mon subconscient trouvait légèrement malpoli de s'appesantir sur cette histoire sordide.

J'ai remarqué que la tête en porcelaine sur son bureau avait été cassée puis recollée sommairement.

— Bon, eh bien, je pense que nous ne pouvons plus rien pour vous, a-t-elle finalement annoncé. Vous êtes libre de vous en aller et de reprendre le cours de votre vie.

Comme j'étais à l'hôpital, je me suis dit que je pourrais passer voir Bernard. Cela faisait un moment que j'avais l'intention de le faire, mais ma vie avait été un tel charivari que je n'en avais jamais eu le temps. Je l'entendais déjà pouffer : « Vieux motard que jamais ! »

— Bernard ? s'est interrogée le Dr Lewington, l'air absente, quand je lui ai demandé où je pouvais le trouver.

— Vous vous souvenez de lui ? Le type bavard qui partageait ma chambre... Il avait une tumeur au cerveau, mais il ne voulait pas qu'un petit détail comme ça lui mine le moral...

— Ah, oui ! Eh bien, non. Vous ne pourrez pas le voir, j'en ai bien peur.

— Il est parti ?

— Non. Il est mort.

Et puis, après que j'ai passé quatre jours dans les limbes, le père de Maddy m'a téléphoné, ce qui m'a surpris. Il voulait me voir et a suggéré que nous nous retrouvions au Humanities Café, à la British Library sur Euston Road. Il ne m'a pas dit pourquoi, mais le choix du lieu de rendez-vous m'a rassuré. Si Ron avait voulu me mettre son poing dans la figure, une bibliothèque n'était pas l'endroit le plus indiqué.

C'était la première fois que je me rendais dans cette cathédrale de la culture et, en traversant la vaste esplanade qui y mène, je me suis à nouveau senti dans la peau d'un étudiant. Une immense statue de bronze me regardait du haut de son piédestal. *Isaac Newton, d'après un dessin de William Blake.* Deux cerveaux extraordinaires, à l'exact opposé de l'éponge peu fiable que j'avais dans le crâne. En haut des escaliers mécaniques, un énorme pilier enchâssé dans du verre présentait quelques-uns des millions de livres que la bibliothèque abritait. L'ensemble du savoir humain se trouvait dans ces murs. J'ai été pris d'un profond sentiment de respect devant ce silence qu'interrompaient seulement les murmures des étudiants et des universitaires tout autour de moi.

Quand je suis arrivé au café, Ron était déjà là, installé dans un box. Il s'est levé pour me serrer la main, sans montrer d'hostilité malgré le traumatisme que j'avais causé à sa fille. Quant à moi, je me sentais trop gêné pour le regarder dans les yeux.

— Vaughan, je te remercie d'être venu.

— Pas de problème. Comment va Maddy ?

— Eh bien, elle passe la plupart de son temps dans son ancienne chambre. Sa mère dépose de grands plateaux de nourriture à côté de son lit, et les reprend quelques heures plus tard...

— Bon... Alors... Ce n'est pas la porte à côté, ici.

— Oui. Tu sais, Jean n'aime pas m'avoir dans les pattes, alors cela fait quelque temps que je viens à

Londres pour effectuer des recherches sur l'amnésie dont tu es victime. J'espère que tu ne m'en veux pas ?

Dans mon for intérieur, j'ai ressenti une pointe de déception à l'idée qu'il avait fait tout ce chemin pour me parler de ça. J'avais espéré qu'il apporterait un message de Maddy, tel un ambassadeur envoyé pour poser les bases d'un rapprochement historique.

— Je crois que j'ai déniché quelques cas d'école assez intéressants... a-t-il déclaré.

J'ai acquiescé de façon neutre, en espérant ne pas trahir le sentiment de résignation qui m'avait saisi en l'écoutant. Je ne voulais pas lui faire de peine, mais j'avais déjà lu tout ce qu'il y avait à lire sur l'amnésie rétrograde et la fugue dissociative.

A la table d'à côté, un jeune couple d'étudiants se regardaient droit dans les yeux, trop amoureux pour ne pas boire dans le même verre : leurs deux pailles plongeaient dans un seul café liégeois.

— Je ne peux pas affirmer que ce que j'ai trouvé s'applique spécifiquement à ton cas, mais je crois qu'il y a quelque chose que tu devrais savoir, a-t-il indiqué en me montrant les pages qu'il avait photocopiées dans différents ouvrages de référence et dans de vieux journaux. En 1957, un businessman de New York a subi exactement la même mésaventure que toi. C'était un P-DG dont les décisions mettaient en jeu des sommes de plusieurs millions de dollars, et il subissait un grand stress. Un jour, il a disparu. On l'a retrouvé une semaine plus tard, et il ne savait ni qui il était ni ce qu'il faisait pour gagner sa vie...

— Bon, effectivement, je n'ai pas lu l'histoire de cet homme-là, mais j'en ai lu beaucoup d'autres...

— Eh bien, ce New-Yorkais a peu à peu retrouvé ses souvenirs, exactement comme toi, jusqu'au moment où il a pu reprendre son travail, et son conseil d'administration a fini par le réintégrer...

L'étudiant de la table voisine a sorti la paille de son café liégeois et a présenté l'extrémité pleine de crème à sa compagne, pour qu'elle la lèche.

— Mais, au moment de reprendre sa vie précédente, le businessman s'est subitement rappelé qu'il avait commis des fraudes aux dépens de la société qu'il dirigeait. Taraudé par la culpabilité, il a avoué ses crimes et présenté sa démission...

— Excusez-moi, Ron, mais je ne vois pas très bien en quoi cela peut m'aider. Moi aussi, je ne me suis souvenu des choses les plus désagréables que vers la fin. Ça ne me console pas beaucoup de savoir que le pire est peut-être encore à venir...

— Je crois que cela a un rapport avec ton aventure parisienne.

A l'évocation de cet épisode, je me suis mis à rougir, d'autant plus que c'était mon beau-père qui en parlait.

— Oui... Bon, le pire, c'est que je ne m'en souviens même plus. Quand c'est revenu, c'était clair comme de l'eau de roche, mais c'est le premier souvenir que je récupère et qui disparaît par la suite.

— C'est ça ! C'est l'un des symptômes ! s'est exclamé Ron, tout excité. Regarde, c'est ça qui est intéressant. La société de cet homme-là a mené une enquête sur les fraudes qu'il avait confessées, et rien n'était vrai. Il n'y avait pas eu de fraude. C'était un faux souvenir !

Je ne l'avais jamais vu s'enflammer à ce point.

— Un faux souvenir ? Qu'est-ce que ça veut dire ?

— Tout est là ! Intérieurement, il était tellement effrayé à l'idée de reprendre son ancienne vie, avec son cortège de stress et de défis, que son subconscient a fabriqué une excuse pour lui éviter ça.

— Où avez-vous trouvé ces articles ? ai-je demandé en les regardant pour la première fois avec attention.

— Dans des livres. Des livres de cette bibliothèque. Tu m'as dit que tu avais tout lu sur la question ?

— Sur Internet, oui.

— Eh bien, ces articles datent de plusieurs décennies. J'imagine qu'ils ont été rédigés avant l'invention des revues médicales en ligne. C'est étonnant ce qu'on peut trouver dans les bibliothèques quand on prend la peine de chercher.

— Vous voulez dire qu'il y en a d'autres ?!

— Oui ! Ecoute ! Celui-là est tiré d'un livre de psychiatrie paru dans les années 1930 : un conseiller municipal londonien a avoué le meurtre d'une femme… dont on a appris par la suite qu'elle était encore en vie.

— Je ne comprends pas…

— Les patients ne font pas semblant d'avoir ces souvenirs ; pour eux, ils sont vraiment réels. Ils croient vraiment qu'ils ont commis tous ces actes répréhensibles.

J'ai rapidement parcouru les textes plutôt denses que Ron avait photocopiés dans ce livre, en passant sur les nombreux termes que je ne reconnaissais qu'à moitié. D'après la théorie de l'auteur, un ancien psychiatre, ces individus avaient fabriqué leurs faux souvenirs pour les raisons mêmes qui avaient provoqué leur fugue dissociative. Incapable d'affronter la pression ou la possibilité d'un échec, leur cerveau adoptait la solution la plus extrême : il effaçait tout souvenir de leur vie précédente, ou bien il en créait de nouveaux pour rendre impossible le retour à cette vie.

Aucun de nous n'avait besoin de souligner la possibilité que j'aie inventé ma liaison avec Yolande, mais je l'ai quand même fait :

— Quand j'ai parlé à un de mes amis professeurs des raisons pour lesquelles Maddy et moi nous étions de nouveau séparés, il m'a répondu que Yolande ne faisait pas partie du voyage à Paris. D'après lui, elle ne travaillait déjà plus ici à l'époque des faits. J'ai juste pensé qu'il se trompait...

— Eh bien, on dirait que ton cerveau s'est remis à te jouer des tours...

— Ron, c'est fantastique ! J'ai l'impression qu'on vient de me faire sortir de prison... Je n'ai pas eu de liaison ! me suis-je exclamé un poil trop fort, suscitant un regard étonné de la part de deux vieilles dames qui passaient à côté de nous avec du thé et des biscuits. Je n'ai pas trompé ma femme ! ai-je ajouté à leur intention. C'est incroyable ! Maddy est au courant ?

— Oui, je lui en ai parlé hier soir.

— Qu'est-ce qu'elle a dit ?

— Elle m'a suggéré de venir t'en parler.

— Bon... Et elle était contente ?

— Je dirais qu'elle était pensive... Elle a déclaré : « Alors Vaughan ne m'a pas trompée... »

— Mais c'est fantastique !

— « ... il est juste complètement maboul. »

— Oh...

Soudain, à côté de nous, il y a eu un bruit de chaise. Manifestement, un geste déplacé ou un mot de trop avait mis en colère la jeune étudiante, qui s'est précipitée dehors tandis que son compagnon, désolé, lui criait de revenir.

— Vous lui direz que Yolande n'est même pas allée à Paris, hein ? Vous lui direz que je n'ai plus aucun souvenir de cette liaison ? Vous lui direz tout ça et vous lui demanderez de m'appeler, hein ?

— Tu n'es pas vraiment dingue, n'est-ce pas ? Tu es juste dingue de Maddy, a-t-il conclu avec un sourire. Cela dit, qui ne le serait pas ?

Quelques heures plus tard, j'étais assis dans la salle de spectacle de l'école des enfants, un siège libre à côté de moi, dont je n'avais pas la moindre idée s'il allait finir par être occupé ou non. Jamie et Dillie participaient tous deux à *South Pacific*, la comédie musicale de Broadway que l'école avait reprise. J'étais venu là directement après mon rendez-vous avec Ron, et j'avais envoyé un mail et un SMS à Maddy pour lui indiquer qu'un billet l'attendait à l'accueil, mais qu'elle pouvait s'y rendre le lendemain si elle ne souhaitait pas voir son ex-mari. L'état de nervosité des enfants sur la scène n'était rien en comparaison du mien.

L'orchestre a attaqué l'ouverture, et Jamie avait l'air de regretter que sa guitare ne soit pas assez grande pour le cacher tout entier. Tous les parents avaient les yeux rivés à la scène, excepté un, qui n'arrêtait pas de tourner la tête. Mes facultés à suivre le déroulement de l'intrigue se trouvaient encore diminuées, car le metteur en scène n'avait pas tenu compte de la couleur de peau des acteurs en leur confiant les rôles des indigènes et de leurs colonisateurs blancs. Comme je savais que Dillie devait bientôt faire son entrée, j'ai tenté de me concentrer sur ce qui se passait. L'une des chansons les plus célèbres de cette comédie musicale était sur le point de commencer quand quelqu'un s'est glissé silencieusement à côté de moi.

— Salut, a murmuré Maddy.

Une vague de soulagement m'a envahi. Comment ma merveilleuse femme aurait-elle pu choisir un meilleur moment pour apparaître que le refrain de *Rien ne vaut une grande dame* ? Abasourdi, je me suis écrié « Maddy ! », tellement fort que plusieurs parents se sont tournés vers moi avec des regards désapprobateurs, indignés que je puisse interrompre la performance de leurs rejetons. Jamie a souri en repérant sa mère à côté de son père, mais il s'est aussitôt repris, se concentrant de nouveau sur le fait d'avoir l'air cool.

— Dillie n'est pas encore passée, ai-je murmuré.

Pendant la plus grande partie du premier acte, Maddy ne m'a plus rien dit, ce qui m'a rendu nerveux et m'a empêché de me concentrer sur *Une soirée enchanteresse* et *L'Optimiste qui louche*. L'auditoire, exclusivement composé de résidents du sud de Londres, se montrait particulièrement en phase avec le propos antiraciste de cette comédie musicale, et des exclamations outragées sont venues ponctuer l'utilisation du terme « mulâtre », même si quasiment personne ne l'avait entendu auparavant. Pour autant, le mot avait l'air raciste, et cela suffisait pour déclencher des sifflets vigoureux.

Finalement, quand l'interprète d'Emile a attaqué *Plus jeune que le printemps*, je me suis penché vers Maddy pour lui chuchoter que j'avais parlé avec son père, puis je me suis retourné vers la scène.

— Oui, il m'a appelée juste après, a-t-elle murmuré en retour.

— C'est fantastique, non ?

— Fantastique ? Qu'y a-t-il donc de fantastique là-dedans ? Au fait, merci pour samedi. J'ai passé une très bonne journée.

— Chuuut ! ont lancé deux professeurs assis devant nous.

— Excusez-nous...

Il est important que les membres d'un couple trouvent du temps pour se parler, en dépit des obstacles que le monde entier peut placer devant eux. C'est pourquoi j'ai tenté de faire valoir que la découverte de son père ne pouvait être considérée que de façon positive, mais chaque fois que je murmurais assez fort pour qu'elle m'entende des têtes furibondes se tournaient vers nous.

— Mais c'est une nouvelle extraordinaire ! J'ai tout inventé... Ça ne s'est jamais produit...

— Pourriez-vous vous taire, s'il vous plaît ! a chuchoté hargneusement une voix derrière nous.

A la fin de la chanson, les gens se sont mis à applaudir, et Maddy en a profité pour me faire signe de la suivre à l'extérieur, afin que nous puissions discuter. C'est à ce moment-là que Dillie a fait son entrée en scène, juste à temps pour voir ses parents se lever et quitter la salle.

Nous avons commencé à parler dans le couloir, à côté d'un panneau intitulé « Mes sources d'inspiration », sur lequel on voyait que seuls un ou deux profs avaient choisi la controverse en ne citant pas Martin Luther King. Nous nous taisions dès que quelqu'un passait à côté de nous, et je tentais de saisir pourquoi Maddy se montrait aussi froide avec moi.

— Ecoute, je me souviens de Yolande au collège, mais c'est tout. C'est presque comme si je ne l'avais jamais connue. Néanmoins, j'ai du mal à comprendre pourquoi cela ne te fait pas plaisir. Je n'ai pas couché avec cette assistante de français ! me suis-je récrié, sous le regard interloqué d'un petit groupe d'adolescentes vêtues de jupes hawaïennes qui passaient dans le couloir.

— Alors pourquoi t'es-tu imaginé avoir une liaison avec cette Yolande ? m'a-t-elle demandé sur un ton accusateur, en coupant court aux idées d'embrassades que, sous le coup de l'euphorie, je m'étais mis à entretenir.

— Comment le saurais-je ?! Demande aux neurologues ! Tu ne vas quand même pas m'en vouloir d'avoir imaginé que j'ai couché avec une autre femme, non ? C'est le cas de tous les hommes de l'univers…

— Je me fiche de savoir avec qui tu imagines que tu couches…

— Bonjour, madame Vaughan, a dit un ami de Jamie en costume de marin.

— Bonjour, Danny, a répondu Maddy. La première question qui me vient à l'esprit, c'est : est-ce que tu as imaginé que tu couchais avec Yolande parce qu'elle te plaisait ?

— Bonjour, madame Vaughan !

— Bonjour, Ade. Alors, elle te plaisait ou pas ?

— Quoi ?! Mais non !

— Vraiment ?

— Ce n'est pas juste. Je viens de m'apercevoir que j'étais innocent et que mon cerveau continue à me jouer des tours, et toi, tu m'engueules pour quelque chose que je n'ai pas fait !

— Mais tu étais attiré par Yolande, la jeune assistante de français ?

— Oui, bien sûr. Nous l'étions tous. Elle était très jolie.

— Merci beaucoup…

— Le plus étonnant, c'est que mon subconscient ait pu croire qu'une jeune beauté comme Yolande aurait pu avoir une liaison avec un vieux machin comme moi ! C'est ridicule ! Comment ai-je pu être assez naïf pour faire confiance à mon cerveau ?

C'est alors que les portes à double battant de la salle se sont ouvertes devant les spectateurs qui, à la faveur de l'entracte, se dirigeaient vers le réfectoire du collège, où des élèves vendaient des boissons et des parts de gâteau rassis. Maddy et moi avons suivi le mouvement, légèrement mortifiés en entendant quelqu'un nous féliciter pour la merveilleuse performance de Dillie.

— J'ai trouvé les décors impressionnants ! s'est ostensiblement exclamée Maddy, alors que nous passions à portée d'oreille du professeur d'arts plastiques.

— Tu vas rentrer à la maison ? ai-je demandé. Allons-nous de nouveau être une famille unie ?

— C'est comme les costumes ! On voit bien les efforts qu'ils ont dû coûter.

— Maddy, rentre à la maison avec nous, ce soir. Tu manques vraiment à Jamie et Dillie. Et tu me manques.

— Tu veux un jus d'orange ?

— Non, je ne veux pas d'un putain de jus d'orange. Tu étais tout à fait disposée à donner une nouvelle chance à notre couple, on a rendu la chose publique, et tout allait bien jusqu'à ce que j'essaye d'être honnête avec toi. Maintenant, tu as le beurre et l'argent du beurre : je ne t'ai pas trompée, et en plus, tu sais que si c'était arrivé, je t'en aurais parlé !

— Ce n'est pas si simple...

— Si, c'est simple. Tu es partie parce que j'ai eu une liaison. A présent, il s'avère que je n'ai pas eu de liaison. Alors, je ne vois pas pourquoi tu ne reviendrais pas...

— Dillie était superbe, sur scène ! Vous devez être fier ! m'a lancé un prof que je n'ai pas reconnu.

— Oh, oui. Elle adore les planches. Merci !

— Et en plus, Jamie joue dans le groupe ! Une grande soirée pour la famille Vaughan.

— Oui... On en reparlera quand elle sera terminée... ai-je déclaré, un peu plus fort que je ne l'aurais voulu.

— Cette comédie musicale est vraiment géniale, vous ne trouvez pas ? a demandé Maddy. Les chansons sont si belles !

— Oui ! Vraiment magnifiques !

— Tiens, Maddy, dis-moi donc laquelle tu préfères ! ai-je dit. *Je me lave les mains du destin de cet homme*, ou *Je suis amoureuse d'un type génial* ?

Le prof est resté poliment devant nous à attendre la réponse à cette intéressante question.

— Oh, je dirais que la meilleure est encore à venir. Je pense à *Il faut t'éduquer convenablement*.

— Bonne réponse ! s'est exclamé le prof.

D'autres familles que nous ne connaissions qu'à moitié sont venues nous rejoindre, et je n'ai plus eu l'occasion de parler avec Maddy jusqu'au début du deuxième acte. Tandis que nous regagnions nos places, elle s'est délibérément adressée à une autre maman pour éviter de parler de notre avenir commun, attitude qu'elle a obstinément perpétuée tout au long de

Conversation joyeuse. Finalement, j'ai saisi ma chance pendant les applaudissements :

— Tu as dit que la première question qui te venait à l'esprit était de savoir si Yolande me plaisait. Mais quelle était la seconde ?

Elle allait répliquer lorsque les applaudissements se sont tus. Du coup, elle m'a fait signe d'attendre, et j'ai dû patienter jusqu'à la fin de la chanson suivante pour obtenir ma réponse :

— Pourquoi ton cerveau a-t-il eu besoin de créer ce faux souvenir ? a-t-elle fini par dire, au milieu du vacarme que faisaient les spectateurs.

J'allais lui répondre du tac au tac, mais le silence s'est de nouveau installé dans la salle, ce qui m'a donné le temps de préparer soigneusement mes arguments, d'analyser tous les aspects de sa question et de la désarçonner avec une réplique bien sentie :

— J'en sais rien.

— Parce que quelque part, au plus profond de toi, tu ne veux pas t'engager. Ton cerveau s'est inventé une raison pour ne pas rester avec moi, parce qu'il ne le désire pas.

— Mais…

Elle a mis un doigt devant sa bouche pour me faire signe de me taire au moment où le silence retombait. Pendant toute la durée de *Elle a failli être mienne*, j'avais envie de crier à l'injustice. Ma mémoire était comme un muscle totalement erratique : elle échappait à tout contrôle, agissant de son propre chef, effaçant des souvenirs, en inventant d'autres, et c'était moi qu'on tenait pour responsable de la façon dont elle mettait en l'air mon passé et mon avenir !

— Mais je veux rester avec toi ! C'est aussi mon cerveau qui parle, quand je te dis ça. Je veux rester avec toi, OK ? Dans la maladie comme dans la santé. Souviens-toi de nos vœux de mariage.

— Oui. Mais on a divorcé...

A présent, Dillie était remontée sur scène. Maddy et moi avons tendu le cou en faisant le maximum pour que notre fille nous repère au milieu des spectateurs. Nous avons sifflé, applaudi bruyamment, crié des bravos jusqu'à ce que je me rende compte que, du coup, j'avais laissé passer l'occasion de répondre à l'argument massue de Maddy.

Ce n'est qu'à la fin de la représentation que nous avons disposé de suffisamment de temps pour poursuivre notre conversation. Tout en faisant de grands signes enthousiastes à nos deux enfants pendant la longue salve d'applaudissements qui a nourri les saluts répétés des acteurs, nous avons essayé de déterminer si leur papa et leur maman allaient rester ensemble.

— Je ne sais vraiment pas quoi penser, a soupiré Maddy. Je croyais qu'on avait tiré les choses au clair et, subitement, tu me balances ce numéro !

— Tu ne peux pas m'en vouloir. Je souffre d'une affection neurologique.

— Tu souffres d'une affection psychologique. Ton cerveau ne veut pas que tu restes avec moi. Tôt ou tard, cela se manifestera de nouveau, et je n'ai pas envie de revivre tout ça.

— Ce n'est vraiment pas juste, ai-je affirmé en arrêtant d'applaudir. Je veux que tu reviennes vivre à la maison, d'accord ? C'est moi qui te le dis, et pas mon cerveau menteur et malade. Je n'ai couché avec personne, et à présent tu sais que tu peux me croire quand je dis que je t'en parlerais si jamais ça arrivait. Qu'est-ce que je peux faire de plus ?

— Dillie nous fait signe ! Réponds-lui !

J'ai agité les bras en direction de ma fille et levé les deux pouces à l'intention de Jamie.

— Bon Dieu, je n'en sais rien, a encore soupiré Maddy. J'avais discuté avec des avocats avant cette histoire de faux souvenirs. D'après les clauses du divorce, tu dois partir de la maison et je suis censée t'autoriser à voir les enfants le week-end. Ils attendent mon feu vert pour te notifier la chose.

— Non, Maddy. Réfléchis bien ! Donne-nous une autre chance.

— Ecoute, on ne peut pas faire subir aux enfants une autre séparation. Je vais retourner chez papa et maman et on reste en contact, d'accord ?

Cette nuit-là, Dillie est allée se coucher plus tard que d'habitude, et je l'ai bordée, comme quand elle était petite.

— Pourquoi vous êtes sortis de la salle avec maman, juste au moment où j'arrivais sur scène ?

— Oh, ma chérie ! Tu nous as vus, hein ? Je suis vraiment désolé d'avoir raté tes débuts sur les planches, mais, avec maman, on essayait de voir si on allait se remettre ensemble pour toujours.

— Qu'est-ce que vous avez décidé ? a demandé Jamie depuis le seuil.

— Oh, Jamie… Eh bien, nous ne sommes sûrs de rien. Votre mère et moi allons être très présents dans vos vies, ça c'est certain, mais on ne sait pas si ce sera ensemble ou séparément…

— Est-ce qu'on peut manger des chips ?

— Ce n'est pas parce que tu sais que je me sens coupable d'avoir raté les débuts sur scène de Dillie, et aussi à cause de l'absence de maman, que tu dois croire que je vais céder et vous laisser manger des cochonneries, surtout maintenant que vous vous êtes brossé les dents… Mais bon, il y a un gros paquet de chips fromage-oignon dans le placard…

Le lendemain, les enfants sont partis à l'école, et moi, je me suis fait porter pâle. J'attendais le coup de fil de Maddy, je me précipitais pour décrocher chaque fois que le téléphone sonnait, et je reprenais mon souffle tout en affirmant à un vendeur d'assurances qui m'appelait de Calcutta que ses produits ne m'intéressaient pas. Plus tard, cette nuit-là, j'ai sauté de mon lit en entendant un taxi se garer devant la maison, pour constater que ce n'était que l'anonyme à la cravate et sa femme qui rentraient chez eux en titubant. J'aurais vraiment dû prendre la peine de retenir son nom, me suis-je dit. J'ai attendu un message de Maddy pendant deux jours. Je lui avais envoyé un mail répertoriant toutes les raisons qui me faisaient penser que nous devions nous remettre ensemble, mais je n'ai eu aucun retour. Je n'osais pas sortir de la maison, au cas où elle passerait, et le chien, rendu fou par cette réclusion, aboyait inlassablement devant la porte d'entrée. Plus le silence de Maddy se prolongeait, plus je devenais pessimiste.

Sa réponse est finalement arrivée sous la seule forme que je n'avais pas envisagée : par la poste. Le troisième jour, une lettre esseulée a atterri sur le paillasson, et j'ai craint le pire : une lettre officielle, envoyée par son avocat, qui ne pouvait être qu'une injonction de quitter la maison et de me soumettre aux termes du divorce.

J'ai jeté un coup d'œil aux chaussures et aux manteaux de la famille, dans l'entrée. Il y avait encore un imper de Maddy pendu à une patère, et les petits souliers de Dillie l'attendaient sagement alignés, juste à côté de ceux de sa maman. Le long de l'escalier, les photos noir et blanc des enfants ont retenu mon attention. Jamie, devant la porte de la maison, donnant la main à sa sœur pour son premier jour d'école. Les mêmes, un peu plus âgés, sur la plage, détrempés et couverts de sel. Maddy, qui les tenait dans ses bras quand ils étaient encore minuscules, et qui riait innocemment à l'objectif, sans savoir que quelques années plus tard elle se retrouverait toute seule avec eux. L'optimisme qui se dégageait de cette image m'a semblé tellement ridicule... Je me suis rappelé une promenade en barque sur la Serpentine, avec Maddy, où nous avions ri comme des fous. Je l'ai revue aussi en train de me faire signe par la fenêtre d'un wagon, un jour que j'étais allé l'attendre à la gare pour son retour à l'université.

Je ne savais pas très bien dans quelle pièce je souhaitais ouvrir cette lettre, véritable bombe pour mes émotions. Je suis allé dans la cuisine, puis j'ai décidé que ce n'était pas là que je voulais la lire. J'ai erré dans le salon, et finalement je suis retourné dans l'entrée. J'ai mis la lettre à la lumière, pour essayer de voir à travers l'enveloppe, mais elle était de trop bonne qualité pour que ce soit possible. En désespoir de cause, j'ai déchiré le papier pour prendre connaissance de mon destin.

A l'intérieur, ce n'était pas un courrier des avocats. Juste une carte postale d'un vert miteux où un leprechaun s'exclamait : « Passe une bonne journée, p'tit gars ! »

25

— Elle est magnifique ! Elle est vraiment parfaite ! me suis-je écrié en regardant le nouveau-né dans les bras de Maddy, ou peut-être en regardant Maddy, je n'ai pas vraiment précisé, en fait.

— Tu veux la tenir, Vaughan ? a demandé Linda, couchée dans son lit à la maternité.

Maddy m'a passé le bébé avec un sourire nostalgique, sous le regard plein de fierté de Gary et Linda.

— Je peux la prendre en photo avec mon iPhone ? a supplié Dillie.

Linda lui a répondu que ça ne posait aucun problème.

— Toi aussi, tu veux la prendre en photo ? ai-je lancé à Jamie en remarquant qu'il bidouillait son portable.

— Quoi ?

— Tu veux prendre une photo du bébé de Gary et Linda ?

— Pas tout de suite. Je joue à *Angry Birds*, là.

Comme Linda avait souhaité accoucher suivant des méthodes traditionnelles, Gary lui avait emboîté le pas en se la jouant comme un mari des années 1950, c'est-à-dire qu'il avait passé toute la soirée au pub. Il était arrivé juste à temps pour l'accouchement, à la suite du coup de fil d'une sage-femme extrêmement grincheuse qui, à l'en croire, trouvait à redire à tout ce qu'il faisait.

« Eteignez votre cigarette ! avait-elle aboyé. Nous sommes dans un hôpital !

— Ce n'est pas une cigarette, c'est un joint. Et c'est quand même pas un jour comme les autres… »

Mais à présent, aussi incroyable que cela puisse paraître, le bébé était là. De même que Maddy et nos propres enfants, tout émerveillés devant le spectacle de cette nouvelle vie.

— N'est-ce pas extraordinaire, Jamie ? Un petit être tout neuf, qui va regarder le monde d'un œil totalement nouveau…

— Ouaaaais ! s'est exclamé Jamie avec enthousiasme, sans lever les yeux de son écran. J'ai battu le record !

J'ai regardé les yeux du minuscule bébé, qui louchaient encore un peu, et j'ai éprouvé un sentiment d'affinité avec ce nouveau venu, tandis que Maddy souriait en le voyant tourner la tête vers son propre mari, lui aussi récemment arrivé parmi nous. J'ai suggéré, un peu au hasard, que l'enfant avait les yeux de sa mère et le menton de son père. En fait, je ne distinguais aucune ressemblance physique dans ce petit visage tout rouge et tout ridé, mais c'est le genre de commentaire qu'on est censé faire, et personne n'a pris la peine de me contredire.

— Ça te ramène à l'époque où tu tenais les nôtres dans tes bras ? a demandé Maddy.

— Mon Dieu, oui ! Je m'en souviens…

— Encore ! a braillé Jamie sans lever la tête.

Linda a repris le bébé pour lui donner le sein. Ne sachant pas trop quelle attitude adopter devant cette scène intime, j'ai posé les yeux sur Gary en lui demandant s'il comptait se lever la nuit pour donner le biberon au bébé.

— Ça dépend si Linda a suffisamment de lait ou non. On ne veut pas utiliser de lait artificiel, alors qu'à l'évidence c'est le lait maternel qui conviendra le mieux à Bébé…

Il a dit « à Bébé », ai-je pensé. Pas « au bébé ». Il s'est fait avoir, lui aussi.

D'ailleurs, peu après, une très jolie infirmière est entrée pour consulter le dossier de Linda, et le regard de Gary n'a pas dévié d'un millimètre de sa femme et sa fille.

— Puis-je prendre Bébé ? a-t-il demandé.

— *Le* bébé, a lâché Jamie.

— Oh, pendant que j'y pense, on vous a acheté un petit cadeau…

— Ce n'était vraiment pas la peine…

— Au début, on voulait vous offrir de baptiser une étoile récemment découverte du nom de votre fille, mais en fait, ça coûte vraiment très cher…

— Sauf si tu fais les choses dans l'autre sens et que tu appelles ta fille « Beta J153259-1 ».

Linda a légèrement secoué la tête, comme pour dire que ce n'était pas un des noms qu'ils avaient envisagés. Gary a ouvert l'emballage et découvert un arbre généalogique spécialement imprimé pour eux, avec des photos des parents et des grands-parents du bébé, et un espace vierge tout en bas pour qu'on puisse y fixer la sienne.

— Waouh ! Regardez-moi ça ! C'est vraiment très gentil de votre part !

— Eh bien, après tout ce que vous avez fait pour nous au cours de l'année écoulée…

— Oublie donc tout ça ! Excuse-moi, je voulais dire… N'en parlons plus… Eh ! Regarde ! Mon arrière-arrière-grand-père était un technicien Internet, tout comme moi !

— Vraiment ? a demandé Linda.

— Non… En fait, ça dit qu'il était marchand de tissus. Comment ils font pour trouver tout ça ?

— Au Bureau des archives publiques.

— Ou alors, ils l'inventent en se disant que personne n'ira vérifier si c'est vrai ! a plaisanté Maddy.

Et j'ai songé qu'en fait c'était sans doute le cas.

— C'est un cadeau pour toute la famille, ai-je poursuivi. C'est votre histoire, c'est important. D'où vous venez, ce qui s'est passé… vous savez, ça détermine qui vous êtes…

— Regarde cette photo de toi à l'université ! s'est exclamée Linda. Hé, c'est qui, cette pétasse blonde qui te colle ?

— Euh… et on peut aussi faire changer les photos, a rapidement ajouté Maddy.

Nous avons laissé Gary et Linda découvrir par eux-mêmes qu'aucun de leurs ancêtres n'avait coulé avec le *Titanic* ou n'avait été pendu pour vol de chevaux, et nous sommes rentrés.

Après le retour de Maddy, notre vie de famille avait vite repris un cours normal. Les enfants trouvaient un peu irritant de voir que leurs parents essayaient à tout prix de se montrer gentils l'un envers l'autre, et au moindre câlin ils se mettaient à crier : « Allez faire ça dans votre chambre ! » Cependant, sur un plan plus profond, il était évident qu'ils appréciaient la présence de leur père et de leur mère, lesquels leur rappelaient régulièrement d'éteindre l'ordinateur, de faire leurs devoirs, de ranger leur chambre, de débarrasser la table, de promener le chien et de mettre leur linge sale dans le panier prévu à cet effet. Simplement, c'était sur un plan tellement profond qu'ils ne se rendaient même pas compte à quel point ils appréciaient cela.

Ce n'était pas juste pour le bien de nos enfants que Madeleine et moi nous étions remis ensemble. Elle m'avait avoué qu'en fait j'étais « la lumière » de sa vie. J'étais resté un peu éberlué de l'entendre adopter un registre aussi romantique, jusqu'à ce qu'elle ajoute : « Bon, la lumière clignote un peu ces derniers temps, et les plombs sautent régulièrement, et les ampoules ne durent pas plus de cinq minutes, mais franchement je n'ai pas envie de m'en trouver une autre. » Je suis sûr que ce qu'elle essayait de me dire, c'est que les mariages ont des hauts et des bas, que les relations entre les personnes évoluent et qu'on doit constamment s'attacher à les entretenir, en ajustant ses espoirs et ses attentes, mais sans jamais rien tenir pour acquis. Tant qu'on parvient à voir les choses du point de vue de son partenaire, ne serait-ce que de temps à autre, et tant qu'on n'oublie pas de lui offrir une carte pour célébrer l'anniversaire du jour où on a divorcé, on doit pouvoir s'en sortir.

Malgré l'apparente confiance et la joie de vivre que nos enfants affichaient, j'étais encore préoccupé. Jusqu'à quel point avaient-ils été affectés par notre première séparation ? Chaque livre, chaque article que je lisais sur le sujet faisait allusion au fait que, à un certain niveau, les enfants se sentaient responsables de la séparation de leurs parents. Ses courtisans avaient beau la rassurer, la reine Elizabeth, la première, devait se dire : Je suis sûre que papa n'aurait pas fait décapiter maman si j'avais été un garçon… La façon dont Jamie allait réagir à notre rabibochage m'avait particulièrement inquiété. J'avais encore à l'esprit son éclat de colère à la piscine, ou le regard furieux qu'il m'avait adressé lorsque sa mère s'était enfuie, en larmes, lors de la fête soi-disant humoristique pour notre divorce.

J'ai profité d'un jour où nous sommes allés promener Woody ensemble pour engager une conversation d'homme à homme – enfin, à moitié d'homme – avec mon fils :

— Je ne laisserai jamais les choses redevenir comme avant, ai-je lancé, en ayant l'air de m'excuser plus que je ne l'aurais voulu.

— C'est quelque chose que tu ne peux pas jurer, a-t-il répondu sur le ton d'un parent en train de faire la leçon à son fils.

— Je peux au moins jurer que j'ai changé !

— On verra… a conclu Jamie, comme les adultes lorsqu'ils ne veulent pas s'engager.

Nous avons continué à marcher, tandis qu'un silence bizarre s'installait entre nous. J'avais peur que mon fils ne me pardonne jamais le traumatisme que je lui avais infligé pendant ses années de développement. Puis, soudain, il a repris la parole :

— Au moins, on ne sera plus obligés de se taper ce branleur de Ralph…

— Jamie ! Je ne veux pas entendre ce mot-là dans ta bouche !
— Quel mot ?... Ralph ?
— Exactement...

Au loin, nous avons entendu tousser le moteur d'une tondeuse, et l'odeur délicieuse de l'herbe fraîchement coupée se mélangeait à la fumée des premiers barbecues de l'été, au gré des pique-niques improvisés qui fleurissaient un peu partout dans le parc de notre quartier. Puis Maddy et Dillie sont apparues, approchant à vélo, et ma fille, toute rouge et essoufflée, a foncé vers nous, enchantée de nous faire cette petite surprise.

— On s'est dit qu'on pourrait tous aller jusqu'au kiosque à musique et manger une glace !

— Excellente idée ! Commandez-moi un café ! ai-je lancé tandis qu'elles repartaient, poursuivies par le chien.

— Je n'ai pas envie de manger une glace. Est-ce qu'à la place tu peux me donner l'argent qu'elle aurait coûté ? a demandé Jamie, qui n'avait pas tout à fait saisi l'esprit du moment.

La scène était parfaitement ordinaire, une famille assise à la terrasse d'un café, dans un parc londonien. Les enfants retiraient la mousse de notre café à la petite cuillère ou se faisaient goûter leur cornet de glace. Tandis que nous bavardions et que nous nous amusions, j'ai senti que je me détachais de la scène, comme un anthropologue clandestin ou un scientifique dans son labo en train d'étudier, émerveillé, un phénomène hautement improbable. Cette famille n'avait pas conscience de l'énorme valeur du moment qu'ils vivaient, de la fragilité et de l'évanescence du bonheur chez l'être humain. Il s'agissait peut-être, ici et maintenant, du meilleur moment qu'ils passeraient jamais ensemble. Dans quelques années, quand je regarderais en arrière, je me rendrais peut-être compte que ces instants étaient les plus heureux de toute ma vie.

Maddy était si belle, si chaleureuse. Son visage portait les rides laissées par quarante ans de sourires. Jamie, calme et digne, ne parlait qu'à bon escient. Dillie rayonnait d'enthousiasme et d'une confiance inébranlable dans la bonté des gens. Elle voulait être d'accord avec tous ceux à qui elle s'adressait, et quand elle grondait Woody, elle le faisait d'une voix si gentille et pleine d'amour qu'il croyait qu'elle l'invitait à sauter sur ses genoux pour lui lécher le nez. Quant à moi, je me trouvais au milieu d'eux, en train d'enregistrer ce précieux souvenir, désormais guéri du traditionnel aveuglement paternel à propos de l'importance du rôle qui était le mien. J'avais fini par me rendre compte que j'étais un des liens essentiels qui maintenaient ensemble ce fragile édifice. Je me sentais comme un apôtre de la paternité, comme un évangéliste de la cause familiale. J'aurais voulu aller sonner chez les gens le dimanche matin pour leur demander s'ils prenaient bien la peine de vénérer leur compagne : « En vérité je vous le dis, votre femme a enfanté un mâle, et vous avez baptisé cette nouvelle vie Mahler. »

Ou bien peut-être m'étais-je perdu dans mes pensées parce que Dillie n'arrêtait pas de parler et que, comme le reste de la famille, j'avais appris à filtrer son bavardage incessant ?

— Papa-est-ce-que-je-peux-changer-de-téléphone-et-prendre-un-BlackBerry-comme-ça-je-pourrai-me-servir-de-la-messagerie-BlackBerry-avec-maman-etmes-amis-parce-que-oh-j'ai-fini-ma-glace-mais-c'est-gratuit-alors-en-fait-ça-nous-ferait-même-économiser-de-l'argent-si-vous-réfléchissez-bien-Oh !-Regardez-Woody-il-est-trop-mignon-Tiens-elle-est-bien-ta-chemise-Au-fait-qu'est-ce-que-je-pourrais-bien-acheter-à-grand-mère-pour-son-anniversaire-Oh !-Ils-passent-*How-I-Met-Your-Mother*-à-la-télé-ce-soir-on-pourrait-le-regarder-et-enregistrer-*Glee*-pour-le-regarder-ensuite-mais-le-BlackBerry-Curve-pas-le-BlackBerry-Bold-9000-parce-que-celui-là-il-est-plutôt-pour-les-hommes-d'affaires…

Jamie a adressé un sourire affectueux à sa sœur, se contentant de lui répondre :

— Il faudra que tu attendes Noël pour avoir assez de points, et l'enregistrement est déjà programmé.

Maddy m'avait raconté quelque chose à propos de notre fils, si calme et contemplatif. Pendant le terrible séjour au purgatoire qu'avait constitué pour moi le départ de Maddy chez ses parents, il s'était présenté chez eux, dans le Berkshire. Pour arriver jusque-là, il lui avait fallu faire une heure de train et une autre de marche, alors Maddy avait été à la fois ravie et choquée de le voir débarquer dans son uniforme scolaire, un paquet de chocolats à la main. Ainsi, au lieu d'être en cours de maths, Jamie avait passé deux heures avec sa mère dans un jardin à la campagne, à partager le cadeau qu'il lui avait offert.

« Avec Dillie, on a discuté…

— Avec Dillie ?

— Ouais. Je l'ai persuadée de me payer le billet de train jusqu'ici », avait-il dit, la bouche pleine de chocolats, car en matière de partage Maddy n'avait eu droit qu'à deux ou trois friandises et Jamie s'était chargé du reste. « Quoi qu'il en soit, Dillie et moi, on voulait que tu saches que tu peux faire comme tu veux... Faire ce que toi tu veux, pas ce que tu penses que nous on veut. Parce qu'on veut ce que tu veux. »

Maddy m'a raconté que c'était la première fois qu'elle remarquait que la voix de Jamie commençait à muer.

« Eh bien, ça ne va pas du tout, lui avait-elle répondu. Parce que moi je veux ce que vous, vous voulez... Alors on est complètement coincés, là ! »

Maddy avait déposé un baiser sur le haut de son crâne, pour qu'il ne la voie pas pleurer. Plus tard, je me suis aperçu qu'elle avait gardé l'emballage de ce paquet de chocolats dans le tiroir de sa table de nuit. Chaque fois que je pose les yeux dessus, un sentiment de fierté paternelle m'envahit, à peine voilé par la déception qu'il soit vide.

Le lendemain du jour où Gary est finalement devenu père, pour fêter ça je lui ai proposé d'aller boire une bière, ou en ce qui me concerne une eau minérale. Gary s'est installé à la dernière table encore libre. Elle était dangereusement proche de la cible des fléchettes, et nous courions le risque de nous faire embrocher par un projectile erratique dès que nous parlerions d'un sujet personnel.

— A la petite dernière !
— Trinquons ! Gazoody-baby !
— Une petite fille ! Maintenant, chez toi, il y a deux personnes impossibles à comprendre !
— En parlant de ça... Comment ça se passe avec Maddy ? a risqué Gary.

Et aussitôt, une fléchette a rebondi sur le mur pour venir se planter à côté de son pied.

— Bien ! Vraiment bien ! Bon, c'est juste le début, alors on fait tous les deux beaucoup d'efforts, mais on est vraiment heureux.

— C'est bien, a-t-il déclaré avant de boire une grande lampée de bière. Alors elle n'a toujours pas capté que c'est son père qui a bidouillé toutes ces conneries sur les faux souvenirs ?

— Qu... quoi ?! suis-je parvenu à dire juste avant que ma mâchoire ne se décroche.

— Me la fais pas ! a repris Gary, l'air dégoûté par mon hypocrisie. On sait bien tous les deux que tu te l'es tapée, la petite Française. Je te revois encore t'en vanter devant moi. Ouais... Il a fait du bon boulot, le vieux Ron, avec ses fausses photocopies et ses psychiatres imaginaires. Moi, je trouve ça plutôt flatteur qu'il se soit donné tout ce mal pour vous remettre ensemble...

— Tu veux dire que... ai-je répondu, tandis qu'une fléchette rebondissait sur la cible et se fichait en vibrant à côté de mon verre. Alors, j'ai vraiment...

Une vague nauséeuse a déferlé sur moi. Tout allait-il de nouveau basculer ? Fallait-il que j'en parle à Maddy, ou vivre avec le mensonge était-il la seule option qui me restait ? Heureusement, je n'ai jamais eu à affronter ce terrible dilemme parce que, quelques secondes plus tard, Gary a explosé de rire devant ma mine mortifiée. Il rigolait tellement qu'il en a répandu la moitié de sa bière sur la table.

— S'il y a bien un truc chez toi qui n'a pas changé en vingt ans, c'est ta putain de crédulité ! Quand on s'est connus, tu croyais tout ce qu'on te disait, et maintenant c'est pareil !

— En plein dans le mille ! a hurlé quelqu'un derrière nous.

— Tu… tu devrais voir ta… tête ! rigolait encore Gary, tandis que j'affichais un sourire débonnaire en me servant des muscles qu'on emploie d'habitude pour crier.

Comme le jeune homme qui jouait aux fléchettes a cédé sa place à un vieillard arborant des lunettes aux verres très épais, nous avons décidé d'aller finir nos bières au comptoir.

Le lendemain matin, au collège, pendant mon dernier cours avec les terminales, je me suis éloigné du programme pour m'engager dans une discussion un peu plus philosophique :

— Alors l'histoire, tout ce que nous avons étudié cette année… D'après vous, c'est vrai, tout ça ?

— Ouais ! Parce que si c'est pas vrai, c'est pas de l'histoire !

— Mais qui est juge de ce qui est vrai ou pas ?

— Ce qui est vrai, c'est ce qui s'est passé.

— Ou alors, ce que tout le monde croit qu'il s'est passé. La lettre de Tanika au *South London Press* pour expliquer les véritables circonstances de la mort de son père, et le grand article qui s'est ensuivi, cela a changé l'histoire, non ?

— Ouais. On va planter un arbre, et on va même mettre un petit panneau en dessous. Vous viendrez, m'sieur ?

— Ce sera un honneur.

Six mois auparavant, une telle discussion aurait suscité des sifflets et des huées sur l'air de *Tanika est amoureuse de Balai-à-chiottes Vaughan*, mais à présent tout cela semblait derrière nous.

— Vous voyez, tout est une question de perception. Si un arbre tombe dans la forêt et que personne n'est là pour l'entendre, est-ce que sa chute fait du bruit ?

Pendant quelques instants, ils ont réfléchi en silence à ma question.

— L'arbre de Tanika est déjà tombé par terre ?

— Non, Dean. Essaie de suivre. La question c'est : les choses se produisent-elles, ou se produisent-elles parce que nous en avons la perception ?

— Peut-être qu'elle aurait dû mettre une petite barrière autour de son arbre ?

— Parfois, nous pensons que nous nous souvenons de quelque chose, mais c'est un souvenir que nous avons inventé, parce qu'il nous convient mieux. Pour l'histoire, c'est la même chose…

— Non ! s'est exclamé Dean. Moi, en histoire, je ne me souviens jamais de rien !

— Nous projetons tous notre propre opinion sur ce qui nous arrive, consciemment ou non, que nous soyons des gouvernements, des nations ou des individus…

— Quoi ? Même Wikipédia ?

— Aussi incroyable que cela puisse paraître, oui ! Même Wikipédia !

— Alors, à la base, tout ce que vous nous avez appris cette année, si ça se trouve, c'est des conneries ?

— Je ne formulerais pas cela ainsi. Je dis simplement que l'histoire, ce n'est pas forcément ce qui s'est passé. L'histoire c'est… Eh bien, l'histoire, c'est juste des faits déformés depuis longtemps.

Ce soir-là, Maddy et moi sommes restés sur la terrasse en bois derrière la maison, à admirer le crépuscule. Nous avions interdit aux enfants d'enchaîner en rafale des épisodes de *Friends* à la télé, alors à la place ils regardaient des bêtisiers de la série sur YouTube. Le jardin était en fleurs, parsemé de bourgeons éclatants… et éclatés par le ballon de football de Jamie. La pelouse, à présent parfaitement uniforme, déployait un marron poussiéreux dont les enfants et le chien avaient extirpé jusqu'au dernier brin d'herbe. Des perruches vertes virevoltaient au-dessus des toits en poussant des cris, probablement de détresse, d'ailleurs, à l'idée de finir leur vie dans le sud de Londres.

— Aujourd'hui, Linda et Gary ont ramené le bébé chez eux.

— Mince ! Je me demande comment leur couple va encaisser cette nouvelle contrainte ?

— Oh ! Je suis sûre qu'ils vont s'en sortir. Gary a certainement une appli pour ça dans son iPhone.

— Ha ha ! J'en aurais bien eu besoin, moi ! Une technologie GPS pour me dire quand je me trompe de chemin dans la vie…

— Je pense que le secret, c'est de trouver ce qui te rend vraiment heureux. Ensuite, il suffit d'en boire plusieurs verres tous les soirs.

Elle a siroté une gorgée de bonheur, s'est visiblement détendue en la dégustant.

— Il faudrait que je dise ça à mes terminales…

— Tu as l'air de te sentir beaucoup mieux qu'avant, au collège.

— Oui. Aujourd'hui, nous avons eu une discussion vraiment intéressante. Très existentielle, à vrai dire. Ils voudraient tellement être certains de ce qui s'est réellement passé.

— Oui, bon... Tu n'es peut-être pas le mieux placé pour le leur apprendre...

— Ce n'est pas faux. Mais quand tu perds totalement ton passé, tu te rends compte à quel point il peut être encombrant. Des pays se font des guerres à la suite de versions biaisées de leur histoire, des couples divorcent, victimes du trop-plein d'amertume causé par les souvenirs d'événements qui ne se sont pas toujours passés comme ils le pensent.

— Alors, c'est ça, ta solution pour endiguer la montée du divorce ? On devrait tous devenir amnésiques et ne pas reconnaître la personne à côté de qui l'on se couche ?

— Pas besoin d'être amnésique pour ça. Il suffit d'aller sur un site échangiste. Plus sérieusement, je dis simplement que tu as ta version du passé et que, maintenant que j'ai récupéré la mienne, nous devons tous les deux en respecter les différences.

— Tu ne te souviens probablement pas du jour où tu m'as promis que tu ferais le repassage tant que nous serions mariés...

— Non, bizarrement, ce souvenir-là n'est pas revenu. En revanche, je te vois encore dans les moindres détails affirmer que lorsque c'est mon tour de faire la cuisine, j'ai le droit de commander un plat de curry chez l'indien du coin...

— Ça, c'est encore un souvenir fabriqué.

— Zut !

— Mais bon, prends-moi quand même un *korma* de poulet, s'il te plaît.

Elle a voulu verser un peu de vin dans mon verre vide, mais j'ai posé ma main au-dessus.

— Je ne bois plus, tu te souviens ?

— Ah oui ! Désolée… J'ai du mal à m'y habituer ! s'est-elle exclamée.

En relevant la bouteille, sans le faire exprès, elle m'a heurté la main et j'ai lâché le verre.

— Merde ! Excuse-moi.

— Non, c'est moi qui t'ai cogné.

— Non, c'est ma faute. Je croyais que je le tenais bien.

— Non, vraiment…

Nous avons éclaté de rire en nous entendant, et j'ai ramassé les morceaux de verre par terre.

— Dans quelques mois, je me souviendrai parfaitement que c'était ta faute.

— Et dans dix ans je dirai que tu m'as jeté le verre à la figure parce que tu étais en colère.

Par la fenêtre, on entendait le rire hystérique de Dillie devant l'ordinateur.

— Dans dix ans ! Tu crois qu'on sera toujours ensemble dans dix ans ?

— Peut-être. Ou peut-être pas, m'a répondu Maddy en glissant ses pieds nus contre mes jambes. Qui sait ce que le passé nous réservera ?

Une beauté rousse de dix-huit ans entre dans le bar du bureau des élèves.

Je n'ai jamais rencontré quelqu'un d'aussi beau et charismatique. Dès qu'elle s'assied, je m'installe non loin d'elle en espérant qu'elle va remarquer cet étudiant en plein centre de son champ de vision. Je sors le bouquin d'histoire de première année que je viens d'acheter, l'ouvre à la première page puis décide très vite que j'aurai l'air plus impressionnant si j'attaque un chapitre vers la fin du livre. Les mots se brouillent devant moi, et je ne peux m'empêcher de lever régulièrement les yeux pour tenter de croiser son regard.

— *Ça m'a l'air plutôt érudit, ton bouquin... finit-elle par dire.*

— *Ça ? Oh, je lis ça pour le plaisir. Ça ne fait pas partie du programme.*

— *Hmm... Tu ne m'en voudras pas si je te demande pourquoi tu le commences par la fin ?*

— *Oh ! Euh... Eh bien... Non, c'est juste que c'est comme ça que je préfère étudier l'histoire, dis-je en sentant que je rougis de m'être fait démasquer. Tu sais, j'aime bien savoir comment ça finit...*

Elle rit. Je regarde la dernière page et je m'exclame :

— *Oh non ! C'est les Romains qui gagnent !*

— *Merde ! dit-elle. Maintenant, ça ne sert plus à rien que je le lise !*

— *Désolé... Sinon, je m'appelle Vaughan.*

— *Et moi Madeleine... Sociologie.*

— *Bizarre, comme nom de famille.*

— *Ouais. C'est russe, je crois... Toi aussi tu es là pour la Performance Poétique Expérimentale ?*

— *Quoi ? Euh, oui... J'adore ce genre de trucs... Oh, tu viens juste d'inventer ça, hein ?*

Elle sourit, et c'est à ce moment-là que je décide que c'est elle, la femme que je veux épouser. Puis deux amies de Maddy rejoignent sa table et elle m'invite à faire de même.

— *Voici Vaughan ! Il étudie l'histoire, lance-t-elle en guise de présentation. A l'envers.*

Remerciements

Cette histoire a vu le jour au cours d'un déjeuner avec Mark Burton, en compagnie de qui j'ai été coauteur pour la télévision et dont je tiens à souligner la prodigalité en matière de conseils et d'idées : c'est presque de l'inconscience ! Un énorme merci à tous mes autres amis et aux professionnels qui ont lu les différentes versions de ce livre : Georgia Garrett, Bill Scott-Kerr, Sophie Wilson, Brenda Updegraff, Pete Sinclair, Jenny Landreth, John McNally, Karey Kirkpatrick, Jonathan Myerson et Tim Goffe.

Je voudrais aussi remercier tout particulièrement David Fitzpatrick, qui a été victime d'une amnésie similaire à la fugue dissociative décrite au début de ce livre et qui a très gentiment accepté de me parler de son vécu depuis ce jour-là. Je tiens à remercier Alex Carruthers et Tony Garment, pour leurs conseils sur des points techniques ou judiciaires, ce qui m'a permis de ne plus avoir à consulter *Le Divorce pour les nuls*, lecture qui inquiétait beaucoup ma mère.

Il me faut aussi remercier les innombrables amis et relations qui, en raison d'une mémoire défaillante, croient être à l'origine de tous les bons mots et blagues qui se sont frayé un chemin jusqu'à ce roman. Mes enfants, Freddie et Lily, ont été une merveilleuse source d'encouragement et d'enthousiasme. Lily, en particulier, a contribué par des suggestions aussi nombreuses qu'élaborées à la formulation de ma dédicace. Mais, plus que toute autre chose, il va sans dire qu'un livre à propos du mariage doit énormément à la femme avec qui je suis marié depuis vingt ans.

Jackie, toutes ces fois où j'avais l'air d'oublier les choses, ce n'était que le travail de préparation de ce roman. Merci.

Faites de nouvelles rencontres sur **pocket.fr**

- Toute l'actualité des auteurs : rencontres, dédicaces, conférences...
- Les dernières parutions
- Des 1ers chapitres à télécharger
- Des jeux-concours sur les différentes collections du catalogue pour gagner des livres et des places de cinéma

Un livre, une rencontre.

Composé par Facompo
à Lisieux (Calvados)

Achevé d'imprimer en octobre 2015
par Liberdúplex
à Sant Llorenç d'Hortons (Barcelone)

POCKET – 12, avenue d'Italie – 75627 Paris cedex 13

Dépôt légal : novembre 2015
S25228/01